LES AMANTS DE BYZANCE

GRANDS ROMANS HISTORIQUES

Collection dirigée par Claude Aziza

MIKA WALTARI

LES AMANTS DE BYZANCE

Traduit du finnois par Jean-Louis PERRET
et Andrée MARTINERIE

Introduction, commentaires et index par Claude AZIZA, Maître-assistant à l'Université de la Sorbonne Nouvelle (Paris III)

PRESSES POCKET

Titre original :

JOHANNES ANGELOS

Publié sous ce titre aux éditions

WSOY, Helsinki

© The Heirs of Mika Waltari, 1979.

ISBN : 2 - 266 - 01427 - 7

INTRODUCTION

Un homme et son destin

Comme tous les romans de Waltari, *les Amants de Byzance*, dont le titre original *Johannes Angelos* est plus signifiant, raconte l'histoire d'un homme et de son destin. Etranger en terre étrangère, Jean Angelos est revenu mourir sur sa terre natale, dans sa ville. Itinéraire tourmenté que celui de cet homme étrange. Enfant, exilé à Avignon, il a été accusé du meurtre de son père, un proscrit aveugle et mystérieux. Adolescent, il a épousé, sans le savoir, une riche héritière florentine, bientôt abandonnée avec le fils qu'elle lui a donné. Homme de confiance d'un homme d'Eglise, il est devenu, après la funeste bataille de Varna, le confident du sultan Mourad. Et aujourd'hui, à quarante ans, il est revenu à Constantinople.

Riche, mais se moquant des richesses, tenu à l'écart, mais avide de servir sa cité, Jean semble avoir eu une existence torturée, déchirée. D'où un seul désir : celui du repos, le repos suprême, s'entend. Et voilà que le destin va lui jouer un tour à sa façon, le dernier. Alors qu'il ne cherche plus rien, Jean rencontre une femme, une de ces femmes qu'on ne peut regarder sans l'aimer et dont on sait, dès l'abord, par instinct, qu'elle vous est destinée. Tout sépare pourtant la fille du mégaduc Lucas Notaras, l'amiral de la mer, et l'errant que d'aucuns prennent pour l'espion du sultan Mahomet II. Qu'importe, en quelques mois, de décembre 1452 à mai 1453, les amants vont connaître les tourments, les joies et les péripéties de toute une existence.

Mourir à Constantinople

C'est que le temps presse. Byzance vit ses derniers jours. Le vieil empire millénaire agonise, réduit à sa seule capitale. Il n'est plus qu'une ville exsangue, abandonnée par toute la chrétienté. Certes, en ce mois de décembre où commence le roman, les Byzantins peuvent croire au miracle : la flotte chrétienne viendra, les mercenaires attendus seront des milliers. Les illusions tomberont vite : quelques navires démantibulés, une poignée de Génois. Quant aux défenseurs : des nobles, des marchands, des moines, de pauvres gens.

Dans cette atmosphère de fin de monde, certains gardent la tête froide. Constantin, le dernier empereur, Lucas Notaras, le mégaduc, Giustiniani, le mercenaire génois, l'Allemand Grant. Tous sont animés par une idée fixe : le pouvoir, l'or, le savoir.

Le roman se présente donc comme un journal à la première personne. Des liens subtils s'établissent entre le héros et les autres protagonistes. Inclassable, Jean Angelos dérange : Constantin le suspecte, Giustiniani ne le comprend pas et Mahomet le craint secrètement, peut-être parce qu'il l'aime. Mais plus qu'avec les actants de l'Histoire, c'est avec la ville que Jean se sent en harmonie. On devine qu'il y retrouve quelque chose de lointain et de familier à la fois.

Peu à peu, par de sibyllines paroles, des allusions voilées, le lecteur va apprendre la vérité : Jean est le dernier Basileus, le seul empereur légitime. Est-il donc venu reprendre son trône avec l'aide de Mahomet ? Même pas. Il est venu comprendre l'itinéraire de sa vie, lui donner un sens. Il est venu témoigner. Et de témoin, il deviendra martyr par une logique à la fois étymologique et interne.

Un héros waltarien

Encore une fois, comme pour Sinouhé l'Egyptien, comme pour Turms l'Etrusque, comme pour Minutus le Romain, se profile derrière le héros, l'ombre d'un père, du Père. Père absent, père aveuglé, père détrôné, père inconnu, père recherché. Le héros waltarien est le fils de personne, d'où sa quête incessante d'une identité. L'enquête détaillée de Minutus après la mort du Christ, la recherche du lucumon ancestral de Turms, l'exil de Sinouhé ne sont qu'une demande fiévreuse, ballottée par un destin capricieux. Cette identité, le héros ne la trouve qu'après avoir, sinon assumé, du moins accepté sa destinée : l'exil, la souffrance, la mort.

Mais ce qui rend ici cette quête plus pathétique encore, c'est qu'il est donné à Jean une pause, une halte : l'amour. A peine a-t-il le temps de comprendre que sa vie aurait pu être différente que la mort de son amante vient lui rappeler le rendez-vous fixé par cet Ange Noir, rencontré aux moments importants de son existence.

Personnage christique (« Mon Père, pourquoi m'avez-vous abandonné ? ») dans ce monde byzantin où le sacré prend souvent des allures de guerres de religions, où l'on se bat pour des images, Jean Ange est le reflet de cet univers où l'on revit intensément les mystères du Père et du Fils, où l'on préfère, par un paradoxal paroxysme des passions, l'islam à la foi latine. Dans ce monde plein de contradictions, entre l'Orient et l'Occident, la part du dernier des empereurs ne peut être que pathétique et dérisoire à la fois.

Constantin a choisi de mourir, les armes à la main, dépouillé de tous ses insignes royaux, à l'exception de ses brodequins rouges, marque de son rang. A son tour, Jean Angelos, saigné à blanc, les pieds couverts de sang, réclame une mort semblable. Il l'aura. Signe que la destinée d'un homme, une fois assumée, ne peut s'accomplir que dans le déchirement et le dépouillement de son être.

Claude Aziza.

Le 12 décembre 1452.

Je t'ai vue pour la première fois et je t'ai parlé.

Ce fut comme un tremblement de terre qui me bouleversa jusqu'au fond de l'être, ouvrant les tombeaux de mon cœur, et je me sentis étranger à moi-même.

J'ai quarante ans et je me croyais parvenu à l'automne de la vie.

J'ai beaucoup voyagé, subi bien des épreuves et vécu plusieurs existences.

Dieu m'avait parlé, il s'était manifesté à moi sous différentes formes; les anges m'étaient apparus, mais je ne les avais pas crus.

En te voyant, j'ai cru, puisqu'un tel miracle pouvait m'arriver.

Je t'ai vue devant Sainte-Sophie, près des portes de bronze. La foule sortait de la cathédrale où le cardinal Isidore avait lu en latin et en grec, dans un silence de mort, la proclamation de l'Union des Eglises. Durant la messe solennelle qui suivit, il avait récité le *Credo*. Quand il était parvenu à l'adjonction « et du Fils », bien des gens s'étaient voilé la face de leurs mains et les tribunes avaient retenti des sanglots amers des femmes. J'étais serré parmi la foule dans un bas-côté, près d'une colonne grise; quand je la touchai, elle me parut moite, comme si elle avait sué la sueur des tourments.

Ils sortirent tous de l'église dans l'ordre séculaire des préséances; au milieu d'eux marchait le Basileus, notre empereur Constantin, grave et imposant, la tête déjà grisonnante sous sa couronne d'or empanachée. Chacun portait les vêtements et les couleurs conformes à son état, dignitaires des Blachernes, ministres, logothètes, tout le

Sénat, suivi des archontes de Constantinople, dans l'ordre protocolaire. Personne n'avait osé manifester son opposition en ne venant pas. A la droite de l'Empereur, je ne reconnus que trop bien Phrantzès, le chancelier, qui observait la foule de son œil bleu et froid. Parmi les Latins, je remarquai le baile de Venise et bien d'autres personnes, que je connaissais de vue.

Mais le mégaduc Lucas Notaras, amiral de la flotte impériale, je n'avais encore jamais eu l'occasion de le voir. Il était d'une tête plus grand que les autres, brun et fier. Son regard était aigu et méprisant, mais son visage reflétait la mélancolie des anciennes familles grecques. En sortant de la cathédrale, il semblait agité et furieux, comme s'il ne pouvait supporter la honte infligée à son Eglise et à son peuple.

Quand on amena les chevaux, la foule s'agita et se mit à injurier les Latins. On entendait : « Pas d'adjonctions défendues! A bas la domination du Pape. » Je ne voulais pas écouter. J'avais trop entendu tout cela dans ma jeunesse. Mais la foule rugissait son désespoir et sa haine et c'était comme le grondement d'un ouragan – d'un tremblement de terre – que les voix exercées des moines transformèrent en un chant scandé à l'unisson, comme dans la liturgie : « Et pas du Fils, et pas du Fils! » C'était la Saint-Spiridion.

Au moment où le cortège des dames nobles sortait de l'église, une partie de la suite impériale était déjà engagée dans la foule grouillante et hurlante. Autour de la personne sacrée de l'Empereur, le vide se faisait. Il monta sur son cheval, le visage assombri par le chagrin. Il portait un justaucorps pourpre brodé d'or et des bottes pourpres aussi, ornées d'aigles bicéphales.

J'assistais à la réalisation d'un rêve séculaire : l'Union des Eglises orientale et occidentale, la soumission de l'Eglise orthodoxe à l'autorité du Pape et l'abandon de la formule originelle du *Credo*. Après une résistance de plus de dix ans, cette Union avait enfin pris force de loi quand le cardinal Isidore en avait lu la proclamation dans l'église de Sainte-Sophie. Ce même texte avait été lu en grec, voici quatorze ans, dans la cathédrale de Florence, par le métropolite Bessarion, le grand, le savant métropolite Bessarion à la tête ronde qui, comme Isidore, avait reçu du pape Eugène IV le chapeau de cardinal en récompense des services à la cause de la réconciliation.

Quatorze ans déjà. Le soir même j'avais vendu mes livres et mes vêtements, distribué mon argent aux pauvres et quitté Florence. Cinq ans plus tard, je prenais la croix. Devant Sainte-Sophie, tandis que le peuple hurlait, j'évoquais le sentier montagneux d'Assise et le champ de carnage de Varna.

Les cris ayant brusquement cessé, je levai la tête et vis que le mégaduc Notaras avait sauté sur le pied de la colonne de marbre jauni. De la main, il imposa silence à la foule, et la bise de décembre porta à mes oreilles son cri de défi : « Plutôt le turban des Turcs que la tiare du Pape ! »

A ce mot d'ordre, le peuple et les moines éclatèrent en vociférations enthousiastes. Les Grecs de Constantinople hurlèrent d'allégresse : « Plutôt le turban des Turcs que la tiare du Pape ! » C'est ainsi que jadis les Juifs criaient : « Rends-nous Barabbas ! »

De nombreux nobles et archontes se groupèrent ostensiblement autour de Notaras, pour montrer qu'ils l'appuyaient et qu'ils bravaient l'Empereur. Enfin, le peuple livra passage au souverain et à sa suite diminuée. Le cortège des dames nobles continuait à sortir par les vastes portes de bronze, mais il se dispersa aussitôt et se perdit dans la foule.

J'étais curieux de voir comment le peuple accueillerait le cardinal Isidore, qui avait essuyé tant d'avanies pour la cause de l'Union, bien qu'il fût Grec. Mais il ne sortit pas de l'église. Le cardinalat ne l'a point engraissé, il est toujours le même petit homme aux yeux vifs, et il paraît encore plus maigre depuis qu'il s'est rasé la barbe à la mode latine.

« Plutôt le turban des Turcs que la tiare du Pape ! » Ces mots, le mégaduc Notaras les avait sûrement criés pour l'amour de sa ville et de sa foi, et par haine des Latins. Mais en dépit de leur sincérité, je ne pouvais m'empêcher d'y voir un froid calcul politique. Devant la foule déchaînée, Notaras abattait ses cartes pour s'assurer le soutien de l'immense majorité du peuple. En effet, aucun Grec, au fond de son cœur, n'approuve l'Union, non, pas même l'Empereur, qui ne s'y est résigné que pour conclure le traité d'alliance et d'assistance qui doit assurer à Constantinople, en ces heures de péril, l'appui de la flotte pontificale.

Cette flotte se rassemble déjà à Venise. Le cardinal Isidore affirme qu'elle prendra la mer dès que la nouvelle officielle de la proclamation de l'Union sera parvenue à Rome. Mais aujourd'hui, sur le passage de Constantin, le peuple a crié : « Apostat, apostat! » l'injure la plus vile, la plus terrible et la plus meurtrière que l'on puisse adresser à un homme. C'est le prix qu'il doit payer pour dix vaisseaux de guerre. Et qui sait s'ils arriveront jamais!

Le cardinal Isidore a déjà amené avec lui une poignée d'archers recrutés en Crète et dans les îles. Les portes de la ville sont murées. Les Turcs ont ravagé tous les alentours et fermé le Bosphore. Leur base est la forteresse que le Sultan a fait construire l'été dernier, en quelques mois, au point le plus étroit du Bosphore, du côté de Pera, sur la rive chrétienne. L'église de l'archange saint Michel, au printemps dernier, s'y dressait, intacte encore. Mais aujourd'hui, ses colonnades de marbre ont été murées pour soutenir les épais remparts des Turcs et les canons du Sultan surveillent le détroit.

Plongé dans ces pensées, je m'attardais près des grandes portes de bronze. C'est alors que je la vis. Elle s'était débattue pour sortir de la foule et rentrait dans l'église. Elle était essoufflée et son voile était déchiré. Les femmes grecques de l'aristocratie, à Constantinople, cachent leurs visages sous un voile et ont coutume de vivre retirées sous la garde d'eunuques. Lorsqu'elles montent à cheval ou s'installent dans leur litière, des serviteurs se précipitent pour déployer des étoffes devant elles afin de les soustraire aux regards. Leur teint est d'une blancheur diaphane.

Elle me regarda, et le temps suspendit son vol, le soleil cessa de tourner, le passé se fondit dans l'avenir; il ne resta plus que l'instant présent, le seul moment de la vie que le temps jaloux ne peut nous arracher.

J'avais vu beaucoup de femmes. J'avais connu l'amour : froidement et égoïstement, j'avais pris et donné du plaisir. Mais, pour moi, l'amour se réduisait à un méprisable désir charnel qui, une fois assouvi, ne laissait que tristesse. C'est seulement par pitié que j'avais feint d'aimer, jusqu'à ce que je ne puisse plus feindre.

Oui, j'avais vu beaucoup de femmes, jusqu'au jour où

j'avais renoncé à elles, comme à bien d'autres choses. Pour moi, les femmes n'étaient que chair, et je haïssais tout ce qui me liait à mon corps.

Elle était presque de ma taille. Ses cheveux étaient blonds sous le voile brodé. Elle portait un manteau d'une étoffe bleue, où se mêlaient des fils d'argent. Elle avait les yeux bruns et son teint était ivoire et or.

Mais je ne voyais pas sa beauté, du moins pas à ce moment. C'est son regard qui me fascina, car ses yeux m'étaient familiers comme si je les eusse vus en rêve. Dans la nudité brune de ces yeux s'évanouissait tout ce qui est vulgaire et quotidien. Ils s'élargirent de surprise et soudain me sourirent.

Mon ravissement fut si limpide qu'il exclut tout désir terrestre. Il me semblait voir une pure lumière comme on m'avait raconté dans ma jeunesse que les moines mystiques en apercevaient parfois dans la nuit de leurs ermitages, au sommet du mont Athos. Il me semblait que mon corps lui-même s'était mis à briller. Et cette comparaison n'est pas sacrilège car, en cet instant, par un miracle divin, je naissais à une nouvelle vie.

Combien de temps cela dura-t-il? Je ne sais. Peut-être seulement l'espace du souffle qui, à notre heure dernière, libère l'âme du corps.

Nous étions à deux pas l'un de l'autre, mais nous fûmes un instant sur le seuil entre le temporel et l'éternel, comme sur le tranchant d'une lame. Puis je revins dans les limites du temps. Il fallait parler. Je dis:

– N'aie pas peur. Si tu veux, je te raccompagnerai chez ton père.

J'avais reconnu à sa coiffure qu'elle n'était pas mariée. Sur le moment, cela m'importa peu; mariée ou célibataire, ses yeux m'appartenaient. Elle respira profondément et demanda:

– Tu es Latin?

– Si tu veux.

Nous nous regardions et, au milieu de la foule bruyante, nous étions seuls comme si nous venions de nous éveiller à l'aube du paradis. La pudeur embrasait ses joues, mais elle ne baissait pas le regard, car nos yeux se reconnaissaient. Enfin, elle put dominer son émotion et, d'une voix tremblante, elle dit:

– Qui es-tu?

Mais cette question n'était pas une question. Elle révélait simplement que, dans son cœur, elle m'avait reconnu, comme je l'avais reconnue. Pour lui laisser le temps de se remettre de son émoi, je répondis :

– J'ai vécu jusqu'à treize ans en France, dans la ville d'Avignon. Ensuite j'ai été dans bien des pays. Mon nom est Jean Ange. Ici on m'appelle Johannès Angelos.

– Angelos, répéta-t-elle. Ange. C'est pourquoi tu es si pâle et si sérieux. C'est pourquoi j'ai été bouleversée en te voyant.

Elle s'approcha de moi et me toucha le bras.

– Non, tu n'es pas un ange, tu es de chair et de sang. Pourquoi portes-tu un cimeterre ?

– J'y suis habitué. L'acier en est plus résistant que celui des épées forgées par les chrétiens. Je me suis enfui du camp du sultan Mohammed en septembre, quand, sa forteresse achevée, il s'apprêtait à repartir pour Andrinople. Depuis que la guerre a éclaté, votre Empereur ne rend plus les esclaves turcs réfugiés à Constantinople.

– Tu n'es pas vêtu comme un esclave, dit-elle en jetant un regard sur ma tenue.

– Non, répondis-je. Pendant près de sept ans, j'ai appartenu à la suite du Sultan. Mourad m'avait préposé à la garde de ses chiens et il m'a donné ensuite à son fils. Mohammed m'a distingué et a lu avec moi des livres grecs et latins.

– Comment es-tu devenu esclave chez les Turcs ?

– J'ai vécu quatre ans à Florence. A cette époque, j'étais un homme riche, mais je me suis lassé du commerce des draps et j'ai pris la croix. J'ai été fait prisonnier à la bataille de Varna.

Son regard m'invita à continuer :

– Le cardinal-légat Cesarini m'avait engagé comme secrétaire. Après la défaite, il tomba avec son cheval dans un bourbier et les Hongrois, en fuyant, le massacrèrent. Leur jeune Roi fut tué dans la même bataille. Le cardinal l'avait incité à rompre la paix qu'il avait jurée aux Turcs. C'est pourquoi les Hongrois estimaient que Cesarini avait attiré la malédiction sur eux, et Mourad nous traita tous comme des parjures. Pourtant, il ne me fit aucun mal, bien qu'il eût fait exécuter tous les prisonniers qui refusaient de reconnaître son Dieu et le Prophète. Mais j'abuse de ta patience. Pardonne-moi. Je n'ai pas parlé depuis si longtemps!

– Tu ne me lasses pas, dit-elle. J'aimerais en savoir encore davantage sur toi. Mais pourquoi ne demandes-tu pas qui je suis?

– A quoi bon poser des questions? Il me suffit que tu existes. Je ne pensais pas que pareille chose pût encore m'arriver.

Elle ne me demanda pas le sens de ces paroles. Elle jeta un regard autour d'elle et s'aperçut que la foule se dispersait :

– Viens avec moi, murmura-t-elle, et, me prenant par la main, elle m'entraîna vivement à l'abri des immenses portes de bronze.

– Approuves-tu l'Union? demanda-t-elle.

– Je suis Latin, répondis-je en haussant les épaules.

– Allons plus loin, reprit-elle, me tirant toujours par la main. Nous nous arrêtâmes sous le narthex, à l'endroit où les bottes ferrées des gardes avaient si bien usé, depuis mille ans, la dalle de marbre qu'elles y avaient creusé un trou. Les gens qui étaient restés dans l'église par crainte de l'émeute nous observaient à la dérobée. Pourtant, elle jeta ses bras autour de mon cou et me donna un baiser.

– C'est la fête de saint Spiridion, dit-elle en se signant à la manière grecque. Au nom du Père seulement, pas du Fils. Que mon baiser chrétien scelle entre nous un pacte d'amitié, afin que nous ne nous oubliions point. Bientôt les serviteurs de mon père viendront me chercher.

Ses joues étaient brûlantes et son baiser n'était point chrétien. Sa peau fleurait l'hyacinthe. Les lignes minces de ses sourcils étaient teintes en bleu foncé et elle avait rougi ses lèvres comme ont coutume de le faire les grandes dames de Constantinople.

– Je ne puis me séparer de toi ainsi, lui dis-je. Même si tu étais protégée par sept portes verrouillées, je n'aurais pas de cesse que je ne t'aie rejointe. Même si le temps et le lieu nous séparent, je te retrouverai. Tu ne peux m'en empêcher.

– Pourquoi t'en empêcherais-je? dit-elle en levant les sourcils d'un air mutin. Comment sais-tu que je ne brûle pas d'impatience d'en apprendre davantage sur toi et sur tes aventures étonnantes, Maître Angelos?

Sa coquetterie était charmante et le ton de sa voix plus éloquent que ses paroles.

— Dis-moi où et quand, insistai-je.

— Tu ignores l'inconvenance de ta question, dit-elle en fronçant les sourcils. Mais c'est probablement la coutume des Francs.

— Où et quand? répétai-je avec impatience, en lui prenant le bras.

— Comment oses-tu... Elle me jeta un regard plein d'un étonnement réprobateur. Aucun homme n'a encore eu l'audace de me toucher, tu ne sais pas qui je suis.

Mais elle ne chercha pas à se dégager, comme si, cependant, mon contact lui eût été agréable.

— Tu es toi, cela me suffit.

— Je t'enverrai peut-être un message, dit-elle. Qu'importent les convenances, après tout, en ces jours bouleversés. Tu es un Franc, pas un Grec. Mais il peut être dangereux pour toi de me revoir.

— Naguère j'ai pris la croix, parce que la foi me manquait. J'avais obtenu tout, sauf la foi. C'est pourquoi il m'a semblé que je pourrais au moins mourir pour la gloire de Dieu. Je me suis enfui du camp des Turcs afin de tomber pour le Christ sur les remparts de Constantinople. Tu ne peux rendre ma vie plus dangereuse qu'elle ne l'a été et qu'elle ne l'est encore.

— Reste tranquille, dit-elle. Promets-moi de ne pas me suivre. Nous avons déjà suffisamment attiré l'attention.

Elle rabattit sur son visage son voile déchiré et me tourna le dos.

Des serviteurs en livrée bleue et blanche vinrent la chercher. Elle s'éloigna avec eux sans un regard en arrière et je ne la suivis pas. Mais quand elle fut partie, je me sentis faible, comme si tout mon sang s'était écoulé par une plaie béante.

Le 14 décembre 1452.

Les représentants des différentes nations, rassemblés dans l'église de la Vierge sous la présidence de l'empereur Constantin, ont décidé, par vingt et une voix de majorité contre les Vénitiens, de mettre l'embargo sur les navires vénitiens du port, pour renforcer la défense de la ville. Trevisano a protesté au nom des armateurs. Les navires seront autorisés à conserver leurs cargaisons, les capitaines ayant fait serment sur la croix de ne pas chercher à fuir. On versera aux Vénitiens une indemnité de quatre cents besants par mois. C'est un prix exorbitant, mais Venise sait profiter des circonstances, et un homme qui se noie ne compte pas son argent.

L'Empereur a négocié avec Gregorios Mammas, que le peuple appelle le Patriarche-Fantoche, et avec les évêques et les prieurs, la fonte de la vaisselle religieuse pour en battre monnaie. Ce pillage des églises et des monastères a été regardé par les moines comme la première conséquence véritable de la proclamation de l'Union.

Les prix des immeubles et des terrains se sont effondrés. En quelques jours, le taux des prêts à court terme est monté jusqu'à quarante pour cent et il est impossible d'obtenir des prêts à long terme. Les bijoux atteignent des prix fabuleux. Pour un petit diamant, j'ai acheté des tapis et des meubles qui valent six cents ducats. J'aménage la modeste maison que j'ai louée. Le propriétaire la vendrait pour un morceau de pain, mais pourquoi acheter? L'avenir de la ville se compte désormais en mois.

Je n'ai guère fermé les yeux depuis deux nuits. Ma vieille insomnie est revenue. La nervosité me pousse à sortir, à errer dans les rues, mais je reste chez moi, pour le cas où un messager viendrait. Je ne peux pas lire. J'ai assez lu pour comprendre la vanité de tout savoir. Mon serviteur grec espionne chacun de mes pas, mais c'est normal, et jusqu'ici il ne m'a pas gêné. Pourquoi se fierait-on à un homme qui a été au service des Turcs? Mon domestique est un vieillard digne de pitié. Je ne lui reproche pas ses petits gains supplémentaires.

Le 15 décembre 1452.

Un simple billet fermé. Il a été apporté par un marchand de légumes ambulant.

« Cet après-midi, à l'église des Apôtres. » Rien de plus. Vers midi, j'ai dit à mon domestique que j'allais au port et je l'ai envoyé nettoyer la cave. En sortant, je l'y ai enfermé à clef. Je ne tiens pas à être espionné aujourd'hui.

L'église des Apôtres se dresse au point le plus élevé de

la ville. Elle était tout indiquée pour un rendez-vous clandestin, car on n'y voyait que quelques vieilles femmes en noir qui priaient devant les icônes. Mon costume ne suscitait aucune attention particulière; en effet, toute la journée, l'église est fréquentée par des marins latins qui viennent visiter les tombes des empereurs et les reliques. A l'entrée, à droite de la porte, entouré d'une simple barrière de bois, est conservé un fragment de la colonne à laquelle était lié Notre Sauveur, tandis que les soldats romains le fustigeaient.

Mon attente qui durait depuis deux heures déjà, me semblait longue. Personne ne faisait attention à moi. A Constantinople, le temps a déjà perdu son importance. Les femmes en prière devant les icônes étaient plongées dans l'extase. Quand elles se relevaient, comme sortant d'un rêve, elles jetaient un regard d'étonnement autour d'elles, et l'indicible mélancolie de la ville mourante revenait dans leurs yeux. Elles arrangeaient leur voile sur leur visage et sortaient, la tête baissée.

Il faisait chaud dans l'église. Sous les dalles de marbre circulaient les canaux d'un hypocauste, comme chez les anciens Romains. L'impatience de l'attente m'incita à prier, ce que je n'avais pas fait depuis longtemps. Je m'agenouillai devant l'iconostase :

« Dieu tout-puissant, Toi qui t'es incarné en ton Fils sur la terre, d'une manière incompréhensible à notre raison, pour nous délivrer de nos péchés, aie pitié de moi. Aie pitié de mes doutes et de mon incrédulité que ni Tes paroles, ni les écrits des Pères de l'Eglise, ni aucune philosophie terrestre n'ont pu dissiper. Ta volonté m'a poussé de-ci de-là et m'a fait goûter à tous Tes dons, sagesse et stupidité, pauvreté et richesse, puissance et servitude, violence et tolérance, passion et sérénité, plume et épée, mais rien, rien n'a pu me guérir. De désespoir en désespoir Tu m'as traqué dans ma culpabilité comme un chasseur impitoyable poursuit un gibier épuisé, jusqu'au jour où il ne m'est plus resté qu'à offrir ma vie pour Ton nom. Mais Tu n'as pas consenti à accepter ce sacrifice. Que veux-Tu donc de moi, Dieu incompréhensible ? »

Mais je m'aperçus que cette prière n'exprimait que mon orgueil invétéré. J'en eus honte et je repris humblement :

« Toi qui es, aie pitié de moi. Accorde-moi, non pour mes mérites, mais par Ta grâce, le pardon de mes péchés et délivre-moi de mon effrayante culpabilité avant que je n'y succombe. »

Le calme revint en moi. Je me sentais froid, et pourtant brûlant comme un glaçon. J'éprouvais ma force dans mes membres et, pour la première fois depuis des années, je fus heureux d'exister. J'aimais et j'attendais, tout le passé tombait en cendres derrière moi, comme si je n'avais jamais aimé ni attendu. A peine me rappelais-je, comme une ombre lointaine, la jeune fille de Ferrare qui, les cheveux ornés de perles, se promenait dans le jardin de la Philosophie, avec une cage d'oiseau en or, qu'elle élevait au bout de son bras blanc comme une lanterne pour éclairer.

Et plus tard. J'avais enterré un inconnu dont les renards avaient rongé le visage dans la forêt. Je soignais alors des pestiférés dans un abri enfumé, parce que les disputes et les discussions incessantes sur la lettre de la foi m'avaient plongé dans le désespoir. Elle vint à moi, cherchant la boucle de sa ceinture qu'elle avait perdue. Elle aussi était désespérée, cette belle fille qui paraissait inaccessible. Je lui enlevai ses habits souillés par la peste et les brûlai dans le four du saulnier. Puis nous nous étions couchés côte à côte pour nous réchauffer. Elle était la fille d'un duc et moi un simple traducteur de la chancellerie pontificale. Il y avait bientôt quinze ans de cela. Et plus rien en moi ne frémissait à cette évocation. Je dus me creuser la mémoire pour retrouver son nom : Béatrice. Le duc admirait Dante et lisait des romans de chevalerie français. Il avait fait décapiter son propre fils et sa femme pour adultère, mais lui-même avait séduit sa fille. Jadis, à Ferrare. C'est pourquoi j'avais retrouvé la fille du jardin dans la cabane des lépreux.

Une femme au visage dissimulé derrière un voile brodé de perles s'arrête près de moi dans l'église. Elle est presque de ma taille. Elle porte un manteau de fourrure. Je sens le parfum d'hyacinthe. Elle est venue, ma bien-aimée.

– Ton visage, lui dis-je. Découvre ton visage, pour que je croie que c'est vraiment toi.

– C'est mal, dit-elle.

Elle était toute pâle, et ses yeux bruns semblaient effrayés.

— Où est le mal, où est le bien? demandai-je. Nous vivons à la fin des temps. Qu'importe ce que nous faisons?

— Tu es Latin, dit-elle d'un ton de reproche. Un mangeur de pain azyme. Seul un Latin peut parler ainsi. L'homme sent dans son cœur le bien et le mal. Socrate déjà le savait. Mais tu ironises comme Pilate, qui demandait ce qu'est la vérité.

— Par les plaies du Christ! Es-tu venue pour m'enseigner la philosophie? Vraiment, tu es bien Grecque.

Elle se mit à sangloter, de crainte et d'énervement. Je la laissai pleurer, pour qu'elle se calmât. Elle était venue, elle tremblait dans son manteau de fourrure, malgré la chaleur de l'église, elle pleurait sur moi et sur elle. Pouvais-je désirer une meilleure preuve que j'avais touché son âme, tout comme elle avait ouvert soudain les tombeaux de mon cœur?

Je mis la main sur son épaule et dis :

— Tout est sans importance. La vie, le savoir, la philosophie, même la religion, brasiers aussi vite éteints qu'allumés. Soyons simplement deux adultes dont les yeux se sont miraculeusement reconnus et qui peuvent mettre leur pensée à nu. Je ne suis pas venu pour me quereller avec toi.

— Et pourquoi donc es-tu venu?

— Je t'aime.

— Bien que tu ne saches pas qui je suis, bien que tu ne m'aies vue qu'une seule fois.

Qu'aurais-je pu répondre? Elle baissa les yeux, recommença à trembler et murmura :

— Je n'étais pas du tout sûre que tu viendrais.

— Ma bien-aimée..., dis-je, car jamais encore je n'avais entendu plus bel aveu d'amour.

Et de nouveau, j'éprouvai combien l'homme est incapable de s'exprimer par des paroles. Pourtant les sages et les savants croient pouvoir expliquer par des mots Dieu lui-même.

Je lui tendis mes mains et, spontanément, elle y plaça les siennes, toutes froides. La paume en était lisse, les doigts minces et fermes. C'étaient des mains qui n'avaient jamais travaillé. Nous restâmes longtemps immobiles ainsi à nous regarder. Nous n'avions pas besoin de mots. Ses yeux bruns et tristes erraient sur mon front, mes joues, mon menton, mon cou, comme mus par une curiosité insatiable, comme si elle voulait graver dans sa mémoire chacun de mes traits. Les vents ont mordu ma peau, les jeûnes ont creusé mes joues, aux coins de ma bouche les déceptions ont dessiné des rides amères et mon front est buriné par les pensées. Mais je ne rougissais pas de mon visage. Il est comme une tablette de cire où la vie a gravé sa trace profonde.

— Je veux tout savoir de toi, dit-elle en me serrant les doigts. Tu te rases le menton. Cela te rend étrange et effrayant comme un prêtre latin. Es-tu un clerc ou un soldat?

— J'ai passé d'un pays à l'autre et d'une condition à l'autre, comme une étincelle chassée par le vent. J'ai étudié la philosophie, le nominalisme et le réalisme et aussi les écrits des anciens. Fatigué des mots, j'ai même voulu exprimer les idées par des lettres et des chiffres, comme Raymond Lulle. Mais nulle part je n'ai trouvé la clarté. C'est pourquoi j'ai choisi le glaive et la croix... J'ai été marchand aussi, j'ai appris la comptabilité en partie double qui prouve que la richesse elle-même n'est qu'un mirage, des signes sur du papier, tout comme la philosophie et les mystères sacrés.

Et avec un peu d'hésitation, en baissant la voix, j'ajoutai :

— Mon père était Grec, bien que j'aie été élevé dans l'Avignon des papes.

Elle retira brusquement ses mains, comme si cette révélation l'effrayait :

— C'est bien ce que je pensais, dit-elle. Si tu te laissais pousser la barbe, tu ressemblerais à un Grec. C'est pourquoi, dès le premier instant, tu m'étais aussi familier que si je t'avais connu, comme si j'avais cherché ton ancien visage sous l'actuel.

— Non, dis-je, non, ce n'est pas pour cela.

Elle jeta un regard autour d'elle et ramena son voile sur son menton et sur sa bouche :

— Parle-moi de toi, dit-elle. Mais promenons-nous en feignant de visiter l'église afin de ne pas attirer l'attention. On pourrait me reconnaître.

Elle posa familièrement la main sur mon bras, et nous

nous mîmes à marcher, regardant les tombes des empereurs, les icônes et les reliquaires d'argent. Il me semblait qu'une langue de feu me caressait le corps, tandis que sa main reposait sur mon bras. Mais mon mal était délicieux. Je lui parlai à voix basse :

— Je ne me souviens guère de mon enfance. Elle est comme un rêve où je ne discerne plus la réalité. Mais je me rappelle qu'en jouant avec mes camarades sous les murs d'Avignon et sur la rive du fleuve, je leur récitais de longs passages en grec et en latin. J'avais appris par cœur bien des choses que je ne comprenais pas, à force de faire la lecture à mon père, après qu'il fut devenu aveugle.

— Aveugle ? répéta-t-elle.

— Quand j'avais huit ou neuf ans, il partit pour un long voyage et resta un an absent. A son retour, il fut attaqué par des voleurs qui lui crevèrent les yeux pour qu'il ne puisse pas les reconnaître et témoigner contre eux.

— A Constantinople, on ne crève les yeux qu'aux empereurs déposés et aux fils qui se révoltent contre leur père. Les sultans nous ont emprunté cette coutume.

— Mon père était Grec; à Avignon, on l'appelait Andronicos le Grec et, plus tard, tout simplement l'Aveugle grec.

— Pourquoi ton père est-il allé dans le pays des Francs ? demanda-t-elle d'un ton surpris.

— Je l'ignore, répondis-je, car je ne pouvais pas lui révéler mon secret. Il finit ses jours à Avignon. J'avais treize ans quand il tomba dans un fossé derrière le palais des papes et se cassa le cou. Tu m'as demandé de te parler de moi. Enfant, j'avais souvent des visions que je prenais pour la réalité. Je voyais des anges. Je porte leur nom, après tout. Je me rappelle mal tout cela, mais on me l'a imputé à crime durant le procès.

— Le procès ? dit-elle en fronçant les sourcils.

— A l'âge de treize ans, j'ai été condamné comme parricide. On m'accusa d'avoir attiré mon père au bord du fossé et de l'y avoir poussé pour hériter de sa fortune. Comme il n'y avait pas de témoins, on me battit pour me faire avouer. Finalemet, je fus condamné à la roue et au bûcher. Voilà mon enfance.

Elle me saisit la main, me regarda dans les yeux et dit :

– Ce ne sont pas là les yeux d'un meurtrier. Raconte-moi tout, pour te soulager.

– Je n'y pense plus depuis des années. Je n'ai jamais eu envie de le raconter à qui que ce soit. J'ai tout effacé de ma mémoire. Mais à toi, il m'est facile de parler. C'est si vieux. J'ai quarante ans et, depuis, j'ai vécu bien des vies. Mais je n'ai pas tué mon père. Certes, il était sévère et coléreux, il me battait parfois, mais, dans ses bons moments, il était gentil pour moi. De ma mère, je ne sais rien. Elle est morte en me donnant le jour, serrant vainement dans sa main une pierre miraculeuse... Devenu aveugle, mon père s'était probablement lassé de vivre. C'est ce que j'ai pensé par la suite. Un matin, il me dit d'être sans inquiétude, quoi qu'il arrivât. Il avait beaucoup d'argent, plus de trois mille pièces d'or, me dit-il, déposées chez le bijoutier Gerolamo. Il avait fait un testament en ma faveur et désigné Gerolamo comme mon tuteur, jusqu'à ce que j'aie seize ans. Cela se passait au printemps. Il me demanda de le mener en haut de la pente, derrière le château. Il voulait entendre le bruissement du vent et les battements d'ailes des oiseaux qui arrivaient du sud. Il me dit qu'il avait rendez-vous avec des anges et me pria de le laisser seul; je reviendrais le chercher dans la soirée, avant les vêpres.

– Ton père avait-il abandonné la religion grecque? demanda-t-elle d'un ton brusque.

C'était une vraie fille de Constantinople.

– Il allait à la messe, confessait ses péchés, communiait à la manière latine et achetait des indulgences pour échapper au purgatoire... Il m'avait dit qu'il avait rendez-vous avec des anges, et je l'ai retrouvé mort au bas de la pente. Il était las de vivre aveugle et malheureux.

– Mais, dit-elle, comment a-t-on pu t'accuser?

– On me rendit responsable de tout. On prétendit que je convoitais l'argent de mon père. Quand je racontai que celui-ci était allé voir des anges, on crut que j'inventais des mensonges. Gerolamo fut le plus acharné à témoigner contre moi. Il m'avait vu, dit-il, de ses propres yeux mordre mon père à la main un jour qu'il me corrigeait. Quant à l'argent soi-disant déposé chez lui, il n'existait pas, ce n'était qu'une divagation de vieillard. Quand mon père était devenu aveugle, il avait certes une petite somme chez Gerolamo, mais il y avait belle lurette qu'elle était dépensée et c'était seulement par pitié que lui, Gerolamo avait continué à entretenir le vieillard des produits de ses fermes. Il ne fallait pas croire que, par là, il lui payait l'intérêt d'une somme quelconque, comme le vieillard se l'imaginait. C'était charité pure et simple. L'Aveugle grec se contentait de peu et jeûnait souvent. Pour montrer sa bonne volonté, Gerolamo promit de donner un chandelier d'argent à l'église en mémoire de mon père et il accepta de prendre tous les livres grecs que personne ne pouvait lire en paiement de la dette que je lui avais. Mais je crains de t'ennuyer.

– Non, dit-elle. Raconte-moi comment tu t'en es tiré.

– J'étais le fils de l'Aveugle grec, un étranger. Aussi personne ne se leva pour prendre ma défense. Mais l'évêque entendit parler des trois mille ducats et me cita devant le tribunal ecclésiastique. Le prétexte était que, pendant qu'on me torturait, j'avais parlé d'anges comme lorsque j'étais plus petit. Le tribunal laïc ne s'était pas inquiété du côté théologique de l'affaire et s'était contenté de me déclarer dément. Mais l'argent compliqua les choses et, finalement, les deux tribunaux engagèrent une dispute de compétence à savoir lequel aurait le droit de me condamner et de confisquer la fortune laissée par mon père.

– Comment t'en es-tu tiré?

– Je ne sais pas, répondis-je franchement. Je ne prétends pas que mes anges m'aient sauvé, mais un jour mes chaînes me furent enlevées et le lendemain matin je vis que la porte de la prison était restée ouverte. Je sortis. Après ma longue détention dans les ténèbres, la lumière m'éblouissait. Près de la porte de la ville, je trouvai un colporteur qui me demanda si je voulais l'accompagner. On aurait dit qu'il m'attendait, car il semblait me connaître et me posa tout de suite des questions sur mes visions. Dans la forêt, il sortit un livre de sa besace. C'était une traduction française des quatre Évangiles. Il me demanda de lui en lire un passage à haute voix. C'est ainsi que j'entrai en contact avec les Frères de la Libre Pensée. C'est peut-être eux qui m'avaient délivré, car bien des gens en font partie, sans qu'on s'en doute.

– Les Frères de la Libre Pensée, dit-elle. Qui est-ce?

– Je ne veux pas t'ennuyer. Je te le dirai une autre fois.

– Comment sais-tu que nous nous reverrons? demanda-t-elle. J'ai eu beaucoup de peine à arranger cette rencontre; plus que tu ne peux l'imaginer, toi qui es habitué à la liberté des mœurs latines. Il est plus facile à une femme turque de venir à un rendez-vous qu'à une femme grecque si l'on en croit les légendes.

– Dans les légendes, la ruse de la femme l'emporte toujours sur la sagesse du gardien. Etudie bien ces légendes, elles sont fort instructives.

– Naturellement, tu es bien renseigné dans ce domaine.

– Tu n'as aucune raison d'être jalouse. Au palais du Sultan je m'occupais de tout autre chose.

– Moi, jalouse? Tu as une trop bonne idée de ta personne, lança-t-elle en rougissant de dépit. Comment saurais-je si tu n'es pas un vulgaire séducteur comme les autres Francs? Peut-être, cherches-tu à faire la conquête d'une pauvre écervelée, rien que pour t'en vanter ensuite dans les cabarets du port.

– Comment, comment? dis-je en lui serrant le poignet. C'est de cette manière que tu connais les Francs? Voilà quelle espèce de femme tu es? Mais n'aie pas peur. Je sais me taire. Je me suis donc trompé sur ton compte, et il vaut mieux que nous ne nous revoyions plus. Tu trouveras facilement un capitaine de navire ou un officier franc pour me remplacer.

Elle arracha sa main de la mienne et se frotta le poignet. Elle respira longuement, me regarda de ses yeux bruns et redressa fièrement la tête :

– Retourne au port. Il n'y manque pas de femmes faciles. Bois à plein gosier, cherche noise aux autres et braille à la manière franque. Tu trouveras sans peine une consolatrice. Que Dieu te garde!

– Adieu, criai-je aussi, fou de colère.

Elle traversa rapidement l'église sur les dalles de marbre lisses comme du verre. Elle avait une démarche élégante. Je sentis le goût du sang dans ma bouche, tant je m'étais mordu les lèvres pour ne pas la rappeler. Puis elle ralentit le pas. Près de la porte, elle se retourna. Me voyant immobile, sans la moindre intention de me précipiter à sa poursuite, elle fut si mortifiée qu'elle revint vers moi en courant et m'appliqua un soufflet sur la joue. Mes oreilles tintèrent, ma joue rougit, mais l'allégresse envahit mon cœur. C'est qu'elle ne m'avait pas frappé sans réfléchir : elle avait d'abord jeté un regard autour d'elle pour s'assurer que personne ne nous voyait.

Je ne dis rien, pas un mot de reproche. Au bout d'un instant, elle se détourna et partit. Immobile, je la regardai s'éloigner. Au milieu de l'église, sous l'empire de ma volonté, elle ralentit le pas, hésita, fit volte-face et revint vers moi. Elle souriait déjà et ses yeux rayonnaient de malice.

— Pardon, mon cher, dit-elle. On m'a certainement mal élevée, mais me voilà de nouveau tout à fait gentille. Je n'ai malheureusement pas de livre de légendes turques. Tu devrais m'en prêter un, pour que je puisse apprendre comment la ruse de la femme l'emporte sur la sagesse de l'homme.

Elle me prit la main, la baisa et la serra contre son visage.

— Sens-tu comme mes joues sont chaudes ?

— Fais attention, dis-je. Du reste, ma joue est encore plus chaude que la tienne. Et tu n'as pas besoin d'apprendre la ruse. Les Turcs n'ont rien à t'enseigner.

— Comment as-tu pu me laisser partir sans me courir après ? Tu m'as profondément offensée dans ma dignité féminine.

— Tout ceci n'est encore qu'un jeu, dis-je, tu auras d'autres occasions de battre en retraite. Je ne te poursuivrai pas. Je ne te harcèlerai pas. Tu choisiras toi-même.

— Je n'ai déjà plus le choix, dit-elle gravement. J'ai choisi lorsque je t'ai écrit un billet. J'ai choisi lorsque je ne t'ai pas repoussé dans l'église. J'ai choisi quand tu as plongé ton regard dans mes yeux. Mais ne me complique pas trop les choses.

Nous sortîmes de l'église en nous donnant la main. Elle s'effraya de voir que la nuit approchait déjà.

— Ne puis-je t'accompagner un peu ? dis-je, incapable de retenir cette demande.

Elle n'eut pas le courage de refuser, bien que ce fût une imprudence. Le crépuscule tombait sur les coupoles vertes des églises ; des lampes s'allumaient devant les maisons de la grand-rue ; nous cheminions côte à côte, suivis par un chien jaune et maigre qui s'était attaché à moi pour quelque raison inconnue et m'avait accompagné de ma maison à l'église des Apôtres où il avait attendu ma sortie.

28

Nous passâmes devant les ruines de l'Hippodrome. C'est là que, sur la piste, pendant le jour, les jeunes Grecs s'exercent au tir à l'arc ou jouent au polo. Le crépuscule agrandissait les bâtiments en ruine. La gigantesque coupole de Sainte-Sophie se dressait vers le ciel. Devant nous s'étalait l'énorme masse de pierre de l'ancien palais impérial où ne brillait aucune lumière. Les ténèbres charitables nous cachaient que nous errions dans une ville mourante. Les colonnes de marbre jaunissaient, les murs se crevassaient, les jets d'eau avaient tari et, dans les jardins, les feuilles tombées des platanes remplissaient les vasques moussues. Comme par un accord tacite, nous avions ralenti notre marche. L'étoile du soir s'était déjà allumée à l'horizon. Nous nous arrêtâmes à l'ombre des colonnes brisées du vieux palais.

— Il faut que je rentre, dit-elle. Tu ne peux pas m'accompagner plus loin.

— Ta pelisse pourrait tenter des voleurs ou des mendiants.

— A Constantinople, il n'y a ni voleurs ni mendiants, déclara-t-elle fièrement en redressant la tête. Peut-être dans le port, ou à Pera. Mais pas dans la ville même.

Et c'est vrai. A Constantinople il y a peu de mendiants et ceux que l'on rencontre sont maigres et fiers. On en voit parfois près des églises, le regard au loin, comme s'ils contemplaient un passé millénaire. Si un Latin vient à leur faire l'aumône, ils marmonnent une bénédiction, mais ils crachent par terre dès qu'il a tourné le dos et frottent la piécette contre leurs haillons pour la purifier du contact du Latin. S'il leur arrive de tomber dans la misère, hommes et femmes préfèrent entrer au couvent plutôt que de se mettre à mendier.

— Il faut que je m'en aille, répéta-t-elle.

Mais brusquement elle passa son bras autour de ma taille et pressa sa tête contre ma poitrine, si bien que je sentis dans l'air froid le parfum d'hyacinthe de sa peau.

Mes lèvres ne cherchèrent ni sa joue ni sa bouche. Je ne voulais pas l'offenser par un geste de désir.

— Quand nous reverrons-nous? lui demandai-je.

Ma bouche était si sèche que ma voix était rauque.

— Je ne sais pas, dit-elle tristement. Je ne sais vraiment pas. C'est la première fois que pareille chose m'arrive.

— Ne peux-tu venir chez moi? En secret, sans être vue.

Je n'ai qu'un domestique qui m'espionne, mais je peux le renvoyer. Je suis habitué à me débrouiller sans serviteur.

Elle garda si longtemps le silence que je m'en inquiétai.

— J'espère que je ne t'ai pas offensée, lui dis-je. Je pensais que tu pouvais me faire confiance. Je ne te veux aucun mal.

— Ne renvoie pas ton domestique, dit-elle. Cela éveillerait des soupçons. Chaque étranger est surveillé. On t'espionnerait d'une autre manière, peut-être plus dangereuse encore. Je ne vois vraiment pas ce que nous devons faire.

— En Occident, dis-je avec hésitation, les femmes se servent d'une amie, chez qui elles prétendent qu'elles vont en visite. En cas de besoin, l'amie jure que c'est vrai, afin qu'on lui rende éventuellement le même service. Les hommes et les femmes peuvent aussi se rencontrer librement et converser dans les bains publics.

— Je n'ai personne à qui je puisse me fier.

— C'est donc que tu ne veux pas me revoir, dis-je sèchement.

— Dans huit jours, je viendrai chez toi, déclara-t-elle en redressant la tête. Je viendrai dès le matin, si je le puis. Je sèmerai mon chaperon au marché ou dans les magasins des Vénitiens. Cela me vaudra des ennuis, je le sais. Mais je viendrai. De ton côté, occupe-toi de ton domestique.

— Sais-tu où j'habite ? C'est une simple maison de bois près de la mer, derrière le quartier vénitien. Tu la reconnaîtras à un lion de pierre devant la porte.

— Bien, bien, dit-elle d'un ton enjoué. Je connais ton vilain petit lion de pierre. Hier, en allant faire des achats, je me suis fait porter devant ta maison dans l'espoir de t'apercevoir. Mais en vain. Que Dieu bénisse ta maison !

Elle s'éloigna d'un pas rapide et disparut dans le crépuscule.

Le 20 décembre 1452.

J'ai assisté sur le quai au départ du dernier navire pour Venise. C'était un bateau rapide, dont le capitaine était chargé par l'Empereur d'expliquer à la Signoria les causes de l'embargo sur les grandes galères. Le Basileus a également adressé par diverses voies des demandes de secours à la Hongrie. Mais le régent Hunyad a juré, en baisant la croix, une paix de trois ans avec Mohammed, lorsque celui-ci est monté sur le trône, il y a deux ans. A Varna, en 1444, et à Kossova, en 1448, Mourad lui avait prouvé qu'une guerre contre les Turcs était ruineuse pour la Hongrie. Je ne compte pas sur l'aide de la chrétienté. Mohammed sera plus rapide qu'elle.

L'été dernier, j'ai vu le jeune Sultan, les mains dans la glaise et tout couvert de chaux, construire sa forteresse sur la rive du Bosphore, pour inciter par son exemple ses gens à redoubler de zèle. Il a même forcé les vieux vizirs à remuer des pierres et à brasser le mortier. A ce que je sache, jamais encore dans l'histoire une forteresse aussi puissante n'a été bâtie en si peu de temps. Il n'y manquait plus que les toits de plomb des tours lorsque je me suis enfui du camp du Sultan.

Les gros canons de bronze du fondeur Orban ont supporté la déflagration de la poudre et démontré leur résistance. Aucun navire n'est arrivé de la mer Noire depuis qu'une galère vénitienne a été coulée par un seul boulet. Le capitaine avait refusé d'amener ses voiles : son corps est maintenant empalé sur la rive du Bosphore, près de la forteresse, et les membres de son équipage pourrissent aux alentours. Le Sultan n'a épargné que quatre marins qu'il a envoyés à Constantinople raconter ce qui s'était passé. C'était il y a deux mois.

Mais l'empereur Constantin semble bien résolu à se défendre. Sur toute la longueur des remparts on procède à des réparations. Les dalles des cimetières, hors des murailles, servent à renforcer les enceintes. C'est une sage décision, car les Turcs les utiliseraient certainement durant le siège. Mais on raconte que les entrepreneurs sabotent les travaux et empochent des sommes énormes. Personne ne s'en plaint. Au contraire. Le peuple en éprouve une joie maligne. L'Empereur est un apostat, il est papiste. C'est pourquoi il est licite de le voler, comme tous les Latins. En vérité, cette ville préfère les Turcs aux Latins.

N'a-t-elle point d'ailleurs comme protectrice la Panaghia des Blachernes, la Vierge miraculeuse ? La femme du boulanger a raconté aujourd'hui avec le plus grand sérieux que lorsque Mourad assiégeait la ville, il y a trente ans, la Vierge était apparue en robe violette sur la muraille; elle inspira aux Turcs une telle panique qu'ils mirent le feu à leurs machines de siège et à leur camp avant de disparaître dans la nuit. Comme si Mourad n'avait pas eu d'autres raisons, plus péremptoires, de lever le siège.

Comme une seule semaine peut être longue! Qu'il est étrange d'attendre lorsque déjà l'on croyait n'avoir plus rien à attendre. L'attente est une jouissance quand l'ardeur irritante et l'impatience de la jeunesse ont depuis longtemps disparu. Mais je n'ai plus la force de croire. Peut-être n'est-elle point telle que je la vois. Peut-être que je m'abuse. Bien qu'un vent glacial souffle de la mer de Marmara et que des flocons de neige flottent dans l'air, je n'ai pas besoin de brasero. Mon corps est comme un poêle ardent.

Le 22 décembre 1452.

La fête de la Nativité approche. Les Vénitiens et les Génois s'y préparent. Mais les Grecs ne font pas grand cas de Noël. Leur fête est Pâques. Non point fête de la Passion, mais journée allègre de la Résurrection. Leur foi est ardente, inspirée, mystique et tolérante. Ils ne brûlent pas les hérétiques, ils leur permettent de se retirer dans des monastères pour s'y repentir de leurs péchés. Ils n'ont pas lapidé le cardinal Isidore, ils lui ont simplement crié : « Remporte à Rome ton pain azyme! »

Jamais je n'ai vu dans les pays occidentaux cette ardeur religieuse et cette piété extatique qui brillent sur les visages des fidèles, ici, dans les églises. En Occident, on rachète ses péchés à prix d'argent.

Mais leur ville se meurt. Les gigantesques remparts encerclaient jadis une cité d'un million d'âmes. A présent, rétrécie, Constantinople ne vit plus que sur les collines autour des places centrales et sur les pentes qui entourent le port. Les maisons écroulées, les ruines et les espaces déserts s'étendent des régions habitées jusqu'aux murailles, pâturages stériles pour les chèvres, les ânes et les chevaux. Une herbe grossière, des buissons épineux, des maisons abandonnées dont les toits se sont effondrés.

Et le vent souffle de la mer de Marmara. Indicible mélancolie.

Venise a envoyé deux vaisseaux de guerre. Le pape Eugène a donné cinquante mercenaires arrivés avec le cardinal Isidore. A part cette aide, Constantinople ne peut compter que sur des navires retenus de force et des Latins enrôlés par de belles promesses. J'allais oublier les cinq galères byzantines de l'Empereur, qui se balancent dans le port, sans voiles, empestant la pourriture. Les canons sont pleins de vert-de-gris et inutilisables. Mais aujourd'hui des hommes s'affairent à bord. Manifestement le mégaduc Notaras se propose de remettre les bateaux en état de naviguer, bien que l'Empereur manque d'argent pour cela. Les navires de guerre sont un plaisir coûteux.

Quelques cargaisons de céréales, d'huile et de vin sont arrivées des îles de la mer Egée. On dit que les Turcs ravagent la Morée, il est donc inutile d'en attendre du secours : d'ailleurs, l'Empereur ne peut guère compter sur ses frères : Démétrios était déjà un adversaire de l'Union à Florence. Après la mort de l'empereur Jean, la guerre aurait éclaté entre les frères, sans leur mère.

Je ne les connais pas. Je ne cherche pas à gagner leur cœur. Ils me restent étrangers. Leur ère n'est pas la mienne. Ils vivent en l'an 6960 de la création du monde. Les Turcs, eux, en sont à l'année 856 de l'hégire. Le monde est insensé. Ou bien serais-je trop Latin dans mon cœur ?

Ainsi, elle n'est pas venue. Sans doute a-t-elle seulement cherché à gagner du temps par une promesse, pour se débarrasser décemment de moi et me faire perdre ses traces. Je ne sais même pas son nom. Mais à quoi bon me tourmenter ? Ce n'était qu'un caprice, un accès de curiosité de sa part.

Et elle est Grecque, vraiment. Dans ses veines coule ce sang grec qui, par mon père, coule aussi dans les miennes. Le sang dégénéré, perfide, cruel de Byzance. Si la femme est perfide dans tous les pays, qu'elle soit chrétienne ou turque, la Grecque n'est-elle point la plus perfide de toutes ? Elle a derrière elle une expérience deux fois millénaire.

Mon cœur est de plomb, le sang dans mes veines est de plomb. Je hais cette ville angoissante, abîmée dans la contemplation de son passé, et qui ne voit pas que la ruine est à ses portes.

Je hais, parce que j'aime.

Le 26 décembre 1452.

Mon serviteur m'a causé une vive surprise ce matin en me disant :

– Maître, ne va pas trop souvent à Pera.

Pour la première fois, je l'ai attentivement regardé. Jusqu'ici il n'était pour moi qu'un désagrément qui accompagnait la location de la maison. Il entretenait ma garde-robe et m'apportait à manger, il veillait pour le compte du propriétaire sur les meubles, il balayait la cour et, sans aucun doute, il transmettait à la chambre noire des Blachernes des renseignements sur mes actes et sur les gens que je voyais.

En somme, je n'avais rien à lui reprocher. C'était un vieillard pauvre et digne de pitié. Mais je n'aimais pas le voir. A présent, je l'ai vu : c'est un petit homme à la barbe clairsemée. Ses genoux sont malades et il a les yeux immensément tristes des Grecs de Constantinople. Il porte des vêtements élimés et tachés de graisse, et un pantalon rapiécé.

– Qui t'a dit de me parler ainsi ? lui demandai-je.

– Je pense seulement à ton bien, répondit-il d'un ton vexé. Tant que tu habiteras dans cette maison, tu es mon maître.

– Je suis Latin.

– Non, non, tu n'es pas Latin, protesta-t-il. Je le vois à ton visage.

A mon grand étonnement, il s'est alors jeté à mes pieds, il a pris ma main pour la baiser et m'a dit :

– Ne me méprise point, ô mon maître. Certes, je bois le vin qui reste dans le pot et je ramasse les piécettes que tu sèmes, et je porte aussi un peu d'huile à ma tante malade, car toute ma famille est bien pauvre. Mais je ne le ferai plus, maintenant que je t'ai reconnu.

– Je n'ai pas lésiné sur la nourriture, lui dis-je d'un ton surpris. Le pauvre a le droit de vivre des miettes qui tombent de la table du riche. Tu peux entretenir toute ta famille, tant que je serai ton maître. Je n'attache aucune valeur à l'argent. Bientôt viendra le moment où l'argent et les biens perdront leur importance. Devant la mort, nous sommes tous égaux et dans la balance de Dieu la vertu du moucheron pèse autant que celle de l'éléphant.

Je lui ai parlé longuement pour mieux scruter son visage. Il me semble sincère, mais le visage de l'homme est trompeur, et comment un Grec pourrait-il se fier à un Grec?

— Inutile de m'enfermer dans la cave si tu ne veux pas que je sache ce que tu fais et où tu vas, me dit-il alors. Il y a fait si froid que mes os se glacent. Depuis l'autre jour, je suis enrhumé, j'ai mal aux oreilles et mes genoux sont douloureux.

— Relève-toi, bonhomme, et guéris tes maux avec du vin, dis-je en lui tendant un besant d'or.

C'était une fortune pour lui, car à Constantinople les pauvres sont très pauvres et les rares riches richissimes.

Il a regardé la pièce d'or dans ma main et son visage s'est éclairé, mais il a secoué la tête:

— Maître, m'a-t-il dit, je ne me suis pas plaint pour mendier. Tu n'as pas besoin de m'acheter. Si tu le veux, je ne verrai et n'entendrai rien de ce que tu désires que je ne voie ni entende. Tu n'as qu'à donner des ordres.

— Je ne comprends pas.

Il montra le chien jaune, déjà moins maigre, qui reposait sur sa natte près de la porte, suivant chacun de mes gestes, le museau entre les pattes.

— Ce chien ne t'obéit-il pas et ne te suit-il pas, lui aussi? demanda-t-il.

— Je ne te comprends pas, lui répétai-je en lui jetant le besant. Il se baissa pour le ramasser et me regarda ensuite droit dans les yeux.

— Tu n'as pas à te dévoiler pour moi, dit-il. Comment pourrais-je même y penser? Je respecte ton secret. Je prends ton argent, puisque tu l'ordonnes. C'est une grande joie pour moi et pour ma famille. Mais ce m'est une joie plus grande encore d'être à ton service.

Ces allusions mystérieuses m'agaçaient. Probablement, comme les autres Grecs, il pensait que j'étais resté secrètement au service du Sultan et que ma fuite n'était que simulée. Peut-être aussi croyait-il que je pourrais lui épargner l'esclavage quand la ville serait prise. Mais comment me fier à un homme d'aussi basse extraction?

– Tu te trompes si tu penses tirer profit de moi. Je ne suis plus au service du Sultan. Dix fois déjà je l'ai dit et juré à ceux qui t'ont chargé de m'épier. Mais je te le dis encore une fois. Je ne suis plus au service du Sultan.

– Non, non, je le sais. Comment pourrais-tu être au service du Sultan? Mais je t'ai reconnu et c'est comme si la foudre était tombée à mes pieds.

– Es-tu ivre? As-tu le délire? La fièvre te monte-t-elle au cerveau? Je ne comprends pas ce que tu veux dire.

Mais au fond de moi-même j'étais bouleversé.

Il s'inclina devant moi et dit :

– J'ai bu, ô mon maître. Pardonne-moi. Cela ne m'arrivera plus.

Mais ses paroles insensées m'incitèrent à me regarder dans le miroir. Pour une certaine raison, j'ai renoncé à aller chez le barbier et décidé de me raser moi-même, et plus soigneusement qu'auparavant. Mais, depuis plusieurs jours, par lassitude, j'avais laissé pousser ma barbe. J'ai aussi changé ma manière de m'habiller, pour me donner nettement l'air d'un Latin.

Le 2 janvier 1453.

Elle est venue chez moi, elle est enfin venue.

Elle portait un manteau brun clair et de souples chaussures brunes aussi. Elle se croyait bien déguisée, mais les plus naïfs n'auraient pu la prendre pour une femme du commun. La coupe de son manteau, sa coiffure, la manière même dont elle avait noué son voile pour se cacher en partie le visage, tout révélait son rang et son éducation.

– Au nom de Dieu, sois la bienvenue, lui dis-je, incapable de retenir mes larmes.

Le chien jaune agita la queue en son honneur.

– C'est de la folie, dit-elle, de la folie et de la magie. Je serai découverte, mais je n'ai pu m'empêcher de venir. C'était plus fort que ma volonté.

– Comment es-tu entrée? lui demandai-je.

– J'ai frappé à la porte et un petit bonhomme toussotant m'a ouvert. Tu devrais mieux habiller ton domestique et lui ordonner de se peigner les cheveux et la barbe. Il avait tellement honte de sa tenue qu'il m'a tourné le dos sans me regarder.

Elle jeta les yeux autour d'elle.

– Ta chambre aussi a besoin d'un coup de balai, ajouta-t-elle.

Elle détourna rapidement son regard du coin où se trouvait mon lit. Je lançai vite un tapis sur mes vêtements de nuit et je sortis. Mon domestique était dans la cour, le nez en l'air.

– Belle journée, dit-il avec un sourire en coin.

– Magnifique, répondis-je en me signant à la grecque. Le plus beau jour de ma vie. Cours chercher du vin, des douceurs, des pâtisseries, de la viande rôtie, des confitures. Beaucoup. Prends ce que tu trouveras de mieux. Apportes-en une pleine corbeille, afin qu'il y en ait pour toi et pour tes cousins et tes tantes et toute la famille. Si tu vois des mendiants, fais-leur l'aumône et bénis-les.

– Serait-ce ton anniversaire, maître? dit-il, d'un air faussement innocent.

– J'ai une visite. Une femme de basse condition qui vient me distraire dans ma solitude.

– Une visite? dit-il en feignant l'étonnement. Je n'ai vu personne. Le vent a bien secoué la porte tout à l'heure, comme si l'on avait frappé, mais, quand j'ai ouvert, la rue était vide. Est-ce que tu plaisanterais?

– Fais comme je te l'ai ordonné. Mais si tu as le malheur de dire un mot sur la visite que j'ai reçue, je te prendrai par la barbe et te couperai la gorge de mes propres mains. A propos, je ne t'ai pas encore demandé ton nom.

– Tu me fais un grand honneur. Je m'appelle Manuel, comme le vieil Empereur. Mon père était porteur de bois à son service, aux Blachernes.

– Manuel! m'écriai-je. Quel beau nom! Manuel, c'est le plus beau jour de ma vie.

Je le pris par les oreilles et baisai ses deux joues poilues avant de le pousser vers la porte.

Quand je revins dans la chambre, elle avait enlevé son manteau et dévoilé son visage. Je la regardai avidement. Les mots s'étouffaient dans ma gorge, mes jambes fléchissaient, si bien que je tombai à ses pieds et appuyai mon visage contre ses genoux. Je pleurais de joie et de ravissement. Timidement, elle me caressait le front.

Lorsque je relevai la tête, elle souriait. Son sourire était comme le soleil, ses yeux comme des fleurs d'or. Les courbes hautes de ses sourcils bleus s'arquaient comme des voûtes merveilleuses. Ses joues étaient des tulipes, ses lèvres tendres des pétales de rose. Ses dents brillaient comme des perles. Plus je la contemplais, plus j'étais ébloui.

– Mon cœur a dix-sept ans, lui dis-je. Je parlerai comme les poètes, puisque les simples mots ne suffisent pas. Je suis ivre de toi. Il me semble que je suis tout neuf, que je n'ai jamais touché aucune femme. Et pourtant je te connais comme si je t'avais connue toute ma vie. Tu es pour moi Byzance tout entière. Tu es la reine des villes, Constantinople. C'est ainsi que j'ai reconnu les coupoles scintillantes de ta ville lorsque je les ai vues pour la première fois jaillir de la mer. C'est ainsi que j'ai reconnu les rues, les colonnes, le marbre, les mosaïques, l'or et le porphyre de ta ville, comme si j'y avais vécu auparavant. J'ai reconnu les rues et les places avec les yeux de l'âme. Je n'ai pas eu besoin de demander mon chemin. C'est ainsi que je te reconnais, ô ma bien-aimée.

« C'est à cause de toi que toute ma vie j'ai aspiré à venir ici. Je rêvais de toi en rêvant de ta ville et de même que ta ville était mille fois plus merveilleuse que je n'avais osé l'imaginer, de même tu es mille fois plus belle que dans mon souvenir.

» Plus belle, plus merveilleuse que jamais dans mon souvenir. Deux semaines, c'est effroyablement long. Deux semaines, c'est plus long qu'une éternité. Pourquoi n'es-tu pas venue comme tu l'avais promis ? Pourquoi m'as-tu abandonné ? J'ai cru mourir. »

Elle me regarda, ferma légèrement les yeux et promena ses doigts sur mon front, mes joues, mes lèvres. Puis elle releva les paupières, me rendit son brun regard rayonnant et dit :

– Parle encore. Tu parles bien. C'est délicieux de t'écouter, bien que tu mentes sans doute. Car tu m'avais sûrement oubliée. Tu as été bien étonné de me revoir. Heureusement que tu m'as quand même reconnue.

Je fis un geste pour l'embrasser.

– Non, non, dit-elle en appuyant ses mains contre ma poitrine.

Mais cette résistance était comme une invite. Je l'embrassai. Son corps fondait et s'abandonnait entre mes bras. Brusquement, elle me repoussa et se détourna, portant les deux mains à sa tête.

– Que me fais-tu? dit-elle en fondant en larmes. Ce n'est pas pour cela que je suis venue. J'ai mal à la tête.

Je ne m'étais pas trompé. Elle était innocente et vierge. Sa bouche me le disait, son corps le disait au mien. Orgueilleuse peut-être, passionnée, prompte à l'emportement, capricieuse et jalousement gardée. Elle n'avait pas connu le péché. En pensée peut-être, mais non pas dans son corps.

Je voyais sur son visage qu'elle souffrait vraiment. Avec sollicitude, je pris sa tête entre mes mains et me mis à lui caresser le front.

– Pardonne-moi, dit-elle en sanglotant. Je suis trop sensible et trop farouche. On dirait qu'on me pique la tête avec des aiguilles de feu. J'ai eu peur quand tu m'as prise si brusquement dans tes bras.

Mes forces passèrent en elle par mes mains. Au bout d'un instant, elle respira profondément, se détendit et rouvrit les yeux.

– Tes mains sont douces, dit-elle en faisant un mouvement pour me les baiser. Tu as des mains de guérisseur.

– Mains de guérisseur, mains de destructeur, dis-je d'une voix brusque. Mais crois-moi, je ne veux pas te faire de mal. Je ne le voulais pas davantage tout à l'heure. Tu aurais dû le sentir.

Elle me regarda. Ses yeux m'étaient de nouveau ouverts et familiers. Je pus m'y plonger, pour oublier toute la réalité.

– Je me suis trompée, dit-elle. C'est moi qui pensais à mal, mais sans le vouloir vraiment. Maintenant, je me sens de nouveau bien. Près de toi, je suis bien comme nulle part ailleurs. Notre maison même m'est devenue étrangère et fastidieuse. Ta force m'attire sans cesse. A travers les murs, à travers la ville. Tu m'as ensorcelée.

– L'amour est magie, lui dis-je. L'amour est la plus terrible magie. Toi aussi, tu m'as ensorcelé quand tu m'as regardé dans les yeux près de la porte de Sainte-Sophie.

— C'est de la folie, dit-elle tristement. Mon père ne consentira jamais à me donner à un Latin. Tu ne sais pas à quelle famille j'appartiens. Toi, tu es un vagabond. Un aventurier. Non, mon père te ferait assassiner, s'il savait.

Mon cœur se glaça. Mais je fis le fanfaron :

— Ma race se lit sur mon visage, j'ai pour père le glaive et pour mère la science. Les astres pensants sont mes frères, les démons et les anges, toute ma famille.

Elle me regarda droit dans les yeux et dit :

— Je n'ai point voulu t'offenser. J'ai dit seulement la vérité.

Mes vantardises s'arrêtèrent dans ma gorge. La vérité était beaucoup plus simple.

— Je suis déjà marié. Je n'ai pas revu ma femme depuis neuf ans bientôt, mais à ce que je sais, elle est encore ne vie. Notre fils a douze ans. J'ai pris la croix parce que je ne pouvais plus vivre avec eux. Ils pensent que je suis mort à la bataille de Varna. C'est mieux ainsi.

Dès mes premiers mots, elle avait tressailli. Nous n'osions plus nous regarder. Elle arrangeait le col de sa blouse et jouait avec un bijou. Son cou était très blanc.

— Peu importe, dit-elle enfin d'une voix glacée. De toute manière, cette aventure était sans issue. Il faut que je parte, aide-moi à remettre mon manteau, ajouta-t-elle en continuant à tripoter son bijou, les yeux baissés.

Mais je ne voulais pas qu'elle partît. Elle-même ne le souhaitait guère. Elle n'avait parlé ainsi que pour me blesser.

— Nous sommes tous les deux des adultes, dis-je. Ne joue pas à l'enfant. Tu sais fort bien ce que tu fais. Tu es venue les yeux grands ouverts. Je me moque du mariage, je me moque des sacrements de l'Eglise. Non, je ne me soucie pas du ciel ni de l'enfer, puisque tu existes et que je t'ai trouvée. Ils ne sont du reste pas ce que nous croyons ni ce qu'on nous en raconte. Tu es à moi, je ne le nie pas. Mais, une fois encore, je ne te veux aucun mal.

Elle gardait le silence, les yeux fixés sur le plancher. Je repris :

— T'es-tu jamais demandé ce qui nous attend tous ? Devant nous, il n'y a plus que la mort ou l'esclavage chez les Turcs. Tu as le choix entre l'un ou l'autre. Il ne nous reste que quelques mois, au plus une demi-année. Ensuite les Turcs viendront. Et alors, que signifieront les convenances et les habitudes ? m'écriai-je en abattant le poing sur le dossier d'une chaise, si fort que mes os craquèrent et que la douleur m'aveugla. Mariage, foyer, enfants, ce sont des projets qu'on peut faire lorsqu'on a la vie devant soi. Toi et moi, nous ne l'avons plus. Notre amour est condamné dès le premier instant. Nous n'avons que peu de temps à nous. Mais toi, tu veux prendre ton manteau et t'en aller, parce que, jadis, un jugement de Dieu m'a forcé d'épouser une femme plus vieille que moi, à qui, par pitié seulement, j'ai donné mon corps. Elle n'a jamais cherché à posséder mon cœur.

– Que veux-tu que je fasse de ton cœur ? cria-t-elle, le visage empourpré. Ton cœur est latin, tes paroles le prouvent. Constantinople ne périra jamais. A chaque génération, les Turcs l'ont assiégée en vain. La Sainte Mère de Dieu elle-même protège nos murailles. Comment un petit jeune homme, ce Mohammed que méprisent même les Turcs, pourrait-il les forcer ?

Mais elle n'avait parlé ainsi que pour dire quelque chose, tant sa confiance dans les remparts de Constantinople était absolue. D'une voix plus faible, et en détournant son regard, elle me demanda :

– Tu as parlé d'un jugement de Dieu ? Est-ce que ta femme est vraiment plus vieille que toi ?

Cette question me remplit le cœur d'allégresse, car elle me prouvait que sa jalousie cédait à la curiosité. Au même instant, mon serviteur revint en menant grand bruit à la porte et dans les escaliers. J'allai à sa rencontre pour prendre la corbeille.

– Je n'ai plus besoin de toi aujourd'hui, Manuel.

– Bien, maître. Je surveillerai la maison du cabaret en face. Crois-moi, c'est prudent.

Dans son zèle, il me prit le bras et se mit à me parler à l'oreille :

– Au nom de Dieu, maître, dis-lui de s'habiller autrement. Dans ce costume, elle attire tous les regards et suscite plus de curiosité que si elle allait le visage découvert et peinte comme les filles de joie du port.

– Manuel, mon poignard bouge dans le fourreau.

Mais il pouffa de rire comme à une excellente plaisanterie et se frotta les mains.

– Tu as vraiment une mentalité d'entremetteur, lui dis-je en lui allongeant un coup de pied. Tu devrais avoir honte.

Comme je n'avais pas été brutal, il vit dans mon geste une marque de faveur et s'en alla tout souriant.

J'apportai la corbeille, je ranimai le feu et y ajoutai du charbon. Je versai du vin dans les gobelets d'argent. Je rompis le pain blanc. Je mis les sucreries dans mon vase chinois.

Elle se signa à la grecque, goûta le vin, mangea une bouchée de pain et prit au bout d'une baguette un caramel au miel. Comme elle, je goûtai à tout, du bout des lèvres. Je n'avais pas plus faim qu'elle.

– Nous avons bu du vin et rompu le pain ensemble, lui dis-je. Maintenant tu sais que je ne te ferai point de mal. Tu es mon hôte et tout ce qui est à moi est à toi.

Elle sourit et me dit :

– Tu allais me parler du jugement de Dieu.

– Je t'en ai déjà trop dit. Pourquoi parler, quand tu es près de moi? D'ailleurs, avec les mêmes mots, les hommes disent des choses différentes. Les mots ne sèment que malentendus et méfiance. Il me suffit que tu sois là. Je n'ai pas besoin de mots quand tu es près de moi.

Je réchauffais ses mains dans les miennes au-dessus du brasero. Ses doigts étaient froids, mais ses joues étaient brûlantes.

– Mon amour, dis-je doucement, ma bien-aimée. Je croyais que l'automne de ma vie était venu, mais ce n'était pas vrai. Je te remercie d'exister.

Un peu plus tard, elle me dit que sa mère était malade; c'était pour cette raison qu'elle n'avait pas pu venir plus tôt. Je compris qu'elle avait envie de me révéler qui elle était, mais je le lui défendis. Je ne voulais pas le savoir. Savoir certaines choses ne fait qu'accroître les soucis. Il y a temps pour tout. Pour le moment, il me suffisait qu'elle fût là.

Elle était déjà prête à partir, quand elle me demanda :

– Crois-tu vraiment que les Turcs vont assiéger Constantinople dès ce printemps?

Je ne pus retenir un mouvement d'impatience :

– Etes-vous vraiment tous fous, vous les Grecs? Les

derviches et les ulémas parcourent l'Asie de village en village. Les troupes des provinces européennes soumises aux Turcs ont déjà reçu leur ordre de marche. Andrinople s'affaire à fondre des canons. Le Sultan se propose de rassembler une armée plus nombreuse qu'aucun de ses ancêtres pour donner l'assaut à la ville. Et tu me demandes s'il va vraiment venir!

» Bien sûr qu'il viendra. Il est pressé. Maintenant que l'Union est proclamée, le Pape réussira peut-être à décider les princes européens à oublier leurs querelles et leurs guerres pour entreprendre une nouvelle croisade. Si Mohammed est pour vous une menace mortelle, Constantinople au cœur de l'Empire turc en est une aussi pour le Sultan. Tu ne connais pas ses rêves de grandeur. Il se croit un autre Alexandre. »

– Chut, chut, dit-elle avec un sourire incrédule pour me calmer. En ce cas, nous ne nous reverrons pas souvent.

– Que veux-tu dire? demandai-je en lui prenant les mains.

– Si vraiment le Sultan se met en campagne et quitte Andrinople, l'empereur Constantin frétera un bateau rapide pour conduire en Morée les dames de la famille impériale, afin de les mettre en sécurité. Il y aura place à bord pour d'autres personnes de la noblesse. Pour moi aussi. »

Elle me regarda de ses grands yeux bruns, se mordit les lèvres, et ajouta :

– Je n'aurais certainement pas dû te dire cela.

– Non, dis-je, la bouche sèche, la voix rauque. Je pourrais être un agent secret du Sultan. C'est ce que tu penses, n'est-ce pas? Comme tout le monde.

– J'ai confiance en toi, dit-elle. Tu n'abuseras pas de mon imprudence. Dis-moi si je dois fuir.

– Certainement, tu dois quitter la ville. Pourquoi ne sauverais-tu pas ton honneur et ta vie, puisque tu le peux? Tu ne connais pas le sultan Mohammed. Moi, je le connais. Ta ville sera détruite. Toute la beauté, tout le luxe mourant qui vous entoure, la puissance et la richesse des familles patriciennes, tout sera réduit en cendres.

– Et toi? demanda-t-elle.

– Je suis venu mourir sur les remparts de Constantinople. Pour tout ce qui est passé et qu'aucune puissance humaine ne peut restaurer. D'autres temps sont en marche. Je ne tiens pas à les vivre.

Elle avait remis son manteau brun, et elle était prête à rabattre son voile.

— Ne veux-tu pas m'embrasser avant que nous nous séparions? demanda-t-elle.

— Cela te fera mal à la tête, lui dis-je.

Elle baisa ma joue de ses lèvres tendres, me caressa le menton et pressa un instant sa tête contre ma poitrine, comme pour prendre possession de moi.

— Tu me rends vaine, dit-elle. Je commence à avoir trop bonne opinion de moi-même. Tu ne tiens vraiment pas à connaître mon nom? Tu me veux pour amie, telle que je suis, sans te soucier du reste? C'est délicieux, mais difficile à croire.

— Reviendras-tu chez moi, avant de t'embarquer?

Elle jeta un regard autour d'elle dans la chambre, caressa distraitement le chien jaune.

— Je me sens bien chez toi, dit-elle. Je reviendrai, si je peux.

Le 6 janvier 1453.

Les Grecs sont tout de même inquiets. De funestes prophéties circulent de bouche en bouche. Les femmes racontent leurs rêves. Les hommes croient voir des présages. Des moines fanatisés annoncent dans les rues la destruction et la mort de la ville qui a abandonné la foi de ses pères.

Le monastère de Pantocrator est le centre de toute cette agitation. Le moine Gennadios y rédige des lettres qu'il répand par toute la ville et fait lire à la foule. Les femmes pleurent en les écoutant. Par ordre de l'Empereur, le moine ne se montre pas en public. Mais je suis allé lire une proclamation qu'il a fait afficher à la porte de son couvent.

« Malheureux, écrit-il, quel est votre égarement! Comment avez-vous pu vous détourner de Dieu pour placer votre espoir dans le secours des Latins? Vous précipitez votre ville à la ruine, et avec elle votre religion. Seigneur, aie pitié de moi. Devant Ta face je proclame que je n'ai point part à ce péché. L'esclavage sera votre lot, puisque vous avez abjuré la foi de vos ancêtres et embrassé l'hérésie. Malheur à vous au jour du Jugement dernier ! »

En réalité, il ne s'agit que de savoir si la flotte pontificale arrivera à temps et si l'aide sera suffisante. Je ne crois pas à une croisade générale. La chrétienté s'était préparée pendant cinq ans avant la défaite de Varna. La Hongrie n'osera plus rompre avec les Turcs, comme elle le fit alors. Si le secours ne vient pas en temps utile, la proclamation de l'Union n'aura servi qu'à semer l'amertume et le désespoir. Vraiment, pourquoi ont-ils renoncé au dernier moment à la consolation de leur foi ?

Gennadios a le peuple pour lui. Sainte-Sophie reste déserte. Seul l'Empereur s'y rend à la messe le dimanche, avec son cortège de cérémonie. Pour les politiciens, la religion est indifférente, ils ne la reconnaissent que des lèvres. Mais je crois que la désertion de l'Eglise les trouble. Une partie du clergé aussi a fait défection.

Le 8 janvier 1453.

J'ai appris une nouvelle qui m'a incité à me rendre de nouveau au monastère de Pantocrator pour rencontrer Gennadios. J'ai attendu longtemps. Il prie et se donne la discipline chaque jour pour expier les péchés de sa ville. Mais il a accepté de me recevoir, en apprenant que j'avais appartenu à la suite du Sultan. En vérité, ils aiment mieux les Turcs que les Latins.

A la vue de mon menton glabre et de mon costume latin, il a reculé en criant « anathème ! » et « apostat ! ». Il n'est pas étonnant qu'il ne m'ait pas reconnu, car moi aussi j'ai eu de la peine à retrouver ses traits : barbu, ébouriffé, les yeux illuminés par les jeûnes et les veilles, il m'a paru vieilli et amaigri. Mais il est toujours Georges Scholarios, secrétaire d'Etat et garde des sceaux de feu l'empereur Jean, l'homme qui a signé avec les autres à Florence. Le jeune, ardent, ambitieux et énergique Georges.

– Je suis Jean Ange, lui dis-je, le Franc à qui tu as témoigné de la bienveillance jadis à Florence.

Il me regarda fixement comme s'il avait vu le diable :

– Georges a pu te connaître, mais je ne suis plus

Georges. Pour mes péchés, je me suis dépouillé de mes charges terrestres, de mon savoir et de mon ambition politique. Il n'y a plus que le moine Gennadios, et je ne te connais pas. Que me veux-tu?

Son exaltation et son supplice spirituel n'étaient pas feints. Il souffrait vraiment et suait la sueur d'agonie de sa ville et de son peuple. Je lui racontai brièvement les péripéties de ma vie, pour lui inspirer confiance, puis je lui dis :

— Si c'était un péché de signer et si maintenant tu expies ce péché, pourquoi ne le fais-tu pas devant Dieu seul? Pourquoi entraîner tout ton peuple dans tes propres tourments, pourquoi semer la division au moment précis où il faudrait unir toutes les forces?

— Par ma langue et par ma plume, Dieu les châtie pour leur abominable défection. S'ils avaient eu confiance en Lui et repoussé le secours de l'Occident, Dieu aurait combattu pour eux. Maintenant Constantinople est perdue. Il est inutile de consolider les murailles et de rassembler des armes. Dieu a détourné sa face de nous et nous a abandonnés aux Turcs.

— Même si Dieu parle par ta bouche, le combat n'en est pas moins inéluctable. Crois-tu que l'empereur Constantin cédera volontairement sa ville?

Il me jeta un regard scrutateur et dans ses yeux fanatiques réapparut un instant la lueur de sa vieille expérience politique.

— Qui parle en ce moment par ta bouche? me demanda-t-il à son tour. A ceux qui se soumettront de leur plein gré, le Sultan garantit la vie, leur fortune et le libre exercice de leur profession, mais avant tout leur foi. Notre Eglise vivra et fleurira même dans l'Empire turc, sous la protection du Sultan. Il ne fait pas la guerre à notre religion, il la fait à notre Empereur.

Comme je ne répondais pas, il poursuivit :

— Par son apostasie, Constantin a prouvé qu'il n'est pas le vrai Basileus. D'ailleurs, il n'a pas été couronné légalement. Plus que le sultan Mohammed il est l'ennemi de notre religion.

— Moine fou, insensé, m'écriai-je, sais-tu bien ce que tu dis?

— Je n'ai pas caché mon opinion, rétorqua-t-il calmement. Ces paroles que tu viens d'entendre, je les ai dites en face à Constantin lui-même. Je n'ai rien à perdre. Mais je ne suis pas seul. J'ai le peuple avec moi et aussi beaucoup de nobles qui craignent la colère de Dieu. Dis-le à celui qui t'a envoyé.

— Tu te trompes, répondis-je. Je ne suis plus au service du Sultan. Mais tu as sans doute d'autres voies pour lui transmettre ton message.

Le 10 janvier 1453.

J'ai été convoqué de nouveau aux Blachernes. Phrantzès s'est montré particulièrement affable et bienveillant. Il m'a offert du vin, mais pas une seule fois il ne m'a regardé dans les yeux. Il jouait avec une bague au cachet gros comme une main d'enfant et contemplait ses ongles soignés. C'est un homme cultivé et intelligent, qui ne croit certainement plus à rien. Mais il est fidèle à son Empereur. Constantin et lui ont été élevés ensemble depuis leur enfance.

Au cours de notre conversation, il m'a dit :

— Cet hiver sera décisif. A Andrinople, le grand-vizir Khalil travaille pour la paix. Il est notre ami. Même depuis que nous sommes en état de guerre, nous avons reçu de lui des lettres encourageantes par l'entremise des Génois de Pera. Je n'ai pas de raisons de te le cacher. Il nous engage à avoir confiance dans l'avenir et à nous fortifier dans toute la mesure de nos moyens. Mieux nous serons en état de nous défendre, plus certaine sera la défaite du Sultan, s'il ose vraiment entreprendre le siège.

— Cet hiver sera décisif, c'est vrai. Plus vite le Sultan aura fait fondre ses canons et rassemblé son armée, plus vite tombera Constantinople.

— Nos murailles ont repoussé déjà bien des sièges, dit Phrantzès en souriant. Seuls les Latins ont une fois réussi à s'emparer de la ville. Mais c'est qu'ils ont attaqué par la mer. Depuis lors, nous n'avons pas aimé les croisades. Nous préférons vivre en bonne entente avec les Turcs.

— Je te fais perdre ton temps, lui dis-je. Je ne voudrais pas te déranger.

— A propos, j'ai quelque chose à te demander. Il paraît que tu vas trop souvent à Pera. Tu es aussi allé voir le moine Gennadios, bien qu'il soit aux arrêts dans son monastère par ordre de l'Empereur. Quelles sont tes intentions ?

– Je me sens seul. On dirait qu'ici personne n'a confiance en moi. J'ai simplement essayé de ranimer une amitié ancienne. Mais Georges Scholarios semble mort. Le moine Gennadios n'a plus de charmes pour moi.

Phrantzès leva la main d'un air fatigué :

– A quoi bon discuter avec toi ? Nous ne nous comprenons pas.

– Au nom de Dieu, puissant chancelier de l'Empereur ! m'écriai-je. Je me suis enfui de chez le Sultan. J'ai quitté une situation que bien des gens m'enviaient, dans l'unique intention de me battre pour Constantinople. Non pas pour toi ni pour l'Empereur. Seulement pour cette ville qui fut jadis le cœur du monde. Du puissant Empire de jadis, seul ce cœur est encore vivant. Il bat ses derniers coups. C'est avec lui que le mien bat et mourra. Si je suis fait prisonnier, le Sultan me fera empaler.

– Balivernes, dit sèchement Phrantzès. Si j'avais vingt ans, je pourrais te croire. Toi, un Franc et un Latin, qu'as-tu de commun avec nous ?

– Je veux me battre, lui dis-je. Pour rien, face à ma perte et au déluge. Je ne crois pas à la victoire. Je me battrai sans espoir. Mais qu'importe, puisque je veux me battre.

Un instant, il me sembla que mes paroles l'avaient convaincu et qu'il allait peut-être me rayer de ses calculs politiques comme un rêveur inoffensif. Mais il secoua la tête et ses yeux bleu pâle s'assombrirent.

– Si tu étais différent, si tu étais arrivé d'Europe, la croix sur le bras, réclamant de l'argent comme tous les Francs, si tu recherchais des avantages commerciaux en récompense je pourrais peut-être te croire, voire te faire confiance. Mais tu es trop instruit, tu as trop d'expérience et d'habileté pour que ta conduite puisse s'expliquer autrement que par des mobiles secrets.

J'étais debout devant lui. Je ne tenais plus en place. Je voulais rentrer chez moi. Mais il continuait à manipuler sa grosse bague et m'observait à la dérobée, comme s'il avait éprouvé une profonde répugnance à mon égard.

– D'où venais-tu quand tu es apparu à Bâle ? Comment as-tu gagné la confiance du docteur Cusanus ? Pourquoi es-tu parti avec lui pour Constantinople ? Tu connaissais déjà le turc à cette époque. Pourquoi es-tu resté si obstinément en contact avec le concile à Ferrare et à Florence? Et comment le cardinal Jules Cesarini t'a-t-il engagé comme secrétaire? Est-ce toi qui l'as assassiné à Varna pour rejoindre les Turcs?... Cesse de me regarder ainsi, s'écria-t-il en mettant la main devant ses yeux. Les Turcs disent que tu commandes aux esprits, si bien que les animaux t'obéissent et que tu peux gagner la confiance de n'importe qui, si tu le veux. Mais tu ne réussiras pas avec moi. J'ai un sceau et un talisman. D'ailleurs, je ne me fie pas à eux. Je crois davantage à ma raison.

Je gardai le silence. Il était inutile de parler. Il se leva. Il me frappa la poitrine brutalement à me faire chanceler.

— Ah! cria-t-il. Crois-tu que nous ne savons pas? Toi seul as été capable de chevaucher sur les talons de Mohammed, de Magnésie à Gallipoli en une journée, après la mort de son père. Qui m'aime me suive. Ne te rappelles-tu pas? Tu l'as suivi. On dit qu'il n'en crut pas ses yeux quand tu le rattrapas sur la rive du détroit de Gallipoli.

— J'avais un bon cheval. J'ai été à l'école des derviches. J'ai endurci mon corps à supporter toutes les fatigues. Si tu veux, je peux prendre un charbon ardent dans le brasero sans me brûler la main.

Je m'approchai de lui et réussis à surprendre son regard. Je le mis à l'épreuve. Il ne la supporta pas. Il m'écarta d'un air excédé. Il n'osa pas me dire d'essayer. Si j'avais réussi, il n'aurait plus su que penser de moi, tant il était superstitieux, parce qu'il n'avait plus foi en rien.

— Oui, j'aimais peut-être Mohammed, comme on peut aimer un splendide fauve, bien qu'on en connaisse la perfidie. Sa jeunesse était comme un vase bouillonnant qui avait besoin d'un couvercle solide pour ne pas déborder. Par la volonté de Mourad, c'est moi qui fus ce couvercle. Mais Mourad détestait Mohammed, parce que son fils préféré, Aladdin, s'était noyé. Ils ne se sont jamais entendus. Et pourtant, en secret, Mourad était fier de son fils. Il voulait lui enseigner la modération, la justice, la maîtrise de soi. Il voulait qu'il s'inclinât devant le seul Dieu et connût la vanité du pouvoir et de la vie terrestre. Mais Mohammed a appris la modération pour pouvoir être immodéré, la justice pour en abuser, la maîtrise de soi pour mieux obéir à ses désirs. Il accomplit ses dévotions, mais dans son cœur il est incrédule. Toutes les religions sont dépourvues de valeur à ses yeux. Il lit le grec et le latin, l'arabe et même le perse. Il connaît les mathématiques, la carte du monde, l'histoire et la philosophie. Constantinople est sa pierre de touche. Depuis son enfance, la conquête de cette ville a été l'objet de ses rêves. En l'abattant il se prouvera qu'il est supérieur à tous ses ancêtres. Reconnais-tu maintenant les signes? Il est l'homme de l'avenir. Et je ne veux pas vivre cet avenir.

Phrantzès battit des paupières et sembla sortir d'un rêve :

— Mohammed est un jeune homme violent, impulsif, dit-il. Nous avons pour nous une expérience politique maintes fois séculaire. Aussi bien ici, aux Blachernes, que dans son propre sérail, des gens d'âge et d'expérience attendent, avec un plaisir anticipé, qu'il se rompe la nuque. Le temps travaille pour nous.

— Le temps, dis-je, le temps est révolu. Le sable s'est écoulé. L'heure dont tu parles est passée. Que la paix soit avec toi.

Il me raccompagna jusqu'à la porte et même le long du corridor glacé dont les murs sonores renvoyaient mélancoliquement l'écho de nos pas. Une aigle bicéphale ornait de ses ailes déployées le chambranle de la porte.

— Ne t'éloigne pas trop souvent de ta maison, dit-il. Ne te fais plus transporter en barque à Pera. Ne recherche pas de trop hautes relations. Sinon tu pourrais échanger ta maison de bois pour une tour de marbre. C'est le conseil d'un ami, Johannès Angelos. Je ne veux que ton bien.

Soudain, il me prit par les épaules et me lança cette question :

— Et le mégaduc Lucas Notaras? T'a-t-il déjà offert son amitié?

Cette attaque brusquée visait à me déconcerter. Comme je ne répondais pas, il ajouta :

— Prends garde qu'il ne nous revienne aux oreilles que tu cherches à prendre contact avec lui. Si la chose est prouvée, tu es un homme perdu.

Le portier amena mon cheval de louage. Au grand

galop, je me lançai dans la rue principale, sans m'inquiéter de la foule. Tant pis pour ceux qui ne s'écartaient pas devant moi. Mais de loin, au bruit des fers de mon cheval sur les dalles usées de la rue, les gens me faisaient place, criant, pestant et tapant sur leurs ânes. Des Blachernes jusqu'à l'hippodrome, je galopai, et l'écume sortait de la bouche de ma monture.

J'étais bouleversé, fiévreux, épouvanté.

« Plutôt le turban des Turcs que la tiare du Pape! » Ces mots retentissaient à mes oreilles. Le mégaduc, le commandant de la flotte, l'homme le plus puissant de Constantinople après l'Empereur. Lucas Notaras. Lui aussi.

Le 12 janvier 1453.

Je reste chez moi. Mais les bruits courent de bouche en bouche. On ne peut les arrêter. Ils traversent même les murs.

Le Sultan fait construire des bateaux dans tous les ports d'Asie. Par leur traité d'amitié et d'assistance, les Serbes sont obligés d'envoyer leur cavalerie à l'armée du Sultan. Les chrétiens vont venir assiéger les chrétiens.

Je suis seul. Je suis suspect. Je suis donc inutile.

Le 16 janvier 1453.

Le temps passe. Irrévocablement, chaque journée s'écoule, irremplaçable. Elle ne veut pas me voir. Sinon, elle serait déjà venue. Même les pauvres... Sur les pentes fanées de l'Acropole, les jours de soleil, ils s'étendent à l'ombre des arbres et s'étreignent sur le sol froid. Hommes et femmes en haillons, sans souci des passants. Que n'es-tu pauvre, mon amour, laide et déguenillée. Personne alors ne nous gênerait. Je te reconnaîtrais pourtant à tes yeux. Je te reconnaîtrais à tes yeux bruns. Même si tu étais vieille. Même si tu étais sale, même si tes mains étaient durcies par le travail.

Si vraiment tu l'avais voulu, tu serais venue.

Pendant trois jours, j'ai travaillé avec les ouvriers qui réparent les murailles près de la porte de Saint-Romain. J'ai porté du mortier. Je suis couvert d'ecchymoses et de poussière. Mes cheveux sont rêches de chaux.

Enfermé chez moi, je ne fais que m'alanguir. Il me faut conserver un corps robuste et des bras solides pour bander l'arc et manier l'épée, quand le moment viendra. Tout l'été dernier, n'ai-je pas travaillé à la forteresse du Sultan sur la rive du Bosphore?

Je refuse le salaire de l'ouvrier, mais je partage son pain, son huile et sa viande sèche. On me considère comme un fou.

L'empereur Constantin parcourait à cheval les remparts avec sa suite. Il s'est arrêté près de nous pour examiner les réparations. Il s'est entretenu amicalement avec les ingénieurs et les contremaîtres. Mon visage était sale et je tenais la tête baissée. Mais, après avoir parlé aux autres, il s'est tourné brusquement vers moi et m'a dit :

– Rentre chez toi. Ce travail est indigne de ton rang.

Cet ordre avait certainement été concerté, car j'ai lu sur son visage qu'il me le donnait à contrecœur. Il ignore la perfidie. C'est pourquoi il ne commence pas par la chercher chez autrui. Mais il est entièrement dominé par Phrantzès et sa bande. Pour me consoler, il a ajouté :

– Nous pourrons te trouver des tâches plus importantes.

Mais ce n'est pas vrai. Il voulait seulement atténuer l'effet de ses paroles.

Il y a quinze ans, il était assez brusque et arrogant comme les autres frères Paléologue. Mais le temps adoucit les angles. Il a déjà quarante-neuf ans. Sa barbe grisonne et son visage exprime l'indicible mélancolie de cette ville et d'un sang vieilli. Il n'a pas d'enfants. Ses deux premières femmes sont mortes jeunes, et depuis la mort de l'empereur Jean, il a cherché à contracter une troisième union pour consolider sa position. On dit qu'il a même fait des avances à la veuve de Mourad, la princesse Mara, que Mohammed a renvoyée chez son père en Serbie. Mais la Sultane a préféré le couvent. Mourad lui avait permis de garder sa foi chrétienne, et elle avait même enseigné à Mohammed les prières orthodoxes.

Les années ont usé Constantin. Il est très solitaire. Tout arrive trop tard pour lui. Il aurait pu épouser la fille du doge de Venise, ce qui lui aurait valu le puissant appui de cette ville. Mais non, il n'a pas osé prendre une femme latine. Quant au Seigneur de Trébizonde, il était trop pauvre et déjà l'allié du Sultan.

On trouva enfin une princesse barbare à l'autre bout de la mer Noire. Le prince de Géorgie, qui confesse la vraie foi, promit une riche dot, et aussi ses fameux soldats pour défendre Constantinople. Trop tard, Phrantzès n'eut que le temps de rentrer de ce voyage avant l'achèvement de la forteresse du Sultan. Maintenant, le Bosphore est fermé. De la Mer Noire ne viendront ni princesse, ni dot, ni farouches guerriers.

Constantin est né sous une mauvaise étoile. Son peuple le hait à cause de l'Union. Mais c'est un homme honnête. Et il n'est pas cruel. Quand la guerre a éclaté, il a fait emprisonner les Turcs, mais au bout de trois jours, il leur a rendu la liberté.

Ils pourraient m'emprisonner, moi aussi. Ils pourraient me faire torturer par tous les moyens traditionnels pour me forcer à avouer ce qu'ils veulent. Mais Constantin s'y refuse. Et Phrantzès n'ose pas. Si vraiment j'étais un émissaire secret du Sultan? On ne torture pas un agent de l'ennemi quand celui-ci est aux portes de la ville.

Mais mou, Constantin est mou. Il est très conscient de sa dignité de Basileus. Comment le divin Empereur pourrait-il descendre de cheval pour déplacer les pierres avec un levier ou prendre la truelle dans ses mains afin d'encourager les simples ouvriers, ainsi que le fit le jeune Sultan sur la rive du Bosphore? Les travaux iraient à un autre rythme. Actuellement, ils s'accomplissent comme une besogne quotidienne de salariés, lente et fastidieuse.

Ainsi, on ne me permet même pas de cimenter des pierres et de porter du mortier pour consolider ces antiques murailles. Je ne hais pas Constantin, mais j'ai de la peine à le lui pardonner.

Je suis rentré chez moi, je me suis baigné, et Manuel m'a lavé les cheveux, puis j'ai remis mes vêtements habituels.

Quand je lui ai raconté que j'avais rencontré l'empereur Constantin et que j'avais regardé le divin Basileus face à face, mon serviteur Manuel s'est mis à rire malicieusement. J'ai bu du vin et je lui en ai offert. Il m'a parlé d'une chambre dont les murs sont revêtus de plaques de porphyre apportées de la première Rome. Rares sont ceux qui l'ont vue. C'est dans cette chambre que naissent les empereurs de Byzance et c'est du haut d'un petit balcon extérieur qu'on annonce leur naissance au peuple. Manuel a appris tout cela dans son enfance, quand son père servait comme porteur de bois au Palais, du temps du vieil Empereur.

– A la santé de ton nom impérial, Manuel, lui dis-je en versant du vin dans sa tasse de terre cuite.

– A la santé de ton nom, maître Johannès, répondit-il, en buvant si goulûment qu'il renversa du vin sur sa blouse.

Le 24 janvier 1453.

Si elle était partie, je l'aurais certainement appris. Même si le navire avait levé l'ancre avant l'aube... Des collines avoisinantes, le port est offert au regard comme sur un plateau et l'on sait tout ce qui s'y passe. D'ailleurs, dans cette ville, rien ne reste longtemps secret.

Les rivages de l'Asie brillent au-delà des eaux. L'absence me ronge le cœur.

Si j'étais un inconnu, sans réputation et sans passé, je pourrais me noyer dans la mer humaine. Vivre au jour le jour, calme et résigné. Mais j'ai goûté le pain amer de la connaissance. Ma volonté est en moi, dure et lourde comme une pierre.

Le 26 janvier 1453.

Il s'est passé quelque chose d'inattendu. Deux grands navires de guerre aux voiles puissantes sont arrivés au port. Pendant que les marins carguaient les voiles, la foule est accourue sur les pentes et sur les remparts pour les saluer et les acclamer. Un des navires est vraiment imposant, pareil aux vaisseaux de guerre vénitiens.

Le commandant de la flottille est Giovanni Giustiniani, un Génois, ancien podestat de Caffa et mercenaire expérimenté. Il amène avec lui sept cents soldats aguerris. La foule est en proie à une allégresse folle, bien que ce soient des Latins. L'équipement des soldats est irréprochable. Beaucoup ont une épée à deux mains. Avec sa cuirasse, chacun d'eux équivaut bien à dix hommes aux armes légères et au pourpoint de cuir. Ils sont habitués à la discipline et admirent leur chef. On l'a vu à la manière dont ils ont débarqué en bon ordre et traversé la ville pour se rendre aux Blachernes, dans le cliquetis des cuirasses.

L'empereur les a passés en revue. S'il était informé de leur arrivée, il a bien gardé le silence. Habituellement, les nouvelles filtrent en quelques jours, même celles qui concernent les négociations les plus secrètes. En tout cas, si on y met le prix.

Peut-être les puissances occidentales n'ont-elles pas oublié Constantinople. Giustiniani a dû agir d'entente avec le gouvernement de Gênes. Comment se serait-il procuré autrement les fonds nécessaires pour armer les navires et payer la solde?

Mais le Sultan dispose de douze mille janissaires. Et, sur le champ de bataille de Varna, la cavalerie cuirassée a été impuissante en face des janissaires.

Le 27 janvier 1453.

Elle est venue. Elle est quand même revenue. Elle ne m'avait pas oublié.

Elle était amaigrie et très pâle. Ses yeux bruns semblaient inquiets. On voyait qu'elle avait souffert. Les paroles, les questions se sont éteintes sur mes lèvres. Pourquoi lui poser des questions, puisqu'elle était venue.

— Mon amour, dis-je simplement, mon amour.

— Pourquoi es-tu venu dans cette ville? cria-t-elle. Pourquoi n'es-tu pas resté chez ton Sultan? Pourquoi me tourmentes-tu? Pourquoi t'accroches-tu à moi?... C'est une honte. Avant, j'étais joyeuse et sûre de moi. Maintenant, je suis sans volonté. Mes pieds me portent où je ne veux pas aller. Et toi, un Latin, un homme marié, un aventurier, tu es cause que je me hais. Voilà les résultats d'une bonne éducation. Voilà l'utilité du savoir, du jugement, de la race, de la fierté, de la fortune. Je suis à ta merci, comme une esclave. Je rougis de chacun des pas qui m'amènent vers toi. Et tu ne m'as pas même touchée. Pourtant, mon sang bouillonne. Le mystère de mon corps crie en moi. Avant, j'étais limpide. Avant, j'étais pure. Maintenant, je ne sais plus qui je suis, ce que je veux... Un poignard dans ta poitrine, du poison dans ta coupe. Mieux vaudrait que tu fusses mort. Voilà ce que je suis venue te dire.

Je la pris dans mes bras et la baisai sur la bouche. Elle n'en eut pas mal à la tête. Pendant notre séparation, elle était devenue ma femme. Elle tremblait dans mes bras.

Comme je détestais ce tremblement. Comme je détestais le rouge de la passion qui souillait ses joues. Je reconnaissais trop bien ces signes. Mais il n'y a pas d'amour sans corps. Non, pas d'amour sans désir.

— Je ne veux pas te prendre, lui dis-je. Chaque chose en son temps. Ce n'est pas pour cela que je t'attendais.

— Si tu me déshonorais, je te tuerais, cria-t-elle. C'est que je dois à moi-même et à ma famille. Ne me parle pas ainsi.

— Garde ta fleur pour les Turcs, lui dis-je. Je n'ai pas voulu la cueillir.

— Je te déteste, soupira-t-elle, en me serrant le poignet. Johannès Angelos, Johannès Angelos, répéta-t-elle plusieurs fois, puis elle posa son front sur mon épaule et se mit à sangloter comme si son cœur avait éclaté.

Je pris son visage entre mes mains, je ris, je couvris de baisers ses yeux et ses joues, je la consolai comme si elle eût été une petite fille. Je la fis asseoir. Je lui offris du vin. Elle commença à sourire.

— Je ne me suis pas fardée avant de venir, dit-elle. J'ai été prudente. Je te connais déjà, tu me fais toujours pleurer. Alors, à quoi bon me farder les joues ? Bien sûr, je voudrais être belle pour toi, mais que t'importe ? Tu ne désires que mes yeux... Prends-les, dit-elle en se penchant vers moi. Garde-les et débarrasse-moi de toi.

C'était le crépuscule. Le ciel rougeoyait, et dans la chambre il commençait à faire sombre.

– Comment as-tu fait pour venir? lui demandai-je.

– Toute la ville est en liesse, dit-elle, à cause de l'arrivée des Génois. Pense un peu, sept cents hommes bien armés. Leur venue a changé le cours du destin. Qui songerait à surveiller sa fille un jour comme celui-ci? On lui pardonnerait même de fréquenter un Latin.

– Je ne t'ai encore posé aucune question sur les affaires de Constantinople, lui dis-je. J'aimerais t'en poser une maintenant. Non pas qu'elle ait une grande importance, mais je suis quand même curieux. Connais-tu le mégaduc Lucas Notaras?

Elle eut un sursaut et me regarda d'un air effrayé :

– Pourquoi me demandes-tu cela?

– Je voudrais simplement savoir quelle sorte d'homme il est.

Elle continuait à me regarder fixement et je repris avec impatience :

– Pourrait-il vraiment préférer le Sultan à son propre Empereur? Tu as entendu toi-même ce qu'il a crié au peuple, la première fois que nous nous sommes rencontrés. Dis-moi au cas où tu le connaîtrais, serait-il capable d'être un traître?

– Qu'est-ce que tu dis? murmura-t-elle. Comment oses-tu parler ainsi? Il est le mégaduc.

Et elle se hâta d'expliquer :

– Je le connais bien, lui et sa famille. Il est d'une antique maison, fier, ambitieux et violent. Il a donné à sa fille une éducation impériale, car il la destinait à l'Empereur; mais, quand Constantin devint Basileus, la fille du mégaduc ne fut plus jugée digne de lui. C'est une offense difficile à pardonner. Le mégaduc n'approuve pas non plus la politique de l'Empereur. Mais un adversaire de l'Union n'est pas forcément un traître. Non, il n'est pas un traître et ne le sera jamais. S'il l'était, il n'exposerait pas si franchement et si publiquement ses opinions.

– Que sais-tu des passions humaines? Le pouvoir est un terrible appât. Un homme rusé et ambitieux, qui désapprouve la politique de Constantin, peut concevoir une Constantinople du Sultan. On a déjà vu dans cette ville des émeutes et des usurpations. Le moine Gennadios prêche, lui aussi, ouvertement la capitulation.

– Tes paroles m'épouvantent, murmura-t-elle.

– Mais l'idée est séduisante, n'est-ce pas? Une brève révolte, un peu de sang versé, et voilà les portes ouvertes au Sultan. Ne vaut-il pas mieux que quelques-uns seulement périssent, plutôt que de voir disparaître, avec la ville, toute sa civilisation et sa religion? Crois-moi, pour justifier cet acte devant sa propre conscience, un homme, même honnête, ne manquerait pas de bons motifs.

– Qui es-tu donc? demanda-t-elle en frémissant. Pourquoi me dis-tu ces choses?

– Parce que le moment propice est déjà passé. L'Empereur dispose maintenant de sept cents Latins bardés de fer en plus de sa garde du corps. Contre eux, un soulèvement en masse serait désormais impuissant; même si Gennadios brandissait la croix pour bénir les émeutiers et si le mégaduc en personne les conduisait aux Blachernes. Il n'y a pas de doute. L'arrivée de Giustiniani a scellé le destin de Constantinople. Nous pouvons pousser un soupir de soulagement, car le sultan Mohammed n'est pas comme son père Mourad. On ne peut jamais se fier à sa parole. Quiconque se rendrait à lui sur la foi de ses promesses s'agenouillerait devant le cimeterre.

– Je ne te comprends pas, dit-elle. Je ne te comprends vraiment pas. Tu parles comme si tu souhaitais la destruction de notre ville. Tu parles comme l'ange de la mort.

La rougeur du crépuscule avait disparu. Ma chambre était si obscure que nos visages ne s'y voyaient que comme des taches pâles.

– Qui sait si je ne suis pas l'ange de la mort? Je me le demande moi-même parfois... Un jour, il y a bien longtemps, j'ai quitté les Frères de la Libre Pensée. Leur zèle était borné, leur intolérance pire que celle des moines et des prêtres. Après les avoir abandonnés, je me suis réveillé un matin, au chant du rossignol, sous un vieux tilleul près du mur d'un cimetière. Sur le mur était peinte une danse macabre. Mon premier regard est tombé sur un squelette. Il entraînait dans la danse un évêque, qui y entraînait un empereur, puis un marchand, puis une belle dame. C'était par une aube rosée, au chant du rossignol, près du Rhin rapide. A cet instant, j'eus une vision. Depuis cette matinée, la mort a été ma sœur et je ne l'ai plus redoutée. Ta ville est comme un coffret délabré; il a perdu les pierres précieuses qui l'ornaient et ses angles se sont émoussés. Mais il renferme toujours le trésor antique : les derniers philosophes de la Grèce; l'extase de la foi; l'Eglise originelle du Christ; les vieux manuscrits; les mosaïques d'or rayonnant. Je ne souhaite pas sa destruction. Je l'aime d'un amour angoissé, désespéré. Mais l'heure de la destruction est venue. Qui céderait de son plein gré le coffret au voleur? Mieux vaut qu'il disparaisse dans le sang et la suie. C'est ici la dernière Rome. Mille ans respirent en toi et en moi. Plutôt la couronne de la mort, la couronne d'épines du Christ que le turban des Turcs. Comprends-tu ma pensée?

– Qui es-tu? dit-elle. Pourquoi me parles-tu dans les ténèbres?

J'avais dit ce que j'avais à dire. J'allumai les chandelles. Leur lueur fit briller contre son cou blanc les topazes de son collier, les pierres qui protègent contre les tentations de la bassesse.

– Qui je suis? Un homme marié, un Latin, un aventurier, comme tu l'as dit. Pourquoi cette vaine question?

– Ton regard me brûle la peau, dit-elle en relevant le col de sa blouse.

– C'est ma solitude qui te brûle le cou, lui dis-je. Mon cœur se consume, tandis qu'à la lumière des chandelles je contemple ton visage. Ta peau est claire comme de l'argent. Tes yeux sont comme des fleurs sombres... C'est seulement de la poésie, repris-je. Je connais beaucoup de mots, de beaux mots. Je peux en emprunter aux anciens et aux modernes. Qui je suis? Je suis l'Occident et l'Orient. Je suis le passé irréversible. Je suis la foi sans l'espérance. Je suis le sang de la Grèce dans les veines de l'Occident. Faut-il que je continue?

– Je dois m'en aller, dit-elle.

Elle se leva et s'enveloppa de son manteau sans attendre mon aide.

– Je prends une lanterne pour t'accompagner. Les rues sont peu sûres. Je ne voudrais pas que tu rencontres des Génois ivres. Bientôt, il y aura des bagarres dans la ville. C'est la coutume des mercenaires. Ce soir, tu ne peux pas rentrer seule. Les Latins sont arrivés.

– Comme tu veux, dit-elle après un instant d'hésitation. Sa voix était morte, son visage durci. Plus rien n'a d'importance.

Je ceignis mon cimeterre. Sa lame pouvait couper une plume dans son vol. Son acier entaillait celui de n'importe quelle épée occidentale. Telles sont les armes forgées pour les janissaires.

– Ce soir, dis-je, et ma voix s'éteignit dans ma gorge. Ce soir, répétai-je, mais ne pus poursuivre. Des sources secrètes de mon cœur, une bouffée brûlante montait dans la froideur de ma déception. Pendant des années, j'avais été à l'école des derviches, j'avais évité la viande, je ne voulais porter atteinte à aucun être vivant. Mais ce soir, j'avais envie de frapper et de tuer. Tuer un homme, mon semblable. Le corps barbare se révoltait contre l'âme. Mon sang grec haïssait les Latins. J'éprouvais, plus fort que jamais, mon déchirement intime. La soif du meurtre me brûlait. Jamais encore je n'avais éprouvé cette sensation. Elle me venait avec l'amour. L'ébranlement de l'amour avait ouvert en moi des abîmes secrets. Non, je ne reconnaissais plus ma propre nature.

Elle me saisit le bras. La vie avait réapparu sur son visage.

– Ne prends pas ton épée, tu le regretterais.

Une allégresse étrange, victorieuse, tremblait dans ses paroles. Elle me connaissait mieux que je ne me connaissais moi-même. C'était incroyable. Ma rage fondit lorsqu'elle me toucha le bras. Violemment, je fis sauter la boucle de mon ceinturon et jetai le cimeterre sur le plancher.

– Comme tu veux, dis-je. Comme tu veux.

Nous sortîmes en direction de la colline. Dans le quartier du port, les mercenaires génois, bras dessus, bras dessous, braillaient en tenant toute la rue. Ils abordaient les femmes et leur débitaient des grivoiseries en plusieurs langues. Mais ils n'étaient pas méchants. Rien encore ne les avait irrités, et ils avaient laissé leurs armes au quartier. Ils nous firent place sans mot dire. A son allure et à son port de tête, ils reconnaissaient probablement une femme de la noblesse, bien qu'elle eût voilé son visage. Quant à moi, avant Varna déjà, les soldats, même les plus ivres, s'écartaient toujours à mon passage.

Les Grecs s'étaient retirés dans leurs maisons. Quand nous arrivâmes au sommet de la colline, tout était tranquille. Seuls les hommes de guet circulaient deux par deux avec leur lanterne, annonçant de loin leur approche.

Dans l'anse du port, des falots brillaient aux mâts des navires et le bruit d'une musique militaire se répercutait sur les eaux. Les côtes de Pera, de l'autre côté du golfe scintillaient aussi comme une multitude de vers luisants.

Dans le silence, la coupole de Sainte-Sophie dressait contre le ciel sa muette majesté. Masse sombre, le vieux palais impérial s'étalait devant nous. Le croissant de la lune luisait au-dessus de l'Hippodrome dont les croisés latins avaient naguère pillé les statues irremplaçables pour en fondre le métal. Au centre, cependant, autour de la colonne jadis amenée de Delphes et fondue avec le bronze des navires perses, après la bataille de Salamine, les têtes de cuivre des serpents enroulés semblaient toujours siffler.

Je m'arrêtais :

– Si tu le désires, tu peux continuer seule. Je te donnerai la lanterne, je trouverai mon chemin sans elle.

– Je t'ai déjà dit que tout m'était égal après cette soirée, répondit-elle. Le trajet n'est plus long, si tu ne crains pas de te fatiguer les pieds.

Nous prîmes un étroit chemin sinueux pour descendre sur la rive de Marmara, près des remparts. Nous longions les immenses arcades qui supportent l'Hippodrome du côté de la mer. Nous approchions du port embourbé de Boucoléon. On y voit un haut tertre que les guides grecs montrent volontiers aux Latins. Il est constitué des ossements de pèlerins occidentaux qui rentraient chez eux par Constantinople. Les Grecs les attirèrent dans le passage entre les murailles et les tuèrent jusqu'au dernier, pour se venger des extorsions et des vantardises, des pillages et des viols. C'est du moins ce que disent les Grecs.

Près de ce tertre funèbre, à côté du mur maritime, se trouvait sa maison. C'était un imposant et beau bâtiment de pierre. Au-dessus de la porte bardée de fer, des torches fixées dans des griffes éclairaient les étroites fenêtres à plein cintre du premier étage. Le rez-de-chaussée était muré comme une forteresse. Elle s'arrêta et montra le blason gravé dans le chambranle :

– Au cas où tu ne le saurais pas déjà, dit-elle, je suis

Anna Notaras. Anna Notaras, fille unique du mégaduc Lucas Notaras. A présent, tu le sais.

Elle parlait d'une voix tranchante comme le verre. Vivement, elle saisit le heurtoir de la porte et frappa trois coups. C'est ainsi que par trois fois la terre résonne sur le couvercle du cercueil, même sur le plus aimé des morts.

Pour elle, pas de porte dérobée. Elle rentrait la tête haute. La lourde porte s'ouvrit et je vis la livrée bleue et blanche du portier, alourdie de broderies d'argent. Sur le seuil, elle se retourna fièrement vers moi et me dit comme à un étranger :

– Merci, Johannès, de m'avoir raccompagnée jusqu'à la maison de mon père. Que Dieu te garde!

La porte se referma lourdement sur elle. Je savais maintenant.

Sa mère est une princesse serbe, nièce du vieux despote. Ainsi, elle est la cousine de la vieille Sultane. Elle a deux frères plus jeunes qu'elle. Son père est le mégaduc. On l'a élevée comme la future épouse de l'Empereur, mais Constantin a rompu les fiançailles. Pourquoi l'ai-je rencontrée, justement elle ?

Anna Notaras. Dieu, par son horrible jeu de colin-maillard, m'a conduit au terme.

Voilà donc pourquoi j'ai vécu et grandi. Tous les tombeaux en moi sont ouverts.

Mon père est parti pour rencontrer des anges. Mais son fils est revenu. A l'âge d'homme. Avec des yeux qui voient.

Pourquoi suis-je tellement étonné ? Je l'avais deviné dès le premier instant. Mais j'avais refusé d'y penser. Fini le jeu maintenant. Les affaires sérieuses commencent.

Le 1er février 1453.

Après plusieurs nuits sans sommeil, je suis allé au forum de Constantin le Grand. Les roues des chariots ont broyé les dalles de marbre, sur la place. Les bâtiments se sont effondrés. Des maisons de bois grisâtres se collent, comme des nids d'hirondelles, aux murailles de marbre jauni.

Par l'escalier aux marches usées, je suis monté au

sommet de la colonne. Les veilles et le jeûne m'avaient tellement affaibli que le souffle me manquait. La tête me tournait et plusieurs fois je dus m'arrêter pour m'appuyer au mur. Les escaliers en partie éboulés étaient dangereux. Mais, d'en haut, j'ai découvert Constantinople tout entière étalée à mes pieds aux versants de ses collines.

Au sommet de la colonne, se dressait jadis la gigantesque statue équestre de l'Empereur. De loin, sur la mer de Marmara, les marins la voyaient briller au soleil et s'en servaient comme point de repère. Elle jetait l'éclat de son or par-delà le Bosphore jusqu'aux rivages de l'Asie, et sa main brandissait un glaive tourné contre l'Orient.

Lorsqu'ils prirent la ville, il y a quelque deux cent cinquante ans, les croisés latins jetèrent la statue à bas de son socle. Leur domination ne dura que l'espace d'une génération, une brève journée, le temps d'un matin au soir dans l'histoire millénaire de ma ville. Ensuite, la colonne servit longtemps aux exécutions capitales. Des traîtres ont été précipités de son sommet sur le pavé de la place. Enfin, un saint anachorète en fit sa demeure et ne la quitta que le jour où son corps brûlé par les étés et desséché par les hivers en fut descendu avec une corde. Du haut de la colonne, il annonçait la colère de Dieu et clamait ses visions à la foule béante sur la place. Ses cris rauques, ses malédictions et ses bénédictions se perdaient dans le vent, mais, durant une génération, il fut, lui aussi, une des curiosités de la ville.

Il n'y avait rien, plus rien, au sommet de la colonne. Les pierres commençaient à se desceller. C'était le crépuscule du monde. Sous le poids de mon pied, une pierre se détacha et tomba dans le vide. Au bout d'un long instant, je perçus un faible choc sur le sol. La place était déserte.

La journée de ma ville s'achève, elle aussi. Disparus l'éclat du porphyre et l'étincellement de l'or. Disparue la sainteté. Le chant du chœur des anges s'est évanoui. Il ne reste que le désir dans la chair et la mort dans le cœur. Le froid, l'indifférence, la cupidité du commerce, les calculs politiques. Ma ville est un corps mourant d'où l'esprit s'est enfui. L'esprit s'est réfugié dans l'air vicié des monastères. L'esprit s'est caché dans les manuscrits jaunis des bibliothèques que des vieillards à la tête chenue feuillettent en marmottant dans leurs gencives édentées.

Les voiles noirs de la nuit assiègent ma ville. Les ombres de la nuit tombent aussi sur les terres d'Occident. Du fond de ses abîmes, mon cœur a crié :

« Resplendis, ma cité. Resplendis une fois encore, une dernière fois. Luis au seuil de la nuit, brille d'une flamme sainte. Mille ans ont pétrifié ton âme. Mais une fois encore, fais jaillir l'esprit de la pierre, avec les dernières gouttes de l'huile sainte. Pose sur la tête la couronne d'épines du Christ. Revêts une dernière fois la pourpre pour être digne de toi-même. »

Loin, à mes pieds, dans le golfe étalé, reposaient immobiles les navires venus d'Occident. Des vagues inquiètes ridaient la surface de la mer de Marmara et des essaims d'oiseaux criards survolaient les filets des pêcheurs.

Au-delà de la mer apparaissaient les côtes d'Asie. Au-dessous de moi s'arrondissaient sur les collines les coupoles vertes des églises que, d'une pente à l'autre, entourait l'amas gris des maisons, coupé des rues sinueuses. Et, d'un rivage à l'autre, les murailles invincibles avec leurs tours, s'étendaient, refermant sur ma ville leurs bras protecteurs.

Non, je ne me suis pas jeté sur les pierres de la place. Je me suis résigné à mon humanité. Je me suis résigné à mes chaînes d'esclave, aux chaînes de l'espace et du temps. Comment un esclave pourrait-il posséder quelque chose ? Je n'ai jamais désiré posséder quoi que ce soit. Mon savoir est borné, ma parole imparfaite, l'incertitude est ma seule certitude. Et pourtant je n'ai pas hésité à choisir.

« Adieu, Anna Notaras », ai-je dit en moi-même. « Adieu ! mon amour. Tu ne sais pas qui je suis et tu ne le sauras jamais. Que ton père devienne pacha de Constantinople sous la suzeraineté du Sultan, si c'est là son choix. Je n'interviendrai pas. Constantin n'a pas voulu de toi, mais peut-être le sultan Mohammed réparera-t-il l'injure qu'on t'a faite et te traînera-t-il dans son lit pour sceller son alliance avec ton père. Il a beaucoup de femmes. Tu auras ta place parmi elles, ma Grecque. »

Ayant ainsi retrouvé le calme, mon cœur cessa de

battre à coups précipités et toute amertume s'évanouit. Je m'agenouillai, inclinai la tête et fermai les yeux :

« Adieu! mon amour, si nous ne devons plus nous revoir, adieu. Aucune femme ne fut jamais pareille à toi. Tu es la sœur de mon sang. Tu es la seule étoile de ma solitude. Je te bénis, parce que tu existes, et que je t'ai rencontrée. Je bénis tes yeux terrestres. Je bénis ton corps terrestre. Je te bénis tout entière. »

Je contemplais l'étoile en moi, les yeux fermés. Les limites du temps et de l'espace s'abolirent. Mon sang battit plus faiblement dans mes veines. Mes membres se glacèrent.

Mais Dieu n'est pas le Froid.

L'étoile en moi s'ouvrit en un flamboiement infini. Une brûlante extase roula sur moi, en vagues frémissantes.

Mais Dieu n'est pas la Chaleur.

Je fondis dans une blancheur aveuglante, j'étais clarté dans la clarté, lumière dans la lumière.

Mais Dieu n'est pas la Lumière.

Et les ténèbres vinrent. Plus noires que la nuit de la terre. Plus silencieuses que le silence. Plus miséricordieuses que la grâce. Je disparus dans les Ténèbres.

Puis il n'y eut plus ni chaleur ni froid, ni lumière ni ténèbres. Il n'y eut plus que le non-être. Dieu était en moi. J'étais en Dieu.

Dieu était.

Je tenais une petite pierre à la main. Quand mes doigts se relâchèrent, elle tomba entre mes genoux. Ce bruit me réveilla. Mon extase n'avait duré que le temps de la chute d'une pierre. Quand l'homme éprouve Dieu, il n'y a point de différence entre un instant et une journée entière. Dans la réalité de Dieu, le temps n'existe pas.

Peut-être que j'avais changé. Peut-être que je rayonnais. Peut-être que j'aurais pu accomplir des actes surnaturels, guérir des malades, rappeler un mourant à la vie par le simple contact de ma main. Mais je n'avais pas besoin de me prouver qui j'étais. Preuves et témoignages sont pour ceux qui doutent. L'incertitude et le doute appartiennent à l'homme. Je n'ai pas douté. Par là, je suis l'égal des anges. Mais je suis revenu de l'absence de liens aux chaînes du temps et de l'espace. Mon esclavage est désormais pour moi non plus un fardeau, mais une grâce.

Après avoir dormi jusqu'au soir, je suis parti à la recherche de Giovanni Giustiniani, le capitaine des Génois. Il n'était pas à bord de son navire ni aux Blachernes. J'ai fini par le trouver dans la chaleur étouffante des fours de l'arsenal. Appuyé sur son épée à deux mains, il m'apparut large d'épaules, ventru et imposant, dépassant d'une tête tous les autres et moi-même. Sa voix faisait comme un roulement de tonneau, tandis qu'il distribuait des ordres aux ingénieurs de l'Empereur et aux ouvriers. Le Basileus l'a déjà nommé protostrator, commandant en chef des forces armées de la ville. Il était d'excellente humeur, car l'Empereur lui a promis le titre de duc et l'île de Lemnos en fief héréditaire, s'il réussit à repousser les Turcs. Il a foi dans son étoile et connaît son métier, comme on pouvait le voir aux ordres qu'il donnait et aux questions qu'il posait, concernant le nombre et le calibre des canons et des balistes qui pourraient être fondus dans l'arsenal avant l'arrivée des Turcs, si l'on travaillait nuit et jour.

— Protostrator, lui dis-je. Prends-moi à ton service. Je me suis enfui de chez les Turcs et je sais manier l'épée et tendre un arc.

Ses yeux étaient durs et impitoyables, et pourtant son visage bouffi souriait en m'observant.

— Tu n'es pas un vulgaire mercenaire, dit-il.

— Non, lui répondis-je.

— Tu parles le dialecte toscan, reprit-il d'un ton méfiant, car je m'étais adressé à lui en italien pour piquer sa curiosité.

— J'ai vécu quelques années à Florence, mais je suis né à Avignon. Je parle français et italien, latin et grec, turc, et un peu l'arabe et l'allemand. Je sais dresser des listes de munitions. Je connais beaucoup de choses sur la poudre et sur les canons. Je sais déterminer la position d'une baliste pour les différentes portées. Mon nom est Jean Ange. Je sais aussi soigner les chiens et les chevaux.

— Jean Ange, répéta-t-il en me regardant de ses yeux saillants de taureau. Tu es vraiment un homme prodigieux, si ce que tu dis est vrai. Mais pourquoi ne t'es-tu pas fait inscrire dans les rôles de l'Empereur? Pourquoi veux-tu entrer à mon service?

– Tu es protostrator, lui dis-je.

– Tu caches quelque chose, dit-il. Tu as sûrement cherché à entrer au service de l'Empereur, mais tu n'y as pas réussi. Et tu t'adresses à moi maintenant. Mais pourquoi aurais-je plus de confiance en toi que le Basileus?

– Ce n'est pas à cause de la solde, dis-je pour le séduire. Je ne suis pas pauvre. Je ne te demande pas un sou de cuivre. C'est pour l'amour du Christ. Pour Constantinople. J'ai encore la croix sur ma manche, bien qu'elle ne se voie pas.

Il éclata de rire, en se tapant sur la cuisse :

– Ne me raconte pas de balivernes. Un homme intelligent ne cherche pas le martyre à ton âge. Naturellement, le cardinal Isidore nous a promis, à moi et à mes hommes, que saint Pierre lui-même emporterait par les cheveux tout droit au paradis ceux qui tomberont sur les remparts de Constantinople en défendant la foi. Mais, moi, je me contente, en guise de paradis, de l'île de Lemnos, et j'aime autant la couronne de duc que la couronne d'épines. Que veux-tu donc? Parle franchement ou détale.

– Giovanni Giustiniani, mon père était Grec, j'ai dans les veines le vieux sang de cette ville. Si je tombe entre les mains des Turcs, Mohammed me fera empaler. Pourquoi ne pas vendre ma peau aussi cher que possible?

Mais il refusait de me croire. Pour le convaincre, je m'approchai de lui et, à voix basse, en regardant furtivement alentour, je lui dis :

– En m'enfuyant, j'ai volé au Sultan un sachet de pierres précieuses. Je n'ai jamais osé le raconter à personne. Tu comprendras pourquoi je ne tiens pas à tomber entre les mains de Mohammed.

Il était Génois, il se laissa prendre au piège. Une lueur glauque apparut dans ses yeux. Il regarda lui aussi alentour et me prit familièrement le bras. Il se pencha vers moi et, me soufflant à la figure son haleine qui sentait le vin :

– Je te croirai plus facilement si tu me montres ces pierres, dit-il.

– Ma maison est sur le chemin du port. Tu habites encore sur ton bateau?

Il monta lourdement à cheval. Deux porteurs de torches nous précédaient. Ses gardes du corps nous suivaient dans leurs armures cliquetantes. Je marchais respectueusement à côté de lui, la main à son étrier.

Mon serviteur Manuel vint nous ouvrir, tout effrayé par le bruit que les soldats faisaient à la porte. Giustiniani trébucha contre le lion de pierre et pesta. La lanterne trembla dans la main de Manuel.

– Sers-nous du veau et des concombres, lui criai-je. Apporte aussi du vin et des gobelets. De grands gobelets.

Giustiniani éclata de son gros rire et dit à ses hommes de l'attendre dans la rue. Les escaliers craquèrent sous son poids. J'allumai toutes les bougies, sortis de sa cachette le petit sac de cuir et le renversai sur la table. Les rubis, les émeraudes et les diamants lancèrent des éclairs rouges, verts et blancs, à la lumière des bougies.

– Par la sainte Mère de Dieu, murmura Giustiniani qui me jeta un regard de surprise et avança sa grosse patte, sans toutefois oser toucher les pierres.

– Choisis ce que tu veux, lui dis-je. Cela ne t'engage à rien. Seulement en signe d'amitié. Je ne cherche nullement à acheter ta faveur ou ta confiance.

Tout d'abord il ne voulait pas me croire, mais il finit par choisir un rubis couleur sang de colombe. Pas le plus gros, mais le plus beau. Ce n'était pas la première fois qu'il voyait des pierres précieuses.

– C'est un cadeau princier, dit-il en admirant le rubis.

Le ton de sa voix avait changé. Il ne savait plus que penser de moi.

Je ne répondis pas. Il me jeta un regard scrutateur à la lumière des bougies, puis il baissa les yeux et se mit à frotter de la main ses culottes usées. Il ne brillait pas par l'élégance de son équipement. Mais ce n'était pas nécessaire. Sa voix, son allure et son regard montraient assez qu'il était habitué au commandement.

– Mon métier est de jauger les hommes, dit-il, de souffler sur la balle et de garder les épis lourds. Quelque chose me dit que tu n'es pas un voleur. Quelque chose m'entraîne à te faire confiance. Non pas seulement à cause du rubis. Les sentiments de cette nature sont dangereux. ˙

– Buvons du vin ensemble, lui dis-je.

Manuel avait apporté de la viande et une coupe de concombres, du vin et de grands gobelets. Il but, tendit son gobelet et dit :

– A ta santé, prince.

– Tu te moques de moi, lui dis-je.

– Pas du tout. Je sais toujours ce que je dis. Même quand je suis ivre. Un homme ordinaire comme moi peut réussir à orner sa tête d'une couronne, mais il ne deviendra jamais prince. Certains ont une couronne dans leur cœur. Ton front, tes yeux, ton attitude me disent qui tu es. Mais sois sans crainte. Je sais me taire. Eh bien, que veux-tu de moi ?

– Crois-tu pouvoir défendre Constantinople, protostrator ?

– As-tu des cartes, Jean Ange ?

Je lui apportai un jeu de cartes gravées sur bois, comme les marins en vendent dans le port. Il les brassa distraitement et commença de les étaler devant lui, à l'endroit. Puis il dit :

– Je n'aurais pas vécu si longtemps ni atteint ma situation actuelle, si je n'avais pas su jouer aux cartes. C'est le destin qui nous les distribue. Un homme expérimenté prend celles qu'il reçoit, les examine, les apprécie et alors seulement il décide s'il jouera ou non. On n'est pas obligé de jouer à chaque tour. On peut toujours s'abstenir et attendre une meilleure main. Un vrai joueur ne se laisse pas entraîner, même par une mise très élevée, s'il constate que ses cartes ne sont pas assez bonnes. Certes, on ne connaît jamais le jeu de l'adversaire, mais on peut toujours calculer et deviner les probabilités. Toutefois, les cartes bonnes ou médiocres ne décident pas encore de la tournure que prendra la partie. Il faut de l'habileté. Et surtout il faut de la chance. J'ai eu de la chance au jeu, Jean Ange... Oui, vraiment, j'ai eu de la chance au jeu, reprit-il, après avoir vidé son gobelet à grands traits. Jusqu'à présent. Même pour un duché, je ne me lancerais pas dans une partie trop risquée. Mais j'ai examiné les murailles. A chaque génération, elles ont bravé les assauts des Turcs. Pourquoi ne résisteraient-elles pas cette fois encore ? J'ai inspecté les arsenaux et les troupes de l'Empereur. Après mûre réflexion, j'ai décidé de risquer ma réputation et ma vie. Tu peux en déduire que je ne trouve pas mauvaises les cartes que j'ai reçues.

– En outre, tu as tes navires, lui dis-je.

– C'est vrai, reconnut-il sans ambages. En outre, j'ai mes navires. Ma dernière carte, en cas de malheur. Mais ne crains rien. Si Giovanni Giustiniani engage la lutte, il se bat bien. Autant que l'honneur et la raison l'exigent. Jusqu'à la dernière chance. Mais pas au-delà. Non, pas au-delà.

» La vie est une mise coquette, reprit-il. C'est la plus haute que l'homme puisse risquer. La cuirasse la plus solide ne résiste pas à un boulet et la lance peut s'insinuer dans une articulation sans protection entre les pièces de l'armure. Quand le bras brandit l'épée, l'aisselle est à découvert. Une flèche peut pénétrer dans la visière du casque. Un homme bardé de fer est impuissant contre le feu et le plomb fondu. Je sais dans quelle aventure je me lance. Mais c'est mon métier et aussi mon honneur de lutter jusqu'à la dernière chance, mais non pas plus loin. »

Je lui versai du vin :

– Combien veux-tu, Giustiniani, pour couler toi-même tes navires ? lui demandai-je d'un air indifférent.

Il eut un violent sursaut et se signa à la latine :

– Tu dis des bêtises, cria-t-il. Je ne marche pas.

– Ces pierres, lui dis-je en les faisant glisser entre mes doigts sur la table devant nous... Avec elles, on pourrait équiper à Gênes dix autres navires semblables.

– Peut-être, admit-il en regardant avidement le chatoiement des pierreries et les éclairs des diamants. Peut-être, si nous étions à Gênes. Non, Jean Ange, nous ne sommes pas à Gênes. Si je coulais mes navires, tes pierres ne vaudraient plus rien pour moi. Même si tu m'offrais dix fois, cent fois le prix de mes navires, je ne consentirais pas à les couler.

– Voilà donc ta confiance dans les cartes que tu as reçues !

– Non, répondit-il. Je n'hésite pas. Je suis entré dans le jeu et je le jouerai. Mais j'ai du bon sens...

Il s'essuya les lèvres de sa grosse patte, sourit, et il ajouta :

– Eh! Eh! Nous devons commencer à être ivres tous les deux pour débiter de pareilles sornettes.

Ce n'était pas vrai. Il aurait pu vider un tonneau de vin sans être incommodé. Je ramassai les pierres précieuses dans mes deux mains et je lui dis :

– Pour moi, ces joyaux sont déjà sans valeur. J'ai coulé mes navires. Vois toi-même le cas que j'en fais, ajoutai-je d'une vois rauque en lançant les pierres qui retombèrent comme des grêlons contre les murs et sur le plancher. Voilà, sers-toi si le cœur t'en dit. Ce ne sont que des cailloux.

– Tu es fou, tu ne sais plus ce que tu fais. Demain, tu te prendras la tête à deux mains et tu te repentiras amèrement.

Une angoisse me serrait la gorge, les paroles ne sortaient pas. Je secouai la tête :

– Prends-les, pus-je enfin lui dire. C'est le prix de mon sang. Enrôle-moi. Laisse-moi combattre avec tes hommes. Je ne demande rien d'autre.

Il me regarda bouche bée. Puis une lueur de méfiance apparut dans ses yeux proéminents :

– Sont-elles vraies au moins ? dit-il en secouant la tête. Ce n'est peut-être que de la verroterie, comme celle que les Vénitiens vendent aux nègres.

Je me baissai pour ramasser un diamant grossièrement taillé, j'allai près de la fenêtre et rayai profondément la vitre du haut en bas, si bien qu'un grincement aigu nous écorcha les oreilles. Puis je jetai le diamant.

– Tu es fou, dit-il. Tu as l'esprit dérangé. Ce serait mal agir que d'en profiter. Dors d'abord pour t'éclaircir les idées. On parlera après.

– T'es-tu jamais apparu à toi-même dans une vision ? lui demandai-je, et peut-être étais-je en effet un peu ivre, n'ayant pas l'habitude de boire. Avant la bataille de Varna, en Hongrie, je me suis trouvé dans un tremblement de terre. Les chevaux s'emballaient et cassaient leur longe. Les oiseaux voletaient par essaims affolés. Les tentes se renversaient. La terre bougeait et s'ouvrait. C'était au moment où le roi de Hongrie rompait la paix jurée aux Turcs et cédait aux sollicitations du cardinal Cesarini. Alors, l'ange de la mort m'est apparu pour la première fois. Il était sombre et pâle, mon exact portrait.

Il me semblait me voir marcher moi-même à ma rencontre. Il me dit : " Nous nous retrouverons... "

« Dans un marais, près de Varna, je le vis pour la deuxième fois. Les Hongrois en fuite achevaient le cardinal Cesarini, auteur de tous leurs maux. Je tournai la tête et je vis l'ange de la mort debout derrière moi, comme ma propre image. " Nous nous rencontrerons encore, dit-il, nous nous reverrons près de la porte de Saint-Romain. " Sur le moment, je n'ai pas compris ces paroles. Maintenant, j'entrevois leur signification.

– Je ne suis pas un voleur, repris-je. La faveur du Sultan peut rendre un esclave plus riche qu'un prince d'Occident. Après la bataille, je fus amené avec d'autres prisonniers devant le sultan Mourad. Sa victoire n'avait tenu qu'à un fil. Ses joues pendantes et les boursouflures sous ses yeux tremblaient encore de la crainte et de l'angoisse qu'il avait éprouvées. C'était un petit homme que je dépassais de la tête, déjà empâté par l'oisiveté et la bonne chère. Beaucoup de prisonniers tendaient les mains vers lui, promettant une riche rançon en échange de leur vie. Mais, à ses yeux, nous étions tous des parjures. Il avait eu tant de confiance en la paix qu'il avait déjà abdiqué en faveur de Mohammed pour se retirer dans sa fondation pieuse de Magnésie. Il nous donna le choix entre l'Islam et la mort. Le sol était rouge du sang des captifs qui, l'un après l'autre, étaient venus s'agenouiller sous le cimeterre du bourreau. Bien des hommes ne pouvaient supporter la vue de toutes ces têtes qui roulaient sur le sol. Ils éclataient en pleurs et reconnaissaient le Dieu de l'Islam et le Prophète. Certains moines allèrent jusqu'à dire qu'ils avaient perdu la foi, puisque leur Dieu avait accordé la victoire aux Turcs.

« Mais Mourad était las, il avait vieilli avant l'âge. Son fils préféré s'était noyé accidentellement et, depuis lors, il ne tenait plus au pouvoir. Il avait pris l'habitude de chercher l'oubli dans le vin, en compagnie de savants et de poètes. Il n'aimait pas verser le sang. Quand vint mon tour, il me regarda, mon visage lui fut sympathique, et il me dit : " Tu es encore jeune, pourquoi mourrais-tu déjà ? Reconnais le Prophète. " Je lui répondis : " Je suis encore jeune, mais je suis prêt à payer ma dette comme tu devras payer la tienne un jour, toi aussi, ô très puissant. " Ma réponse lui plut et il n'insista pas. " Tu as raison ", dit-il,

" le jour viendra où une main inconnue mêlera à la poussière de la terre ma poussière divine. " Et d'un geste, il montra qu'il me faisait grâce. C'était un simple caprice, parce que mes paroles avaient ébranlé son imagination poétique. Veux-tu entendre le poème que Mourad écrivit après la bataille de Varna, Giovanni Giustiniani ? »

Giustiniani secoua sa tête puissante pour montrer qu'il n'appréciait guère la poésie, il se versa une nouvelle rasade de vin et se mit à mastiquer un morceau de veau froid. Je poussai vers lui l'assiette de concombres et je lui récitai en turc les vers de Mourad, en battant la mesure de mes doigts, comme si j'avais caressé les cordes d'un luth. Puis je lui en fis la traduction :

Echanson, redonne-moi du vin d'hier,
Qu'on apporte mon luth et que mon cœur s'ouvre à
[l'oubli,
Ma vie ne dure qu'un instant,
Qu'il soit consacré à la joie,
Bientôt viendra le jour où l'invisible main
Mêlera ma cendre divine à la poussière de la terre.

« Tel était le cœur du sultan Mourad. Il consolida la puissance turque et s'il fit guerre sur guerre, ce fut dans le seul but d'assurer une paix durable. C'était un vieillard fatigué et las du pouvoir. A deux reprises il abdiqua en faveur de son fils. La première fois, ce furent les chrétiens qui le forcèrent à revenir et, la seconde, le grand vizir Khalil, lorsque les janissaires eurent incendié le bazar d'Andrinople. Alors Mourad comprit qu'il lui fallait se résigner au pouvoir et il régna jusqu'à sa mort, sans plus entreprendre de guerre. Deux fois par semaine, il s'enivrait en compagnie de poètes et de philosophes et, dans ces moments d'euphorie, il distribuait à ses amis des caftans d'honneur, des domaines et des pierres précieuses. Jamais il ne les reprenait le lendemain, l'ivresse dissipée. Quelques-unes de ces pierres sont des cadeaux du sultan Mourad. Sers-toi, Giustiniani, si tu le désires. Je n'en ai plus besoin et je ne les réclamerai point demain. »

Giustiniani se fourra un demi-concombre dans la bouche, essuya ses mains humides de saumure sur sa culotte de cuir, fit pieusement un signe de croix et se mit lourdement à quatre pattes devant moi.

– Je suis un homme pauvre et un simple mercenaire, dit-il. Je n'ai pas les moyens de faire le fier. Je m'humilie volontiers devant toi, pour une cause qui en vaut la peine.

Il se mit à ramasser les pierres, tandis que je l'éclairais avec une bougie, afin qu'aucune n'échappât à son regard. Il geignait en rampant, mais il dit :

– Inutile de m'aider. Cet effort est plus délicieux à mes membres qu'une lutte amoureuse avec la plus belle femme du monde.

Je lui donnai aussi le sachet de cuir. Il y enferma soigneusement les pierres, se releva, serra les cordons du sachet qu'il glissa dans sa poche.

– Je ne suis pas cupide, reprit-il. Il se peut qu'une des petites pierres ait roulé dans une fente du plancher ou sous un tapis. Ton domestique la trouvera en balayant. Merci mille fois.

Il inclina la tête de côté et me regarda d'un air satisfait :

– Pendant ma vie, j'ai rencontré de saints hommes, des voyants et bien d'autres fous. Je serais idiot de ne pas reconnaître qu'il arrive sur cette terre des choses qui dépassent le faible entendement humain. Notre rencontre est pour moi un de ces événements incompréhensibles.

Il me tendit son énorme patte et me serra la main avec une sincère reconnaissance :

– Dorénavant, tu es mon ami, Jean Ange. Et je ne prêterai pas l'oreille aux ragots que je pourrais entendre sur ton compte. Je te prends sous ma protection. Demain, dès que les trompettes auront sonné le réveil, je t'inscrirai dans mon rôle. Mais tâche d'être là. Tu recevras un cheval et une armure, et tu peux être certain que je te donnerai assez de mouvement pour t'habituer à la discipline. Comme dresseur de soldats, je suis pire qu'un Turc.

Mais il ne m'allongea pas une claque dans le dos et ne me broya pas familièrement l'épaule comme l'aurait peut-être fait un capitaine moins expérimenté. Au contraire, en prenant congé, il s'inclina respectueusement devant moi et dit :

– Garde ton secret. Je me moque de tes secrets. Si tu

avais de mauvaises intentions, tu ne te conduirais pas ainsi. J'ai confiance en toi.

Les Grecs n'avaient pas voulu de moi, un Latin m'acceptait. Il me comprenait mieux que les Grecs, Giovanni Giustiniani.

Le 5 février 1453.

J'ai reçu un cheval et un équipement. Les premiers jours, Giustiniani a mis mes connaissances à l'épreuve. Je l'ai accompagné, tandis qu'il inspectait les murailles et les formations d'artisans grecs et de jeunes moines sans aucun entraînement. Il secouait sa tête de taureau et riait en les regardant. Il s'est entretenu avec l'Empereur, avec Phrantzès, avec les capitaines des navires vénitiens et grecs, avec le podestat de Pera, avec le baile de Venise. Avec chacun il discute sans hâte, comme on bavarde, en racontant des anecdotes sur ses campagnes et sur les sièges qu'il a soutenus. Il se fraye un passage à travers la discorde, la jalousie, les préjugés, comme la proue d'un puissant navire fend irrésistiblement les vagues contraires. Il inspire la confiance. Et il le faut, car il est la base sur laquelle s'édifie chaque jour plus nettement la défense de la ville. Il boit beaucoup de vin. En deux lampées, il a vidé le plus grand gobelet. Mais, à part les poches qu'il a sous les yeux, on ne voit pas que l'alcool produise le moindre effet sur lui.

Sa lenteur et son incessant bavardage, derrière lesquels se dissimule un jugement pondéré et sûr, ont commencé par m'irriter. Mais j'ai fini par voir les choses à travers ses yeux globuleux. Et maintenant il me semble que j'assiste au mouvement d'une vaste machine agencée par un habile mathématicien, une machine qui grince et craque, mais qui avance quand même vers le but qu'elle poursuit, chaque partie aidant et renforçant l'autre.

Je suis forcé de l'admirer, comme ces hommes l'admirent et lui obéissent aveuglément, sachant fort bien qu'il ne donne jamais un ordre superflu.

Je ne lui suis pas inutile. Je lui ai dit ce que je savais concernant la formation des janissaires, leur discipline, leur armement et leur tactique. Je lui ai parlé du caractère du sultan Mohammed et de ses proches conseillers.

Je lui ai expliqué comment, dès la mort du sultan Mourad, s'est creusé chez les Turcs, entre le parti de la guerre et celui de la paix, entre les vieux et les jeunes, un fossé que Mohammed élargit et accentue sciemment pour ruiner la situation du grand vizir Khalil.

– Il ne peut jamais oublier que, dans sa jeunesse, à douze et quatorze ans, il a dû honteusement renoncer au trône qu'il était incapable de garder, bien que son père le lui eût cédé. C'est la clé de son amertume, de son fanatisme et de son ambition, le mobile secret de tous ses actes. La première fois, lorsque l'armée des croisés s'est approchée par surprise de Varna, il a perdu le contrôle de ses nerfs. Cela se passait à Andrinople. Il a pleuré, crié, s'est roulé par terre de frayeur et a fini par se réfugier dans le harem. Du moins c'est ce qu'on raconte. Si le vieux sultan Mourad n'était pas accouru de Magnésie, en faisant jaillir du sol d'Asie une armée, l'Empire turc se serait effondré. Les Serbes et les Bulgares se seraient volontiers ralliés aux chrétiens.

» La seconde fois, c'étaient les vétérans, les janissaires de sa propre armée qui s'étaient révoltés. Ils refusaient d'obéir à ce jeune homme maigre et énervé qui n'était pas capable de les mener au combat. Ils pillèrent et incendièrent le bazar d'Andrinople. Mohammed dut de nouveau se cacher dans le harem inviolable. Khalil, de sa propre initiative, rappela Mourad. C'est ce que Mohammed ne lui pardonnera jamais.

» Tu ne connais pas Mohammed, dis-je, comme je l'avais déjà vainement répété à bien des gens. L'orgueil blessé d'un enfant peut devenir une force à briser les empires. Rappelle-toi qu'il a été deux fois humilié. Depuis lors, il a fait son apprentissage. Son ambition est sans limites. Pour compenser les humiliations subies, il est obligé de se prouver à lui-même qu'il est supérieur à tous ses devanciers. Constantinople lui fournira cette preuve. Il en a projeté la conquête pendant des années, nuit et jour, sans relâche. Avant la mort de son père, il connaissait déjà par cœur le plan des remparts et pouvait dessiner de mémoire n'importe quelle tour. Il se promènerait dans les rues de cette ville, les yeux fermés. On dit qu'il y est venu sous un déguisement dans sa jeunesse. Il parle grec et sait les coutumes et les prières des chrétiens.

» Tu ne connais pas Mohammed, répétai-je. Il n'a que vingt-deux ans, mais à la mort de son père il n'était déjà plus un enfant. A peine Mourad était-il mort que, selon son habitude, le prince de Caramanie se révolta et occupa quelques provinces turques d'Asie. Mohammed rassembla une armée contre ce lointain parent et en deux semaines ses janissaires étaient à la frontière de Caramanie. Le prince jugea préférable de se soumettre; il se rendit avec sa suite à la rencontre de Mohammed et lui expliqua en riant qu'il s'était seulement livré à une plaisanterie pour l'éprouver. Il avait rencontré la patte du lion et se le tint pour dit. Mohammed a également appris à dissimuler ses sentiments. Il n'agit plus sans mûre réflexion. Il peut s'emporter au point que l'écume lui vient aux lèvres. Mais cette fureur même est le fruit d'une délibération et ne vise qu'à en imposer à l'adversaire. C'est un comédien comme je n'en ai jamais rencontré. »

Mes paroles faisaient impression sur Giustiniani. Certainement ces récits n'étaient pas entièrement nouveaux pour lui, mais jamais il ne les avait entendus de la bouche d'un témoin oculaire.

— Et les janissaires? demanda-t-il. Je ne veux pas parler des hommes, mais des chefs, des officiers.

— Les janissaires veulent certainement la guerre. C'est leur métier. Ce sont des enfants de chrétiens, mais élevés dans l'Islam. Ils sont plus fanatiques que les Turcs eux-mêmes. Ils ne doivent pas se marier, il leur est interdit de quitter leurs camps, ils ne peuvent même pas apprendre un métier ou une profession. Naturellement, ils ont enragé quand le prince de Caramanie s'est soumis sans combattre. Mohammed les laissa hurler et renverser leurs marmites, tandis qu'il s'enfermait lui-même dans sa tente pendant trois jours entiers. Les marchands lui avaient vendu une esclave grecque des îles. C'était une fille de dix-huit ans, belle comme le jour. Elle s'appelait Irène. Trois jours entiers, le Sultan resta en sa compagnie, sans se montrer à personne. Les janissaires vociféraient des injures autour de sa tente. Ils ne voulaient pas d'un Sultan qui préférait à la guerre les plaisirs de l'amour et négligeait même ses prières pour une esclave. Les officiers n'arrivaient plus à calmer leurs hommes. Peut-être ne le cherchaient-ils même pas.

— J'ai entendu parler de cet incident, interrompit Gius-

tiniani. Il ne prouve que la cruauté irréfléchie de Mohammed.

– Cruauté, certes. Mais non pas irréfléchie. Ce fut le
geste froidement concerté d'un grand comédien. Au
moment où la colère des janissaires atteignait son
paroxysme, il sortit de sa tente, une rose à la main, les
yeux alanguis, avec l'allure et la contenance d'un jeune
débauché. Les janissaires éclatèrent de rire à sa vue et
lancèrent en l'air des mottes de terre et du crottin de
cheval, sans chercher toutefois à le toucher, en hurlant :
« Quelle espèce de Sultan es-tu pour troquer ton épée
contre une rose ? » Mohammed leur cria : « Ah ! frères,
frères, vous ne savez pas ce que vous dites. Si vous l'aviez
vue, vous me comprendriez. » Les vociférations des janissaires redoublèrent : « Montre-nous cette fille grecque,
montre-la, et peut-être te croirons-nous. » Mohammed
bâilla paresseusement, rentra dans sa tente et en ressortit
traînant par le bras une jeune fille timide et effrayée qui,
à moitié nue, se cachait le visage de ses mains.

» Je n'oublierai jamais ce spectacle, repris-je. Les têtes
rasées des janissaires avec leur unique touffe de cheveux,
car ils avaient lancé leurs bonnets de feutre par terre et
les piétinaient de rage. Le visage passionné de Mohammed et le regard jaune de ses yeux de fauve. La jeune
esclave, plus belle que le printemps de Caramanie.
Mohammed lui enleva les mains du visage et, lui arrachant ses derniers vêtements, il la poussa devant les
janissaires qui reculèrent, éblouis par sa beauté et par la
perfection de ses formes. « Regardez à votre aise, hurla
Mohammed, regardez-la et avouez qu'elle est digne de
l'amour de votre Sultan. » Puis son visage noircit de
colère, il jeta la rose et ordonna : « Apportez mon épée ! »
L'esclave était à genoux, la tête baissée, essayant de
cacher sa nudité. Mohammed la saisit par les cheveux et,
d'un coup, lui trancha la tête, si bien que le sang jaillit sur
les janissaires les plus proches. N'en pouvant croire leurs
yeux, les hommes poussèrent des cris et reculèrent en
désordre. Mais Mohammed leur dit simplement : « Mon
épée peut aussi rompre les chaînes de l'amour. Ayez
confiance en mon épée. » Puis il demanda : « Où est votre
colonel ? » Les janissaires allèrent le chercher dans sa
tente où il s'était caché. Mohammed lui arracha son
bâton de commandement et l'en frappa au visage, si

sauvagement qu'il eut le nez cassé et un œil exorbité. Mais les janissaires tremblants se taisaient, sans oser défendre leur chef.

» Les janissaires ne se révolteront plus, dis-je. Mohammed a réorganisé leur corps et y a versé, contre la tradition, six mille de ses faucons. L'avancement des janissaires se fait à l'ancienneté. C'est pourquoi il n'a pu se débarrasser de tous les vieux officiers, bien qu'il en ait fait décapiter plusieurs cette nuit-là. Mais tu peux être certain qu'il leur a réservé une place d'honneur dans le siège de Constantinople. Ce siège lui sera fort utile à bien des égards. Il lui permettra de liquider certains officiers et vieux militaires trop sûrs d'eux. Mohammed n'oublie jamais une offense. Mais il a appris à attendre son heure. ».

Je me demandais si Giustiniani était homme à me comprendre et si je devais poursuivre. Enfin je dis :

– Mohammed n'est pas un être humain.

Giustiniani fronça les sourcils et me regarda. Son rire bienveillant et bruyant s'arrêta dans sa gorge.

– Mohammed n'est pas un être humain, répétai-je. Il est peut-être l'ange des ténèbres. Il est peut-être Celui qui doit venir. Il en porte tous les signes. Mais ne te méprends pas, ajoutai-je. S'il est un être humain, il est un être neuf, le premier de son espèce. Il inaugure une ère nouvelle qui formera des hommes à son image, différents des anciens. Des souverains temporels, des souverains de la nuit qui, par bravade et fierté, rejettent le ciel et règnent sur la terre. Dans leur cœur ils ne reconnaissent ni les lois des hommes ni celles de Dieu, parce que leur seule loi est la fin qu'ils poursuivent. Ils déchaînent sur la terre le froid et la chaleur des enfers, et contraignent les forces naturelles elles-mêmes à les servir. Ils ne redoutent pas l'immensité de l'océan ni la hauteur du ciel. Et quand ils auront subjugué les mers et les terres, ils se construiront, dans leur rage de savoir, des ailes pour voler jusqu'aux étoiles et les soumettre elles aussi. Mohammed est le premier de ces hommes. Comment pourrais-tu lui résister ?

Giustiniani s'était pris la tête entre les mains et gémissait :

– Par les plaies du Christ, est-ce que les moines de cette ville, l'écume à la bouche, ne prêchent pas assez la fin du monde? Faut-il qu'un de mes officiers s'affole au point d'avoir des visions et de débiter des sornettes? Mes tempes vont éclater, si tu ajoutes un seul mot.

Mais il ne parle plus de Mohammed comme d'un jeune exalté qui, par bravade aveugle, va se casser la tête contre un mur. Il est devenu prudent et interdit à ses officiers de faire les fanfarons dans les cabarets et de sous-estimer les Turcs. Il est même allé assister à une messe latine, s'est confessé et a reçu humblement l'absolution, bien que le cardinal Isidore lui eût promis et juré que tous ses péchés lui étaient remis dès lors qu'il avait accepté le poste de protostrator de Constantinople. Pour être plus sûr de son affaire, il a demandé que cette assurance lui fût donnée par écrit et il garde toujours ce papier sur lui.

– J'aurai un document à montrer à saint Pierre, quand je frapperai à la porte des cieux, dit-il. On dit que le vieux est devenu assez sévère pour les Génois. C'est peut-être que les Vénitiens l'ont soudoyé.

Le 7 février 1453.

A Andrinople, on a tiré un coup de canon qui fera trembler le monde. Le Hongrois Orban a tenu sa promesse et fondu le plus grand canon de tous les temps.

Comme je rentrais chez moi ce soir, après une journée fatigante, j'ai rencontré Manuel qui venait à ma rencontre.

– Maître, m'a-t-il dit, est-ce vrai que les Turcs ont un canon qui pourrait démolir nos murailles d'un seul coup?

Voilà comme les bruits ont vite fait de se répandre à Constantinople. Le matin même, Giustiniani avait reçu les premiers renseignements précis sur l'essai de cette pièce.

– Ce n'est pas vrai, dis-je. Personne ne peut fabriquer un pareil canon. Pour ébranler nos remparts, il faudrait un tremblement de terre.

– Mais, balbutia Manuel, on dit que le boulet a volé à mille pas et qu'il a creusé un trou gros comme une maison. La terre a tremblé à dix mille pas à la ronde. Des maisons se sont effondrées à Andrinople, et des femmes ont accouché avant terme.

– Racontars de commères, dis-je. Tu connais les femmes!

– Mais c'est vrai, assura-t-il. Le canon fondu par Orban pour la forteresse du Sultan a déjà pu, l'automne dernier, couler un gros navire avec un seul boulet. A Pera est arrivé un commerçant d'Andrinople, qui avait mesuré lui-même les dimensions d'un boulet de pierre du dernier canon. Il a dit qu'un homme, si grand soit-il, ne parviendrait pas à en faire le tour avec ses bras. Depuis la détonation, il a les oreilles bouchées et il tremble comme un vieillard, bien qu'il n'ait pas encore cinquante ans.

– C'est le vin qui le fait trembler et non pas le bruit du canon, dis-je à Manuel en le rabrouant. Il a raconté son histoire à trop de gens qui l'ont fait boire. De verre en verre, le canon a poussé. Demain, il sera grand comme la tour de l'église.

Manuel s'agenouilla devant moi, la barbe tremblante, chercha ma main pour la baiser et dit simplement : « Maître, j'ai peur ! »

Il est âgé, ses yeux chassieux reflètent, eux aussi, l'infinie mélancolie des Grecs de Constantinople. Je le comprends. Les Turcs le massacreront, parce qu'il n'est plus bon pour l'esclavage.

– Relève-toi, lui dis-je, et sois un homme. Nous connaissons les dimensions du canon et les spécialistes de l'Empereur sont en train d'évaluer le poids du boulet et son effet possible sur les murailles. C'est incontestablement une arme terrible qui peut causer des dégâts, mais il n'est pas aussi grand qu'on le prétend. En outre, Orban est un illettré incapable de calculer la portée des canons et la trajectoire des projectiles. Les spécialistes de l'Empereur estiment qu'il est impossible de fixer au hasard la capacité de la chambre à poudre convenable au calibre de la pièce et au poids du boulet. Le canon supportera peut-être quelques coups, mais tôt ou tard il éclatera et causera plus de dommages aux Turcs qu'à nous. Orban a été naguère au service de l'Empereur. Nos ingénieurs le connaissent et savent ce dont il est capable. Raconte tout cela à tes tantes, à tes cousins et à toute la famille, afin qu'ils le colportent autour d'eux pour calmer le peuple.

– Comment répéteraient-ils ce qu'ils ne comprennent pas ? soupira Manuel. Que savent-ils des chambres à poudre et des trajectoires des projectiles ? Ils raconteront plutôt ce qu'ils comprennent, des choses terribles. On dit qu'une femme a accouché prématurément, rien qu'en entendant parler de ce canon. Qu'arrivera-t-il quand il tonnera devant les murailles et les renversera?

— Dis-leur d'avoir confiance dans leur Panaghia, dis-je pour me débarrasser de lui.

Mais le doute s'était glissé dans son esprit.

— La Vierge n'apparaîtra certainement plus sur nos remparts pour épouvanter les Turcs avec sa robe violette, dit-il. La dernière fois, les Turcs n'avaient pas d'armes aussi monstrueuses. La Sainte Vierge elle-même en aurait peur.

» Est-ce vrai, ajouta-t-il avec un sourire tremblant, que le gros canon a déjà quitté Andrinople, qu'il est tiré par cinquante paires de bœufs et que mille hommes sont occupés à frayer des routes et à construire des ponts devant lui? Ou n'est-ce encore qu'un racontar?

— Non, Manuel, tout cela est vrai. Le canon est en route. Le printemps approche. Bientôt les colombes roucouleront et les essaims d'oiseaux arriveront du sud. Quand le printemps fleurira, le Sultan sera aux portes de Constantinople. Aucune puissance au monde ne peut l'empêcher.

— Et combien de temps penses-tu que cela durera, ensuite?

Pourquoi lui mentir? Il est vieux. Il est Grec. Je ne suis pas médecin. Je suis un homme. Son semblable.

— Peut-être un mois, lui répondis-je, ou deux. Giustiniani est un excellent capitaine. Trois mois, s'il est à la hauteur de sa tâche, comme je le crois. Mais pas beaucoup plus, même dans la meilleure hypothèse.

Manuel ne tremblait plus. Il me regarda droit dans les yeux :

— Et l'Occident? demanda-t-il. L'Union?

— L'Occident? dis-je. Avec Constantinople, les pays d'Occident aussi vont sombrer dans les ténèbres. Constantinople est la dernière lampe où brille l'espoir de la chrétienté. S'ils la laissent s'éteindre, ils auront mérité leur sort.

— Mais quel sera ce sort? demanda-t-il. Pardonne-moi, maître, si je suis curieux, mais il faut que mon cœur se prépare.

— Le corps sans l'âme, la vie sans l'espérance, l'esclavage de l'humanité, une servitude si désolée que l'esclave ne sait plus même qu'il est esclave. La richesse sans la joie, le luxe sans la capacité d'en jouir. La mort de l'esprit.

Le 10 février 1453.

J'ai rencontré tout le monde, sauf le mégaduc Lucas Notaras. On dirait qu'il fait exprès d'habiter le plus loin possible des Blachernes, à l'autre bout de la ville, dans le vieux quartier, à l'ombre de la cathédrale, de l'ancien palais impérial, de l'Hippodrome. Il se tient à l'écart. Ses deux jeunes fils ont des fonctions honorifiques à la Cour, mais ils n'y paraissent jamais. Je les ai vus jouer à la paume à cheval sur le terrain de l'Hippodrome. Ce sont de beaux garçons, qui portent sur leurs visages la même expression de mélancolie hautaine que leur père.

En sa qualité d'amiral de la flotte, le mégaduc refuse de collaborer avec Giustiniani. A ses propres frais, il a remis en état de navigation les cinq vieux dromons de l'Empereur. Aujourd'hui, à la stupéfaction générale, on les a vus sortir leurs rames et se glisser entre les grands navires occidentaux pour quitter le port. Une fois dans la mer de Marmara, ils ont hissé des voiles neuves, ont pris la formation de combat et se sont dirigés vers la côte d'Asie. La journée était grise, nuageuse, avec des sautes de vent. Les matelots n'étaient point entraînés à manœuvrer les voiles et les rameurs ne gardaient pas le rythme, si bien que parfois les avirons s'entrechoquaient.

La dernière flotte de Constantinople prenait le large. Les capitaines vénitiens et génois se pâmaient de rire en se tapant sur les cuisses.

Mais à quoi rime cette manœuvre? Ce ne peut être un simple exercice de navigation, car les dromons ne sont pas rentrés à la tombée de la nuit.

Giustiniani a couru au palais. Sans souci du protocole, écartant les gardes du corps et les eunuques qui voulaient lui barrer le passage, il s'est rué dans les appartements privés de l'Empereur. Il tenait à bien montrer qu'il était furieux. En réalité, il était surtout curieux. Il ne fait pas grand cas des bateaux de l'Empereur. Un seul des lourds vaisseaux de guerre occidentaux pourrait les couler tous.

Mais, en tant que commandant en chef, il ne peut admettre que la flotte ne lui ait pas été subordonnée.

L'empereur Constantin lui a donné cette explication :

— Le mégaduc Notaras désapprouve l'attente passive. Les Turcs ont ravagé nos provinces et bloqué Sélymbria et nos dernières places fortes. C'est pourquoi le mégaduc veut attaquer et rendre coup pour coup, tant que la mer est encore libre.

— J'ai fait ménager dans les murailles des portes de sortie, dit Giustiniani. J'ai maintes fois demandé en vain l'autorisation de tomber sur les pillards turcs qui commencent à devenir impertinents et s'approchent à portée de flèches des remparts, pour crier des injures à mes hommes et les menacer de les châtrer tous. Cela affaiblit la discipline.

— Nous n'avons pas les moyens de sacrifier un seul homme, répondit l'Empereur. Les Turcs pourraient attirer nos soldats dans des embuscades pour les exterminer.

— C'est pourquoi je t'ai obéi, dit Giustiniani. Mais le mégaduc Notaras se moque de tes ordres.

— Il m'a fait savoir inopinément qu'il allait effectuer des manœuvres en mer, dit l'Empereur. Je ne pouvais ordonner aux navires de Venise et de Grèce de l'en empêcher. Mais cette désobéissance ne se reproduira pas.

— Le mégaduc a lui-même équipé les bateaux, intervint Phrantzès d'un ton conciliant. Il paye ses marins. Nous ne pouvons l'offenser.

Mais c'étaient là des mauvaises excuses, et chacun le savait. Giustiniani lança son bâton de commandement sur la table et dit :

— Es-tu sûr qu'il reviendra avec ses navires et ses hommes ?

L'Empereur inclina la tête et dit doucement :

— Peut-être vaudrait-il mieux pour nous tous qu'il ne revienne pas.

A son retour, Giustiniani m'a raconté cette scène en ajoutant :

— Je ne peux comprendre la politique compliquée des Grecs. Jusqu'ici, le Basileus a formellement interdit toute action offensive. Exagérant l'humilité chrétienne, il a, chaque fois que le Sultan lui donnait un soufflet, tendu l'autre joue. Je comprends bien qu'il cherche à prouver aux puissances occidentales et à la postérité que le Sultan est l'agresseur et qu'il est, lui, l'homme de la paix. Mais à quoi bon? Il suffit d'un peu de jugement pour savoir de quoi il retourne. A présent, le mégaduc a arraché l'initiative à l'Empereur et engagé les opérations. Crois-moi, il reviendra avec ses navires. Mais quel est son but? c'est ce que je ne saisis pas. Explique-le-moi, toi qui connais les Grecs.

– Je ne connais pas Lucas Notaras, lui dis-je. Qui pourrait sonder les mobiles d'un patricien fier et ambitieux? Peut-être veut-il blanchir sa réputation? Depuis l'émeute devant Sainte-Sophie, il est considéré aux Blachernes comme peu sûr et turcophile. Il cherche peut-être à opposer sa propre combativité à la passivité de l'Empereur.

– Mais quel avantage pense-t-il retirer d'un raid sur la côte turque? dit Giustiniani. Et juste au moment où les derviches prêchent la guerre dans toute l'Asie et où le Sultan rassemble une armée. Rien ne peut faire mieux l'affaire de Mohammed. Cela irritera les Turcs, sans nous rapporter le moindre avantage militaire. Notaras fait le jeu du Sultan.

– Tu ne peux pas le prouver, lui dis-je. Nous ne pouvons que juger les actes tels qu'ils se présentent et leur donner l'interprétation la plus favorable possible jusqu'au moment où les faits viennent nous démentir.

Giustiniani me regarda de ses yeux saillants et se gratta la nuque :

– Pourquoi prends-tu la défense de Notaras? Il serait plus sage de te taire, poursuivit-il d'un ton amical. Aujourd'hui, Phrantzès m'a pris à part et m'a conjuré d'avoir l'œil sur toi. Tu es, paraît-il, un homme dangereux. Tu avais libre accès chez le Sultan, jour et nuit. Mieux vaut se garder de toi.

Sur ces mots, il me tendit une écritoire de cuivre et me promut au grade d'officier d'état-major. Désormais, j'aurai donc accès aussi à ses papiers secrets.

Le 11 février 1453.

Cette nuit, Manuel est venu me réveiller en me murmurant à l'oreille : « Maître, la ville est en émoi. »

Dans les rues, on voyait des lanternes et des torches. Les gens sortaient à demi vêtus sur le seuil des maisons. Tout le monde regardait le ciel où se voyait une rougeur lointaine.

Jetant un manteau de fourrure sur mes épaules, j'ai suivi la foule sur la colline de l'Acropole. Au-delà de la mer, un rougeoiement d'incendies illuminait le ciel sombre. Le vent humide apportait, avec l'odeur puissante de la terre mouillée, les premiers effluves du printemps.

Des femmes vêtues de noir tombaient à genoux pour prier. Les hommes se signaient. Puis, un bruit courut de bouche en bouche : « Lucas Notaras », murmurait la foule, « le mégaduc Lucas Notaras ».

Les villages turcs brûlaient au-delà de la mer.

Mais la foule n'exultait pas. Au contraire, une sombre oppression semblait la paralyser, comme si elle venait de comprendre que, désormais, c'était la guerre. Les gens respiraient avec peine, le souffle coupé par le vent brutal de la nuit.

Quiconque se sert de l'épée périra par l'épée. Et les innocents périront avec les coupables.

Le 12 février 1453.

La flotte n'est pas encore rentrée.

Des patrouilles turques se sont emparées de la tour de Saint-Etienne et ont massacré la garnison qui avait osé se défendre.

Aujourd'hui, une terrible averse de grêle a forcé les gens à rentrer chez eux. Beaucoup de toits ont été endommagés. Près des réservoirs d'eau souterrains, on entend, la nuit, des grondements étranges et la terre vibre. Des gens ont vu des éclairs sillonner le ciel sans entendre aucun bruit, et des disques incandescents voler dans l'air.

En plus du gros canon, toute l'artillerie du Sultan a quitté Andrinople. Elle est protégée par dix mille cavaliers.

A Andrinople, Mohammed a adressé un grand discours au divan rassemblé dans la salle étoilée. Il a déchaîné l'enthousiasme des jeunes et rallié les vieux et les prudents. Le baile de Venise et le podestat de Pera ont obtenu des renseignements précis sur ce discours.

« La puissance du Basileus s'est déjà effondrée, a déclaré Mohammed. Un dernier effort, et l'Empire millénaire des descendants de Constantin aura vécu. Constantinople est la reine des villes. Sa conquête est possible, voire certaine, grâce à nos armes nouvelles et à la discipline de nos armées. En prenant Constantinople, nous accomplirons la prophétie du Coran : « Ce souverain est le plus grand et son armée la meilleure. » Mais il faut frapper vite, avant que la chrétienté ne réagisse et n'envoie une flotte au secours du Basileus. Le moment est propice. Ne le laissons pas échapper. »

On dit qu'avant de prononcer ce discours, Mohammed avait convoqué au milieu de la nuit le grand vizir Khalil, chef du parti de la paix, pour s'expliquer avec lui. Khalil n'aurait pas osé ouvrir la bouche en faveur de la paix.

Depuis que je compulse librement les papiers de Giustiniani dans son coffre de fer, je suis convaincu que Khalil reste en correspondance secrète avec l'empereur Constantin. Comment, sans cela, serions-nous si bien renseignés quant aux préparatifs des Turcs et même au financement de l'attaque ?

Après le départ de la flotte, Constantin s'est hâté d'envoyer un dernier appel à Andrinople. Il l'a écrit de sa propre main, sans recourir à Phrantzès. Une copie de cette lettre est dans le coffre de Giustiniani. Je l'ai lue et relue, en proie à une étrange émotion et à une mélancolie déchirante. Plus qu'aucun de ses actes, elle atteste la grandeur de Constantin comme empereur. Voici ce qu'il écrit au sultan Mohammed :

« Il est déjà évident que tu préfères la guerre à la paix. Que ta volonté soit faite, puisque je n'ai pas réussi à te convaincre de mes intentions pacifiques, bien que j'aie donné des preuves de ma sincérité et déclaré expressément que j'accepterais même d'être ton vassal. Maintenant je m'adresse à Dieu et je n'ai plus d'espoir qu'en Lui. Si Sa volonté est que la ville tombe en ton pouvoir, comment pourrais-je m'y opposer ? Si, au contraire, Il inclinait ton cœur à la paix, j'en serais heureux. Mais je te rends ta parole et te dégage de toutes les promesses et conventions que nous avions réciproquement jurées. J'ai fermé les portes de ma ville et je défendrai mon peuple jusqu'à la dernière goutte de mon sang. Que ton règne soit heureux jusqu'au jour où le Dieu de justice, notre Juge suprême, nous appellera tous les deux devant Son tribunal. »

C'est une lettre gauchement rédigée, dépourvue des traditions de l'éloquence grecque et des élégantes tournures de Phrantzès. Et pourtant elle me déchire l'âme. C'est la lettre d'un Empereur. Et tellement inutile. Mohammed n'y répondra même pas. Mais peut-être Constantin, dans son palais désert et appauvri des Blachernes, l'a-t-il adressée seulement à la postérité. Dans sa simplicité, elle témoigne mieux pour lui que les plus brillants récits des historiens. Ce n'est pas sa faute s'il est né sous une mauvaise étoile.

Le 13 février 1453.

La flotte n'est pas encore rentrée. Le palais Notaras au bord de la mer garde jalousement son secret. Je ne peux plus supporter cette incertitude. Plus de deux semaines se sont écoulées depuis notre dernière rencontre. Je ne sais même pas si elle est encore dans la ville.

Vaines ont été mes courses à cheval par les rues et le long des murailles. Vaine l'activité débordante où j'ai tenté de noyer mon angoisse. Je ne peux me libérer d'elle. Ses yeux brillent la nuit dans mes rêves. Sa fierté, sa morgue me pincent le cœur.

Elle est la fille du mégaduc et d'une princesse serbe. Sa famille est plus ancienne que celle de l'Empereur même ? Soit. Et moi, je suis le fils de mon père.

J'ai quarante ans. Je crois que l'automne de ma vie est venu.

Pourquoi ne pas chercher à la revoir ? Nous n'avons plus que quelques brèves journées. Et le temps fuit pour ne jamais revenir. Les jours passent avec la rapidité de la flèche. Des gestes, des exercices, la tenue des registres. Le vide.

Je suis sorti de l'obscurité de ma maison dans la blancheur de l'aube. Le soleil rayonnait. Le ciel se voûtait comme une tente bleue sur Constantinople. Un profond ravissement m'emplissait l'âme.

J'allais, non pas à cheval, mais à pied, comme un

pauvre pèlerin. Au loin, très loin, miroitaient les tours de marbre de la Porte d'Or.

Je revois les dalles lisses des murs et les étroites fenêtres à plein cintre du premier étage. Je revois le blason sur le chambranle. Je frappe.

– Johannès Angelos, lieutenant du protostrator Giovanni Giustiniani.

– Le mégaduc est en mer. Ses deux fils sont avec lui. Notre maîtresse est malade et alitée.

– C'est la fille que je désire voir, Anna Notaras.

Elle vient, accompagnée d'un vieil eunuque. Elle a reçu une éducation royale. Elle est une Grecque libre. Le visage de l'eunuque est gris et ridé comme une pomme. Il est édenté et dur d'oreille. Mais il porte une livrée splendide.

Elle apparaît, plus belle que jamais, le visage découvert. Elle sourit en marchant.

– Je t'attendais, dit-elle. Je t'ai longtemps attendu. Mais je ne te ferai pas de reproches, je n'ai plus de fierté, puisque tu es venu. Prends un siège, Jean Ange.

L'eunuque secoua désespérément la tête, leva les bras au ciel, se voila la face et disparut dans un coin de la chambre. Il déclinait toute responsabilité.

Un serviteur apporta un gobelet d'or sur un plateau d'argent. C'était un objet grec ancien, merveilleusement travaillé. Sur les flancs un satyre poursuivait des nymphes fuyantes. Un gobelet libertin. Elle y but et me le tendit.

– A notre amitié, dit-elle. Tu ne viens pas chez nous avec de mauvaises intentions.

Je bus le vin de son père.

– Au désespoir, dis-je. A l'oubli et aux ténèbres. Au temps et à l'espace. A nos chaînes, à nos chaînes délicieuses, puisque tu existes, Anna Notaras.

Sur les dalles de porphyre, de magnifiques tapis resplendissaient de toutes les couleurs de l'Orient. Derrière les étroites fenêtres, la mer de Marmara scintillait sous le soleil. Ses yeux bruns rayonnaient. Son teint était or et ivoire. Elle souriait toujours.

– Parle, dit-elle. Dis n'importe quoi. Parle vite et sérieusement comme si tu m'expliquais une affaire importante. L'eunuque n'entend pas, mais plus tu parleras vite, plus il se rassurera.

C'était me demander un effort pénible. J'aurais préféré la contempler en silence.

– L'odeur d'hyacinthe de tes joues, dis-je. L'odeur d'hyacinthe de tes joues.

– Vas-tu tout recommencer par le début ? dit-elle pour me taquiner.

– Je recommence par le début. Ta robe tissée d'or est splendide. Ta robe garde trop jalousement ta beauté. A-t-elle été dessinée par un moine ? Votre monde a changé depuis ma jeunesse. En France, les élégantes découvrent leur sein à l'admiration des hommes, à l'instar de la belle Agnès Sorel du roi Charles. Mais ici vous cachez tout, même votre visage... Si seulement nous pouvions voyager ensemble dans le libre Occident. La première femme qui m'enseigna les secrets de l'amour physique, je l'ai rencontrée dans la piscine de Jouvence près du Rhin. C'était ce même jour que j'avais entendu chanter le rossignol au matin et vu danser ma sœur la Mort sur le mur du cimetière. La femme était plus âgée que moi, une beauté épanouie, qui ne se dissimulait point. Elle était assise nue sur la margelle du bassin, plongée dans la lecture d'un livre, tandis que les dames et les seigneurs jouaient entre eux et déjeunaient sur de petites tables flottantes. Elle s'appelait Dorothée. Elle me donna une lettre de recommandation pour Æneas Sylvius à Bâle, si tu sais qui est Æneas Sylvius. Tout cela arrive après mon départ de chez les Frères de la Libre Pensée. Jusqu'alors, je n'avais aimé que dans les buissons et l'obscurité. Mais cette femme distinguée m'attira sur un matelas de plume et alluma des bougies autour du lit, pour que je ne perdisse rien de ses charmes.

Anna Notaras pâlissait et rougissait tour à tour. Ses lèvres commençaient à trembler :

– Pourquoi me racontes-tu ces choses ? demanda-t-elle. Ce n'est pas dans tes habitudes. Je ne t'en aurais jamais cru capable.

– C'est que je te désire. Le désir physique n'est peut-être pas l'amour, mais il n'y a pas d'amour sans désir. Remarque cependant que je n'ai pas parlé ainsi quand nous étions seuls et que tu étais en mon pouvoir. Tu ne m'aurais pas poignardé si j'avais abusé de toi. Non, non... Tes yeux me le disent. Mais mon désir est clair comme la flamme. C'est toi, toi-même qui me donneras ta fleur, le

90

moment venu. Je ne la cueillerai pas de force... Anna Notaras, Anna Notaras, comme je t'aime. N'écoute pas ce que je dis, car je ne sais ce que je dis. Je suis tout simplement heureux. Heureux par toi... Les Frères de la Libre Pensée ne reconnaissent que les quatre Evangiles. Ils refusent le baptême et mettent tous leurs biens en commun. Ils se recrutent parmi les riches et les pauvres, parfois là où l'on s'y attendrait le moins. Ils se reconnaissent à des signes mystérieux. Dans tous les pays, ils ont constitué des sectes diverses. Même chez les derviches. Je leur dois la vie. C'est pourquoi j'ai guerroyé en France, car beaucoup d'entre eux voulaient suivre la Pucelle. Mais à l'âge de vingt-quatre ans, je me suis séparé d'eux. Leur fanatisme était pire que toute intolérance. Ensuite, j'ai parcouru beaucoup de routes.

– Puis tu as renoncé à tout pour te marier, dit-elle avec ironie. Je le sais déjà. Parle-moi de ton mariage et de ton bonheur. Etais-tu plus heureux que dans la piscine avec ta femme nue? Parle. Ne te gêne pas.

Je me rappelais Florence, accablée sous l'été brûlant, l'eau jaune du fleuve et les collines brûlées par le soleil. Ma joie légère s'évanouit.

– Je t'ai déjà parlé de Ferrare et de Florence.

– Pourquoi te dérober, Johannès Angelos? m'interrompit Anna. T'est-il donc si pénible d'évoquer ton mariage?

– Pourquoi parler de moi, toujours de moi? Pourquoi ne parlerions-nous pas de toi aussi?

Elle redressa la tête et un éclair luit dans ses yeux bruns:

– Je suis Anna Notaras, dit-elle fièrement... Cela suffit. Il n'y a rien d'autre à dire.

Elle avait raison. Sa vie s'est écoulée à l'ombre du palais et dans les jardins du Bosphore. On l'a portée dans une litière, afin que la boue ne salît point ses chaussures. On l'a promenée en barque, sous un riche baldaquin, pour que le soleil ne lui brûlât point la peau. Les vieux philosophes l'ont instruite. Elle a feuilleté distraitement de gros livres et admiré les brillantes miniatures or, bleu et vermillon. Elle a suivi les offices derrière les grilles dorées de la tribune, respiré le parfum de l'encens, tandis que les voix argentines des petits castrats montaient sous la vaste coupole de Sainte-Sophie. Devant les saintes icônes, elle s'est agenouillée pour prier à côté des femmes pauvres. Elle est Anna Notaras. Elle a été élevée comme devait l'être la future femme de l'Empereur. Qu'en pourrait-on dire d'autre ?

– Elle s'appelait Ghita, repris-je. Elle habitait la rue qui menait au couvent des franciscains. Dans le mur gris de sa maison s'ouvraient une porte bardée de fer et une seule fenêtre grillagée. C'est derrière cette fenêtre qu'elle vivait, dans une chambre aussi pauvrement meublée qu'une cellule de nonne. Toute la journée, on l'entendait chanter d'une voix criarde des prières, des cantiques, ou bien apostropher les passants. Elle était effrayante à voir. Une maladie lui avait laissé le visage plein de trous – et mort. C'était comme un affreux masque où seuls les yeux étaient vivants.

» Souvent, pour se distraire, elle allait faire des courses en ville avec une esclave noire qui lui portait sa corbeille. Dans ces occasions, elle s'habillait toujours d'une robe faite de morceaux bigarrés, et sa coiffure et son manteau étaient chargés de médailles bénites et de petites images saintes qui cliquetaient à chacun de ses pas, si bien qu'on l'entendait venir de loin. Elle riait et marmonnait tout en marchant. Mais, si quelqu'un venait à s'arrêter pour la regarder, elle s'emportait et vomissait un torrent d'injures. Elle disait qu'elle était la folle de Dieu. Les franciscains la protégeaient, parce qu'elle était riche. Ses parents la laissaient vivre à sa guise, car elle était veuve et sa fortune était bien placée dans leur commerce de laine et dans leur banque. Tout le monde la connaissait à Florence, sauf moi qui étais un étranger.

» Non, je ne savais rien d'elle lorsque je fis sa connaissance. Elle me vit un jour sur le Ponte Vecchio et me suivit. Je crus qu'elle était toquée. Elle voulait me faire accepter de force une statuette d'ivoire que j'avais regardée à un étalage. Non, tu ne peux pas comprendre. Comment expliquer ce qui arriva entre nous.

» J'étais jeune encore, j'avais vingt-cinq ans. Ma vie d'homme commençait à peine, mais j'étais sans espoir. Ma déception avait été telle que je détestais les frocs noirs et les visages barbus des Grecs. Je haïssais la tête ronde et le grand corps de Bessarion, son odeur de parchemin et d'encre. Chez moi, je m'éveillais chaque matin dans la puanteur de la sueur, de la crasse et des excréments. C'était un printemps torride. A Ferrare, j'avais fait l'expérience de la peste et de l'amour. Je ne croyais plus à rien et, par-dessus tout, je me haïssais. Mon esclavage, mes chaînes, la prison de mon corps. Comment pourrais-tu comprendre?

» Elle m'emmena chez elle. Je vis dans sa chambre de nonne un banc de bois qui servait de lit; il y avait de l'eau dans une écuelle de terre et des restes de nourriture sur le plancher. Mais derrière cette chambre, il y en avait d'autres, meublées luxueusement et avec goût, et il y avait aussi un jardin entouré de murs, avec un bassin où l'eau murmurait, des arbres verdoyants et des oiseaux en cage. De la même manière, derrière son bavardage et ses pouffements grotesques se cachait une femme intelligente et tourmentée qui, par désespoir, avait fait d'elle la folle de Dieu.

» Dans sa jeunesse, elle avait été fort belle, riche et heureuse. Mais son mari et ses deux fils étaient morts en quelques jours, de la même maladie qui avait détruit sa beauté. Elle avait éprouvé l'incertitude complète de la vie et l'affreuse insécurité de toute apparence de bonheur. Dieu l'avait abattue et couchée la face dans la boue. Il est probable que pendant un certain temps elle avait été vraiment folle, mais ensuite elle avait feint de l'être. Par désespoir et par bravade envers Dieu et envers les hommes. Ses prières étaient des blasphèmes et ses blasphèmes des prières. Elle avait un regard perçant et douloureux. A peine âgée de plus de trente-cinq ans, elle avait l'air d'une vieille femme desséchée. Sa bouche était gercée et quand elle parlait, l'écume sortait aux commissures de ses lèvres. Mais ses yeux... »

Anna Notaras avait baissé la tête et m'écoutait, les mains croisées sur sa poitrine. La lumière jouait sur les dessins noirs et rouges des tapis. Dans son coin, l'eunuque tendait vers nous son visage gris et ridé, nous regardant tour à tour l'un et l'autre et cherchant à suivre notre conversation sur nos lèvres. Je repris :

– Elle me donna à manger et à boire. Son regard me brûlait. Je revins quelquefois. Elle se confia à moi et je fus envahi d'une immense pitié pour elle. La pitié n'est pas de l'amour, Anna Notaras. Mais parfois la pitié peut remplacer l'amour, lorsqu'un être humain fait à un autre la grâce de sa présence. Songe que je ne la savais pas riche. Je pensais qu'elle avait simplement une certaine aisance, puisque les franciscains la protégeaient. Elle voulut me procurer des vêtements neufs. Elle fit envoyer de beaux habits à mon logement, avec une bourse pleine de pièces d'argent. Mais je ne voulus pas accepter ces cadeaux, même pour lui faire plaisir.

» Un jour, elle me montra un portrait d'elle dans sa jeunesse. Je vis ce qu'elle avait été et je la compris enfin. Dieu avait brisé son bonheur et l'avait enfermée dans l'enfer de son propre corps. En me voyant sur le pont, elle s'était entichée de moi et m'avait désiré, sans oser se l'avouer au début.

» Et voilà, dis-je avec violence. J'ai couché avec elle, je lui ai fait don de mon corps, parce que je n'attribuais aucune valeur à ce corps. J'ai partagé son enfer, en me figurant que j'accomplissais une œuvre pie. Je passai trois nuits chez elle. Puis je vendis tout ce que j'avais, même mon *Homère*, je distribuai mon argent aux pauvres et m'enfuis de Florence.

» Jusqu'au jour d'automne où le Jugement de Dieu me frappa à Assise. Ghita m'y avait suivi en chaise à porteurs. Elle était accompagnée d'un franciscain et d'un habile juriste. J'étais barbu, sale et hirsute. Elle me fit laver et raser, me donna des vêtements neufs, et nous nous mariâmes à Assise. Elle était enceinte de moi et elle y voyait un miracle. C'est alors seulement que je sus de quelle famille elle était et à quel piège Dieu m'avait pris. Je fus atterré. »

Epuisé par mon récit, je me levai et regardai par la fenêtre les créneaux du mur maritime et, derrière, la mer de Marmara qui scintillait à perte de vue.

– Sache, Anna Notaras, que Ghita appartenait à la famille des Bardi. Par mon mariage, je devenais un des hommes les plus riches de Florence. A ce simple nom, n'importe quel banquier d'Anvers ou du Caire, de Damas ou de Tolède s'inclinerait profondément devant moi.

» Je ne me souciai pas de savoir quelle somme elle avait dû payer aux moines et au Pape pour défendre sa fortune et elle-même contre sa famille et pour légaliser notre mariage. Je n'avais même pas d'identité. Les papiers concernant mon père et mon origine étaient restés chez l'orfèvre Gerolamo à Avignon et du reste, au procès, celui-là avait nié qu'ils fussent en sa possession.

Le juriste arrangea tout. On me donna un nouveau nom. Jean Ange tomba dans l'oubli. Nous habitâmes d'abord dans sa villa de Fiesole, jusqu'à la naissance de notre fils. A présent que j'avais laissé pousser ma barbe et frisé mes cheveux, que j'étais vêtu en homme riche et que je portai fièrement l'épée au côté, personne n'aurait reconnu le pauvre scribe français du concile. Je supportai cette vie pendant quatre ans. J'avais tout ce que mon cœur pouvait désirer : des faucons, des chevaux, des livres, joyeuse compagnie, et aussi le commerce des esprits les plus cultivés. Même les Médicis m'avaient admis. Non pas à cause de moi. Je n'étais que le père de mon fils. Mon fils était un Bardi.

» Ghita se calma; elle changea complètement à la naissance de son fils. Elle devint pieuse, elle ne blasphéma plus. Elle fit même construire une église. Elle m'aimait sans doute. Mais elle aimait surtout notre fils.

» Je résistai quatre ans. Puis je pris la croix pour suivre le cardinal Jules Cesarini en Hongrie. Je laissai une lettre à ma femme et m'enfuis comme je l'ai fait souvent, Anna Notaras. Mon fils et elle me croient tombé à la bataille de Varna. »

Mais je n'avais pas tout raconté. Je ne lui avais pas dit qu'avant de partir pour la Hongrie je m'étais rendu à Avignon où j'avais saisi Gerolamo par la barbe, avant de lui plonger un poignard dans la gorge. Je ne l'ai pas raconté et je ne le raconterai jamais. C'est un secret entre Dieu et moi, car l'orfèvre Gerolamo ne savait pas le grec et n'avait osé montrer les papiers à personne qui pût les lire.

– Mon mariage fut un jugement de Dieu. Je devais connaître la plus grande richesse terrestre, dans toute son abondance et sa splendeur, afin d'y renoncer. Une cage d'or est encore plus difficile à briser que la prison des livres, de la raison et de la philosophie. Dans mon enfance, j'avais été enfermé dans une tour sombre à Avignon. Depuis lors, je n'ai fait que briser des barreaux, d'une prison à une autre. Chaque fois que j'imaginais être enfin parvenu à la liberté, je me retrouvais dans une nouvelle geôle. La prison de mon corps, celle de mon savoir, de ma volonté, de mon cœur. Mais je sais que j'en échapperai bientôt. Il reste peu de temps.

Anna Notaras secoua légèrement la tête :

— Tu es un homme étrange, dit-elle. Je ne te comprends pas du tout. Tu me fais peur.

— La peur n'est qu'une autre prison, dis-je. L'homme peut aussi se libérer de la peur. Remercier de tout et prendre congé, sachant qu'il n'a rien à perdre, sauf ses chaînes. La peur est la peur de perdre quelque chose. Mais comment un esclave pourrait-il posséder quelque chose?

— Et moi? dit-elle doucement. Pourquoi donc és-tu venu vers moi?

— C'est à toi de choisir, non pas à moi. Tu vois comme c'est simple.

Elle se tordit les mains et secoua la tête :

— Non, non, tu ne penses pas ce que tu dis, cria-t-elle.

— Pourquoi t'ai-je parlé si longtemps de moi? dis-je en haussant les épaules. Pour passer le temps peut-être, ou pour me rendre intéressant à tes yeux? Je pensais que tu me connaissais mieux. Non, j'ai simplement voulu te montrer la vanité de tout ce que tu crois important, de tout ce qu'on t'a enseigné. Richesse et pauvreté, puissance et crainte, honneur et honte, savoir et ignorance, rien n'a d'importance en soi. Ce qui compte, c'est ce que nous faisons de nous et ce que nous voulons être. Le seul vrai péché est la défection. Connaître une vérité et s'y dérober. Je me suis dépouillé de tout. Je ne suis rien. Pour moi, c'est le plus haut degré où l'homme puisse atteindre. Cette connaissance tranquille de mon pouvoir et de mon royaume, voilà ce que j'ai à offrir. C'est à toi de choisir.

Mes paroles la blessaient. Ses lèvres devenaient minces et pâles, une expression de froideur hostile envahissait ses yeux bruns. Elle n'était plus belle.

— Tu as un fils, dit-elle. Il a déjà treize ans ou davantage. Puisque tu es si remarquable, pourquoi n'es-tu pas resté près de lui pour lui apprendre le dépouillement? Il est ta chair et ton sang. Façonne-le à ton exemple, mais laisse-moi.

— Non, non, protestai-je. Pourquoi voudrais-je le mal de mon fils? C'est un Bardi. Qu'il fasse son bonheur à sa guise... Du reste, aucun père ne peut élever son fils à son image. Au fond de son cœur chaque père hait son fils et chaque fils hait son père. Mon fils a sa destinée à lui, j'ai la mienne.

– Et moi, répéta-t-elle. En somme, que veux-tu de moi?

– En voyant tes yeux, j'ai compris que malgré tout l'homme a besoin de son semblable. Tu le sais fort bien, toi aussi. Ne t'y trompe pas, cela n'arrive qu'une fois, et pour certains, cela n'arrive jamais. En te parlant de moi, j'ai voulu te montrer que tout ce que tu as possédé ou cru posséder jusqu'ici n'est qu'un mirage et un leurre. Tu ne perdrais rien en y renonçant. A l'arrivée des Turcs, tu perdras forcément beaucoup. C'est pourquoi je voudrais te voir renoncer auparavant dans ton cœur à tout ce qu'il te faudra quand même quitter.

– Des phrases, cria-t-elle, toute frémissante. Des phrases, rien que des phrases.

– Moi aussi, j'ai assez des phrases. Mais je ne puis te prendre dans mes bras en présence de ton eunuque. Tu sais bien que tu comprendrais tout, si je te prenais dans mes bras. Alors, nous n'aurions plus besoin de mots.

– Tu es fou, dit-elle en reculant.

Mais nos yeux se rencontrèrent. Comme devant Sainte-Sophie, nos regards nus l'un dans l'autre.

– Anna, mon amour! Notre temps touche à sa fin. Le sablier se vide. La première fois que je t'ai vue, je t'ai reconnue. Cela devait arriver. Dieu dépasse tout ce que l'homme peut mesurer ou imaginer. Peut-être avons-nous déjà été au monde et nous sommes-nous rencontrés dans une existence antérieure? Peut-être renaîtrons-nous encore pour nous retrouver? Mais nous n'en savons rien. La seule chose sûre est que nous nous sommes rencontrés, que cela devait arriver. Peut-être est-ce notre seule chance. Le seul lieu et le seul moment dans l'éternité où nous pouvons nous rencontrer. Qu'en sais-je? Pourquoi hésites-tu? Pourquoi te leurres-tu?

Elle mit sa main devant ses yeux et resta un instant silencieuse; puis elle revint à elle, à ses tapis, à ses fenêtres, ses dalles de porphyre, dans les limites de son temps, de son éducation, de son savoir.

– Mon père est entre nous, dit-elle à voix basse.

J'avais perdu. Moi aussi, je rentrai dans les limites du temps.

– Il a pris la mer avec ses navires, dis-je. Pourquoi?

– Pourquoi? lança-t-elle. C'est toi qui le demandes? Parce qu'il est las de la politique impuissante d'un Empereur désemparé. Parce qu'il ne flagorne pas le Sultan comme le fait Constantin. Il se bat, parce que c'est la guerre. Pourquoi? demandes-tu. Parce qu'il est le seul homme dans cette ville, le seul vrai Grec. Il ne compte pas sur l'aide des Latins, il se fie à lui-même et à ses navires.

Qu'aurais-je pu répliquer? A tort ou à raison, elle aime son père. Elle est Anna Notaras.

– Ainsi, tu as choisi. Tu veux parler de moi à ton père?

– Oui, répondit-elle franchement. Je veux lui parler de toi.

J'étais tombé dans le piège délibérément. Je ne dis plus un mot. Je ne voulus même plus la regarder. Mais cela aussi devait arriver.

Le 15 février 1453.

Les bateaux sont rentrés hier. Tous les cinq. Les drapeaux flottaient aux mâts, les marins jouaient du tambour et de la flûte. Les petits canons de bronze ont tiré des salves. La foule est accourue au port et sur les murailles agitant joyeusement des étoffes blanches.

Aujourd'hui, on vend des esclaves turcs sur les places. Des pêcheurs, des vieillards à longue barbe, de maigres enfants, des femmes éplorées qui essayent de se voiler la face avec leurs haillons. Le mégaduc Lucas Notaras a remporté une grande victoire sur les Turcs.

Il a réussi à surprendre deux villages sur la rive asiatique de la mer de Marmara et à capturer les habitants. Ailleurs, les Turcs ont eu le temps de s'enfuir, mais leurs maisons ont été incendiées. Il a poussé jusqu'à Gallipoli et coulé un navire de transport. A l'approche des galères turques, les dromons ont fait demi-tour et ils sont rentrés.

Quelle allégresse. Quelles ovations aux marins grecs! Quelles acclamations au mégaduc, tandis qu'il regagnait à cheval son palais! Eclipsés, Giustiniani et ses soldats latins. Toute la journée, Notaras a été un héros national. Mais, aujourd'hui, au marché, les gens n'ont guère montré d'enthousiasme pour acheter les esclaves turcs. Personne ne les brocardait ni ne les tourmentait. La foule s'est rapidement dispersée. Les gens baissaient la tête d'un air gêné à la vue de ces pauvres esclaves désemparés qui se serraient les uns contre les autres en murmurant des phrases du Coran pour se donner du courage.

Le 18 février 1453.

A Andrinople, l'écho a répondu. Afin de prouver la perfidie des Grecs, le sultan Mohammed y a lu publiquement la lettre de l'empereur Constantin avant de la fouler aux pieds. Ses messagers bottés de fer l'ont transmise à toutes les villes turques. Les derviches et les ulémas prêchent la vengeance. Le parti de la paix est réduit au silence. Mohammed prend même à témoin les pays occidentaux :

« A maintes reprises, les Grecs ont rompu leurs serments et leurs traités au moment propice pour eux. En abandonnant son Eglise au Pape, l'empereur Constantin a brisé les derniers liens d'amitié entre Turcs et Grecs. Son unique but est d'exciter l'Occident à la guerre contre les Turcs. Sous des paroles trompeuses et une feinte innocence, il cherche à dissimuler ses intentions réelles. Mais les villages fumants sur les rivages de la mer de Marmara ont dévoilé ses sanglants projets d'agression. Byzance et son appétit de conquête menacent notre existence même. La perfidie et la cruauté des Grecs crient vengeance. Pour mettre un terme à cette menace perpétuelle, pour libérer l'Empire du danger grec qui nous guette sans répit, chaque croyant a le devoir de participer à la guerre sainte. Quiconque cherchera encore à se faire l'avocat des Grecs se révélera l'ennemi de l'Empire. Pour venger les fidèles assassinés, torturés, brûlés vifs ou jetés dans l'esclavage, le glaive punisseur du Sultan se lève. »

Afin de balayer les dernières hésitations, le Sultan a fait lire dans toutes les mosquées, à la prière du vendredi, les noms des Turcs tués par les marins de l'Empereur.

L'expédition de la flotte a donc fourni à Mohammed l'arme dont il avait besoin pour briser définitivement le parti de la paix et la résistance obstinée du grand vizir Khalil. Quiconque osera encore s'opposer au siège risquera sa tête. Khalil lui-même n'est pas à l'abri de cette menace, bien qu'il soit vizir depuis trois règnes.

Le 21 février 1453.

Février exceptionnel, bouleversé. Des bourrasques balayent les rues, soulevant des colonnes de poussière, arrachant les toits. Parfois, le port est absolument calme, mais soudain l'eau s'agite, les navires se balancent et tirent sur leur ancre, un tourbillon de vent glisse sur la mer, comme pour montrer la voie hors de la ville condamnée à la destruction.

Au couvent de Pantocrator se produisent des miracles. Par les matins humides, l'eau se condense en gouttes sur les saintes icônes et les moines disent que c'est une sueur d'angoisse. Une nonne jure qu'elle a vu la sainte Panaghia des Blachernes pleurer des larmes de sang. Les gens la croient, bien que l'empereur ait chargé le cardinal Isidore et le patriarche fantoche Gregorios d'examiner l'icône avec quelques savants et qu'on n'y ait pas découvert trace de sang. Le peuple n'a pas confiance dans les renégats et son adhésion aveugle à la foi originelle est plus ardente que jamais.

De jeunes moines, des artisans, des bourgeois et des marchands, qui ignoraient jusqu'alors par quel bout on tient l'épée, s'exercent docilement au maniement des armes, par groupes de dix ou de cent, sous la direction des mercenaires expérimentés de Giustiniani. Ils veulent lutter pour leur foi. Ils brûlent du désir d'égaler les Latins, ils veulent sauver leur ville.

Ils apprennent certes à bander l'arc, mais leurs flèches vont n'importe où. Ils plongent avec ardeur leur lance dans un sac de foin, mais l'inexpérience les rend gauches. Quelques-uns se sont blessés aux genoux en trébuchant dans les pans de leur robe. Mais il y a parmi eux des hommes robustes, bien capables de lancer des pierres du haut des murailles sur les Turcs.

Les volontaires et les hommes appelés par l'Empereur sont loin d'avoir tous un casque ou même un pourpoint de cuir. Ceux qui ont reçu un casque l'enlèvent à tout moment, prétendant qu'il leur écrase la tête et leur blesse le front. Les courroies des plastrons les gênent. Avec des jambières en fer, ils peuvent à peine bouger.

Je ne les critique pas. Je ne leur reproche rien. Ils font de leur mieux. Ils ont grandi pour les œuvres de paix, confiants dans leurs remparts et dans les mercenaires de l'Empereur. En rase campagne, un seul janissaire anéantirait en un instant une dizaine de ces volontaires.

Je regarde les fines mains blanches habiles à sculpter l'ivoire. Je regarde les yeux exercés aux travaux minutieux. Des hommes qui gravent les images des saints sur la cornaline, des hommes qui savent lire et écrire et peindre, avec de fins pinceaux, les initiales brillantes d'or et de vermillon dans les textes liturgiques.

Il leur faut maintenant apprendre à plonger une épée dans une aine découverte, à diriger une lance sur un visage humain, à tirer une flèche dans un œil qui voit le ciel et la terre.

Monde insensé. Epoque folle.

On a amené de l'arsenal sur les murs de petits canons frais fondus, et aussi de lourdes pièces en fer forgé, parce que l'Empereur est trop pauvre pour acheter du bronze. Les volontaires les redoutent plus que les Turcs. Ils se jettent par terre, en se bouchant les oreilles, à chaque détonation. Ils se plaignent que le bruit les rend sourds et que la lueur les aveugle. Par malheur, un petit canon a éclaté au premier coup, estropiant deux soldats.

Le 24 février 1453.

Giustiniani a mis au point son plan de défense. Il répartit les Latins selon leur nationalité et leur réserve les portes et les secteurs les plus exposés. Vénitiens et Génois rivaliseront pour la gloire. De Pera, quelques jeunes gens sont venus s'inscrire sur les rôles de Giustiniani, ne pouvant en conscience supporter la neutralité de leur ville dans cette guerre dont dépend en dernier lieu le sort de l'Occident.

Giustiniani met toute sa confiance dans les Latins et dans les artificiers et ingénieurs de l'Empereur. Les Grecs ne feront qu'occuper les murailles. Mais ils sont nécessaires. Du côté de la terre, en effet, les remparts mesurent plus de dix mille pas et sont garnis de cent tours. Le mur maritime et celui du port forment les deux autres côtés de l'énorme triangle de la défense, mais ils seront probablement moins menacés. Le port est protégé par les navires occidentaux qui sont bien supérieurs à ceux des Turcs, et le feu grégeois permet d'incendier des bateaux à portée de flèche. Les spécialistes de l'Empereur possèdent à cet effet des projectiles spéciaux semblables à de petits canons volants. Mais ils gardent jalousement leur secret et ne le révèlent pas aux Latins.

Giustiniani est convaincu que l'assaut sera livré en différents points du grand mur terrestre. La porte de Saint-Romain, dans le vallon de Lycos, est la clé de la grande muraille. Il en a réservé la défense à ses Génois. C'est de là qu'il lui sera le plus facile d'envoyer des renforts sur les points menacés, s'il se produit des surprises. Mais la répartition définitive des défenseurs dépendra du plan d'attaque du Sultan. Il y a trente ans, lors du siège de Constantinople, le sultan Mourad avait dressé sa tente sur la colline qui fait face à la porte de Saint-Romain, et celle-ci s'était alors trouvée le point le plus exposé des murailles. Mais les Turcs n'avaient pas d'artillerie.

L'énervement est tombé, car le gros œuvre est achevé. On continue toutefois à consolider les murailles et toute la défense progresse méthodiquement, chacun ayant sa tâche fixée aux différentes heures du jour. Les troupes font l'exercice, mais les volontaires perdent beaucoup de temps à aller prendre leurs repas chez eux, à cause des trajets souvent longs dans cette ville énorme.

Giustiniani a renoncé à ses culottes usées et, à la mode grecque, il s'est fait friser les cheveux, il a teint sa barbe en rouge et y a entrelacé des fils d'or. Mais il n'est pas allé jusqu'à peindre ses sourcils en bleu et ses lèvres en rouge, comme les jeunes officiers de la garde du corps de l'Empereur. Il se pare de chaînes d'or et commence à se plaire en compagnie des Grecs. Les dames élégantes des Blachernes lui témoignent une attention flatteuse. C'est qu'il a une stature imposante : il dépasse les Grecs de toute la tête. Sa cuirasse est maintenant reluisante et, le soir, il échange la chaîne de protostrator que lui a donnée l'Empereur contre un collier d'améthyste.

Par une bulle d'or, l'Empereur a confirmé à Giustiniani qu'il recevra le duché de Lemnos, s'il réussit à repousser les Turcs. Le sceau à lui seul vaut bien des besants, et, de sa propre main, l'Empereur a tracé sur le document une triple croix de cinabre.

Lucas Notaras reste enfermé chez lui depuis son retour. L'Empereur lui a interdit, à la demande de Giustiniani, de reprendre la mer sans autorisation. Mais le mégaduc persiste à prétendre qu'il a agi sagement et il accuse l'Empereur d'être un couard et de ramper devant les Latins.

Il a fait comprendre qu'il attendait la visite de Giustiniani pour discuter avec lui de la défense de la ville et de la répartition des troupes. En tant que mégaduc et commandant des forces navales de l'Empereur, il s'estime au moins l'égal de Giustiniani. Surtout, il est curieux de savoir quel rôle le Génois lui a réservé dans son plan de défense, car on ne saurait l'écarter. Il est de trop haute naissance et il a trop d'influence. Mais les capitaines latins conservent le commandement de leurs propres navires et prennent leurs ordres directement de l'Empereur. En réalité, Notaras ne dispose que des cinq dromons lents et vermoulus qu'il a fait réparer à ses frais.

Malgré la faveur populaire dont il jouit, il est bien solitaire ces jours-ci, Lucas Notaras. Aux Blachernes, en tout cas, on ne s'occupe guère de lui.

Giustiniani le fait attendre. Ce mercenaire élevé à la dignité de protostrator est plus jaloux de son rang qu'un grand-duc héréditaire. Va-t-on revoir les mêmes vieux enfantillages, et vont-ils à leur tour mesurer la hauteur de leurs sièges ?

En fait, la ville est au pouvoir des Latins, et les Grecs n'ont plus rien à dire, bien que l'Empereur ne semble guère s'en rendre compte. Les navires latins sont maîtres du port, et les positions clés de la ville et des remparts sont tenues par les troupes de Giustiniani et les Vénitiens.

Giustiniani serait-il homme à caresser des rêves de grande politique ? Il a noué des relations, parfois par l'entremise de femmes, avec les Grecs les plus favorables aux Latins. Si le siège échouait et si Mohammed était renversé, si la flotte promise par le Pape et par Venise arrivait à temps, Constantinople ne serait-elle plus qu'une base latine destinée à assurer aux Occidentaux la maîtrise de la mer Noire et à leur permettre de désagréger l'Empire turc? L'Union a déjà été proclamée. Assisterait-on à une renaissance de l'Empire latin, même avec un empereur-fantôme grec?

Le vainqueur se contenterait-il d'être un humble vassal comme duc héréditaire de Lemnos?

Mon sang grec refuse de croire aux apparences. Il est le sang du doute, le sang d'une politique millénaire. De jour en jour, la latinité se détache de moi, comme un vêtement tombe en lambeaux. Je suis le fils de mon père. Le sang retourne à son origine.

Le 25 février 1453.

La peur et l'angoisse règnent dans la ville. Les gens sont devenus silencieux et méfiants. Les églises sont pleines de fidèles en prière. Les riches emballent leurs biens, enterrent leurs trésors, les cachent dans les puits ou les murent dans les caves. Plus d'un archonte porte sur ses mains les traces de ces travaux.

La panique gagne les pauvres qui cherchent à vendre leurs misérables biens pour en tirer au moins une pièce d'argent qu'ils cacheront dans un trou de mur ou sous une pierre.

– Il se prépare quelque chose, me dit mon serviteur Manuel. Je le vois, je l'entends, je le sens. Mais je ne sais ce que c'est. Dis-le-moi, maître.

Mes sens et mes nerfs perçoivent aussi quelque chose d'étrange dans l'air. Une activité inquiète règne dans le port. Des canots vont et viennent de navire en navire. Le conseil vénitien des Douze se réunit à huis clos.

Le 26 février 1453.

Je m'étais déjà déshabillé quand Manuel est venu me dire qu'un jeune Grec me demandait. Comme j'étais fatigué, je n'ai pas pris la peine de me lever.

Le jeune homme est entré sans s'incliner et il a observé ma chambre avec curiosité, flairant, le nez froncé, l'odeur de cuir, de papier, de cire et de liquides à polir les métaux. Je l'ai vite reconnu, pour l'avoir vu à cheval, à l'Hippodrome. C'était le frère cadet d'Anna Notaras.

Je frissonnai. Un coup de vent ébranla les carreaux de la fenêtre.

– Il fait sombre dehors, dit le jeune homme. Le ciel est couvert, on y voit à peine devant soi.

C'est un beau garçon de dix-sept ans, très conscient de sa beauté et de son rang. Mais d'une façon plaisante. Il semblait curieux de me connaître.

– C'est donc toi qui t'es enfui du camp des Turcs? me dit-il. On parle beaucoup de toi en ville. On t'a montré à moi, une fois que tu passais à cheval. Mon père désire te voir, si cela ne te dérange pas trop.

Il détourna son regard et ajouta :

– Comme je te l'ai dit, la nuit est profonde, on ne voit personne.

– Je n'aime guère me promener dans l'obscurité, lui dis-je. Mais je ne saurais refuser d'obéir à un ordre de ton père.

– Ce n'est nullement un ordre. Comment mon père pourrait-il te donner un ordre? Tu es inscrit dans les rôles de Giustiniani. Ce n'est pas en tant qu'officier qu'il désire te recevoir. C'est en hôte seulement. Peut-être en ami. Tu peux avoir des renseignements précieux à lui communiquer. Il se demande pourquoi tu l'évites, bien que l'Empereur aussi t'ait reçu. Il est curieux de te connaître. Mais il ne veut pas te causer d'ennuis, si tu préfères ne pas venir.

Il parlait rapidement, pour dissimuler la gêne que lui causait sa démarche. Il semblait ouvert et charmant. Lui non plus n'aimait pas se promener dans l'obscurité. Pourquoi son père n'avait-il pas osé confier cette simple mission à un domestique?

« L'agneau du sacrifice », pensai-je. Un agneau de belle taille, un superbe bouc à égorger sur l'autel de l'ambition. Il est prêt à sacrifier même son fils, si besoin est.

Il était le frère d'Anna. Je lui souris avec bienveillance, m'habillai et lui tapai amicalement sur l'épaule. Il eut un sursaut et rougit, puis il sourit aussi. Apparemment, il ne me jugeait pas de basse extraction.

Dehors la bise sifflait, nous en avions le souffle coupé et les vêtements collés au corps. Il faisait nuit noire. Entre les nuages rapides apparaissait parfois un morceau de ciel étoilé. Le chien jaune voulut me suivre, malgré mes rebuffades. Je pris la lanterne des mains de Manuel et la donnai au jeune homme. Bien qu'interloqué, il ne protesta pas. Pour qui me prenait-il donc? Le chien nous suivit fidèlement, comme pour me protéger.

Le palais Notaras était sombre. Nous y entrâmes par une porte latérale à l'angle du mur maritime. Personne ne nous avait vus. Et pourtant, on eût dit que la nuit était pleine d'yeux aux aguets et la bourrasque de mots chuchotés. Ma tête bourdonnait, comme si le vent m'avait grisé.

Le corridor était silencieux, et nous sentîmes soudain sur nos joues glacées la chaleur de l'intérieur. Nous gravîmes un escalier et je fus introduit dans une chambre où je vis un pupitre, des plumes et des papiers éparpillés, de gros livres à belles reliures. Devant l'icône des trois saints cavaliers brûlait une huile parfumée.

Il m'attendait la tête penchée, comme sous le poids de lourdes méditations. Il ne me sourit pas et accepta mon salut comme un hommage naturel.

— Je n'ai plus besoin de toi, dit-il à son fils.

Le jeune homme chercha à dissimuler sa déception. Il aurait été content, sans doute, d'assister à notre conversation. Avec un gracieux geste de la tête, il me souhaita bonne nuit et se retira.

Après le départ de son fils, Lucas Notaras s'anima et, me jetant un regard profond :

— Je suis bien renseigné sur toi, Johannès Angelos, dit-il. C'est pourquoi je vais te parler franchement.

Je compris qu'il connaissait mon origine grecque. Il n'y avait rien là de surprenant, et pourtant j'en fus désagréablement affecté.

— Tu veux me parler franchement, dis-je. C'est ce qu'on dit toujours quand on veut cacher ses pensées. Oses-tu seulement être franc avec toi-même?

— Tu as été l'homme de confiance du sultan Mohammed, dit-il, et tu t'es enfui de son camp en automne. La position que tu occupais ne se quitte pas sans motifs.

— Il s'agit de tes motifs, mégaduc, et non pas des miens. Tu ne m'aurais pas convoqué en pleine nuit si tu ne pensais pas que je pourrais t'être utile.

Pour la première fois, il fit un geste impatient de la main. Lui aussi portait au doigt un anneau sigillaire au cachet gros comme une main d'enfant. Les manches de son manteau vert descendaient jusqu'aux coudes et lais-

106

saient voir son justaucorps de soie pourpre brodé d'or comme celui de l'Empereur.

– C'est toi qui, dès le début, as cherché à prendre contact avec moi. Tu as été très prudent, ce qui est compréhensible et sage, aussi bien pour toi que pour moi. C'était particulièrement habile de faire par hasard la connaissance de ma fille. Tu l'as ainsi ramenée une fois à la maison, alors qu'elle s'était égarée. Puis, lorsque j'étais en mer, tu as osé venir chez moi en plein jour. Tu voulais seulement rencontrer ma fille. C'était très habile.

– Elle m'avait promis de te parler de moi, lui dis-je.

– Ma fille est enchantée de toi, dit-il en souriant. Elle ignore qui tu es et ce que tu as en tête. Elle est sensible et fière, elle ne sait rien. Tu me comprends.

– Elle est très belle, dis-je.

– Tu es certainement au-dessus des tentations de ce genre, dit-il avec un geste de la main. Ma fille n'est pas pour toi.

– N'en sois pas trop sûr, mégaduc.

Pour la première fois, il manifesta une certaine surprise.

– Ce qui se passera par la suite, on le verra. Tu joues un jeu trop difficile et trop dangereux pour oser y mêler une femme, sauf peut-être pour jeter de la poudre aux yeux. Tu marches sur le tranchant d'une épée, Johannès Angelos. Prends garde de faire un faux pas.

– Tu sais beaucoup de choses, mégaduc, mais tu ne me connais pas.

– Je sais beaucoup de choses, plus que tu ne le penses. Même la tente de ton Sultan n'est point un endroit sûr pour des conversations. Il y a des oreilles partout. Je sais que tu n'as pas quitté Mohammed dans un accès de colère. Je sais qu'il t'a donné au départ un riche cadeau en pierres précieuses. Malheureusement, le Basileus et Phrantzès le savent aussi. C'est pourquoi chacun de tes pas a été surveillé dès ton arrivée en ville. Je ne tiens pas à savoir combien tu as payé pour te faire enrôler par Giustiniani. Tous les Latins sont corruptibles. Mais Giustiniani lui-même sera impuissant à te protéger, si tu commets la moindre erreur...

Il fit un nouveau geste de la main :

– C'est ridicule, la faveur du Sultan est ta seule protection, ici, à Constantinople, dans la ville sainte. Voilà jusqu'où est tombée la dernière Rome. Ils n'osent pas s'en prendre à toi, parce qu'ils n'ont pas encore clairement démêlé tes intentions.

– Tu as raison, lui dis-je. C'est vraiment ridicule. Même à présent que je me suis enfui de chez le Sultan, que je l'ai trahi, sa puissance me protège, ainsi que je l'ai su et éprouvé à chaque instant. Nous vivons dans un monde insensé.

– Je ne suis pas aussi naïf, dit-il avec un léger sourire sur ses lèvres minces, pour m'imaginer que, dans la situation où tu es, tu oseras me révéler tes projets. Je suis Grec. D'ailleurs, il n'est pas nécessaire que tu parles. Mon simple bon sens me dit qu'après la conquête de la ville, ta position auprès du Sultan sera encore plus élevée. Sinon publiquement, du moins en secret. C'est pourquoi une compréhension mutuelle, une collaboration même, dans certaines limites, pourraient nous être profitables à tous les deux.

Il me jeta un regard interrogateur.

– C'est toi qui le dis, répondis-je évasivement.

– Il n'y a que deux possibilités. Ou bien le siège réussit et le Sultan prend Constantinople d'assaut. Ou bien le siège échoue, et nous deviendrons à jamais une colonie des Latins.

Il se leva, prit une attitude de défi, et, haussant le ton :

– Nous avons déjà connu la domination des Latins, dit-il. Elle a duré une génération et, après trois cents ans, Constantinople ne s'en est pas relevée. Les Latins sont des pillards plus éhontés que les Turcs, des falsificateurs de la religion. Les Turcs nous permettraient au moins de conserver notre foi et nos coutumes ancestrales. C'est pourquoi, aujourd'hui, la Panaghia est du côté des Turcs, bien qu'elle pleure des larmes de sang sur notre faiblesse.

– Tu ne fais pas un discours à la foule, mégaduc.

– Ne te méprends pas sur mon compte, dit-il d'un ton grave. Je suis Grec. Je combattrai pour ma ville tant qu'il y aura pour elle une chance d'indépendance. Mais je ne veux pas la voir tomber aux mains des Latins, sans autre profit que d'avoir à mener pour leur compte une lutte épuisante, meurtrière, d'une décennie à l'autre, aux avant-postes de l'Europe. Nous sommes las des Européens, nous avons assez des Latins. A côté de ces barbares, les Turcs font figure de peuple civilisé avec leurs traditions culturelles arabes et perses. La puissance du Sultan fera refleurir Constantinople. A la frontière entre l'Orient et l'Occident, elle régnera de nouveau sur le monde. Le Sultan n'exige pas que nous renoncions à notre foi, il ne nous demande qu'une amicale entente avec les Turcs. Pourquoi ne soumettrions-nous pas avec eux l'univers? Pourquoi notre vieille culture grecque ne serait-elle pas le levain de leur plus vigoureuse civilisation? Ainsi naîtrait la troisième Rome du Sultan, où Grecs et Turcs vivraient en frères dans le respect mutuel de leur religion.

– Ton rêve est grandiose, lui dis-je. Je ne veux pas verser de l'eau froide sur ton cœur embrasé, mais les rêves ne sont que des rêves. Restons dans la réalité. Tu ne connais pas Mohammed. Mais tu souhaites que ta ville tombe en son pouvoir.

– Je ne souhaite pas, dit-il, je sais que Constantinople succombera. Je ne suis pas stratège pour rien.

» Un chien vivant vaut mieux qu'un lion mort, reprit-il. L'empereur Constantin a fait son choix, parce qu'il n'en avait pas d'autre. Sans aucun doute, il cherchera la mort sur les remparts quand il verra que tout est perdu. Mais quel service un patriote mort peut-il rendre à son peuple? Si mon destin est de périr, je périrai sur les murs de la ville. Mais je préfère rester vivant pour agir en faveur de mon peuple. Le temps des Paléologues est passé. Le Sultan sera notre seul Empereur. Mais, pour gouverner les Grecs et les administrer, il aura besoin des Grecs. Après la prise de la ville, il devra inéluctablement confier des postes élevés à des hommes qui connaissent le cérémonial de la Cour et les rouages administratifs. C'est pourquoi Constantinople a besoin de patriotes qui aiment le peuple, qui aiment les traditions de la vieille Grèce plus que leur propre gloire. Si je peux être le chien fidèle de mon peuple, je n'aspire pas à mourir en lion. Il me faut simplement convaincre le Sultan de ma bonne volonté. Quand, sur les murailles, retentira le cri: « La ville est perdue! » alors le moment sera venu pour moi de prendre en main le destin de mon peuple et d'agir au mieux de ses intérêts. ».

Il se tut et me regarda longuement.

– Tu m'as fait un beau discours, long, impressionnant,

et qui t'honore, lui dis-je. A la vérité, cet héritage de la Grèce antique que tu veux sauvegarder comprend aussi l'exemple de Léonidas et des Thermopyles, mais je suis ton idée. Tu voudrais convaincre le Sultan de ta bonne volonté. Ne lui en as-tu pas donné déjà des preuves suffisantes? Tu t'es posé en chef politique des adversaires de l'Union, tu as semé la haine contre les Latins et la dissension intestine dans la ville, affaiblissant ainsi sa force de résistance. Tu as pris la mer et, en le provoquant par un acte de piraterie gratuit, tu as fourni au Sultan le plus beau prétexte qu'il pouvait espérer. Bien. Pourquoi n'écris-tu pas directement à Mohammed pour lui offrir tes services?

— Tu sais fort bien qu'un homme dans ma position ne peut le faire. Je suis Grec. Je dois lutter pour ma ville, même si je sais que la lutte est vaine. Mais je me réserve le droit d'agir selon les circonstances pour le bien de mon peuple. Pourquoi mon peuple devrait-il périr ou tomber en servitude, si on peut l'éviter?

— Tu ne connais pas Mohammed, répétai-je.

— Je ne suis pas un traître, dit-il, ébranlé par ma fermeté. Je ne suis qu'un homme politique. C'est ce que le Sultan et toi devez comprendre. Devant mon peuple, devant ma conscience, devant Dieu, au jour du Jugement, je répondrai de mes actes et de mes idées sans crainte des calomniateurs. La raison politique dit qu'aux heures décisives, il faut des hommes comme moi. Mes mobiles sont purs. Je ne pense pas à moi. Je pense à mon peuple, qui doit survivre d'une manière ou d'une autre. Les murailles de Constantinople, le palais impérial, le forum, le Sénat, l'assemblée des archontes ne sont pas tout l'esprit de la Grèce, sa civilisation, sa religion. Ils n'en sont que les formes extérieures qui varient avec le temps, à condition que la vie continue.

— La raison divine et la raison politique sont deux choses différentes, lui dis-je.

— Si Dieu a donné à l'homme le pouvoir de penser politiquement, c'est qu'il entendait bien qu'il en usât.

— Tu t'es exprimé avec une grande clarté, mégaduc Lucas Notaras, dis-je d'un ton amer. Les hommes comme toi mèneront le monde après la chute de Constantinople. Je puis t'assurer que le sultan Mohammed connaît ton point de vue et qu'il donne à tes mobiles altruistes leur pleine valeur. Sans doute, au moment propice, te fera-t-il connaître sa volonté et te dira-t-il comment tu pourras le mieux le servir pendant le siège.

Il inclina légèrement la tête comme si, même sans lettres de créance, il me reconnaissait comme ambassadeur dont les paroles traduisaient la pensée du Sultan. A tel point l'homme peut prendre ses désirs pour des réalités.

Il était détendu maintenant et fit un geste amical des deux mains lorsque je fis mine de me lever.

– Non, ne pars pas encore, dit-il. Notre conversation a été fort officielle et je voudrais aussi gagner ton amitié. Tu sers un maître dont l'énergie, la résolution et la perspicacité me remplissent d'admiration.

Il se dirigea rapidement vers une petite table, versa du vin dans deux gobelets et m'en tendit un. Mais je le refusai.

– J'ai déjà goûté ton vin, lui dis-je. Ta fille m'en a offert. Permets-moi de garder la tête claire. Je n'ai pas l'habitude du vin.

– Les commandements et les interdictions du Coran ont leurs bons côtés, répondit-il d'un ton affable. Mohammed fut certainement un grand prophète. A notre époque, tout homme sensé est prêt à reconnaître les mérites des autres religions, même s'il conserve la sienne. Je comprends parfaitement les chrétiens qui ont librement adhéré à l'Islam. Je respecte toute conviction honnête, en matière de foi.

– Je ne me suis pas converti à l'Islam, lui dis-je. Le glaive sur la nuque, j'ai gardé ma foi chrétienne. Je ne suis pas non plus circoncis. Et pourtant, je préfère conserver la tête froide.

Son visage s'assombrit de nouveau.

– En outre, je t'ai affirmé et je t'affirme une fois de plus que j'ai quitté le Sultan. Je suis venu à Constantinople pour mourir sur ses remparts. Je n'ai pas d'autre mobile. Je te remercie de ta confiance et je n'en abuserai pas. Chacun a le droit d'élaborer des calculs politiques. Ce n'est pas un crime. Tant que ces calculs politiques restent dans ta tête, tu n'as à en répondre que devant toi-même. Mais l'Empereur et ses conseillers ont certainement aussi envisagé ces éventualités. Sois donc prudent, aussi prudent que tu l'as été jusqu'ici.

Il déposa son verre sans y tremper ses lèvres.

— Tu n'as pas assez de confiance en moi, dit-il d'un ton de reproche. Tu as naturellement ta mission qui ne me regarde pas. Sois donc prudent toi aussi. Peut-être désireras-tu reprendre contact avec moi, quand les temps seront venus. Tu connais mes idées. Tu sais ce que tu peux attendre de moi. Et tu sais aussi ce que tu ne peux pas en attendre. Je suis Grec. Je combattrai pour ma ville.

— Moi aussi. Au moins nous avons cela en commun. Toi et moi, nous voulons lutter, tout en sachant que Constantinople est perdue. Nous ne croyons plus aux miracles.

Il acquiesça :

— Les temps sont vieux. L'âge des miracles est révolu. Dieu n'intervient plus. Mais il est le témoin de nos pensées et de nos actes.

Se tournant vers l'icône des trois cavaliers et vers la lampe qui fumait devant elle, il éleva le bras :

— Devant Dieu et devant son Fils unique, au nom du Saint-Esprit, de la Sainte Vierge et de tous les saints, je jure que mes intentions sont pures et que je désire seulement le bien de mon peuple. Je ne brigue pas le pouvoir. L'épreuve est dure pour moi. Mais pour l'avenir de ma famille, de ma race, de ma ville, je dois agir comme je me propose de le faire.

Il semblait si sincère que je fus forcé de le croire. Ce n'est pas un vulgaire politicien. Il est persuadé qu'il agit sagement. C'est un homme qui a subi des affronts, un homme dont la fierté ombrageuse a été blessée, qui hait les Latins et qu'on a mis à l'écart. C'est pourquoi il s'est forgé un rêve auquel il croit. Aussi ardemment, aussi aveuglément, aussi naïvement que la pauvre nonne est sûre d'avoir vu l'image de la Panaghia verser des larmes de sang.

— Ta fille, dis-je, Anna Notaras, me permets-tu de la voir parfois ?

— Et pourquoi ? dit-il d'un ton surpris. Cela ferait jaser. Comment pourrait-elle se montrer avec un homme que tout le monde soupçonne d'être un émissaire secret du Sultan ?

— On ne m'a pas encore enfermé dans la tour de marbre, dis-je. Si Giustiniani se divertit avec les belles dames des Blachernes, pourquoi ne pourrais-je pas rendre hommage à la fille du mégaduc ?

– Ma fille doit veiller sur sa réputation.

Sa voix était glaciale et réprobatrice.

– Les temps changent, dis-je. Les Latins nous ont amené les coutumes plus libres de l'Ouest. Ta fille est adulte et elle sait ce qu'elle veut. Pourquoi ne permet-trais-tu pas à des chanteurs et à des musiciens de la divertir? Pourquoi ne me laisserais-tu pas escorter à cheval sa litière quand elle se rend à l'église? Ta maison est lugubre. Pourquoi lui refuser joies et rires, avant que ne commence le temps de la souffrance? Qu'as-tu contre moi, mégaduc?

– Trop tard, dit-il en levant la main. Ma fille va quitter la ville.

Je baissai la tête pour cacher mon visage. Je l'avais prévu. Cette nouvelle ne me prenait pas au dépourvu. Et pourtant je bouillais de dépit.

– Comme tu voudras. Cependant je voudrais bien revoir ta fille avant son départ.

Il me regarda de ses grands yeux brillants où apparut un instant une expression distraite, comme s'il envisageait des possibilités dont il n'avait pas su tenir compte. Puis il leva de nouveau la main et regarda vers la fenêtre.

– Trop tard, répéta-t-il. Je regrette, mais je crois que le navire a déjà quitté le port. Le vent est propice et la nuit est favorable. Dans la soirée, je l'ai fait conduire en secret à bord d'un bateau crétois avec ses effets et ses domestiques.

Je lui tournai le dos et sortis. Dans le corridor, je repris ma lanterne, ouvris la porte et partis en courant. Le vent hurlait, la mer grondait derrière le mur, les vagues éclaboussaient la rive. La tempête collait mes vêtements à mon corps et me coupait le souffle. Je perdis tout contrôle de moi. Je lançai au loin la lanterne qui vola dans l'obscurité et tomba en se brisant.

Ce geste me sauva la vie. Mon ange veillait. Et le chien. Le couteau glissa sous mon aisselle et heurta les côtes. Puis mon agresseur trébucha sur le chien, cria sous sa morsure et se mit à frapper au hasard dans l'obscurité. Un hurlement plaintif m'avertit que la brave bête avait reçu le coup fatal à ma place. La colère me saisit. Je réussis à empoigner l'homme et à l'immobiliser. Je sentis son odeur sale, son haleine qui puait l'ail. Je le jetai à terre et lui enfonçai mon poignard dans le corps. Il poussa un cri affreux et ne bougea plus. Je me penchai alors sur le chien qui chercha à me lécher la main. Mais sa tête retomba. « Ami, pourquoi m'as-tu suivi, malgré ma défense? Ce n'est pas toi qui m'as sauvé, c'est mon ange. Tu es mort inutilement pour moi. » Ce n'était qu'un chien errant jaune. Il s'était attaché à moi. Il m'avait reconnu et le payait de sa vie.

Une lumière s'alluma à une fenêtre du palais et j'entendis grincer des verrous. Je me mis à courir, mais, aveuglé par les larmes, je heurtai du front la muraille et me blessai au visage. J'essuyai le sang qui coulait et, tout chancelant, je pris la direction de l'Hippodrome. Mon flanc gauche était trempé de sang. Entre les nuages rapides, les étoiles brillaient par instants. Mes yeux s'habituaient aux ténèbres. Dans ma tête endolorie par le choc tournaient inlassablement ces mêmes mots : « Phrantzès, pas Constantin. Phrantzès, pas Constantin. »

Me jugeait-on vraiment si dangereux qu'on avait voulu m'assassiner, parce qu'on n'osait pas m'enfermer dans la tour de marbre? Phrantzès m'avait mis en garde contre le palais Notaras.

Mais ces inutiles réflexions se dissipèrent lorsque je fus parvenu sur la colline. Passant devant la coupole gigantesque de Sainte-Sophie, en me tenant la poitrine à deux mains, je suivis le chemin du port jusqu'à mon logis. Mon cœur répétait sans cesse : « Elle est partie, elle est partie. »

Anna Notaras est partie. Elle a choisi. Elle est l'obéissante fille de son père. Qu'avais-je donc imaginé? Partie. Sans me laisser un message, sans me dire au revoir.

Mon serviteur Manuel ne s'était pas couché et m'attendait dans la chambre éclairée. Il ne parut nullement surpris de voir mon visage tuméfié et mes habits ensanglantés. En un instant, il eut apporté de l'eau propre, des bandages et un baume. Il m'aida à me dévêtir et lava la blessure, qui s'étendait de l'aisselle à l'omoplate et le long des côtes. Elle me brûlait terriblement. Mais cette douleur physique me faisait du bien.

Je lui donnai du fil et lui montrai comment recoudre la plaie. Je lui ordonnai de la laver avec du vin fort et de ramasser des toiles d'araignée et des moisissures pour empêcher l'inflammation. Quand je fus bien pansé et allongé dans mon lit, je me mis à trembler si fort, que ma couche en était remuée. La fièvre me tenait. Je pensais au pauvre chien jaune mort pour moi.

Longtemps, je restai éveillé. J'étais donc seul de nouveau. Mais je ne demandais pas grâce. Anna Notaras avait choisi. De quel droit critiquer son choix ?

Je m'endors dans le parfum d'hyacinthe de tes joues, Anna Notaras. Sous les arcs délicats de tes sourcils, je m'endors dans la fière ardeur de tes yeux bruns. Au jour de ma mort, je m'endormirai dans le parfum d'hyacinthe de tes joues. Tu ne peux m'en empêcher.

Le 28 février 1453.

Ainsi, durant cette nuit de tempête, une partie des bateaux ont quitté le port : la grande galère du Vénitien Piero Davenzo et, avec elle, six navires crétois qui avaient terminé leur chargement. Le serment, le baiser sur la croix et l'amende n'ont servi à rien. Les capitaines ont sauvé pour Venise et pour les armateurs crétois douze cents caisses de soude, de cuivre, d'indigo, de cire, de mastic et d'épices.

En outre, ils ont emmené des centaines de riches fuyards qui leur ont payé ce qu'ils voulaient pour leur passage. On dit que cette fuite était un secret de polichinelle depuis plusieurs jours.

A Gallipoli, les Turcs n'ont pas ouvert le feu sur ces navires et ils n'ont pas envoyé de galères à leur poursuite. Cela aussi avait sûrement été arrangé à l'avance par l'entremise des agents neutres de Pera. Qu'importent au Sultan quelques caisses de cuivre et d'épices, puisque ainsi il diminue le nombre des navires dont dispose l'Empereur et affaiblit la défense du port ?

Le mégaduc, commandant de la flotte, était certainement au courant de la fuite des navires, puisqu'il en a profité pour mettre sa fille en sûreté. Mais les dames de la famille impériale ont aussi quitté la ville. On ignore quand s'est effectué leur départ.

Le Basileus Constantin a exigé des capitaines restés dans le port qu'ils renouvellent leur serment de ne pas fuir avec leurs navires sans son consentement. C'est naturel. Mais les capitaines vénitiens ont refusé de débarquer leurs précieuses cargaisons. Ce serait pourtant le seul moyen efficace de les retenir.

Le 1er mars 1453.

Giustiniani en personne est venu me voir, parce que je ne désire pas encore sortir. Ma blessure est douloureuse, mon visage est enflammé et je me sens fiévreux. Dès qu'il est descendu de son cheval à ma porte, les gens sont accourus. Les Grecs l'admirent tous, bien qu'il soit Latin. Les enfants touchaient respectueusement les rênes de son cheval. L'Empereur lui a fait présent d'une selle brodée d'or et d'un harnais décoré de pierreries. La visite de Giustiniani était un grand honneur pour moi.

Quand Manuel l'eut introduit dans la chambre et qu'il vit mon front tuméfié et mon nez écorché, il hocha la tête et fit claquer sa langue.

— Une simple rixe de cabaret, dis-je.

— Tu t'es bien défendu?

— J'ai cogné à mon tour et je suis parti.

— Si c'est vrai, tu ne seras pas puni, dit-il. Jusqu'ici personne n'a encore porté plainte contre toi pour avoir troublé l'ordre public en état d'ivresse. Montre-moi ta blessure.

Il chargea Manuel de défaire le pansement et passa son doigt sur le bord enflé de la plaie.

— Un coup donné par-derrière, dit-il. A un doigt de la mort. Non, ce n'est pas une simple rixe de cabaret, comme on pourrait en effet le croire à l'état de ton visage.

— Je n'ai pas beaucoup d'amis dans cette ville, reconnus-je.

— Tu devrais porter une cotte de mailles. C'est assez pour briser la pointe d'un poignard ou pour l'empêcher de pénétrer trop profond.

— Je n'en ai pas besoin. Je suis dur.

— Es-tu vraiment dur? dit-il d'un ton curieux. As-tu quelque talisman? Es-tu magicien? Portes-tu de la verveine dans tes poches? Tous les moyens sont bons, tant qu'on y croit.

— Regarde, dis-je.

Je pris une longue aiguille d'argent près de mon lit, et,

chuchotant une formule arabe des derviches errants, je la plantai dans le muscle de mon bras, si bien que la pointe sortit de l'autre côté. Pas une goutte de sang ne coula.

— Pourquoi ta plaie s'est-elle enflammée alors? dit-il avec un air de méfiance, en secouant sa grosse tête. Pourquoi ne guérit-elle pas toute seule, si tu es aussi dur que tu le dis?

— Je me suis énervé, j'ai perdu le contrôle de moi-même, dis-je. Sois sans souci, ma blessure guérira. Après-demain, je serai de nouveau en état de servir.

Nous eûmes encore une longue conversation au cours de laquelle j'exposai à Giustiniani ma philosophie et les idées de mon maître, le docteur Cusanus. Mais en vain... Il m'interrompit en me disant que j'avais la fièvre et que je me fatiguais. Puis il se leva et sortit. J'entendis s'éloigner les lourds sabots de son destrier qui martelaient le pavé. Les lourds sabots du temps me martèlent le cœur.

Le 2 mars 1453.

Le soleil est chaud. Au coin des rues et dans les jardins, on brûle les mauvaises herbes. Des pousses d'un vert tendre apparaissent aux fentes du marbre jauni. Les pentes de l'Acropole s'émaillent de fleurs printanières. Au port, le tapage et la fête vont leur train et, dans les soirs tranquilles, le bruit de la musique monte jusqu'à mon logis. Jamais encore je n'ai vu d'aussi splendides couchers de soleil; les coupoles étincellent sur le golfe d'un noir d'encre, à l'ombre des collines; en face, les murs et les tours de Pera se reflètent, rouges, dans l'eau sombre.

Comme je contemplais ce spectacle, le cœur lourd de mon amère solitude, mon serviteur Manuel s'est approché pour déverser sur moi des flots d'éloquence :

— Maître, le printemps est arrivé, mais les Turcs ne le sont pas encore. Les oiseaux, malades d'amour, tourbillonnent follement dans les airs. Le roucoulement de la tourterelle trouble la nuit le sommeil des humains. L'âne brait dans l'écurie du patriarche d'une voix si lamentable qu'on devient fou rien qu'à l'entendre. O maître, il n'est pas bon pour l'homme d'être seul.

— Comment? m'écriai-je tout étonné. Penserais-tu à te marier, malgré ta barbe grise? Ou bien cherches-tu à me soutirer quelques subsides pour la dot d'une de tes nièces ?

— Maître, je ne pense qu'à ton bien, répliqua-t-il d'un air offensé. Je te connais, je connais ton rang et je sais ce qui te convient et ce qui ne te convient pas. Toi aussi, tu me connais et tu as même confiance en moi. Mais le printemps bouleverse l'homme, même le plus noble, et sur ce point il n'y a pas de différence entre l'Empereur et le plus misérable berger. Je ne désire certes point te voir rentrer de nouveau les habits couverts de sang, car tu m'as fait si peur que j'ai failli avoir une attaque. Crois-moi, les rues obscures et les cours fermées par des murs sont dangereuses dans cette ville.

Il se frotta les mains et, évitant mon regard, il chercha ses paroles :

— Mais tout peut s'arranger, reprit-il. Tu es devenu mélancolique, tu passes des nuits agitées dans ton lit. Cela m'inquiète. Je ne veux pas me mêler de tes affaires, mais je n'ai pu m'empêcher de constater que, depuis fort longtemps, tu n'as plus reçu l'agréable visite qui illuminait ton visage. Au contraire, tu es revenu ensanglanté des pieds à la tête; je pense donc que tout a été découvert et que tu souffres de la séparation brutale. Mais le temps guérit les blessures, et pour toutes les plaies, même pour celles du cœur, il existe des remèdes.

— Suffit, lui dis-je. Si le coucher du soleil ne me charmait pas tant, je t'aurais déjà allongé un soufflet, Manuel.

— N'interprète pas mal mes paroles, maître, s'empressa-t-il de dire. Un homme de ton âge a besoin d'une femme, à moins qu'il ne soit un moine ou qu'il n'ait consacré sa vie à des pratiques de dévotion. C'est la loi de la nature. Pourquoi ne jouirais-tu pas de la vie pendant les brefs instants qui nous restent? J'ai deux propositions à te soumettre, ne les prends pas en mauvaise part.

Il se recula prudemment, se recroquevilla encore sur lui-même et reprit :

— J'ai une cousine, une jeune veuve dans la fleur de l'âge, qui a perdu son mari si vite qu'elle est presque vierge. Elle t'a vu passer à cheval et s'est follement éprise de toi, si bien qu'elle ne cesse de m'importuner pour que je la fasse entrer dans ta maison et te la présente. C'est une femme honnête et convenable. Elle serait heureuse et tu ferais un immense honneur à notre famille, si tu voulais bien témoigner quelque bonté, une nuit ou deux. Elle ne désire rien d'autre, et tu lui donneras ce que tu voudras en remerciement quand tu seras fatigué d'elle. Tu accomplirais ainsi une bonne action et ton corps y trouverait l'apaisement.

– Manuel, dis-je, je te comprends très bien, mais si je cédais aux séductions de chaque femme qui m'accorde ses regards, je ne serais jamais seul chez moi. Depuis ma jeunesse, je suis poursuivi par une malédiction : on me désire plus que je ne désire moi-même. Mais quand il m'est arrivé une fois de désirer de toutes mes forces, c'est l'autre qui n'a pas voulu de moi. Crois-moi, je ne causerais que du chagrin à ta cousine si, sans la désirer, je l'introduisais dans mon lit pour me réchauffer le corps.

– C'est bien ce que j'ai cherché à lui expliquer, dit Manuel sans insister. Mais tu connais les femmes. Elles sont entêtées. Venons-en à ma seconde proposition. Une de mes tantes a un ami, homme respectable et distingué qui aime à venir en aide aux gens dans leurs difficultés. C'est pourquoi il a fait construire, près des jardins des Blachernes, une maison d'apparence simple, mais très bien meublée. Il y héberge de jeunes esclaves de différents pays. On y peut prendre des bains chauds et se faire masser. De vieux archontes fatigués ont quitté cette maison, satisfaits des soins qu'on leur avait rendus, et ils ont témoigné de bien des manières leur reconnaissance à leur bienfaiteur. Cette maison est digne de ton rang et tu ne perdrais rien à aller voir ce qu'elle peut t'offrir.

Il vit mon regard, se rembrunit et se hâta d'ajouter :

– Certes, tu n'es pas fatigué, tu es dans la force de l'âge. Dans cette maison, on peut aussi, fort discrètement, rencontrer des dames élégantes qui désirent un peu de changement à la monotonie de leur existence ou que l'avarice de leurs maris contraint à se procurer quelques petits suppléments pour leurs soins de beauté ou les dépenses de leur couturière. Tu ne me croiras pas, mais même des dames des Blachernes s'y rendent et il ne leur est jamais arrivé d'ennuis. Au contraire. Le respectable ami de ma tante connaît la vie et les êtres, et il est rempli de compréhension. Il sait choisir ses clients et les passer au crible.

– Je ne tiens pas à augmenter la corruption morale de

cette ville mourante, dis-je. Non, Manuel. Tu ne me comprends pas.

— Comment peux-tu parler, maître, de corruption morale, dit-il d'un air offensé, quand il s'agit tout simplement de libres relations sociales entre gens de qualité? Puisqu'il faut pécher, pourquoi ne pas le faire joyeusement, avec élégance et tranquillité? Tu es vraiment bien Latin, si tu ne le comprends pas.

— Je ne veux pas pécher, Manuel. Je regrette seulement mon amour perdu.

— Tu ne fais que t'énerver, maître, à ruminer ta déception. Tu me déçois, je te croyais plus raisonnable. Mais aucun homme ne trouve probablement le bon sens dans son berceau, même s'il vient au monde avec des chaussures de pourpre.

Au même instant, ma main s'abattit sur sa nuque et je le forçai à s'agenouiller dans la poussière. Mon poignard brilla, rouge, dans le soleil couchant. Mais je pus me dominer.

— Qu'as-tu dit? Répète-le, si tu l'oses.

Manuel tremblait de peur. Mais, le premier moment de surprise passé, il semblait considérer comme un honneur d'avoir été touché par ma main. Il leva vers moi ses yeux glauques et une expression obstinée et rusée apparut sur son visage barbu.

— Je n'avais nullement l'intention de t'offenser, mon maître. Je ne pensais pas que tu te fâcherais d'une innocente plaisanterie.

Mais il m'avait tenu un discours trop habile pour que je pusse le croire. A la fin de sa longue histoire, il avait caché un appât perfide, pour voir si j'y mordrais. Où était passé mon calme? Qu'avais-je fait de mon empire sur moi-même? Je rengainai mon poignard.

— Tu ne sais pas ce que tu dis, Manuel. L'ange de la mort s'est arrêté un instant derrière ton dos.

Il resta à genoux devant moi, comme s'il trouvait une jouissance dans cette situation humiliante. Puis il parla :

— Maître, tu as posé ta main sur ma tête et mon mal d'oreilles s'est envolé. Je ne sens plus la douleur de mes genoux, bien que tu m'aies jeté sur la terre humide. O mon maître, est-ce que cela ne prouve pas qui tu es?

— Tu délires. Tu as eu peur de mon poignard. Le choc t'a fait oublier tes maux.

Il baissa la tête, prit une poignée de terre et la laissa retomber entre ses doigts. Sa voix était si basse que j'eus peine à comprendre les mots qu'il murmurait :

– Souvent, dans mon enfance, j'ai vu l'empereur Manuel. O mon maître, je ne te trahirai jamais.

Il avança la main comme pour me caresser la jambe et regarda fixement mes pieds. On eût dit qu'il était envoûté.

– Les brodequins de pourpre, reprit-il. Tu as posé la main sur ma tête, et tous mes vieux maux se sont envolés.

La dernière rougeur du crépuscule disparut de la cour. L'obscurité descendit avec la fraîcheur du soir. Je ne distinguais plus le visage de Manuel. Je ne disais plus rien. Rien n'avait plus d'importance. Au-delà de la mer, sur la côte d'Asie, les nuages sombres s'amoncelaient comme d'énormes tours. J'avais appris à me promener dans les nuages. Mais, ce soir, ils ne me portaient plus. J'étais tombé à terre et je m'étais blessé dans ma chute. J'étais très seul. Je rentrai dans la chaleur de ma maison sans mot dire.

Encre et papier. Naguère j'aimais l'odeur fade de l'encre et le crissement sec du papier. Maintenant je les hais. Les mots ne sont que des symboles, comme toute chose en ce mode. Seulement des signes impuissants du fini, que chacun comprend et interprète à sa manière, en leur donnant le sens qui correspond à sa personnalité. L'infini ne peut pas s'exprimer par des mots.

Il reste encore des bateaux dans le port. Avec un peu de chance, un navire occidental pourrait gagner impunément la mer de Grèce. Il n'y a pas de Latin qu'on ne puisse acheter. Mais un élan venu du plus profond de moi m'a poussé à lancer mes pierres précieuses aux pieds de Giustiniani, à rejeter une nouvelle fois la richesse comme un vêtement trop étroit. Maintenant je suis trop pauvre pour acheter un navire et voler sur les traces d'Anna. Est-ce là justement ce que je redoutais ? Est-ce pour cela que je me suis débarrassé de mon trésor ? Rien n'arrive au hasard. L'homme marche vers son destin aussi aveuglément, aussi sûrement qu'un somnambule. Avais-je peur de moi-même, et Mohammed me connaissait-il mieux que moi, lorsqu'il me fourra ce sachet rouge dans la main au moment de nous séparer ?

Le sultan Mohammed, le vainqueur. Je n'aurais qu'à me rendre à Pera et à entrer dans une propriété où se trouve un colombier. Fuir. Fuir encore une fois.

Jamais encore je n'ai connu un désespoir aussi profond, irrémédiable. On n'a jamais fini de choisir. Sans cesse. A tout instant. Jusqu'au dernier souffle. Il y a toujours une porte ouverte. Toujours. La porte de la fuite, de l'apostasie, de la trahison à soi-même. Dans le marais de Varna, l'ange de la mort m'a dit : « Nous nous reverrons près de la porte de Saint-Romain. » Ces mots ont été jusqu'ici ma consolation et mon réconfort. Mais il ne m'a pas dit de quel côté de la porte.

Point n'était besoin de le dire. Toute ma vie, je me suis échappé d'une prison à une autre. De celle-ci, je ne fuirai pas. Je suis le fils de mon père. Cette prison est ma seule demeure.

Le 7 mars 1453.

Mars. Le dernier mois de mars. Tôt ce matin, avant le lever du soleil, une foule vêtue de noir, des femmes pauvres, des moines et des nonnes, portant des cierges allumés, se sont rendus à l'église du couvent de Khora près des Blachernes et de la porte de Kharisios. Ils chantaient tous en marchant, mais leur chant se perdait dans le silence de la ville et dans la grisaille de l'aube. Je les ai suivis. Le plafond et les murs de l'église sont couverts de mosaïques. Les pierres polychromes sur fond d'or luisaient à la lumière des innombrables cierges. L'encens embaumait. Le recueillement des fidèles apaisait mon cœur.

Pourquoi les ai-je suivis? Pourquoi me suis-je agenouillé avec eux? J'avais déjà vu assez de moines et de nonnes avec leur sébile dans les rues de la ville, quêtant pour les réfugiés que les Turcs ont chassés de leurs villages.

Toutes les nonnes se ressemblent au point qu'on ne distingue pas l'une de l'autre. Il y a parmi elles des nobles et des roturières, des filles de familles riches qui ont acheté une place dans un couvent, des sœurs de charité qui offrent le travail de leurs pauvres mains sans prononcer de vœux. Elles jouissent d'une liberté plus grande que leurs sœurs d'Occident. Mais les Grecs permettent bien à leurs prêtres de se marier et de se laisser pousser la barbe.

Toutes les nonnes se ressemblent. Les mêmes robes noires qui dissimulent les formes du corps, le même voile qui cache le visage jusqu'aux yeux. Pourtant, malgré moi, j'en ai remarqué une qui me suivait dans la rue et qui s'est arrêtée lorsque je me suis retourné. Avec sa sébile, je l'ai vue passer devant ma maison, en compagnie d'une autre sœur, et faire une pause devant le petit lion de pierre pour regarder mes fenêtres. Mais elle n'est pas entrée.

Depuis, j'observe attentivement toutes les nonnes comme pour retrouver parmi elles une femme que je connais. Quelque chose dans l'attitude, dans la démarche, dans les mains qui se cachent sous les amples manches, me dirait que c'est elle.

Mais j'ai des visions, des mirages. Le désespoir m'aveugle et je crois l'impossible. Un espoir que je n'ose m'avouer me réchauffe l'âme, comme la petite flamme d'une bougie, sous la main.

Le 10 mars 1453.

J'ai vécu ces derniers jours dans un rêve. Ce matin enfin, les deux nonnes sont à nouveau passées devant ma maison et se sont arrêtées, comme si elles attendaient que je sorte pour me rendre à mes occupations. J'ai descendu les escaliers en courant, j'ai ouvert le portail. Haletant, je me suis arrêté devant elles, incapable de prononcer un mot. Elles se sont écartées sans rien dire. Elles tenaient la tête baissée. L'une d'elles m'a tendu la sébile de bois en murmurant les mots habituels.

– Entrez chez moi, mes sœurs, j'ai oublié ma bourse.

Cachée derrière sa compagne, l'autre gardait la tête inclinée, afin que je ne puisse voir ses yeux. A mes paroles, elles firent mine de s'éloigner. Je perdis patience et la pris par le bras, pour l'entraîner chez moi. Manuel accourut tout effrayé.

– Maître, es-tu fou ? On te lapidera, si tu touches à une nonne.

La plus vieille me frappa du poing au visage et me martela le crâne avec sa sébile. Mais elle n'osa pas appeler au secours.

– Entrez, leur criai-je. Nous attirons l'attention.

– Ton chef te fera pendre, dit le vieille nonne, en se retournant vers sa compagne.

Celle-ci ne put qu'opiner de la tête. Car je la tenais solidement, toute tremblante, par le bras. Quand Manuel eut refermé la porte derrière nous :

– Je t'ai reconnue, lui dis-je. Je te reconnaîtrais parmi des milliers. Est-ce vraiment toi? Comment est-ce possible?

– Il s'agit sûrement d'une erreur ou d'un malentendu que je dois dissiper. Reste ici, veux-tu, dit-elle à sa compagne en se dégageant.

Ces paroles me révélèrent qu'elle n'était pas une vraie nonne et qu'elle n'avait point prêté de vœux, puisqu'elle acceptait de rester en tête à tête avec moi. Je la conduisis dans ma chambre et verrouillai la porte. J'écartai le voile de son visage et la pris dans mes bras.

Je la pris dans mes bras.

Et alors je me mis à trembler moi aussi et je fondis en larmes, tant mon désespoir, mon désir et mes doutes avaient été grands. A présent, tout se dénouait en moi. Malgré mes quarante ans, je pleurais à gros sanglots comme un enfant qui se réveille dans la sécurité de sa maison après un affreux cauchemar.

– Mon amour, dis-je d'un ton de reproche, comment as-tu pu me traiter ainsi?

Elle fit glisser son capuchon et ôta sa pèlerine noire comme si elle en avait eu honte. Elle était très pâle. Elle ne s'était pas fait couper les cheveux. Alors que je tremblais encore, elle ne tremblait plus. Ses yeux avaient l'éclat de l'or, ils étaient fiers et curieux. Elle passa ses doigts sur mes joues et les regarda, tout étonnée de les voir mouillés.

– Qu'y a-t-il, Johannès Angelos, dit-elle. Tu pleures? Pourquoi? T'ai-je fait du mal?

Je ne trouvais rien à lui répondre. Je me contentais de la regarder. Je sentais mon visage lumineux comme aux temps de ma jeunesse. Elle baissa son regard sous le mien.

– J'avais vraiment espéré être débarrassée de toi, dit-elle, mais les paroles s'arrêtèrent dans sa gorge. Une rougeur envahit son visage et son cou. Elle me tourna le dos.

Elle me tourna le dos, en signe de soumission. Je mis la main sur son épaule. Ma main glissa sur sa poitrine. Le souffle coupé, je sentis la beauté de ses formes et l'éveil frémissant de son corps. Je l'attirai contre moi. Sa tête orgueilleuse s'appuya sur mon épaule. Je baisai sa bouche. Il sembla que toute son âme s'exhalait dans ce baiser. Un flot d'allégresse m'envahit, balayant tout ce qui était trouble en moi. Mon désir était aussi limpide qu'une source, aussi pur que la flamme.

– Tu m'es revenue, lui dis-je d'une voix tremblante.

– Laisse-moi, dit-elle. Mes genoux fléchissent. Je ne peux me tenir sur mes jambes.

Elle se laissa tomber sur une chaise, appuya ses coudes sur la table et prit son front dans ses mains. Au bout d'un instant, elle leva les yeux. Avec une familiarité indicible, avec une indicible franchise, son regard brun plongea dans le mien.

– Maintenant, je me sens mieux, dit-elle d'une voix frémissante. J'ai craint un moment de mourir dans tes bras. Je ne savais pas. Je ne pensais pas que c'était possible... Et pourtant, je le savais peut-être, reprit-elle, me regardant toujours, comme si elle n'allait jamais pouvoir s'en lasser. C'est pourquoi je suis restée en ville. Mais je m'étais juré de ne plus chercher à te voir. Oui, j'ai fait ce serment, pour oser rester. Je me suis trompée moi-même, par ce moyen enfantin.

Elle secoua sa belle tête. Ses cheveux étaient d'or, sa peau d'ivoire. Les hauts arcs bleus de ses sourcils, le brun rayonnement de son regard.

– Je t'ai évité, je voulais t'éviter, mais je ne pouvais m'empêcher de chercher parfois à te voir de loin. Je n'aurais pas tardé sans doute à venir chez toi. J'ai plus de liberté que je n'en ai jamais eue, sous ce costume de nonne. Je peux circuler à ma guise, parler à qui je veux, marcher dans la poussière des rues, tendre une sébile de bois pour quêter des aumônes en échange d'une bénédiction. Johannès Angelos, j'ai beaucoup appris ces derniers temps. Je me suis préparée pour toi, sans le savoir.

Elle tendit son pied nu. Les lacets de cuir de la sandale avaient laissé des marques rouges sur sa cheville blanche, son pied était souillé par la poussière de la rue. C'était le pied vivant d'un être vivant, et la femme que j'avais devant moi était bien différente de l'idole peinte de notre dernière rencontre!

– Mais comment est-ce possible? demandai-je. J'ai vu ton père la nuit de la tempête. Il m'avait fait appeler. Il m'a dit que tu étais partie.

– Mon père ne sait rien, il croit que je suis partie, dit-elle simplement. J'ai acheté une place dans le monastère où les dames nobles font retraite. Je n'y suis plus que la pensionnaire Anna. Personne ne s'inquiète de mon nom ni de ma famille. Le monastère ne s'attirerait que des ennuis si j'étais découverte. C'est pourquoi mon secret est le sien aussi. Si je désirais rester à jamais dans le couvent, je recevrais un nom nouveau, je renaîtrais, et personne ne saurait qui j'ai été. Toi seul tu le sais. Je ne peux l'empêcher.

– Mais tu ne vas pas prendre le voile? dis-je d'un ton inquiet.

– J'ai commis un grave péché, répondit-elle en souriant malicieusement. J'ai trompé mon père. Peut-être devrai-je l'expier.

Je n'arrivais pas encore à comprendre comment elle avait réussi à s'enfuir, elle si jalousement protégée et surveillée. Elle me raconta que son père avait voulu l'envoyer en Crète, afin qu'elle ne tombât pas comme otage entre les mains des Turcs ou des Latins. Mais sa mère était alitée et ne pouvait songer à partir. Aussi le projet de fuite lui était-il toujours apparu fort répugnant. Avec ses bagages et ses domestiques, en pleine nuit, on l'avait amenée à bord d'un navire chargé de fugitifs qui avaient payé des sommes énormes pour leur passage. Dans la confusion générale, elle s'était cachée dans une barque et les matelots l'avaient ramenée à terre. Les domestiques la croyaient à bord, lorsque le navire avait levé l'ancre. Il se passerait bien du temps avant que son père fût informé de sa disparition.

– Je suis libre, dit-elle. Ils croiront que je suis tombée à l'eau pendant une tempête et que je me suis noyée. Mon père aurait encore plus de chagrin s'il apprenait que je l'ai trompé. Je n'ose y penser.

Longtemps nous restâmes sans rien dire, à nous regarder. Cela nous suffisait. Il me semblait qu'un rien, un sourire, le moindre contact aurait fait éclater mon cœur. Je compris ce qu'elle avait voulu dire quand elle avait parlé de sa peur de mourir.

Un poing osseux heurta la porte. La voix criarde de la vieille nonne se fit entendre. Manuel essayait en vain de la calmer.

– J'arrive à l'instant, cria Anna. Elle se tourna vers moi, me caressa la joue avec un sourire lumineux et dit qu'elle devait aller. Mais elle s'attarda encore. Se haussant sur la pointe des pieds pour me regarder dans les yeux, elle me demanda doucement :

– Es-tu heureux, Johannès Angelos?

– Je suis heureux. Et toi, Anna Notaras, es-tu heureuse aussi?

– Oui, je suis très heureuse.

Elle ouvrit la porte et la vieille nonne se précipita dans la chambre en brandissant sa sébile. Anna glissa son bras sous le sien et l'entraîna vers la sortie.

Je pris la tête de Manuel entre mes mains et le baisai sur les deux joues, en lui disant :

– Que Dieu te bénisse et te protège!

– Merci, et que Dieu soit secourable à ton âme! dit-il après s'être remis de sa surprise. Une nonne, reprit-il avec un sourire. Une nonne dans ta chambre. Vas-tu vraiment renoncer aux habitudes latines et adopter la seule vraie foi?

Le 15 mars 1453.

Le printemps est éclos partout dans la ville. Les enfants, pieds nus, vendent des fleurs aux coins des rues. Les garçons soufflent dans des pipeaux parmi les ruines. Je ne connais pas de musique plus belle et plus mélancolique. Je bénis chaque jour qui passe. Je bénis chaque jour qu'il m'est donné de vivre.

La vieille nonne s'appelle Chariclée. Son père était un cordonnier qui savait lire. Mais son nom ne correspond pas à son visage, affirme Manuel, devant qui elle se dévoile gentiment pendant les repas. Elle aime la viande et le vin. Elle n'est qu'une servante. Il lui est agréable de remplir sa sébile sans trop de peine. Manuel lui a expliqué qu'avant l'arrivée des Turcs je désirais abjurer l'hérésie latine, recevoir le corps du Christ dans le pain levé et réciter le seul vrai *Credo* sans adjonction. C'est pourquoi je recours aux enseignements de sœur Anna.

Je ne sais pas ce qu'elle pense de nous. Mais elle a pris Anna sous sa protection et la considère comme une dame noble et instruite dont une simple servante ne doit pas critiquer la conduite.

Aujourd'hui, Giustiniani m'avait envoyé à la Porte d'Or pour surveiller les exercices militaires. Anna et Chariclée m'y ont apporté mon repas dans un panier. Personne n'a fait attention à elles, car beaucoup de gens se font ravitailler ainsi, parce que le trajet est long de la Porte à la ville. Les moines vont prendre leurs repas au couvent de Saint-Jean-Baptiste. Ils sont dispensés du jeûne, et les exercices physiques leur ont rempli et bronzé le visage. Ils ne se font pas prier pour retrousser leurs manches et nouer à la ceinture les pans de leurs frocs noirs, tout en prêtant l'oreille aux vantardises des maîtres d'armes. Pendant leurs moments de loisir, ils chantent des hymnes grecs à plusieurs voix. C'est très beau.

Seul le cortège triomphal de l'Empereur est autorisé à franchir la Porte d'Or pour entrer dans la ville. De mémoire d'homme elle n'a pas été ouverte. A présent, elle est entièrement murée pour la durée du siège.

Nous nous sommes assis tous trois sur le gazon, à l'ombre de la muraille. Nous avons rompu le pain, bu et mangé ensemble. Un peu lasse, Chariclée s'est retirée à l'écart pour faire un somme. Anna a ôté ses sandales dont la dure courroie lui avait ensanglanté la cheville. Elle a plongé ses orteils dans l'herbe fraîche.

— Jamais je n'ai été si libre, si heureuse depuis mon enfance, a-t-elle dit.

Un épervier décrivait de grands cercles dans l'azur brillant du printemps. Les fauconniers de l'Empereur lâchent parfois des faucons pour donner la chasse aux pigeons voyageurs des Egyptiens. Comme si cela servait à quelque chose. Lentement, aux aguets, le faucon planait dans les hauteurs.

Anna promenait son doigt mince dans l'herbe et dit sans me regarder :

— J'ai appris à m'apitoyer sur le pauvre peuple. Les gens ont une confiance enfantine dans l'habit noir des nonnes, ils me racontent leurs angoisses et leurs soucis.

Ils me parlent comme à une égale. Je n'y étais point habituée. « A quoi bon tout cela? me disent-ils. Le Sultan rassemble une armée innombrable. Ses canons abattront d'un seul boulet la muraille la plus solide. L'empereur Constantin a abjuré sa foi et s'est soumis au Pape. Pour un plat de lentilles il a vendu son droit d'aînesse et sa ville aux Latins. A quoi bon tout cela? Le Sultan ne s'attaque pas à notre religion. Dans ses villes, les prêtres grecs peuvent s'occuper librement de leurs paroisses. Il défend seulement de faire sonner les cloches des églises et des monastères. Le Sultan protégerait notre foi contre les hérétiques latins. Les Turcs ne maltraitent pas le petit peuple, si on paye docilement les impôts. Et ceux du Sultan sont moins élevés que ceux de l'Empereur. Pourquoi le peuple devrait-il mourir ou tomber en esclavage pour le seul intérêt de l'Empereur et des Latins? Ce sont les nobles et les riches qui ont lieu de redouter les Turcs. » Voilà comment bien des gens m'exposent franchement leurs soucis.

Elle ne me regardait toujours pas et je me raidis. Que voulait-elle de moi? Pourquoi parlait-elle ainsi?

– Est-il vraiment nécessaire que notre ville soit détruite et pillée ou qu'elle devienne sujette des Latins? reprit-elle. Toutes ces petites gens désirent simplement vivre, travailler de leurs mains habiles, mettre au monde des enfants, conserver la foi de leurs pères. Existe-t-il une si noble cause qu'elle vaille la peine de mourir pour elle? Ils n'ont que leur vie. Cette seule petite vie sur la terre. J'ai pitié d'eux.

– Tu parles comme une femme, lui dis-je.

Elle se raidit à son tour.

– Je suis une femme. Est-ce un défaut? La femme aussi est douée de raison et d'intelligence. Il y eut des époques où cette ville était gouvernée par des femmes, et ces époques-là ont été parmi les plus heureuses. Aujourd'hui, si les femmes pouvaient décider, nous renverrions les Latins chez eux avec leurs armes et leurs galères, et l'Empereur avec eux!

– Plutôt le turban des Turcs que la tiare du Pape, n'est-ce pas? dis-je avec ironie. Tu parles comme ton père.

Un affreux soupçon s'insinua dans mon cœur.

– Anna, je croyais te connaître, mais je me trompais

peut-être. Est-il bien vrai que ton père ne sache pas que tu es restée en ville? Peux-tu me le jurer?

– Tu m'insultes, cria-t-elle. Pourquoi jurer? Ma parole ne suffit-elle pas? Si je parle comme mon père, c'est que je commence à le comprendre mieux. C'est seulement depuis notre séparation que j'ai appris à le connaître. C'est un politique plus avisé que l'Empereur et il a plus d'amour pour son peuple que ceux qui n'hésitent pas à précipiter la ville à sa ruine et le peuple dans la misère pour le compte des Latins. Il est mon père. Personne n'aurait osé braver l'Empereur et proclamer ses convictions comme il l'a fait le jour de notre première rencontre. Permets-moi d'être fière de mon père.

– C'était de la basse démagogie, répliquai-je, le visage glacial. Il ne cherchait qu'à gagner la faveur populaire par un procédé indigne. Il n'a bravé personne. Au contraire. Mais, moralement, il s'est fait du tort. Car il n'a pas agi sur un simple coup de tête. Il avait prémédité d'exciter le peuple par ce moyen.

– Ainsi, tu es vraiment partisan de l'Union? demanda Anna d'un air de n'en pas croire ses oreilles. Es-tu Latin dans le fond de ton cœur et ton sang grec mentirait-il?

– Et si c'était vrai? rétorquai-je. Qui choisirais-tu, ton père ou moi?

Elle me regarda, le visage tout pâle et les lèvres si pincées qu'elle en était laide. Un instant je crus qu'elle allait me frapper. Mais elle se domina, laissa retomber ses bras d'un geste désemparé et dit :

– Je ne te crois pas. Tu n'es pas Latin. Mais qu'as-tu donc contre mon père?

Tout mon calme avait disparu sous la morsure du soupçon, et je lui répondis avec brutalité :

– Est-ce lui qui me pose cette question, ou toi? T'a-t-il envoyée pour me mettre à l'épreuve, parce qu'il n'est pas arrivé à me convaincre lui-même?

Anna se leva d'un bond et secoua violemment les brins d'herbe de sa robe, comme si c'était moi qu'elle avait voulu rejeter d'elle. La flamme brune de son mépris me brûla. Elle était au bord des larmes.

– Je ne te le pardonnerai jamais, cria-t-elle, et elle s'enfuit comme une folle, oubliant ses sandales. Elle heurta une pierre, tomba et se mit à sangloter. Je ne me précipitai point à son secours. Je n'avais pas pitié de ses larmes. Mes noirs soupçons tourbillonnaient en moi, me remontant à la gorge, comme du fiel. Peut-être jouait-elle la comédie? Peut-être espérait-elle que j'allais m'attendrir et sécher ses larmes perfides?

Au bout d'un instant, elle se releva et s'essuya le visage de sa manche. Chariclée s'était dressée sur son séant et nous observait avec surprise.

– J'ai oublié mes sandales, dit Anna d'une voix éteinte en se baissant pour les ramasser. Je posai mon pied sur les sandales. Elle avait les orteils en sang. Mais je détournai les yeux.

– Un instant, dis-je. Il faut liquider cette affaire. Tu me connais, mais tu ne sais pas tout de moi et tu ne le sauras jamais. J'ai le droit de me méfier de tout le monde, même de toi.

– J'ai choisi, dit-elle entre ses dents, en cherchant à prendre ses sandales. J'ai fait la folie de choisir. Je m'imaginais que tu m'aimais.

Des deux mains, je lui pris la tête et la forçai à se redresser, malgré sa résistance. Elle était plus forte que je ne le pensais, mais je l'obligeai à tourner son visage vers moi. Elle ferma les yeux, afin de ne pas être obligée de me regarder, tellement elle me haïssait en cet instant. Elle m'aurait craché à la figure si elle n'avait pas été si bien élevée.

– Il faut liquider cette affaire, répétai-je. Ainsi, tu n'as pas confiance en moi, Anna Notaras?

Elle gémissait dans son impuissance. Les larmes jaillissaient entre ses paupières closes et roulaient sur ses joues. Enfin, elle parla :

– Comment pourrais-je avoir confiance en toi, quand tu n'as pas confiance en moi? Je ne t'aurais jamais cru capable de cela.

– Pourquoi m'as-tu parlé ainsi? Peut-être que tu n'as pas agi sur l'ordre de ton père. En ce cas, je te demande pardon. Mais alors, c'est qu'au fond de ton cœur tu penses encore que je suis peut-être toujours au service du Sultan. Comme ton père le croit. Comme tout le monde le croit. Sauf Giustiniani qui est plus sage que vous tous. Autrement, tu ne m'aurais pas provoqué de cette manière. Tu voulais me mettre à l'épreuve?

Elle commençait à se détendre et à céder :

– J'ai simplement laissé parler la raison. Je t'expliquais

mes propres pensées, comme à moi-même; peut-être cherchais-je aussi à connaître les tiennes. Mais mes intentions étaient pures. C'est ainsi que le peuple pense en tout cas. On n'y peut rien changer.

Je la lâchai, regrettant mon emportement. Elle ne se baissa pas pour ramasser ses sandales.

– Il faut éviter de parler ainsi, dis-je sèchement. Celui qui parle ainsi est un traître, même s'il ne veut pas en être un. De tels discours ne servent que le Sultan. Il ignore la pitié. Il est habile à semer l'espoir et les promesses par l'entremise de ses agents, je n'en doute pas. Mais ces promesses, il n'a pas la moindre intention de les tenir, sauf celles qui serviront ses plans. Il ne respecte que le courage. A ses yeux, le défaitisme est une lâcheté et les lâches n'ont pas de place dans son Empire. Quiconque parle de capitulation ou met son espoir dans le Sultan creuse sa propre tombe.

» Ne comprends-tu pas, ma bien-aimée, repris-je en la secouant par les épaules, que son but est de faire de Constantinople sa capitale, une ville turque, et de transformer les églises en mosquées? C'est pourquoi il lui faut détruire jusque dans ses fondations ce qui reste de l'Empire grec. C'est ce qu'il veut. Il ne sera pas satisfait avant d'avoir atteint son but. D'ailleurs, pourquoi le serait-il? Constantinople est le point d'où il peut dominer à la fois l'Orient et l'Occident. Il ne nous reste donc qu'à lutter, lutter jusqu'au bout, lutter même sans espoir. Si l'Empire millénaire doit s'effondrer, qu'il s'effondre dans l'honneur. C'est la seule vérité. Les mères feraient mieux de fracasser elles-mêmes la tête de leurs nourrissons contre les pierres que de parler de capitulation. Quiconque s'inclinera devant le Sultan tendra son cou au bourreau, qu'il soit riche ou pauvre. Crois-moi, chérie, crois-moi. Je connais le sultan Mohammed. C'est pourquoi j'ai préféré venir mourir avec vous que de le suivre. Je ne veux pas survivre à la Constantinople des Grecs. »

Elle secoua sa belle tête. Des larmes de colère et d'humiliation brillaient encore dans ses yeux bruns. Ses joues étaient en feu. Elle était comme une jeune fille qui vient d'essuyer les justes reproches d'un pédagogue.

– Je te crois, dit-elle. Je dois te croire. Mais je ne comprends pas.

D'un air perplexe, elle fit un geste de la main. Loin,

au-dessus de la masse confuse des maisons grises et jaunes, brillait la gigantesque coupole bleue de Sainte-Sophie. Elle désigna un autre point : derrière les champs de ruines, les coupoles d'autres églises, innombrables, dominaient l'océan des maisons. Et tout près de nous, dorée par le soleil et par les ans, de colline en ravin, jusqu'à perte de vue, se déployait la muraille qui enfermait la ville énorme dans son enceinte protectrice, invincible.

– Je ne comprends pas, reprit-elle. Cette ville est trop grande, trop vieille, trop riche, même dans sa pauvreté et son délabrement, pour qu'on puisse la piller et la détruire. Des dizaines de milliers d'êtres humains y ont leurs foyers. On ne peut les tuer tous ni les vendre tous comme esclaves. Constantinople est trop vaste pour que les Turcs seuls puissent la peupler. Il y a cent ans, deux cents ans, ils n'étaient que des bergers pillards. Ils ont besoin de nous pour bâtir un empire durable. Le Sultan est un jeune homme éclairé, il parle grec et latin. Pourquoi nous ferait-il du mal, s'il s'empare de la ville ? Pourquoi anéantirait-il ses sujets ? Je ne comprends pas. Nous ne vivons plus aux temps de Gengis Khan ou de Tamerlan.

– Tu ne connais pas Mohammed, lui dis-je, une fois de plus. Mais que dire d'autre ? Il a lu tous les livres sur Alexandre le Grand, les historiens grecs, les légendes arabes. Le nœud gordien était trop compliqué et trop difficile à dénouer. Constantinople est le nœud gordien des Turcs. L'écheveau indémêlable de l'Orient et de l'Occident, des Grecs et des Latins, de la haine et de la méfiance, des intrigues secrètes et publiques, des traités violés ou respectés, de la politique tortueuse et séculaire de Byzance. Il y a seulement un peuple offert à l'épée.

Je me rappelais le visage passionné de Mohammed et la lueur cruelle de ses yeux jaunes, tandis qu'il lisait en grec l'histoire du nœud gordien, me demandant parfois de lui préciser le sens d'un mot qu'il comprenait mal. Le sultan Mourad vivait encore : c'était un petit homme grassouillet, mélancolique, ruiné par l'ivrognerie. Ses lèvres et ses pommettes bleuissaient et il souffrait d'un asthme pénible. Il mourut à table, en compagnie de ses chers poètes et de ses savants. Il était juste et pitoyable, il pardonnait même à un ennemi, parce qu'il était las des guerres. Il avait conquis Thessalonique, il avait dû faire le siège de

Constantinople, il était le vainqueur de Varna, et pourtant il n'avait jamais voulu la guerre lui-même. La guerre lui répugnait. Mais il avait procréé une bête sauvage qui lui succéderait. Les dernières années, il s'en rendit compte. Il lui était pénible de regarder son fils en face, tellement Mohammed lui était étranger.

Mais comment aurais-je pu lui expliquer cela, tout ce que j'avais mis sept longues années à apprendre?

– Le sultan Mourad ne croyait pas à la puissance, ajoutai-je. Selon lui, le souverain n'était qu'un aveugle mené par des forces aveugles, un instrument soumis aux courants de l'évolution, aux pressions, et bien incapable de diriger les événements ou de les dominer. Il jouissait de la beauté de la vie, des femmes, des vers des poètes, du vin. Souvent, dans ses vieux jours, il se promenait, une rose à la main, la tête embrumée par l'ivresse. Il disait qu'il n'était que poussière et l'univers entier qu'un grain de sable emporté dans le tourbillon du vide. Et pourtant, il disait ses prières, respectait l'Islam et ses maîtres, faisait construire des mosquées et fondait une université à Andrinople. Il était vénéré de ses contemporains qui voyaient en lui un homme pieux et un constructeur d'empire. Mais il se bornait à sourire mélancoliquement, dès qu'on louait son sens politique et ses victoires.

» Mourad ne croyait pas à la puissance, continuai-je. Il pensait que la vie, même celle d'un souverain, n'est qu'une étincelle que le vent emporte et éteint dans l'obscurité. Mais Mohammed, lui, croit à la puissance. Il s'imagine que sa volonté pliera les événements à ses désirs. Il a plus d'intelligence et d'intuition que Mourad, et il le sait. Pour lui, rien n'est juste ou injuste, vrai au faux. Il est prêt à répandre des torrents de sang pour arriver à ses fins.

» Et il est sage, continuai-je à voix basse, il a raison. La souffrance et la mort de mille, dix mille, voire cent mille hommes, ne vaut pas plus que celle d'un seul être humain, fût-ce le plus humble. Les chiffres ne servent qu'à mesurer le fini. Ils appartiennent à l'arithmétique. La seule mesure de la souffrance et de la mort est l'homme, le calice qui peut contenir un océan. C'est pourquoi le Christ a pu, par sa Passion et par sa mort, racheter tous les péchés du monde. Dans le royaume du Christ, peu importe que l'épée tranche une seule tête de

Grec, ou cent ou deux cent mille. Les nombres et les chiffres n'ont d'importance que pour qui veut dominer le monde du fini. Pour celui-là, il n'existe que des nombres en rapport avec d'autres nombres. Il n'y a pas d'êtres humains.

– Que cherches-tu donc à prouver? demanda Anna d'un ton impatient.

– Ma bien-aimée, j'essaye, avec de pauvres paroles inadéquates, de te prouver que je t'aime plus que tout au monde. Je t'aime désespérément, inconsolablement. Tu es pour moi la Grèce. Tu es pour moi Constantinople. Constantinople sera détruite quand les temps seront révolus, tout comme ton corps, au terme de ta vie, tombera en poussière. C'est pourquoi l'amour terrestre est si terriblement désespéré. Ceux qui s'aiment se sentent, plus amèrement que tous les autres, les prisonniers du temps et de l'espace. Tu as éveillé en moi le désir désespéré des choses temporelles. Il faut que je supporte sa morsure.

» Ma bien-aimée, quand je contemple ton visage, j'aperçois le squelette sous tes joues, je le vois à travers tes habits, sous ta chair tendre, comme jadis au chant du rossignol je l'ai vu sur le mur du cimetière. L'amour est une mort lente. Quand je te serre dans mes bras, quand je baise ta bouche, c'est la mort que j'embrasse. Tel est mon amour insensé, terrible. »

Mais elle ne me comprit point, et j'ajoutai :

– Tu t'es blessé le pied à cause de moi. Je ne t'apporte que de la souffrance et du déplaisir. Permets-moi de t'aider.

Je ramassai ses sandales. Elle s'appuya sur mon bras et je la conduisis vers le grand réservoir d'eau. Elle marchait avec peine, les orties lui brûlaient les jambes, mais son corps me faisait confiance. Il se laissait mener par moi, bien que son esprit regimbât.

Je la fis asseoir près d'une rigole et je lui lavai les pieds. Mais elle pâlit brusquement et se recula un peu, en protestant :

– Non, dit-elle; non, je ne puis le supporter.

A ce moment-là, elle était en mon pouvoir. Quelque part au loin, un berger soufflait dans son pipeau. Les notes fines, aiguës, me perçaient le cœur. Le soleil était brûlant. Je caressai ses jambes nues, sa peau vivante et chaude. Si je l'avais prise dans mes bras, si je l'avais embrassée sur la bouche, elle ne m'aurait pas résisté, non, pas même si elle l'avait voulu. Mais elle ne semblait pas avoir peur de moi. Elle me regardait de ses beaux yeux bruns.

– Lève-toi, lui dis-je. Appuie-toi sur ma nuque, pendant que je rattache tes sandales.

– Mon visage est brûlant, dit-elle. Ma peau rougit, parce que je ne pense pas à la protéger quand je suis avec toi. Mes pieds aussi sont rouges, depuis que je marche sans souliers par tous les temps.

Je bénirai chaque jour qu'il me restera à vivre.

Après le départ d'Anna, Giustiniani a donné l'ordre de faire tirer un canon de gros calibre du haut des remparts. Il voulait habituer les soldats aux détonations et à l'odeur de la poudre, pour leur faire constater que les coups de canon causent plus d'effroi que de dommages, ainsi qu'il persiste à le penser. Le spécialiste de l'Empereur avait ordonné aux artilleurs de fixer le canon au mur aussi solidement que possible. Le coup partit à la perfection, et un boulet de la grosseur de la tête d'un homme vola au loin et s'enfonça dans le sol. Le choc fut si violent que la terre trembla. Mais la vieille muraille trembla plus fort encore. Une grande fissure y apparut et des pierres roulèrent dans le péribole. Personne ne fut blessé, et le résultat confirma, en un certain sens, les affirmations de Giustiniani selon lesquelles les canons sont plus dangereux pour leurs servants que pour les ennemis. Toutefois, l'incident avait produit une impression déprimante. Les moines et les ouvriers restaient à regarder la fissure de la muraille sans en croire leurs yeux. La grande enceinte n'était donc pas inébranlable? Sa puissance n'était-elle qu'une illusion?

Au-delà des remparts, toute la contrée était déserte jusqu'à l'horizon. Les souches fraîches de cyprès et des platanes abattus pour dégager la vue luisaient comme des ossements blancs sur le sol brun et verdoyant. On a coupé même les arbres fruitiers et démoli les maisons hors des murs, afin de priver les assiégeants de matériaux qu'ils pourraient utiliser pour le siège.

Le pont-levis sur le fossé n'a pas encore été détruit. C'est pourquoi j'ai fait ouvrir la porte à moitié murée et envoyé des hommes à la recherche du boulet. Un habile tailleur de pierre met au moins une bonne journée pour en fabriquer un. J'avais placé des archers dans les tours de derrière les créneaux de la muraille, comme pour un vrai combat. Les hommes, envoyés à découvert, ne se sentaient guère à l'aise et jetaient des regards inquiets autour d'eux. Mais ils se rassurèrent, réussirent à déterrer le boulet qu'ils rapportèrent fièrement comme un butin.

Quelques-uns se baignèrent dans le fossé dont l'eau est encore fraîche et propre. Il est large et profond d'une trentaine de pieds. On y amène l'eau de la mer ou des grands réservoirs de la ville par des canaux soigneusement maçonnés. Des barrages le séparent en plusieurs secteurs, si bien que l'eau ne peut s'écouler. Telle une longue suite de mares, il sépare les murailles et la ville de la terre ferme. Mais, devant les Blachernes, il n'y a pas de fossé, car le sol tombe en pente raide dans la mer. En revanche, les murs et les tours y sont plus solides qu'ailleurs et les bâtiments du palais sont soudés à la muraille qu'ils renforcent.

Mais la grande muraille s'est fendue, elle a été ébranlée par une seule détonation.

Le 18 mars 1453.

Nous ne parlons plus de politique. Nous gardons nos idées pour nous. Son corps me croit. Son cœur ne me croit pas.

J'ai jugé de mon devoir de renseigner Giustiniani sur les sentiments du peuple. Il a conservé son calme et m'a regardé comme si j'étais un imbécile :

— Aucun homme raisonnable ne souhaite la guerre, m'a-t-il dit. Les femmes désirent garder leurs enfants et leur mari, leur foyer et leur batterie de cuisine, et si j'étais un commerçant ou un paysan, un ciseleur d'ivoire ou un tisseur de soie, je ne voudrais d'une guerre à aucun prix. Je sais trop ce que c'est. Mais, en réalité, le peuple n'a aucune importance. Une dizaine d'hommes armés suffisent pour en imposer à une foule. Les Romains nous l'ont déjà montré. Le peuple ne compte pas. Au besoin, il crie ce qu'on lui dit de crier. Il est comme un bœuf qu'on mène à l'abattoir, les yeux bandés.

» Le premier ordre que j'ai donné, dès que j'eus reçu le bâton de protostrator, a été de ramasser et d'inventorier toutes les armes dans la ville, celles des nobles, comme celles des roturiers. Les fils d'archontes durent remettre leurs arbalètes incrustées d'ivoire, et les bouchers leurs couperets. Chaque jour, après les exercices, les armes sont déposées dans les arsenaux. Seuls, les hommes de garde peuvent conserver les leurs. Chacun s'exerce à manier l'arme de son choix, mais personne ne l'emporte chez soi. Un peuple désarmé est inoffensif. Je suis entré dans une ville qui bouillait de colère et de méfiance envers les Latins. J'en ai fait une cité calme, disciplinée, dont le peuple s'entraîne énergiquement à défendre ses murailles sous les ordres des Latins. N'est-ce pas un succès militaire ? Ne t'inquiète pas du peuple, Jean Ange. Il se battra pour sa vie et je veillerai à ce qu'il n'ait plus le loisir de méditer une trahison dès que les hostilités seront déclenchées.

» Nos marins désœuvrés constituent un danger plus grave, poursuivit-il, leur turbulence cause des troubles et irrite aussi bien les Latins que les Grecs. »

Il me jeta un regard malicieux et frotta ses grosses pattes :

– J'ai eu bien de la peine à décider l'Empereur à faire travailler les marins. Pourquoi payer trois cents ducats par mois des navires inutiles ? Les ouvriers grecs réclament un salaire pour chaque pierre qu'ils hissent sur les murailles et pour chaque panier de terre qu'ils déplacent. C'est naturel et juste. Ce sont de pauvres bougres qui doivent entretenir leurs familles. Mais chaque coup de pioche coûte cher à l'Empereur, tandis que les marins gagnent leur journée à jouer de la flûte et à danser sur le pont de leurs bateaux. Mais l'Empereur redoute d'entrer en conflit avec les capitaines vénitiens, et ceux-ci s'efforcent de soustraire leurs hommes à tout travail qui ne regarde pas l'entretien des navires. Mais enfin j'ai obtenu qu'Aloisio Diedo soit nommé commandant de la flotte.

» Commandant de toute la flotte et du port, précisa-t-il en insistant. Il en résulte que, dès demain, lundi, à l'aube, toutes les grandes galères se rendront à la Corne d'Or et ancreront aux Blachernes, dans le port de Kynegion. Les pelles, les pics et les paniers pour transporter la terre sont prêts. Les marins vont creuser un fossé jusqu'à la tour d'Anemas, où le sol est encore assez égal. Il serait insensé de laisser les Turcs ramper aussi près du port et s'avancer jusqu'aux Blachernes, pour creuser peut-être des galeries sous le palais. (Il me jeta un regard étrange.) J'ai appris que le Sultan a demandé aux Serbes non pas seulement des cavaliers, mais aussi d'habiles mineurs. »

Il est évident que Giustiniani a reçu d'autres informations sur les préparatifs du Sultan, puisqu'il entreprend un travail aussi considérable que la construction d'un nouveau fossé. Mais j'étais surtout frappé du fait que Lucas Notaras avait été écarté. Certes, les propriétaires et les capitaines des navires latins, une fois les hostilités ouvertes, n'admettront pas d'être subordonnés à un commandant grec. Mais comment l'Empereur ose-t-il, en ce moment précis, infliger au mégaduc un affront si sanglant ?

– Voilà des semaines que Lucas Notaras t'attend vainement, dis-je; et, à présent, sans même avoir un entretien avec lui, tu l'évinces.

Giustiniani leva les bras au ciel en signe de protestation :

– Mais non, mais non, je ne l'évince pas. En parfait accord avec l'Empereur et ses conseillers, nous avons estimé qu'un éminent stratège comme Lucas Notaras devait recevoir un poste digne de son rang et de son expérience dans la défense de la ville. Que ferait-il pendant le siège avec ses navires vermoulus, puisque les Latins entendent garder le commandement des leurs? Non, non, il est promu. Il assurera la défense d'un important secteur des murailles.

– Etes-vous tous fous? m'écriai-je, n'en croyant pas mes oreilles. Pourquoi l'induire en tentation? C'est se conduire mal envers lui et envers la ville. N'a-t-il pas déclaré publiquement qu'il préférait le turban des Turcs à la tiare du Pape?

– Cela ne fait rien, dit Giustiniani enchanté de m'avoir mis hors de moi. C'est un témoignage de l'entente parfaite des Grecs et des Latins, des partisans et des adversaires de l'Union, et de leur volonté commune de défense. Pourquoi écarter un homme à cause de ses sincères convictions? Lucas Notaras assurera la défense d'un bon quart des murailles. Ainsi en a décidé à l'unanimité le conseil de guerre. Il faut mettre fin aux intrigues et à la méfiance. Nous nous tendons une main fraternelle les uns aux autres pour défendre côte à côte cette ville splendide.

– Es-tu ivre? lui dis-je. Et l'Empereur est-il devenu fou?

– L'Empereur a convoqué le mégaduc et il est probablement en train de l'embrasser à l'heure qu'il est, dit ironiquement Giustiniani. Peut-être pleurent-ils de la joie de s'être enfin retrouvés. Les Grecs ont la larme facile, comme les Vénitiens. Nous autres Génois sommes moins sensibles, mais je suis cependant tout ému à l'idée que mon simple bon sens a si bien réussi à réconcilier de vieux adversaires.

Giustiniani affecta d'écraser une larme au coin de son œil, tant il avait de peine à se retenir de rire. Mais je n'appréciai pas cette plaisanterie.

– Grâce à son avancement, le mégaduc Notaras avalera plus facilement la perte de ses navires. Comme première condition de la défense du port, Aloisio Diedo exige l'élimination des navires trop petits ou inutiles. C'est ainsi qu'on désarmera les galères de l'Empereur pour les tirer à sec sur la rive. Leurs équipages fourniront à Notaras un précieux appoint pour la défense de son secteur, car je ne crois pas pouvoir mettre d'autres troupes à sa disposition.

» Sois sans crainte, reprit-il. Beaucoup d'autres bateaux seront coulés ou échoués sur les bancs de sable, car s'ils rompaient leurs amarres ou prenaient feu pendant le combat, ils pourraient endommager les navires de guerre. D'autre part, une fois hors d'usage, ils ne pourront donner à personne la tentation de les utiliser pour fuir, si les choses vont mal. Ainsi, l'ordre commence à régner sur mer. Diedo est un homme capable, bien qu'il soit Vénitien.

– Ainsi donc, vous poussez définitivement le mégaduc dans les bras du Sultan, dis-je. Vous le forcez à s'engager sur une voie qu'il hésitait peut-être encore à prendre en tant que Grec et patriote. Vous lui enlevez le port et les bateaux qu'il a armés à ses frais. Vous ulcérez un noble déjà ulcéré. Je ne comprends plus la politique du Basileus et la tienne.

– Nous ne lui enlevons pas le port, nous lui retirons seulement les bateaux, dit Giustiniani d'un air faussement innocent. Au contraire, il aura justement à défendre les murailles du port. De la concession des Vénitiens aux Blachernes. Toute la muraille du port intérieur. Plus de cinq mille pas. Alors que moi, dans ma modestie, je me contente d'un millier de pas au plus du mur de terre.

Je n'avais pas besoin de regarder la carte pour comprendre de quoi il s'agissait. Tant que les navires latins barreront l'entrée du port, aucun assaut ne menacera la muraille du côté de la mer. Pour défendre tout ce long secteur, il suffit d'une poignée d'hommes chargés de surveiller la circulation dans le port. C'est l'endroit le plus tranquille. Il faudrait que les Turcs aient des ailes pour attraper ce secteur protégé par la flotte. En confiant ce commandement à Notaras, on lui a fait un honneur dérisoire.

Lorsque j'eus enfin compris, Giustiniani éclata d'un gros rire et se tapa sur les cuisses.

– Tu saisis enfin, bégaya-t-il. C'est un immense secteur de la défense, bien plus étendu que celui de n'importe quel autre commandant. Notaras devra faire contre mauvaise fortune bon cœur, même s'il comprend de quoi il s'agit. Et naturellement il comprendra. Il n'est pas bête, loin de là.

– Vous lui infligez l'affront le plus grave en feignant de lui donner de l'avancement. Peut-être est-ce sage. Peut-être...

– Nous enlevons à Notaras l'occasion de trahir, dit Giustiniani redevenu soudain sérieux. Dès le début du siège, il sera lié à sa muraille et ne pourra nous poignarder dans le dos. Pourquoi n'es-tu pas content? Ne m'as-tu pas toi-même mis en garde contre lui?

En toute honnêteté, il a raison. Avec beaucoup de bon sens, il a trouvé le moyen le plus discret d'écarter Notaras. Pourquoi donc ne suis-je pas content?

Le 19 mars 1453.

Les grandes galères ont donc gagné le port de Kynegion, au son des tambours et des trompettes. Les marins et les matelots sont descendus en bon ordre; ils ont empoigné pelles, pioches et paniers, et, par groupes, ils sont sortis des murailles, en passant près du palais de

141

Hebdomon. L'empereur Constantin les y attendait à cheval avec une suite brillante, où l'or rivalisait avec la pourpre, et il les a salués, la couronne d'or empanachée sur la tête.

Le tracé du fossé avait été jalonné et chaque capitaine a planté son fanion à l'endroit désigné. Le fossé doit mesurer plus de deux cents pas, jusqu'à la tour d'Anemas où le terrain commence à monter. Sa largeur et sa profondeur seront de huit pieds : ce n'est pas une entreprise surhumaine pour quelque deux mille hommes. Sur un signe de l'Empereur, des domestiques ont défoncé des dizaines de tonneaux de vin, et chaque homme a eu droit à une ration. Rien d'étonnant qu'après cela ils se soient mis au travail en chantant et qu'ils aient rivalisé d'ardeur à creuser le sol et à remplir les paniers que d'autres emportaient au pas de course pour renforcer la muraille extérieure. Le spectacle était impressionnant et avait attiré une foule de curieux. La présence de l'Empereur encourageait les capitaines, les officiers et les propriétaires à donner aussi un coup de main.

Au coucher du soleil, le travail était presque achevé. Seul un petit bout de terre restait à creuser. Certes, ce fossé n'est point comparable au grand dont les parois sont construites en briques. Mais les ouvriers grecs étaieront aussi les bords de celui-ci avec des pieux et des pierres, afin qu'il ne s'éboule pas lorsque l'eau y sera amenée.

Le 25 mars 1453.

Avant-hier, le Sultan a quitté Andrinople. Désormais, les jours sont comptés.

Le 26 mars 1453.

Anna Notaras m'a dit :
– Cela ne peut continuer ainsi.

Nous ne nous querellons plus. Le destin pèse trop lourdement sur nous. L'attente nous serre la gorge et nous broie le cœur. Jadis, enchaîné dans ma prison, j'attendais ainsi les pas du bourreau. Mais alors je n'avais rien à perdre, rien à regretter. A présent, j'ai Anna.

— Non, cela ne peut continuer ainsi, les gens commencent à nous remarquer. On risque de te reconnaître. Les rues ont des yeux et les colonnes des oreilles. Ton père te reprendra.

— Je ne crains pas mon père, dit-elle. Mon costume de nonne me protège. Non, ce n'est pas ce que je voulais dire.

Nous avions gagné le sommet de l'Acropole et nous nous reposions sur les escaliers de marbre jaunis par le soleil. Un lézard sortit de son trou et s'immobilisa sur une pierre, tout près de nous. La mer de Marmara brillait à nos pieds en vagues argentées. Devant nous s'ouvrait le Bosphore, ruban bleu foncé entre les collines verdies par le printemps. De l'autre côté du port se dressaient les murailles de Pera. La croix de Gênes flottait au sommet d'une tour.

Chariclée n'était pas avec nous. Elle était occupée à laver du linge chez moi, tout en racontant à Manuel les légendes des saints. Il se consomme beaucoup de vin à la maison ces jours-ci. Mais Anna et moi sommes mal à l'aise dans ma chambre. L'énervement nous chasse dehors, sous le ciel libre. Nous comptons sur la chance pour ne pas être découverts.

— Non, ce n'est pas ce que je voulais dire, répéta-t-elle. Tu le sais bien.

Elle étendit les jambes et fouilla l'herbe de ses orteils. Le soleil l'avait brunie. Son front était bronzé et ses joues toutes rosées, sa bouche souriait, mais son regard était triste, indiciblement.

— Ma robe de nonne n'est qu'un déguisement, dit-elle. Je ne suis pas une nonne. Depuis que j'ai abandonné ma famille, mes habitudes, mon éducation, je suis plus saine et plus heureuse que jamais. Ce que je mange a du goût. Je respire le vent avec délices. Je vis. J'existe. J'ai un corps. Et ce corps me trouble.

— J'ai respecté ton costume, lui dis-je sèchement.

— C'est vrai, dit-elle d'un ton de reproche. Tu ne l'as que trop respecté. Tu as peur de commettre une profanation. Tu n'oses pas me toucher.

— Il me suffit de t'avoir près de moi. J'ai quarante ans.

Je t'aime. Il n'y a pas d'amour sans désir. Mais mon désir est limpide. Je n'ai pas besoin de te toucher.

– Pas d'amour sans désir, reprit-elle. Je n'ai ni ton âge ni ton expérience. Peut-être as-tu raison. Peut-être faut-il mépriser le désir. Mais mon corps impudent me dit que non. Quand tu poses ta main sur ma poitrine, je frémis tout entière. Pourquoi ne le fais-tu plus?

– Je ne suis pas un ange, dis-je. Ne crois pas que je sois un ange.

– Ton empire sur toi est terrible, reprit-elle. Je n'ai donc aucun attrait pour toi?

Elle replia une jambe et se frotta le genou en m'observant à la dérobée. Mais si j'avais porté la main sur elle, elle se serait arrachée à moi. Je le savais. Elle ne parlait ainsi que pour me tourmenter.

– J'ai commis un grave péché en trompant la confiance de mon père. Je m'imaginais l'expier en prenant le voile et en priant au monastère. Je n'avais pas l'intention de te revoir. Je jouais avec l'idée qu'une fois habituée à la vie du couvent, je me ferais couper les cheveux et prononcerais mes vœux. Dis-moi, mon bien-aimé, l'homme se ment-il toujours ainsi pour arriver à ses fins?

– L'homme est un incorrigible menteur, lui répondis-je. Il croit ce qu'il espère et estime juste ce qu'il désire. Mais personne ne peut se tromper soi-même dans le fond de son cœur.

– Johannès Angelos, dit-elle d'un ton songeur. A mon avis, il vaudrait mieux pour nous deux que tu m'épouses.

Elle mit sa main sur ma bouche pour m'empêcher de parler et reprit:

– Oui, l'Eglise latine t'a marié et ta femme est encore en vie, mais cela n'a aucune importance. Si tu veux abjurer ton hérésie et réciter le seul *Credo* orthodoxe, tu peux être baptisé une seconde fois. Bien des prêtres seront tout disposés à annuler ton ancien mariage et à nous unir, quand ce ne serait que pour contrarier les Latins.

– A quoi bon? lui objectai-je. Dans mon cœur je suis marié avec Ghita. Je ne veux pas violer les sacrements. Le Pape même serait impuissant à libérer mon cœur de ce mariage, puisque j'y ai consenti.

– Ainsi, cette femme t'est plus chère que moi? lança-t-elle avec un regard méchant. Qu'y puis-je, si tu as gâché ta vie jusqu'au dégoût dans les bras d'étranges femmes? Tu ne sais même plus rire. Non, tu ne sais plus rire. Si tu savais, tu m'épouserais. Pourquoi me refuses-tu la paix de la conscience? Toi tu ne la retrouveras jamais, quoi que tu fasses.

– Tu ne trouveras pas cette paix non plus, lui dis-je. Un tel mariage n'aurait aucune valeur. Il se ferait sans la permission de ton père et il te faudrait recourir à un nom falsifié ou incomplet. Sa validité pourrait toujours être contestée devant la justice laïque et devant celle de l'Eglise.

– Contestée, d'accord, admit-elle. Mais ce serait une simple querelle juridique. Pas un crime. Pourquoi ne pas nous marier de bonne foi, même clandestinement? Je pourrais venir habiter avec toi. Je pourrais, le matin, me réveiller nue à côté de toi sous la même couverture. Cela ne vaut-il pas la peine que tu trouves avec ta conscience quelque accommodement?

– Tu es mon péché, lui dis-je en la regardant dans les yeux. Si je viole un sacrement à cause de toi, mon péché n'en sera que plus grave. Dans mon cœur, je commets l'adultère rien qu'en te regardant ou en te touchant la main. Dès le premier instant, où je t'ai reconnue sur le parvis de l'église, le feu du péché s'est allumé dans mon cœur. Pourquoi ne veux-tu pas me comprendre?

– Pourquoi ne te contentes-tu pas d'être seulement un homme? Pourquoi ne veux-tu pas marchander un peu avec ta conscience? répéta-t-elle avec obstination, cependant qu'une rougeur se répandait sur ses joues et jusqu'à son cou. Moi aussi je t'aime chaque fois que je te regarde, avoua-t-elle. C'est vrai. Dans mon cœur j'ai déjà péché avec toi, bien que selon les lois terrestres je n'aie rien fait de mal. Ne comprends-tu pas que je voudrais nous mettre à l'abri, toi et moi, pour que personne ne puisse nous faire de reproches s'il arrivait quelque chose entre nous.

– Balivernes! criai-je. Notre péché ne sera ni pire ni moindre si nous couchons ensemble avec ou sans la bénédiction de l'Eglise. Cela ne concerne que nous deux. Nous n'avons à en rendre compte qu'à nous. Mais ai-je une seule fois tenté de t'entraîner dans mon lit? Tu ne peux m'en accuser.

– Si, dit-elle. Tes yeux m'ont attirée, et tes mains. En outre, cette discussion est inutile et stupide, puisque nous parlons de choses différentes. A la manière des hommes, tu montes sur tes grands chevaux et tu fais un discours, tandis que moi, en femme pratique, je m'occupe simplement de savoir comment nous pourrions arranger cette affaire sans offenser la pudeur et les bonnes mœurs plus qu'il n'est nécessaire.

– Ainsi, tu estimes que cette affaire est absolument claire ? lui demandai-je.

– Mais naturellement, dit-elle en me jetant un regard à la dérobée, comme si elle s'était délectée de voir mon irritation.

– S'il en est ainsi, que diable nous préoccupons-nous des convenances et des bonnes mœurs, toi et moi. Nous sommes tous deux adultes. Les Turcs seront bientôt aux portes de la ville. Et alors les canons tonneront. Ce sera le temps de la détresse et de la mort. Qu'importe, en face de la mort, que nous soyons ou non formellement mariés ?

– Merci, mon cher, dit-elle avec une feinte allégresse. Si tu penses que la chose est vraiment sans importance, comme femme je préfère naturellement que nous soyons mariés.

Je voulus lui saisir le bras, mais elle se déroba et m'entraîna avec elle sur l'herbe. Je parvins à l'immobiliser sur le sol, mais, se raidissant de tout son corps, elle appuya ses mains contre ma poitrine et murmura, les yeux clos :

– Non, Johannès Angelos, jamais. Tu ne me prendras pas de force. Non, pas avant que tu aies abjuré ton hérésie latine et qu'un prêtre grec nous ait mariés.

Notre lutte recommença, délicieuse et excitante. Mais, soudain, elle cessa de se défendre, pâlit, ouvrit les yeux et fixa sur moi des pupilles dilatées. Brusquement, elle me mordit au bras, comme si elle avait voulu m'arracher un lambeau de chair. Je poussai un cri de douleur et je la lâchai.

– Tu ne l'as pas volé, dit-elle. Essaye encore de me tourmenter.

Elle s'assit, arrangea ses cheveux et passa la main sur ses joues.

– Est-ce moi ? dit-elle à voix basse, le regard perdu. Est-ce vraiment Anna Notaras qui se vautre sur le dos dans l'herbe, comme une gourgandine dans une écurie? Jamais, jamais je ne m'en serais crue capable.

Elle secoua la tête et soudain elle me frappa au visage et se leva. Je la compris. C'était ma faute.

– Jamais, jamais plus je ne veux te revoir, dit-elle en serrant les dents. Je te hais plus que tout au monde. Tes yeux, ta bouche, tes mains. Mais je hais surtout ta belle conscience et ton désir limpide. Comment peux-tu proférer d'aussi répugnantes insanités?

Je me taisais, remettant de l'ordre dans mes vêtements.

– Tu as raison, Anna. Cela ne peut continuer ainsi. N'ai-je pas dit que nous ne nous querellions plus?

Le 31 mars 1453.

Samedi saint. Dernier jour de mars. Bientôt tout sera fini.

L'Empereur n'a plus osé attendre. Aujourd'hui les marins ont creusé le dernier tronçon du fossé et ils y ont amené l'eau. Espérons que les pilotis et les pierres tiendront le temps nécessaire.

Les marins observaient les collines voisines tout en travaillant. Plus de flûtes ni de tambours, plus de drapeaux flottant au vent. L'Empereur, revêtu d'une cuirasse et d'un casque d'argent, est monté avec sa garde au sommet d'une colline. Mais aucun Turc n'était en vue. Leur armée avance lentement.

Les Vénitiens se sont rendus devant le palais impérial avec le conseil des Douze. L'Empereur leur a confié la défense des quatre portes des Blachernes dont il leur a remis les clés. Lui-même répond nominalement de la porte de Saint-Romain. En réalité, c'est Giustiniani qui la défend, ainsi que le vallon de Lycos jusqu'à la porte de Kharisios. L'état d'alarme a été proclamé et les postes de garde ont été renforcés. Mais, pour l'instant, la plupart des hommes logent encore dans leurs quartiers en ville.

L'empereur Constantin s'est adressé aux Latins avec des larmes dans la voix:

– Désormais, le sort de Constantinople est entre vos mains plus qu'entre celles des Grecs. Votre présence atteste que nous ne combattons pas seuls. Douze nations sont représentées dans vos rangs. L'Occident accourt à notre aide. Vous êtes la lance de l'Occident pour l'honneur de Dieu et pour la bénédiction de toute la chrétienté. C'est avec une joie profonde et avec une absolue confiance que je vous remets la défense de la ville. Recevez les clés des portes et prenez-en soin.

Quelques jeunes Grecs de bonne famille se tenaient le long du mur dans l'ordre protocolaire, revêtus de leurs uniformes de cérémonie. Ils souriaient ironiquement pendant le discours de l'Empereur.

Après notre dernière rencontre, Anna Notaras ne quitta plus le couvent de trois jours entiers. Je ne sais qui elle voulait punir d'elle ou de moi. Le quatrième jour, Chariclée vint seule avec sa sébile, s'installa familièrement à la table de la cuisine et se mit à gémir sur les caprices des jeunes femmes. Manuel alla chercher de quoi manger au cabaret voisin, et, en dépit de ses protestations réitérées, elle finit par se goberger. On eût dit qu'elle craignait d'abuser de mon hospitalité parce qu'Anna n'était pas avec elle. Je lui versai moi-même du vin pour bien lui montrer qu'elle était la bienvenue, même seule. Elle refusa avec énergie, se signa, mais vida trois grands gobelets coup sur coup.

— Sœur Anna prie pour que Dieu lui indique la voie, dit-elle, sœur Anna redoute d'être induite en tentation dans ta maison.

— Quiconque redoute la tentation y a déjà cédé, lui dis-je. J'en suis bien fâché, sœur Chariclée. Dis-lui que je ne veux nullement l'induire en tentation ni lui faire de mal. Dis-lui qu'en ce qui me concerne, elle peut fort bien s'abstenir de venir chez moi.

— Bah! dit Chariclée d'un air de mépris, car mes paroles ne lui plaisaient point. Elle ne sait ce qu'elle veut, comme toutes les femmes. Les tentations et les séductions sont le lot des femmes en ce bas monde. Mieux vaut les affronter tête haute que les éviter lâchement.

L'imagination de Chariclée est pleine des légendes grecques que son père, le vieux savetier, lui a racontées dans son enfance, et elle est ravie d'être mêlée à notre roman. Comme toutes les femmes elle est une entremetteuse née. Mais elle n'a pas de mauvaises intentions.

Je ne sais ce qu'elle a rapporté à Anna, mais le

lendemain celle-ci l'a accompagnée chez moi. A peine
entrée dans ma chambre, d'un geste fier, elle a ôté sa
robe de nonne, sous laquelle elle était de nouveau vêtue
comme une femme de haute condition. Sa bouche et ses
joues étaient fardées et elle s'était teint les sourcils et les
cils en bleu foncé. Elle se tourna vers moi d'un air
hautain et m'adressa la parole comme à un inconnu.

– Sœur Chariclée prétend que tu souffres de mon
absence. Elle m'a dit que tu avais maigri et dépéri en
quelques jours, si bien que tes yeux avaient pris un éclat
sauvage et fiévreux. Je ne tiens naturellement pas à ce
que tu tombes malade à cause de moi.

– Elle a menti, dis-je sèchement. Je ne souffre pas. Au
contraire, j'ai retrouvé mon calme pour la première fois
depuis bien longtemps. Je n'ai pas eu à méditer sur des
paroles blessantes ni à me torturer vainement le cœur.

– Bien, bien, dit-elle en se mordant les lèvres. C'est vrai
que tu n'as pas l'air malade. Il vaut donc mieux que je
m'en aille. Je voulais simplement m'assurer, de mes
propres yeux, que tu allais bien.

– Ne pars pas encore, lui dis-je rapidement. Manuel a
donné de la confiture et des pâtisseries à sœur Chariclée.
Laisse-la manger en paix. On ne doit pas vous faire trop
bonne chère au couvent. Tes joues sont creuses et tu as
l'air fatiguée par les veilles.

Elle courut au miroir vénitien.

– Je ne vois pas ce que tu trouves à mon visage,
dit-elle.

– Tu as les yeux brillants, repris-je. Aurais-tu la fièvre?
Laisse-moi tâter ton front.

– Certes non! cria-t-elle en reculant d'un pas. Si tu
essayes, je te frapperai.

Et soudain, elle fut dans mes bras. Nous nous embras-
sions et nous nous caressions comme des assoiffés. Il me
semblait que la flamme de notre amour avait crevé le
plafond de ma chambre et embrasait tout le ciel. Je
l'embrassai follement, jusqu'à perdre conscience du
temps et du lieu. Le costume de nonne ne la protégeait
plus. Haletante, ardente, elle répondait à mes baisers,
caressait ma tête et mes épaules, passait son bras autour
de ma taille. Mais mon désir brûlait en vain. Sa volonté et
sa virginité veillaient même derrière ses paupières closes.
C'est seulement quand je commençai à me fatiguer

qu'elle ouvrit les yeux, me repoussa et dit d'un ton de triomphe :

— Tu vois, je puis en tout cas te tourmenter, si je ne peux faire autre chose.

— Tu te tourmentes tout autant que moi, lui répondis-je avec des larmes de passion dans les yeux.

— N'en crois rien, dit-elle. Tant que je saurai que je peux changer ta joie en douleur, je n'aurai que du plaisir. Tu verras qui de nous deux est le plus fort. Au début, mon ignorance a été surprise, mais à présent j'ai appris tes mœurs occidentales.

D'une main tremblante, elle arrangea le col de sa robe et remit ses cheveux en ordre devant le miroir.

— Ne me crois pas tellement innocente que tu puisses me traiter à ta guise, dit-elle avec un sourire provocant. Au début, j'ai commis cette erreur, et tu jouais sur moi comme sur une harpe. Maintenant c'est à mon tour de jouer sur toi. Nous verrons combien de temps tu tiendras. J'ai reçu une excellente éducation, je suis adulte, comme tu me l'as dit tant de fois. Tu ne me séduiras pas comme une fille de cabaret.

Elle était toute changée. Sa voix était tranchante et ironique. Moi, je tremblais encore. Incapable de parler, je me bornais à la regarder. En vraie coquette, elle me jetait des regards rapides par-dessus son épaule. Son mince cou blanc, les hauts arcs bleus de ses sourcils, sa tête telle une fleur jaillissant des vêtements précieux, et, sur mes mains, le parfum d'hyacinthe de ses joues.

— Je ne te reconnais plus, lui dis-je enfin.

— Moi-même je ne me reconnais plus, admit-elle. Je ne savais pas que tant de possibilités se cachaient en moi. Je crois que tu as fait de moi une femme, maître Johannès.

Elle courut vers moi, me prit par les cheveux et me secoua la tête en me baisant la bouche, puis elle me repoussa :

— C'est toi qui me rends ainsi, dit-elle tendrement. Tu éveilles en moi tous mes mauvais penchants. Mais cet éveil n'est point déplaisant. Je suis curieuse de me connaître.

Elle me prit la main d'un air distrait et se mit à jouer avec mes doigts qu'elle caressait l'un après l'autre.

— Tu m'as parlé des mœurs occidentales. Tu m'as

raconté comment des hommes et des femmes de la bonne société peuvent se baigner et s'amuser ensemble librement. Les belles dames se découvrent la poitrine et permettent aux hommes de leur embrasser poliment le bout du sein en guise de salut. En bandes joyeuses, ils se divertissent au son de la flûte, tout en buvant du vin, et les maris permettent même à leurs femmes de s'allonger auprès d'un bon ami et de se laisser caresser, à condition qu'il ne se passe rien de plus grave.

– Tu te fais une curieuse idée de l'Occident, lui dis-je. Dans chaque pays il existe des gens légers et débauchés, et ils ont leurs habitudes particulières qui varient, selon qu'ils sont chrétiens ou musulmans, qu'ils habitent Venise ou Constantinople. C'est pourquoi les gens de cette espèce aiment à voyager d'un pays à l'autre. Pour beaucoup d'entre eux, les pèlerinages même ne sont qu'un vain prétexte à ce genre d'expérience, aux époques de confusion et de relâchement, lorsque la foi meurt et que seule reste l'écorce. Plus l'homme s'amuse, plus il a de peine à varier ses plaisirs. Dans ce domaine, l'imagination humaine a des limites, elle doit se contenter du monde amèrement borné des sens. L'homme qui ne recherche que leur satisfaction reste éternellement sur sa faim.

» Tu as vraiment une curieuse idée de l'Occident, continuai-je. J'y ai aussi rencontré des saints, des riches qui ont donné leur fortune aux pauvres pour entrer au couvent, des nobles qui ont renoncé à leurs privilèges pour vivre d'aumônes, des érudits qui s'usent les yeux à gloser sur les écrits des anciens, des princes qui payent une fortune pour un manuscrit moisi et rongé par les rats, des astrologues qui passent leur vie à calculer les orbites des planètes et leur influence sur la destinée des hommes, des commerçants qui ont inventé la comptabilité en partie double pour connaître à tout moment l'état de leur fortune. Chaque pays possède des fous chantants et jouants. Ce sont seulement les formes des relations entre hommes et femmes qui varient, et leurs caresses. »

Mais ces paroles n'avaient aucun effet sur elle. Elle se pavanait dans la chambre, dégrafa sa robe, la fit glisser sur ses épaules, découvrit sa poitrine qu'elle examina attentivement dans le miroir, tout en observant non moins attentivement l'expression de mon visage.

– Non, dit-elle, non, ma pudeur m'interdirait de paraître ainsi vêtue devant des hommes. En tout cas, il me
faudrait voir d'autres femmes lancer cette mode. Peut-
être que l'œil s'y habitue rapidement et alors cela n'a plus
rien de choquant.

– Tu me provoques, lui dis-je la gorge sèche.

– Mais non, répondit-elle avec une feinte naïveté en
remontant sa robe sur les épaules. Comment le pourrais-
je? N'es-tu pas dur et limpide? Comment une femme
aussi inexpérimentée que moi saurait-elle te séduire? Tu
viens de dire que tu cherches à varier tes plaisirs. Que
pourrais-je t'offrir de nouveau?

– C'est faux, dis-je, irrité de sa méchanceté, bien que
j'eusse décidé de rester calme. Ce n'est pas de moi que j'ai
parlé. Au contraire. J'ai évité les femmes, parce que je
n'éprouvais pas d'attirance pour elles. Elles troublaient
mes pensées, dérangeaient ma sérénité. C'est pourquoi
j'ai cherché à m'en éloigner. J'étais dégoûté de leurs yeux
brillants et de leurs caresses étouffantes.

Anna Notaras se retourna pour me regarder et mit la
main derrière son dos.

– Des caresses étouffantes! dit-elle. Je te déteste!

– Mais je ne pensais pas à toi, m'écriai-je consterné. Par
Dieu, je ne pensais certes pas à toi!

– Latin débauché! me jeta-t-elle. Coquille d'œuf vide!

Elle ramassa sa robe de nonne et s'en revêtit, ramena le
capuchon sur ses cheveux et se voila le visage.

– Adieu, dit-elle, et merci pour tous tes enseignements.
La prochaine fois, je serai plus habile.

Elle n'était pas en colère, je le savais, bien qu'elle eût
volontairement égratigné mon cœur par ses sarcasmes.
Elle ne partait pas fâchée, elle s'en allait la tête droite,
toute contente. N'avait-elle pas dit : « La prochaine fois. »
Et moi qui croyais la connaître comme si elle avait été
une partie de moi-même...

Le 1er avril 1453.

Dès l'aube les cloches ont sonné, appelant le peuple à
prier pour le salut de la ville. La journée était splendide,
trop belle. La chaîne gigantesque, le long du rivage, est
prête. On y a inséré de nouveaux troncs, on en a réparé et

renforcé les boucles. Elle s'étend, sinueuse, de la tour d'Eugène à celle de Saint-Marc.

A la fin de l'office, les promeneurs se sont rendus au port pour voir la chaîne. Les troncs destinés à la maintenir à flot et à la renforcer sont si gros qu'un homme ne pourrait en faire le tour avec ses bras. Les maillons en fer ont l'épaisseur d'une jambe d'homme. En outre, les troncs sont reliés bout à bout par de solides crampons. La célèbre chaîne des Hospitaliers qui ferme le port de Rhodes est un travail d'enfant à côté de celle-ci. Le plus gros navire ne pourra la rompre. Les parents la montrent du doigt à leurs enfants qui passeraient sans peine à travers les maillons et l'Empereur en personne, avec sa suite, est venu l'examiner. Une des extrémités a été fixée dans le rocher sous la tour d'Eugène.

Dans la soirée, les deux nonnes sont revenues chez moi. Le service divin et la vue de la chaîne avaient rendu courage à Chariclée. Elle a raconté longuement à Manuel comment les saints et la Vierge elle-même avaient, à travers les siècles, protégé Constantinople et terrifié les Turcs et les autres assaillants. Elle lui a affirmé que, lorsque les Turcs ont construit leur forteresse sur le Bosphore, l'archange Michel, stratège céleste, était descendu avec son glaive flamboyant pour protéger la ville. De nombreux témoins dignes de foi l'avaient vu dans les nues au-dessus de l'église des Apôtres. Son costume était si éblouissant que les gens ne pouvaient le regarder en face.

– Combien de paires d'ailes avait-il? a demandé Manuel désireux d'obtenir enfin une certitude dans cette question controversée.

– Personne n'a eu le temps de les compter, répondit sèchement Chariclée. L'éclat de son glaive a tellement ébloui les regards que pendant longtemps les spectateurs n'ont vu que des disques lumineux dans le ciel.

C'est ainsi qu'ils bavardaient, et j'intervenais parfois dans la conversation, parce que c'était dimanche, que la journée était belle, et parce qu'Anna refusait absolument de monter avec moi dans ma chambre. Elle gardait le silence et restait enveloppée de la tête aux pieds dans sa robe de nonne, le visage voilé et les mains dans les manches. Quand je lui posais une question, elle secouait la tête comme si elle avait fait vœu de silence. Le peu qu'elle laissait voir de son visage était d'une pâleur étrange. Ses grands yeux bruns étaient accusateurs. Ils étaient cernés de bleu et les paupières étaient gonflées, comme si elle avait pleuré. Toute son attitude semblait destinée à susciter en moi de la pitié et des remords. Lorsque j'essayai de lui prendre la main, elle la retira craintivement. Je me demandai si elle n'avait pas enduit son visage de farine et peint un cerne autour de ses yeux, tant sa pâleur était artificielle et son apparence misérable.

Chariclée l'observait de temps en temps du coin de l'œil et poussait des petits rires étouffés. Anna la regardait alors avec une expression de colère, et la pauvre sœur portait la main à sa bouche, mais sans pouvoir s'empêcher de pouffer.

Bientôt je n'y tins plus. Je me plaçai devant Anna, la pris par les poignets et la forçai à se lever en lui disant :

— Quelle comédie me joues-tu là? Où veux-tu en venir?

Elle me regarda avec une feinte stupéfaction et mit un doigt sur sa bouche :

— Chut, les domestiques nous écoutent.

Puis, comme cédant à l'inévitable, elle haussa les épaules et me suivit dans l'escalier, mais elle refusa obstinément d'entrer dans ma chambre.

— Non, je ne commettrai plus cette bêtise. Je dois veiller sur ma réputation. Qu'est-ce que ton serviteur peut penser de moi?

» A propos de serviteur, reprit-elle plus véhémentement, tu te conduis comme si nous étions déjà mariés, tu me critiques devant les domestiques. Et il est déplacé que tu débites des sornettes à cette simple femme incapable d'en comprendre un mot. A moins que je ne me trompe. Peut-être t'es-tu épris d'elle et ne suis-je qu'un chaperon qui te permet de la rencontrer clandestinement, de lui donner à boire et d'en faire l'instrument de tes plaisirs quand tu l'auras mise hors d'état de se défendre. C'est pourquoi je n'ose pas la laisser venir seule ici, bien que naturellement j'eusse préféré ne jamais revoir cette maison.

— Anna, la suppliai-je. Pourquoi te conduire ainsi? Je ne

sais plus que penser de toi. Es-tu folle ou ai-je perdu la raison?

– C'est ça, c'est ça, accuse-moi maintenant d'être folle, reprit-elle impitoyablement. C'est ma faute, puisque j'ai abandonné ma maison et mon père pour me livrer sans défense entre tes mains. Je ne me rappelle pas avoir jamais entendu un mot aimable de ta part. Rien n'est bon pour toi. Si je m'habille selon mon rang et ma naissance, tu me traites comme une fille. Si j'essaye de te plaire et de me conduire avec toute la pudeur et la retenue désirables, tu tempêtes et cries des injures, tu me prends par le poignet et me traînes vers ta chambre comme si tu voulais me faire violence. Accuse-moi si tu veux, mais enlève la poutre que est dans ton œil.

– Que Dieu ait pitié de moi pour m'être laissé prendre aux filets d'une pareille femme, dis-je épuisé et désespéré. Il est probable que je suis malgré tout Latin de cœur et que je ne comprendrai jamais les Grecs.

Elle se radoucit un peu, écarquilla ses magnifiques yeux et dit :

– Ne critique pas les Grecs. C'est seulement la femme que tu ne comprends pas. Peut-être après tout n'es-tu pas un débauché ou un séducteur. Peut-être n'es-tu qu'un innocent, puisque tu connais si mal la femme. Aussi dois-je te pardonner ta conduite.

– Me pardonner ma conduite? m'écriai-je avec colère. Qui de nous deux doit pardonner? Mais suffit, suffit, pardonne-moi. Je m'humilie et je supplie, pourvu que tu cesses cette affreuse comédie. Je n'y tiens plus. Pourquoi me traites-tu ainsi?

Elle baissa pudiquement les yeux, mais en m'observant à la dérobée :

– Parce que je t'aime, maître Johannès Angelos. Parce que je t'aime terriblement. Et ta conduite envers moi est vraiment enfantine. Mais c'est probablement pour cela que je t'aime si fort.

Je la regardai fixement sans en croire mes oreilles et sans rien comprendre. Quel étrange amour!

Elle me caressa tendrement la joue :

– Mon ami, mon seul amour. Pourquoi es-tu si obstiné?

– Obstiné? Moi?

La colère me reprit au point que je dus avaler ma salive pour pouvoir continuer.

— En tout cas, je ne suis pas diaboliquement capricieux comme toi.

— Capricieuse? Est-ce que je serais vraiment capricieuse? En tout cas, je ne suis pas aussi simple que toi dans ce domaine. La femme est habituellement un peu plus compliquée que l'homme.

— Que veux-tu finalement de moi? Parle.

— Un mariage aussi légal que possible dans les circonstances exceptionnelles où nous nous trouvons, dit-elle en soulignant chaque mot comme pour éviter tout malentendu. Je dois penser à ma réputation, à l'avenir, à ma famille et à mon père.

Je serrai le poing si fort que les ongles m'entrèrent dans la chair et je m'efforçai de parler calmement :

— Il n'y a pas d'avenir. Tâche de comprendre enfin que bientôt ta famille, le palais de ton père, ta réputation, plus rien n'aura d'importance. Les canons des Turcs sont déjà à cinq mille pas de la ville. Ils sont si nombreux qu'on ne peut les compter. Nous n'avons plus d'avenir, crois-moi.

— Pourquoi alors te montres-tu si entêté? répliqua-t-elle calmement. Puisqu'il n'y a pas d'avenir et que plus rien n'a d'importance, pourquoi, au nom de Dieu, ne pas m'accorder cette bagatelle?

— Les Eglises sont unies, dis-je. Essaye de comprendre. L'Union a été proclamée. Le mariage latin est aussi valable que le grec. Je violerais sciemment un sacrement si je me remariais. C'est une question de principe. Je n'ai pas abjuré ma foi pour embrasser l'Islam, à Varna, sous la pointe du glaive. Il serait infamant de renier aujourd'hui cette foi pour un caprice de femme.

— Dans la plupart des églises, reprit-elle avec obstination, on continue à lire le *Credo* sans adjonction. Les mariages et les enterrements, les baptêmes et les communions s'accomplissent selon la vieille coutume. Gregorios Mammas est un patriarche fantoche que le saint-synode a déposé. Le Pape ne peut le rétablir dans ses fonctions, c'est une marionnette de l'Empereur. La véritable Eglise grecque se cache derrière celle-ci et elle reparaîtra quand les temps seront venus. Convertis-toi, et ton stupide mariage sera tout simplement annulé, comme s'il n'avait jamais existé.

– Pourquoi suis-je né dans ce maudit univers? m'écriai-je en me frappant la poitrine. Pourquoi ne puis-je vivre selon ma conscience? Quelle malédiction pèse sur moi? Vas-tu, toi aussi, lancer à mes trousses des prêtres et des juristes, bien que je ne t'aie pas touchée?

– Et tu ne me toucheras pas, au grand jamais, même si je devais en mourir. Pour moi aussi, c'est une question de principe, comme tu le rabâches sans cesse. Vis selon ta conscience, mais sache bien qu'alors tu vivras et mourras seul. Nous vivons dans le monde des hommes et non pas dans celui de Dieu. Dans le monde des hommes chacun doit faire des concessions et s'adapter à autrui. J'ai abandonné mon père et ma maison pour toi. Tu dois aussi abandonner quelque chose. Sinon je comprendrai que nous ne sommes pas faits l'un pour l'autre. Il faut choisir, m'as-tu dit un jour. D'accord. Choisis maintenant. C'est ton tour. Et c'est mon dernier mot.

Les yeux pleins de larmes de colère, je courus dans ma chambre, ceignis mon sabre, enfilai mes bottes et saisis ma cuirasse. En passant devant Anna dans le corridor, je lui criai :

– Adieu, Anna! Désormais tu me trouveras sur les murailles. On t'a donné une pomme, mais tu n'oses pas y mordre, parce que tu as peur d'y trouver un ver.

– Tiens, reprends ta pomme, me cria-t-elle.

Et elle lança sur moi le premier objet qui lui tomba sous la main. C'était ma jolie lanterne de verre. Elle se brisa sur ma tête, me coupant à la nuque et à la main. Mais je n'y pris pas garde. Je me précipitai dehors en claquant la porte derrière moi. Anna la rouvrit et m'appela tout angoissée :

– Tu n'es pas blessé, au moins?

Je ne me retournai point. Je courais dans la rue, la cuirasse sous le bras, comme si j'avais fui le diable. Je l'aimais follement.

Le 4 avril 1453.

Lundi, la chaîne a été mise en place. Elle ferme maintenant le port de la tour d'Eugène à la tour de Galata de l'autre côté du golfe. Aucun navire ne pourra plus s'échapper. La chaîne flotte comme un immense serpent d'un rivage à l'autre.

Au crépuscule, tout l'horizon du nord-ouest était embrasé par les feux de bivouac des Turcs.

Après avoir quitté ma maison, je me suis tout simplement engagé dans la garde renforcée de Giustiniani près de la porte de Saint-Romain. Les Latins campent dans les tours et les corps de garde, passent leur temps à faire cuire de la viande de mouton dans leurs marmites, à jouer aux cartes et à boire du vin. Les Grecs chantent des cantiques à plusieurs voix et prient. Les sentinelles veillent sur les murailles. De temps en temps, un homme lance une torche ou tire une flèche enflammée au-delà du fossé, s'imaginant voir une ombre mouvante dans l'obscurité. Mais le terrain est vide.

Bientôt on cessera de manger, et les marmites se rempliront de plomb fondu et de poix bouillante.

Un grand nombre de petits canons sont placés sur les murailles, avec des bombardes à large gueule qui lancent de gros boulets de pierre. Mais celles-ci n'ont pas encore été mises à l'essai. On réserve la poudre pour les pièces qui tirent des balles de plomb.

Les spécialistes de l'Empereur ont aussi placé de vieilles balistes et des catapultes sur la crête du mur. Elles ont une longue portée, mais atteignent moins vite l'objectif que les canons.

Quand les hommes ont le choix entre une arquebuse et une arbalète, il n'y en a pas un sur cinquante qui prenne la première. L'arbalète est plus précise et plus maniable.

L'horizon rougeoie et les Latins engagent entre eux des paris, les uns prétendant que les Turcs seront aux portes dès demain, les autres affirmant que non. Tous sont extrêmement agités et dorment mal. Les soldats de métier n'ont que jurons et imprécations à la bouche, ce qui heurte les Grecs, qui se tiennent à l'écart des Latins.

Tandis que je veille, le doute et l'amertume s'insinuent dans mon cœur. Je ne peux m'empêcher de penser à Anna Notaras. Je ne peux. Pourquoi veut-elle si obstinément se lier légalement à moi? Elle devrait comprendre que j'ai mes raisons de n'y pas consentir. J'ai mes raisons. J'ai mes raisons.

Si je reniais l'Union et épousais Anna Notaras, je ferais un pas vers la sombre tentation.

Pourquoi fallait-il que je la retrouve? Etait-ce mon destin? Son père ignore-t-il vraiment qu'elle est encore en ville? Ou bien agissent-ils de connivence, père et fille? Mais Lucas Notaras ne peut savoir qui je suis.

Pourquoi, pourquoi fallait-il que je la rencontre sous le porche de Sainte-Sophie? Alors que ma voie était tracée et simple. Maintenant tout est de nouveau trouble dans mon esprit et mes pensées bouillonnent. Laisserai-je mon esprit sombrer dans la tentation physique? Mais mon amour est esprit tout autant que chair. Je le crois. Je le croyais...

Seulement un homme, pas un ange. Mais la douleur s'est enfuie des genoux de Manuel quand j'ai posé ma main sur sa nuque.

Tout cela pour que j'éprouve Dieu.

Tout cela pour que je me précipite à cause d'une femme dans la tombe brûlante de la passion.

Ne devrais-je pas la haïr? Puisque je l'aime.

Le 5 avril 1453.

Au lever du soleil, des nuages de poussière se sont élevés au-dessus de tous les chemins et sentiers qui conduisent à la ville. Puis les premiers Turcs ont fait leur apparition. A la vue de nos murailles, ils ont commencé à implorer leur dieu et leur prophète et à brandir leurs armes.

Giustiniani m'a fait appeler près de la porte de Kharisios. L'Empereur et lui s'y trouvaient, à cheval. Une centaine de jeunes nobles grecs attendaient non loin de là, retenant leurs chevaux qui piaffaient d'impatience. C'étaient les mêmes qui avaient souri ironiquement pendant le discours de l'Empereur aux Latins. Les mêmes que j'avais vus jouer au polo à l'Hippodrome. De beaux et fiers jeunes gens qui jugeaient déplacé de parler avec des Latins.

— Tu sais te tenir à cheval, Jean Ange, dit Giustiniani. Sais-tu aussi jouer de la trompette?

J'acquiesçai d'un signe de tête.

— Tu désires te battre, n'est-ce pas? reprit-il. Eh bien, tu vas te battre. Mais fais en sorte que le combat ne dure pas trop longtemps et évite de te laisser encercler. Dis en grec à ces maudits jeunes hurluberlus que je ferai pendre quiconque n'obéira pas au signal de la trompette quand elle sonnera la retraite. Nous ne pouvons perdre un seul homme. Il s'agit seulement d'une démonstration, non pas d'une sortie. Je ne vous demande que de causer du désordre dans les colonnes de marche des Turcs. Ne perds pas de vue la tour. Je ferai un signal avec un drapeau si vous risquez d'être cernés.

Il me tendit une trompette et je sonnai. Les destriers se cabrèrent. Je criai aux jeunes gens que je n'avais nullement aspiré à leur disputer l'honneur de l'expédition, mais que, par ordre du protostrator, je devais les suivre pour donner le signal de la retraite. Je soulignai que j'étais plus âgé qu'eux et que j'avais déjà participé à des combats de cavalerie avant Varna.

Giustiniani parlait tendrement à son gros palefroi, lui expliquant la situation, puis il me donna les rênes.

– Mon cheval te protégera mieux que ton sabre, dit-il. Il fendra n'importe quelle mêlée avec ses sabots de devant, et, en cas de besoin, il enlèvera un Turc avec ses dents.

C'était vraiment un terrible et splendide étalon occidental, bien que plus lent et plus gauche que les pur-sang des Grecs. Heureusement, les animaux me respectent. Sinon, j'aurais eu plus peur de ce cheval que des Turcs. Giustiniani est si grand que les étriers étaient trop longs pour moi, mais je n'eus pas le temps de les raccourcir. Le pont-levis se baissa à grand bruit et des dizaines d'hommes poussèrent les deux battants de la porte.

Les Grecs sortirent en bon ordre, mais, à peine sur le terrain, ils éperonnèrent leurs montures et s'élancèrent, rivalisant de vitesse. Je les suivis. Mon gros cheval faisait résonner le sol sous ses sabots, furieux d'être en arrière des autres, habitué qu'il était à galoper en tête. Je me sentais aussi à l'aise que si j'eusse été assis sur un éléphant de guerre.

Nous prîmes la route d'Andrinople, à la rencontre d'une colonne d'infanterie. A l'approche des cavaliers, les hommes s'égaillèrent des deux côtés du chemin et les flèches commencèrent à voler. Les jeunes Grecs chevauchaient comme au jeu de polo, s'éparpillant à la poursuite de la balle. Les balles, cette fois, étaient les têtes des Turcs. Mon destrier foula un premier cadavre. Au loin, un peloton de cavaliers ennemis accourait au grand galop, ses oriflammes rouges au vent, pour secourir l'infanterie.

Les premiers Turcs, effrayés, avaient jeté leurs armes pour s'enfuir plus vite. Ce n'était qu'une piétaille d'avant-garde. Mais bientôt un groupe se reforma, les hommes plantèrent leurs lances en terre, les fers dirigés contre l'ennemi. Les Grecs tournèrent l'obstacle, mais mon lourd cheval continua sa course tout droit, brisa les lances comme des fétus sur son robuste caparaçon et foula sous ses sabots les Turcs épouvantés. J'étais venu pour me battre. Je devais me battre. Les Turcs n'avaient pas même de pourpoints de cuir. Ils hurlaient « Allah! Allah! » comme pour appeler leur dieu à la rescousse.

Mon cheval se baissa et ramassa des dents un petit Turc qu'il secoua en l'air et lança au loin.

Les colonnes turques s'étaient arrêtées en pleine confusion. Les Grecs foncèrent dans leur direction et ne ralentirent leur allure que lorsque le terrain se mit à monter. Les flèches volaient, mais personne n'était encore tombé de cheval.

Je jetai un regard vers la ville. Le fanion de Giustiniani s'agitait rageusement sur la tour. Je donnai le signal de la retraite. Mais les Grecs firent semblant de ne pas l'entendre. On aurait dit qu'ils voulaient galoper jusqu'à Andrinople.

Enfin je réussis à rassembler la troupe et à la ramener vers la ville. Quand nous passions près d'un des blessés qui se tordaient par terre, un Grec se baissait et, sans descendre de cheval, lui donnait le coup de grâce. Au triple galop, invoquant Allah et brandissant leurs yatagans, les cavaliers turcs approchaient. Ils déferlaient sur nous comme les vagues de la mer. Plus d'un jeune Grec regardait furtivement derrière lui et pressait insensiblement son allure.

Je ne regardais pas en arrière. Je ne voyais que les remparts et les tours de Constantinople devant moi. J'essayais de les regarder avec les yeux des Turcs et je ne m'étonnais plus du fait que les hommes ralentissaient le pas en s'approchant. Elles s'étendaient à perte de vue, ces murailles crénelées, jaunes et brunes. Derrière le fossé, venait le premier retranchement bas, puis le mur extérieur avec ses tours, son artillerie, sa garnison, le tout plus imposant qu'aucune forteresse que j'eusse vue en Europe. Sur ce mur, entre les créneaux et à l'abri des tours, les défenseurs étaient à leur poste. Mais, derrière, s'élevait, plus haute que n'importe quel bâtiment, la grande muraille avec ses tours massives. Comme trois marches géantes, le retranchement extérieur, le mur extérieur et la grande muraille protégeaient la ville. Même si l'ennemi arrivait à forcer le retranchement et le premier mur, il se trouverait pris au piège du péribole, boyau mortel entre les deux remparts.

Il faudrait un tremblement de terre pour abattre ces murailles, me dis-je, et un peu d'espoir s'éveilla dans mon cœur.

Le pont-levis retentit sous les sabots de mon cheval. Les cavaliers turcs, avec leurs plumets, leurs cuirasses et leurs fanions, s'arrêtèrent en ligne, hors de portée des flèches, derrière nous. A peine étions-nous rentrés que des charpentiers se précipitaient pour démolir le pont-levis. Les maçons étaient prêts à murer la porte. De la même manière, les quatre autres ponts-levis furent détruits et les passages obstrués. Seules restèrent disponibles les étroites portes qui donnaient sur le péribole et dont l'Empereur avait confié les clés aux Latins.

De tous côtés, les Turcs apparaissaient, s'arrêtant à bonne distance de la ville. De grands troupeaux de bétail les suivaient. D'interminables colonnes s'avançaient, de l'autre côté du golfe, sur les collines derrière Pera. Le flot continua, ininterrompu, toute la journée. Au crépuscule, la densité des Turcs autour de la ville était telle qu'un lièvre n'aurait pu se glisser entre eux. Du haut des murailles, les troupes ennemies ressemblaient à des fourmis actives.

L'homme est bien petit devant un mur énorme et millénaire. Mais le temps est un monstre dévorant et la muraille la plus puissante s'effondrera un jour. Alors naîtra une ère nouvelle.

La nuit est tombée, une nuit printanière d'avril. Mais le parfum de la prairie et des amandiers sauvages est chassé par l'odeur âcre de la poussière et de la fumée. Demi-cercle rougeoyant, les feux de bivouac des Turcs cernent

Constantinople comme des braises ardentes dans la nuit.

Le 6 avril 1453.

C'est vendredi, jour saint de l'Islam. A l'aube, le sultan Mohammed a fait le tour des murailles avec une suite nombreuse sous le soleil brillant. Il est resté hors de portée et l'on ne distinguait pas son visage, mais je l'ai reconnu à son maintien. J'ai pu identifier aussi certains dignitaires de sa suite à la couleur de leurs vêtements et à leurs coiffures.

Aucune flèche, aucune balle n'a été tirée d'un côté ni de l'autre. Pendant la nuit, les Turcs avaient enlevé les cadavres des hommes tués la veille. Après avoir achevé sa tournée, le Sultan s'est dirigé vers la colline en face de la porte de Saint-Romain où avait été dressée entre-temps son immense tente de soie avec le dais et où d'innombrables travailleurs s'affairaient à creuser des fossés et à élever des palissades.

Sans descendre de cheval, le Sultan a envoyé un héraut portant les emblèmes de la paix vers les murailles. D'une voix chantante, l'homme a appelé l'empereur Constantin pour lui offrir la paix. Il parlait un grec incorrect, mais personne n'a pensé à se moquer de lui sur les remparts. L'empereur Constantin est monté sur la grande tour de la muraille, sa couronne empanachée sur la tête, entouré de la suite prescrite par le rite, et il s'est montré au héraut.

Le sultan Mohammed, respectant la loi du Coran, offrait la paix et donnait sa parole que chacun aurait la vie sauve si la ville se rendait sans résistance. C'était la dernière chance du grand vizir Khalil et du parti de la paix. A mon avis, Mohammed, immobile sur son cheval, ne redoutait rien tant que de voir accepter cette proposition.

L'Empereur chargea Phrantzès de répéter les termes de la lettre qu'il avait adressée au Sultan à Andrinople. La mince voix du docte et distingué Phrantzès ne portait pas bien loin. Les Latins de Giustiniani se lassèrent vite d'écouter et se mirent à injurier le héraut, selon l'habitude des mercenaires. Les Grecs aussi commencèrent à

163

crier, et bientôt des hurlements menaçants retentirent sur toute la muraille. Le son de leur propre voix rendait courage aux Grecs, leurs yeux brillaient, leurs visages s'animaient. Quelques arbalétriers préparaient déjà leur arme. Mais l'empereur Constantin leva le bras pour interdire de tirer sur le héraut du Sultan protégé par les insignes de la paix.

L'homme s'éloigna et le soleil atteignit le sommet de sa course au moment où il arrivait près du Sultan. C'était l'heure de la prière du midi. Mohammed descendit de cheval. Un tapis de prière fut étendu devant lui, tandis qu'une lance était tournée dans la direction de La Mecque. Le Sultan se prit le poignet et inclina la tête. Il s'agenouilla sur le tapis et se prosterna. Il omit les ablutions rituelles parce qu'il était en campagne et qu'il n'y avait pas assez d'eau pour tous les hommes. Plusieurs fois il toucha le sol de son front, tandis que toute son armée, du rivage maritime au golfe du port, s'agenouillait et baissait la tête au même rythme que lui. On eût dit qu'un immense tapis vivant avait recouvert le sol à perte de vue.

Comme en réponse, toutes les cloches de la ville se mirent à carillonner. Cette sonnerie redonna du cœur aux habitants et troubla, sarcastique, les dévotions des Turcs.

Après avoir récité plusieurs prières, Mohammed leva le bras et déclara que le siège commençait. Ceux qui avaient entendu ces paroles les répétèrent et, comme une traînée de poudre, le cri se répandit tout autour de la ville : « Le siège a commencé ! », et aussitôt l'armée s'approcha au pas de course, comme pour donner l'assaut. Les troupes avançaient par vagues puissantes et bientôt, du haut des murailles, on put distinguer des bouches ouvertes et des visages ardents. Ce spectacle était effrayant et bien des Grecs eurent un sursaut de recul, tandis que les Latins bandaient leur arc et tiraient l'épée.

Mais les Turcs s'arrêtèrent en bon ordre à quelque mille pas des murailles, hors de portée des canons. Les uns se mirent à creuser un fossé, tandis que d'autres apportaient des pierres ou plantaient des pieux pour renforcer leur camp. Seuls quelques janissaires coururent jusqu'au bord du grand fossé pour défier les Grecs en combat singulier. Les officiers de la garde impériale demandèrent l'autorisation de leur montrer comment ils savaient se servir de leurs armes et, même parmi les mercenaires de Giustiniani, certains brûlaient du désir de mesurer leur épée à deux mains contre le cimeterre court des Turcs. Mais Giustiniani s'opposa résolument à toute témérité inutile.

– L'époque des tournois est passée, dit-il. Il ne sert à rien d'exposer la vie des meilleurs soldats dans une stupide compétition d'honneur. Je suis venu ici pour faire la guerre et non pas pour m'amuser.

Il ordonna froidement aux plus habiles arbalétriers et arquebusiers de tirer une volée. Quatre janissaires tombèrent. Les autres, révoltés de cette manière d'agir contraire aux conventions, se mirent, l'écume à la bouche, à injurier les Grecs et les Latins, les traitant de pleutres juste bons à tirer à l'abri des murailles sur des hommes courageux. Quand deux autres eurent été abattus, ils se calmèrent, relevèrent les corps de leurs camarades et cherchèrent à les emporter. Des murailles, on continuait à tirer sur eux, et beaucoup tombèrent. Mais, toujours, de nouveaux janissaires accouraient, sans crainte des flèches ni des balles, pour emporter les morts. Aucun cadavre ne resta au bord du fossé. Seules des taches de sang attestaient ce qui venait de se passer.

Tandis que les Turcs s'affairaient à creuser la terre et à se fortifier, Giustiniani longeait à cheval le mur extérieur pour en évaluer l'effectif. Autour de la tente du Sultan, en face de la porte de Saint-Romain, campent douze mille janissaires. Le nombre des cavaliers réguliers est presque égal. En gros, Giustiniani estime que les troupes organisées, assez bien armées et en partie munies de cuirasses, sont fortes d'une centaine de milliers d'hommes. Les troupes irrégulières atteignent le même chiffre. Ce sont de pauvres bougres levés par le Sultan ou attirés par l'appel à la guerre sainte, loqueteux armés d'un cimeterre ou d'une fronde, que protège parfois un mince bouclier en bois recouvert de peau. Un quart seulement des hommes du Sultan portent une cuirasse rembourrée de coton.

Le nombre des Turcs est effrayant, mais selon Giustiniani la valeur combative des auxiliaires est insignifiante. Après sa tournée, il ne semblait pas découragé. Il se demandait seulement ce qu'était devenue la fameuse artillerie du Sultan.

Pour encourager les défenseurs, l'empereur Constantin, après entente avec Aloisio Diedo, a donné l'ordre aux équipages des galères vénitiennes de défiler avec leurs drapeaux tout le long de la muraille extérieure, du port à la tour de marbre. Fifres et tambours retentissaient, tandis que le drapeau au lion de Saint-Marc flottait fièrement. Cette démonstration a certainement été habile de la part de l'Empereur, puisque le Sultan a pu en inférer qu'il était désormais en guerre avec Venise aussi.

Mais le soir même, on sut ce qu'elle avait coûté à Constantin. Il a, avec sa garde, quitté les Blachernes pour s'établir comme réserve de Giustiniani au centre de la muraille, en face de la tente du Sultan. Le palais évacué a été occupé par le baile de Venise avec ses hommes et les marchands qui se sont engagés. Au crépuscule, le lion de Saint-Marc a été hissé sur le toit du palais, à côté du drapeau pourpre de l'Empereur. Ainsi, tout le territoire fortifié des Blachernes tombe entre les mains des Vénitiens. Si la ville réussit à se défendre et que le siège se termine par la défaite du Sultan, cette occupation pourrait revêtir une sinistre importance stratégique. Rien d'étonnant que les Vénitiens aient accepté avec autant d'entrain de creuser un fossé pour protéger une partie du mur du palais.

Giustiniani et ses hommes bardés de fer ont en tout cas un poste d'honneur, en face des janissaires, des deux côtés de la porte de Saint-Romain. Entre celle-ci et la porte de Kharisios, trois mille hommes d'élite ont été massés, bien que le secteur ne mesure qu'un cinquième de la longueur totale du mur terrestre. Mais le Sultan et ses janissaires y sont concentrés.

A combien s'élève le nombre total des défenseurs ? Seuls l'Empereur et Giustiniani le savent. Mais en m'expliquant comment, en cas de besoin, c'est de la porte de Saint-Romain qu'il est le plus aisé d'envoyer des renforts aux endroits menacés, Giustiniani m'a dit, par mégarde, que la moitié de ses forces étaient placées entre les portes de Saint-Romain et de Kharisios. Ainsi, y compris les moines et les artisans, la défense ne compterait guère que quelque six mille hommes. Ce chiffre me paraît invraisemblable. Les marins vénitiens, à eux seuls, sont au moins deux mille, même en admettant qu'une partie de leurs effectifs doivent rester à bord des galères pour défendre la chaîne et le port. J'estime donc que nous sommes environ dix mille sur les murailles; il est vrai qu'à part les six cents hommes de Giustiniani, mille au plus ont des cuirasses.

Disons donc dix mille contre deux cent mille. Mais les canons du Sultan ne sont pas encore arrivés et sa flotte ne s'est point montrée.

En revanche, dans la soirée, on a entendu en direction de Sélymbria des détonations isolées, semblables à des coups de tonnerre, bien que le ciel fût serein. Des îles bleues de la mer de Marmara s'élèvent d'immenses colonnes de fumée noire.

Le 7 avril 1453.

Pendant la nuit, les corps des défenseurs de Sélymbria, nus et mutilés, ont été empalés devant la porte du même nom. Quarante pieux, quarante corps.

D'après un bruit qui court à Pera, la flotte du Sultan aurait vainement essayé, pendant deux jours, d'enlever d'assaut la dernière forteresse des îles. Hier, le commandant de la flotte l'a fait entourer d'une énorme quantité de bois et l'a incendiée avec ses défenseurs.

Les Grecs savent mourir pour les malheureux restes de leur Empire aux abois.

A l'orient, les barbares; à l'occident, les barbares. Sur la frontière des deux mondes lutte la dernière ville du Christ.

Sans espoir de secours. Même pas pour la gloire. Des corps nus, mutilés et empalés, autour desquels voltigent des essaims de mouches.

Bardé de fer de pied en cap, dominant les autres de la tête, vraie tour vivante, le visage bouffi et l'œil impitoyable, Giustiniani rit. Aujourd'hui, en voyant les corps des défenseurs de Sélymbria, je l'ai détesté.

Sans espoir, sans avenir, nous nous battrons. Même si nous vainquions le Sultan, Constantinople ne serait plus qu'une morte vivante entre les mains des barbares latins.

Pour ma foi, pour mon sang, pour le Christ, je suis prêt à mourir.

Les corps empalés des Grecs de Sélymbria ont éveillé ma fureur.

Toute ma vie j'ai détesté le fanatisme et l'intolérance et je les ai fuis. Aujourd'hui, ils brûlent mon âme comme un feu clair.

Le 9 avril 1453.

Après un calme dimanche, neuf grandes galères se sont embossées près de la chaîne pour la défendre. La flotte turque est attendue.

Tirés par des bœufs, les canons de bronze de l'ennemi, en longues colonnes, gagnent leurs positions.

Derrière les lignes turques, le bétail soulève des nuages de poussière et ses mugissements s'entendent jusque dans la ville.

La défense est organisée. Chacun connaît son poste et sa tâche. L'empereur Constantin a chevauché toute la journée le long des murailles pour s'entretenir avec les commandants des différents secteurs, encourager les Grecs et faire de nouvelles promesses aux Latins.

Le 11 avril 1453.

Le Sultan a disposé tout le long de la muraille des centaines de petits canons et de bombardes. Les grosses pièces sont concentrées sur quatre points : devant la porte de Saint-Romain, devant la porte de Kharisios, devant celle de Kaligaria et près des Blachernes où les murs sont les plus solides mais où il n'y a pas de fossé. Il y a aussi trois gros canons devant la porte de Sélymbria.

Les canons sont si près des murailles qu'avec une bonne vue on peut distinguer le visage des artilleurs. Pour le moment, ils sont occupés à installer les pièces sur des bases faites d'énormes poutres et de blocs de pierre. Des centaines d'hommes s'affairent à cette tâche. Les canons gisent sur le sol; ils ont l'air de grosses bêtes inoffensives, mais, si l'on compare leurs gueules béantes aux hommes qui travaillent auprès d'eux, on a une idée de leur calibre. Quant aux boulets de pierre qu'on empile à proximité, chacun d'eux dépasse la hauteur du genou d'un homme.

Les pièces sont protégées par des fossés et des palissades. Aucun Latin n'a vu, de sa vie, d'aussi gros canons. Ils dévoreront des tonnes de poudre et, en éclatant, ils tueront des centaines de Turcs. C'est du moins ce que prétend Giustiniani pour remonter le moral de ses hommes.

La plus grosse bombarde, fondue à Andrinople par Orban et dont on parlait en janvier déjà, est placée face à la porte de Kaligaria où le mur est le plus solide. Evidemment, le Sultan s'imagine qu'aucune muraille ne lui résistera. Giustiniani était curieux de voir ce canon et il m'a permis de l'accompagner, car tout était calme. Il voulait savoir aussi comment se passait l'installation des Vénitiens aux Blachernes et à la porte de Kharisios d'où part la route d'Andrinople.

Beaucoup d'hommes avaient quitté leur poste et, groupés sur la muraille, ils regardaient le monstre. En ville aussi, des gens avaient grimpé sur les toits des palais et sur les tours pour voir ce prodigieux canon.

– Je crois, dit Giustiniani avec un large sourire, que la foule des badauds diminuera quand les Turcs auront fini les préparatifs et tireront le premier coup.

Beaucoup prétendaient reconnaître Orban, bien qu'il eût revêtu un caftan d'honneur et fût coiffé du bonnet de chef du service du matériel, et le montraient du doigt. Les Grecs lui crièrent un torrent d'injures et le maudirent, tandis que les artilleurs de l'Empereur chargeaient leurs petits canons et tiraient pour gêner l'installation de la grosse pièce dont la gueule montait lentement en direction de la muraille. Giustiniani donna l'ordre de cesser ce feu, car c'était un simple gaspillage de poudre. Beaucoup de Grecs pâlissaient déjà et se bouchaient les oreilles rien qu'à entendre ces faibles détonations.

Le baile Minotto cria à ses hommes de reprendre leur poste et vint parler à Giustiniani. Son fils, capitaine de la galère vénitienne en dépit de son jeune âge, l'accompagnait. L'Allemand Grant, que l'Empereur a engagé à la place d'Orban, s'était aussi joint à nous. C'était la première fois que je voyais ce savant dont j'avais entendu vanter le talent et l'habileté. C'est un homme dans la force de l'âge, qui porte une barbe noire. Sous son front ravagé par les pensées, son regard est mobile et inquisiteur. il était content de m'entendre prononcer quelques mots d'allemand. Il parle lui-même fort bien le latin et déjà couramment le grec. L'Empereur lui verse le salaire qu'Orban lui avait demandé en vain.

— Ce canon est un miracle de la fonderie, a dit Grant en observant le monstre, et il dépasse les bornes du possible. Les forces humaines seraient impuissantes à contrôler un plus gros canon et si je n'avais pas entendu dire qu'il a été essayé à Andrinople, je ne croirais pas qu'il puisse supporter la pression de la poudre et du boulet. Je ne consentirais pas pour cent ducats à rester auprès de lui lorsque le coup partira.

— C'est moi, dit Giustiniani, qui ai dû me charger de la défense de la porte de Saint-Romain, puisque tous les autres se taisaient. Mais, maintenant, je ne regrette rien et je souhaite beaucoup de plaisir aux Vénitiens.

— Je me demande, dit le baile un peu gêné, comment nous pourrons forcer nos gens à rester sur les murailles ou dans les tours quand le canon tirera. Nous ne sommes que des volontaires, des marchands, et beaucoup d'entre nous sont gros et gras. Moi-même je m'essouffle en montant les remparts, et j'ai de l'asthme.

— Il faut payer quelque chose pour les Blachernes, dit Giustiniani. Mais, si tu le désires, j'échangerai volontiers ma tour peu confortable pour le lit de l'Empereur et demain matin je prendrai mon poste sur ce point de la muraille. Changeons donc de secteur. Je n'ai rien à objecter.

Le baile jeta un regard méfiant à Giustiniani puis il considéra les tours et les murs des Blachernes, comparant leur robustesse aux autres parties des remparts.

— Les ingénieurs de l'Empereur et moi-même, dit Johann Grant en éclatant de rire, nous avons calculé et prouvé mathématiquement, pour nous amuser, qu'il est impossible de fondre un canon de cette dimension. En admettant qu'on puisse le fondre, il ne résisterait pas à la pression de la poudre et, en admettant qu'il puisse tirer, il arriverait tout juste à cracher le boulet devant sa gueule. Tout cela, nous pouvons le prouver par des chiffres irréfutables. Demain, je prendrai donc un livre comme bouclier et je m'installerai sur la muraille, face au canon.

Après cette conversation, Giustiniani me prit à l'écart :

– Jean Ange, mon ami, personne ne peut savoir ce qui se passera demain, car jamais encore le monde n'a vu pareils canons. Il est possible que quelques boulets suffisent pour creuser une brèche dans la muraille, bien que je n'en sois pas convaincu. Reste ici pour surveiller le gros canon et installe-toi à ton aise aux Blachernes, dans la mesure où les Vénitiens te le permettront. Je veux avoir ici un homme de confiance, jusqu'à ce que nous ayons vu les dégâts que peut causer ce monstre.

Johann Grant m'a pris en affection, car nous sommes tous deux étrangers, aussi bien parmi les Grecs que parmi les Latins. C'est un homme taciturne, qui ne parle guère qu'ironiquement. Il m'a montré les ateliers vides où quelques vieux savetiers grecs, tremblant de peur, cousent des souliers pour les soldats. Les jeunes, même les apprentis, sont tous sur les murailles. Il m'a mené aussi par les corridors et les salles du palais où les marchands et les volontaires vénitiens se sont installés, avec toutes leurs affaires. Le baile Minotto s'est attribué la chambre de l'Empereur et il passe ses nuits sur les coussins de poupre, dans le lit orné d'aigles bicéphales. Les Vénitiens ont amené au palais leurs domestiques et une quantité de femmes; celles-ci se disputent sans cesse avec les serviteurs grecs de l'Empereur dont elles ne comprennent pas la langue.

Le chauffage du palais est assuré par un système de conduites d'air chaud circulant sous les planchers qui consomme d'énormes quantités de bois. C'est pourquoi, dès l'arrivée du printemps, l'Empereur a interdit de chauffer, bien que les nuits fussent encore fraîches. Il veut réserver toutes les provisions de bois pour les boulangers et aussi pour réparer les murailles, si les Turcs réussissent à y ouvrir des brèches.

Au crépuscule, j'ai vu, dans la salle de réception, les Vénitiens allumer sur le dallage de marbre lisse un feu de bois pour se réchauffer. Le marbre se fendille et la fumée noircit les précieuses mosaïques du plafond.

Je me suis levé à l'aube. Personne n'a bien dormi. Les Grecs prient. Les Latins boivent trop de vin. En sortant par les corridors du palais, j'ai glissé dans leurs vomissements.

Dans le frais matin, le soleil s'est levé plus radieux que jamais derrière le Bosphore. Les collines d'Asie étaient dorées. Un vent léger soufflait de la mer de Marmara, faisant flotter les drapeaux sur les tours.

Du haut de la muraille, j'ai vu les artilleurs turcs faire leur prière. Mes pensées suivaient celles de Mohammed. A mon avis, il n'a guère dormi cette dernière nuit, lui non plus. Si l'attente des événements a pesé sur la ville, elle n'a certainement pas moins torturé son cœur.

Mais les heures passaient, et rien n'arrivait. Puis la nouvelle se répandit, tout le long de la muraille, que la flotte turque avait fait son apparition. Des centaines de voiles, disait-on, couvraient la mer. L'alarme fut donnée sur tous les navires du port et on l'entendit jusqu'aux Blachernes.

Nous vîmes le Sultan, monté sur un cheval blanc comme la neige, entouré de ses officiers supérieurs et des « tchaouch » vêtus de vert, gagner la colline en face. Les queues de cheval des pachas et des vizirs flottaient aux hampes. Il venait voir son plus gros canon, mais il resta prudemment à quelque cinq cents pas de lui. On emmena tous les chevaux.

Lorsque les artilleurs prirent le pas de course pour s'éloigner du canon auprès duquel ne resta qu'un esclave mi-nu qui brandissait une longue perche au bout de laquelle fumait une mèche, le baile Minotto perdit le contrôle de ses nerfs et ordonna d'évacuer la muraille et la tour menacées. A cet ordre bienvenu, même les plus braves prirent la fuite comme des moutons.

Puis éclata une détonation plus violente qu'un fort coup de tonnerre. La muraille fut ébranlée comme par un tremblement de terre. Je perdis pied et tombai, ainsi que beaucoup d'autres. Un immense nuage noir cachait le canon. Plus tard, j'appris que, dans les maisons voisines, la vaisselle avait été projetée des tables sur le sol et que l'eau avait débordé des seaux. Les navires dans le port avaient aussi ressenti la secousse.

Lorsque le vent eut dissipé le nuage de fumée et la poussière, je vis que les artilleurs turcs étaient accourus auprès de la muraille pour constater l'effet du boulet. Je les vis crier et gesticuler, mais aucun son ne frappa mes oreilles car la détonation m'avait rendu sourd. Je criai, moi aussi, personne ne m'entendit. Je dus prendre les arbalétriers par le bras pour les inciter à se servir de leurs armes. Mais l'émotion causée par la détonation leur fit manquer le but. Aucun Turc ne fut blessé, malgré le feu qu'on ouvrit sur eux des tours et des créneaux. Les artilleurs étaient tellement absorbés et discutaient entre eux avec tant d'agitation qu'ils se bornaient à jeter un regard distrait sur les flèches qui se plantaient près d'eux, tout en retournant lentement vers leur canon, levant les bras et secouant la tête, comme s'ils n'étaient pas satisfaits du résultat.

Malgré son poids, le boulet n'avait creusé dans la muraille qu'une cavité de la dimension d'une petite chambre, en se brisant en mille morceaux. Les fondements n'avaient pas été ébranlés.

Près du canon, je vis Orban en personne brandir sa massue de commandement et hurler des ordres. Les artilleurs entourèrent le canon d'épaisses couvertures de laine, pour éviter un refroidissement trop rapide du bronze, et ils versèrent des seaux d'huile dans sa bouche béante pour faciliter son rétablissement, après le terrible effort de la détonation.

Plus loin, près des portes de Kharisios et de Saint-Romain, d'autres détonations effrayantes retentirent. Je vis des éclairs et des nuages de fumée, mais le bruit ne parvenait qu'assourdi à mes oreilles bouchées.

Seul, le sultan Mohammed était resté debout, tandis que toute sa suite s'était jetée à plat ventre par terre au bruit de la détonation. Immobile, il contemplait les remparts, pendant que ses officiers secouaient la poussière de leurs vêtements. Cette impassibilité me prouvait qu'il était agité de sentin ots qu'il ne voulait laisser voir à personne. Peut-être s'était-il imaginé que, dès le premier coup, son énorme canon pourrait abattre une muraille épaisse de vingt pieds.

Quand le gros canon fut soigneusement emmailloté,

Orban fit tirer les pièces qui l'encadraient. Malgré leur calibre, elles avaient l'air de jeunes porcelets à côté d'une grosse truie. Les artilleurs ne s'éloignèrent pas au moment de la détonation.

Toutefois, les éclairs successifs m'aveuglèrent et des nuages de poudre s'élevèrent, cachant les artilleurs. Les boulets frappèrent la muraille presque au même point que le premier projectile. Elle trembla sous le double choc et des éclats de pierre volèrent, blessant un Vénitien. Mais quand nous allâmes constater les dégâts, nous vîmes qu'ils étaient bien moins graves que nous ne l'avions pensé. Le mur des Blachernes avait subi avec succès l'épreuve du feu. Le baile Minotto se mit à rire de soulagement et cria joyeusement à ses hommes :

— Au nom du Saint-Esprit, n'ayons plus peur. Le Sultan pourra bien nous envoyer chaque jour une douzaine de pois comme ceux-ci sans arriver à ébranler les murailles. Courage !

Mais pendant que les Turcs soignaient leurs canons comme des bêtes malades, Johann Grant ordonna à tous les défenseurs de se mettre au travail. Sachant à présent sur quel point du mur les canons turcs étaient braqués, il y fit placer d'énormes sacs de cuir remplis de laine, de coton et de foin, afin de protéger les trous creusés par les boulets. Il était optimiste et pensait qu'on arriverait pendant la nuit à réparer les dommages.

De nouvelles détonations retentirent au loin et la muraille trembla sous mes pieds. Les cent canons longs du Sultan commençaient à tirer et les bombardes lançaient leurs boulets de pierre. Beaucoup de ceux-ci tombèrent dans la ville, les canonniers ne sachant pas encore adapter la dose de poudre au poids du projectile ni donner à l'affût de la bombarde l'inclinaison convenable. Un grondement continu emplissait l'air et des détachements turcs avancèrent jusqu'au fossé, frappant du tambour, menant grand bruit avec des cymbales et hurlant à pleine gorge le nom d'Allah. Mais sur les remparts aussi les défenseurs s'étaient habitués au vacarme et ils visaient mieux, si bien que de nombreux Turcs tombèrent et que leurs camarades, en les emportant, subirent des pertes.

Je suivis les remparts en direction de la porte de Saint-Romain pour informer Giustiniani qu'il n'y avait pas lieu de redouter pour le moment le gros canon. Il me fallait parfois prendre le pas de course pour éviter une flèche ou une balle entre les créneaux.

Sur la muraille, entre le palais du Porphyrogénète et la porte de Kharisios, les défenseurs ne riaient pas. Les premiers coups des quatre gros canons concentrés sur ce point avaient abattu des créneaux entiers et broyé trois hommes. Une dizaine d'autres avaient été blessés par des éclats et il avait fallu les évacuer dans la ville. Sur la muraille, on voyait des flaques de sang et les défenseurs observaient avec inquiétude, par les étroites meurtrières des tours et à l'abri des créneaux, les Turcs qui rechargeaient déjà leurs pièces. Ils enfonçaient des cylindres de bois dans la gueule des canons devant la charge de poudre et ils obstruaient les fentes avec de la glaise, avant de placer le boulet.

Ce secteur de la muraille est défendu par les trois frères Guacchardi, jeunes condottieri d'origine vénitienne, qui engagent eux-mêmes leurs hommes et se sont mis au service de l'Empereur. Ils parcouraient les remparts, encourageant leurs nouvelles recrues, leur tapant sur l'épaule et leur affirmant que le danger n'était pas grand. Ils furent curieux d'apprendre les dégâts causés par le gros canon, si bien que je m'attardai à bavarder avec eux, tout en attendant les prochaines détonations pour constater moi-même l'effet du tir sur ce secteur. Ils m'offrirent du vin dans leur tour de commandement où ils avaient apporté des Blachernes, des tapis précieux, des tentures et des coussins.

Ils m'exposèrent longuement leurs expériences avec les femmes grecques de Constantinople et s'informèrent des mœurs des femmes turques. Aucun d'eux n'a encore trente ans. Ce sont des simples aventuriers, qui ne cherchent que la gloire et le gain. Pleins d'insouciance, ils sont prêts à tout instant à paraître devant Dieu avec dans la tête la fumée du vin et dans le cœur des souvenirs de femmes. Il est vrai qu'ils ont reçu une indulgence plénière pour tous leurs péchés passés et à venir. Loin de moi la pensée de les blâmer. Au contraire, en leur compagnie, j'envie plutôt leur jeunesse ardente qu'aucune philosophie n'a encore ternie.

Les Turcs avaient enlevé quelques coins sous les canons et retendu les cordes pour diriger les boulets plus bas sur la muraille même. Les hommes crièrent qu'on voyait déjà brûler les mèches et les frères Guacchardi jetèrent vite les dés pour savoir lequel d'entre eux aurait l'honneur d'aller sur la muraille, face aux canons, encourager les soldats. Le cadet tira le double-six et, tout ravi de sa chance, courut sur le chemin de ronde, traînant son sabre, les yeux brillants d'enthousiasme et de l'ivresse du vin. Il prit place entre deux créneaux, agita ses bras couverts de fer pour attirer l'attention des Turcs et leur hurla dans leur propre langue de telles injures que j'avais honte pour lui. Mais quand les mèches s'abaissèrent sur les canons, il se retira sagement derrière un créneau.

Les trois canons tirèrent presque en même temps, les détonations furent assourdissantes et le mur ondoya sous nos pieds. La fumée et la poussière une fois dissipées, nous vîmes le jeune Guacchardi solide sur ses jambes écartées, sain et sauf. Mais les boulets avaient rasé le bord du fossé et détaché de gros blocs de remparts. Il était évident qu'à la longue ce tir causerait des dommages graves et rongerait lentement mais sûrement la muraille.

Du côté des canons s'élevèrent des gémissements. Celui de gauche avait rompu ses cordes et s'était renversé, dispersant les poutres et les blocs de pierre de son soubassement. Quelques hommes avaient été écrasés. Mais, sans se laisser émouvoir par le sort de leurs compagnons, les autres artilleurs accouraient pour couvrir les pièces et leur verser dans la gueule de l'huile d'olive. Les gros canons sont plus précieux que les vies humaines.

En poursuivant ma ronde sur la muraille, il me parut que dans le camp turc régnait une plus grande confusion que parmi nos défenseurs. Les violentes détonations avaient épouvanté le bétail qui se sauvait au galop, soulevant des nuages de poussière au loin, et on entendait des meuglements apeurés. Des chevaux emballés galopaient dans le camp, foulant les hommes sous leurs sabots, et je vis aussi un chameau furieux courir dans le terrain vide entre le retranchement turc et le mur de la ville. Un berger le poursuivait, mais la bête se retourna, le renversa et s'agenouilla pour lui broyer la poitrine. Pendant tout ce temps, les petits canons continuaient à tirer et, frappant des cymbales, jouant de la trompette, battant du tambour, les Turcs se précipitaient vers le fossé, cherchant à atteindre de leurs flèches les défenseurs protégés par les créneaux. Les hommes bardés de fer de Giustiniani ne daignaient même pas éviter les flèches qui se brisaient sur leurs boucliers et sur leurs cuirasses.

Au moment où j'arrivais dans le secteur de Giustiniani, les gros canons en face de la porte de Saint-Romain tirèrent; la crête du mur s'effondra devant moi et d'innombrables éclats de pierre volèrent dans l'air. Je me mis à tousser à perdre haleine, la bouche pleine de poussière de chaux, et une fumée pestilentielle me noircit les mains et le visage. Des jurons et des gémissements montaient autour de moi et aussi, en grec, des implorations à la Sainte Mère de Dieu. Un ouvrier qui apportait une pierre sur la muraille s'affaissa à mes pieds. Le sang ruisselait de son flanc ouvert.

– Jésus-Christ, Fils de Dieu, pardonne-moi mes péchés, dit-il avant de rendre l'âme.

Giustiniani accourut à ma rencontre pour examiner les dégâts. Il ouvrit d'un coup de poing la visière de son casque et dans ses yeux saillants de taureau luisait l'éclat vert de la passion. Il me regarda comme s'il ne me reconnaissait pas et cria:

– La bataille a commencé. As-tu jamais vu une journée plus splendide?

Il aspira profondément l'odeur de la poudre et du sang chaud. Il respira si profondément qu'il en fit bomber sa cuirasse. Ce n'était plus le capitaine pondéré, impassible, que j'avais appris à connaître. Il se trouvait à présent dans son élément le plus naturel et jouissait sans retenue du fracas et du vacarme de la guerre.

La muraille trembla sous nos pieds, une détonation ébranla le ciel, l'air s'obscurcit. Le gros canon, près de la porte de Kaligaria, avait lâché son second boulet. Le soleil, derrière un nuage de poussière et de poudre, n'était plus qu'une boule rouge. D'après sa position, j'évaluai qu'il avait fallu environ deux heures pour refroidir le canon, le nettoyer, le pointer et le recharger.

– Tu sais probablement que la flotte turque est arrivée, cria Giustiniani. On a compté trois cents voiles, mais la plupart sont des transports, et les galères sont étroites et légères en comparaison des navires latins. Les Vénitiens les attendaient près de la chaîne, mais la flotte a longé

Pera et elle jette maintenant l'ancre sur la rive du Bosphore, au port des Colonnes.

Il parlait allégrement, comme si tous ses soucis s'étaient dissipés, bien que deux seules décharges des gros canons turcs eussent déjà rasé la première ligne des fortifications et endommagé le mur extérieur, y ouvrant des brèches béantes. En grommelant, il rappela les ouvriers grecs qui, effrayés, avaient quitté la muraille et leur ordonna d'enlever le cadavre de leur camarade. Les malheureux s'étaient accroupis dans le péribole et ils demandaient qu'on les laissât rentrer en ville. Ils n'étaient que de paisibles travailleurs et n'avaient pas été engagés pour faire la guerre contre les Turcs, aux côtés des Latins.

Deux hommes finirent par monter sur la muraille, baissant la tête pour éviter les flèches et les balles. Ils s'agenouillèrent près de leur camarade tué et fondirent en larmes amères à la vue du corps déchiqueté par les éclats de pierre. De leurs mains sales, ils essuyèrent la barbe poussiéreuse du mort et palpèrent doucement ses membres. Puis ils demandèrent à Giustiniani une pièce d'argent pour emporter le cadavre en ville.

— Jean Ange, me dit alors Giustiniani en pestant, faut-il que je défende la chrétienté pour de pareils gredins?

Mon sang grec bouillonnait à la vue de ces pauvres diables que ne protégeait ni casque ni cuirasse, rien, que leurs vêtements de travail en haillons.

— C'est leur ville, dis-je. Tu t'es chargé de défendre ce secteur des murailles. L'Empereur te paie pour cela. C'est pourquoi tu dois payer toi-même les ouvriers grecs, si tu ne veux pas réparer les murailles de tes propres mains. C'est ainsi qu'il en a été convenu. Tu serais un beau coquin si tu forçais ces malheureux à travailler sans les rétribuer. Il faut qu'ils achètent de quoi manger pour eux et leurs familles. L'Empereur ne leur donne rien. Pour ces hommes, une piécette d'argent ne représente pas moins que pour toi la couronne ducale de Lemnos. Tu ne vaux pas mieux qu'eux. Par ambition et cupidité tu t'es toi-même vendu à l'Empereur.

Giustiniani, tout à l'ivresse de ce premier jour de combat, ne se fâcha point. Il lança une pièce aux ouvriers qui relevèrent vite leur camarade et le descendirent des murailles, ensanglantant les marches usées de l'escalier.

– Tu embrouilles tout, comme un vrai Grec, se borna-t-il à me dire.

Le 13 avril 1453.

Nuit inquiète. On n'a guère dormi dans la ville. A minuit, une nouvelle détonation du gros canon a fait trembler le sol, tandis qu'une énorme langue de feu illuminait le ciel. Toute la nuit, sur les murailles, on a travaillé à combler les brèches et à recouvrir de sacs de laine et de foin les endroits les plus menacés.

La flotte turque est ancrée dans le port des Colonnes. On en décharge d'énormes quantités de bois et de boulets de pierre pour le siège. Les galères vénitiennes sont prêtes à défendre la chaîne.

Les gros canons turcs peuvent tirer six coups chacun pendant le jour. Il semble que le mur des Blachernes, près de la porte de Kaligaria, résiste le mieux, bien qu'exposé au tir du canon monstre. Les Vénitiens, logés dans le palais, examinent avec intérêt l'icône de la Vierge. Ils commencent déjà à croire les Grecs qui affirment que la Panaghia miraculeuse protège cette muraille.

Aucun Latin n'a encore été tué, mais il y a deux blessés. Leur cuirasse protège les Latins. Mais beaucoup d'artisans et de moines appelés sous les armes sont tombés. Ils apprennent ainsi, à leurs dépens, qu'un casque lourd peut avoir son utilité et qu'il est plus sage de ne pas se plaindre d'être étranglés par les bretelles d'un plastron.

On s'habitue déjà à la bataille. La haine des Turcs grandit avec le mal qu'ils font. Des femmes et des vieillards s'approchent des murailles pour tremper un pan de leur robe dans le sang des morts qu'ils bénissent comme des martyrs de la foi.

L'homme est docile. Il peut vraiment s'accoutumer à tout. Même aux détonations des gros canons, aux secousses, au fracas des murs qui s'effondrent et au vol des éclats. Le diaphragme cesse de se contracter, on respire plus calmement.

Un des gros canons turcs a explosé. La canonnade se ralentit. Les forgerons se sont installés près des positions de l'artillerie et renforcent les pièces avec des cercles de fer. Orban a établi une fonderie sur une colline, derrière le camp. Elle rougeoie sur le ciel, la nuit, tandis que les Turcs y fondent du cuivre et de l'étain. Un colporteur prétend y avoir vu des centaines d'esclaves au travail autour de fosses immenses dans lesquelles on place les moules des canons. Le temps est beau, le ciel sans nuages. L'Allemand Grant m'explique que les Grecs devraient implorer la pluie. Si un peu d'eau coulait dans les moules, ils feraient explosion lorsqu'on y verserait le métal en fusion.

Grant est un homme étrange, perdu dans ses spéculations, qui fait fi du vin et des femmes. Les spécialistes de l'Empereur ont placé sur les murailles une quantité de vieilles balistes et de catapultes, mais leur portée est courte et elles ne seront utiles que lorsque les Turcs donneront l'assaut. Grant a démontré par les dessins comment on pourrait améliorer et alléger ces pièces qui, depuis Alexandre, sont construites sur le même modèle. Dès qu'il en trouve le temps, il va déchiffrer de vieux manuscrits dans la bibliothèque impériale, mais le bibliothécaire aux cheveux blancs est terriblement jaloux de ses livres, il refuse de les prêter et interdit d'allumer une bougie ou une lampe dans la salle de lecture, si bien qu'on ne peut y lire que pendant le jour. Il ne veut ni montrer ses catalogues aux Latins ni prêter à Grant les ouvrages d'Archimède, prétendant que la bibliothèque ne les possède pas. Si Grant lui demandait les écrits des Pères de l'Eglise ou des philosophes grecs, il serait peut-être plus aimable pour l'Allemand. Mais Grant ne s'intéresse qu'à la technique et aux mathématiques. C'est pourquoi le vieillard le considère comme un barbare méprisable.

– Archimède et Pythagore, m'a dit Grant, auraient pu construire des machines capables de modifier l'aspect du monde. Les anciens savaient comment utiliser la force de l'eau et de la vapeur pour leur faire exécuter le travail de l'homme. Mais personne alors ne s'intéressait à cela. Ils ont donc renoncé à ces problèmes pour se pencher sur les doctrines ésotériques et sur les idées de Platon, estimant que le monde surnaturel était plus important que le réel. Mais dans leurs ouvrages oubliés on découvrirait peut-être des allusions dont un savant moderne pourrait profiter.

– S'ils étaient sages et plus sages que nous, dis-je, pourquoi ne les crois-tu pas et ne suis-tu pas leur exemple? A quoi bon pour l'homme soumettre la nature, s'il perd son âme?

Grant me regarda de ses yeux scrutateurs et inquiets. Sa barbe souple est d'un noir de poix, son visage est ridé par les veilles et les méditations. Il est beau et impressionnant. Une détonation du gros canon fit trembler la bibliothèque, et la poussière tombée du plafond se mit à danser dans la lumière du soleil entrant par l'étroite fenêtre.

– Crains-tu la mort, Johannès Angelos? me demanda-t-il.

– Mon corps a peur, dis-je. Mon corps redoute tellement la destruction qu'une détonation du gros canon me fait trembler les jambes. Mais mon esprit n'a pas peur.

– Si tu avais plus d'expérience, tu aurais plus de crainte, me dit-il. Si tu avais vu davantage la guerre et la mort, ton esprit aurait peur aussi. Seul un soldat novice ignore la peur. L'intrépidité n'est pas de l'héroïsme, c'est seulement une victoire sur la peur.

Il montra de la main, sur les murs de la salle de lecture, les dorures à mille dessins, les maximes écrites au cinabre, les gros volumes qui reposaient, enchaînés, sur les tables de lecture avec leurs reliures alourdies d'argent et de pierreries.

– J'ai peur de la mort, dit-il. Mais la science est plus grande que la peur. Mon esprit se concentre sur les choses terrestres, parce que le savoir céleste n'a aucune importance pratique. C'est pourquoi mon cœur se serre en regardant cette maison. On y a enseveli les derniers restes, irremplaçables, du savoir des anciens. Depuis des siècles, personne ne s'est donné la peine d'y fouiller ou d'en dresser un catalogue. Les rats ont rongé les manuscrits dans les armoires. Les philosophes et les Pères de l'Eglise sont à l'honneur, mais les rats ont dévoré les mathématiques et les sciences techniques. Et ce vieux bonhomme jaloux et stupide ne comprend pas qu'il ne perdrait rien à me permettre de fouiller dans sa réserve et d'allumer une bougie pour découvrir une science irremplaçable, bien que délaissée. Quand les Turcs viendront, ce bâtiment aussi flambera sous le ciel, ou bien les manuscrits seront jetés dans la cour pour entretenir le feu sous les marmites.

— Tu as dit : Quand les Turcs viendront, relevai-je. Tu ne crois donc pas que nous puissions nous défendre avec succès?

— Mes croyances, dit-il avec un sourire amer et sans illusion, reposent sur des mesures terrestres, sur celles de la raison pratique. C'est pourquoi je ne me tourmente pas l'esprit avec de vains espoirs, comme le font peut-être les gens moins expérimentés et plus jeunes que moi.

— Mais, lui dis-je, tout surpris, s'il en est ainsi, pour toi aussi la connaissance de Dieu et de la réalité suprême devrait avoir plus d'intérêt que n'importe quelle science mathématique ou technique. A quoi peut te servir la machine la plus merveilleuse, si tu dois périr?

— Tu oublies que chacun doit périr un jour, dit-il. C'est pourquoi je ne regrette nullement que ma soif de savoir m'ait incité à venir à Constantinople et à m'engager au service de l'Empereur. J'ai vu le plus gros canon que l'homme ait jamais fondu, et il n'a pas fait explosion en tirant. Pour ce simple fait déjà, il valait la peine de venir ici. Et pour deux pages d'un ouvrage oublié d'Archimède, je donnerais volontiers tous les saints écrits des Pères de l'Eglise.

— Tu es fou, lui dis-je avec un sentiment de répulsion. Ta passion te rend encore plus fou que le sultan Mohammed la sienne.

Il étendit le bras dans les rayons du soleil, comme s'il avait voulu soupeser les grains de poussière qui y dansaient.

— Tu vois, reprit-il. Dans ces grains de poussière, d'aimables yeux virginaux dont la mort a éteint jadis le sourire te contemplent encore. Le cœur, le foie et le cerveau d'un philosophe dansent dans ces particules. Dans mille ans peut-être, moi aussi je saluerai un étranger qui soulèvera du pied, dans les rues de Constantinople, la poussière qui sera moi. Dans cette perspective, ta science et la mienne sont de valeur égale. Permets-moi donc de garder mon savoir et ne le méprise pas. Comment sais-tu si, dans mon cœur, je ne méprise pas le tien?

– Tu te bats dans le mauvais camp, Allemand Johann Grant, lui dis-je en maîtrisant mon indignation. Le sultan Mohammed saluerait en toi un frère, s'il te connaissait.

– Non, non, j'appartiens à l'Occident et à l'Europe, répondit-il. Je lutte pour la liberté de l'homme, non pas pour son asservissement.

– Qu'entends-tu par cette liberté?

– Le droit de choisir, dit-il après un instant de réflexion.

– Exactement, murmurai-je. C'est l'affreuse liberté de l'homme. La liberté de Prométhée, le péché originel.

– Ah! que tu es Grec! dit-il en posant la main sur mon épaule avec un bon sourire.

J'éprouve pour lui de la répulsion et de l'horreur, et pourtant je suis conscient de notre parenté. Nous avons, lui et moi, pris le même départ. Mais il a choisi le monde de la mort et moi la réalité de Dieu.

Je suis né à la frontière de deux mondes, le passé et l'avenir. Aussi bien en Occident qu'en Orient, l'arbre de la mort s'apprête à fleurir. L'avenir en mangera les fruits, je ne serai plus là.

Vraiment? Ai-je vraiment fait ce choix?

Les canons grondent, les murs s'écroulent avec fracas, le tambour géant de la mort ébranle le ciel et la terre. Mais je suis dur et froid. Non, je brûle tout entier du feu que tu as allumé en moi, ma bien-aimée. Pourquoi as-tu planté une épine dans ma chair? Pourquoi m'empêches-tu de combattre et de mourir en paix, quand j'avais déjà fait mon choix?

Maintenant j'ai soif de toi seule. Et par toi de participer aux saints mystères. Comme l'enfant prodigue revient au foyer familial.

Le 15 avril 1453.

C'est de nouveau dimanche. Les cloches sonnent avec allégresse dans l'air clair du matin. Mais la suie et la poussière ont souillé la verdure printanière... Pareils à de minuscules fourmis, des hommes réparent les murailles. Pendant la nuit, des pieux ont été plantés dans les brèches du mur extérieur et on remplit à présent les intervalles avec de la terre, des sarments, des branchages, du foin. Les habitants de la ville ont dû donner leurs matelas pour protéger les murailles, afin d'amortir les coups des énormes boulets. On les recouvre de peaux de bœuf sur lesquelles on verse parfois de l'eau, pour que les flèches enflammées des Turcs ne risquent pas d'y mettre le feu.

Je sais et j'éprouve par moi-même qu'une guerre désespérée transforme l'être et le bouleverse jusqu'en ses profondeurs.

La fatigue physique, la crainte continuelle, les insomnies excitent l'homme au point qu'il est en proie à une sorte d'ivresse et n'est plus responsable de ses actes et de ses pensées. Il donne créance aux bruits les plus insensés. Le laconique devient verbeux. Le délicat jubile à la vue d'un Turc agonisant, la gorge traversée d'une flèche. La guerre est une ivresse dangereuse. C'est une brusque et folle oscillation de l'espoir au désespoir. En un instant, l'un communique à l'autre son état d'esprit et la contagion gagne toute une troupe, toute une ville. Seul un soldat endurci peut garder la tête froide. Or, dans leur immense majorité, les défenseurs de Constantinople n'ont aucune expérience de la guerre. C'est pourquoi Giustiniani estime indispensable de répandre des bruits optimistes dans la ville, même s'ils sont parfaitement mensongers.

L'armée du Sultan compte au moins deux fois plus de chrétiens que le total des défenseurs de la ville. Ce sont les auxiliaires recrutés en Serbie, en Macédoine et en Bulgarie. Il y a même des Grecs d'Asie Mineure parmi eux. Près de la porte de Kharisios, on a trouvé un billet attaché à une flèche, gauchement écrit par des cavaliers serbes : « Si cela dépend de nous, jamais la ville ne tombera au pouvoir du Sultan. »

Le grand vizir Khalil travaille aussi en secret contre Mohammed. Pour le moment, il ne peut obtenir de succès importants. Son heure sonnera seulement quand le Sultan aura subi des revers.

Les nuits sont fraîches. L'armée turque est si nombreuse qu'une partie seulement loge sous la tente. La plupart des combattants dorment à même le sol, et tous n'y sont pas habitués comme les janissaires. Dans le

184

calme nocturne, les toux et les éternuements du camp turc s'entendent jusque sur les remparts.

Mais les travailleurs qui réparent les murailles pendant la nuit éternuent et grognent aussi. Les tours et les voûtes sont froides et humides. Tout le bois est requis pour les fortifications. On n'utilise que ce qui est nécessaire pour préparer la nourriture et pour faire chauffer les marmites de plomb fondu et de poix. C'est pourquoi de nombreux Latins, malgré les épais rembourrages de leurs cuirasses, sont aussi enrhumés.

Le 17 avril 1453.

Mon serviteur Manuel est venu aux Blachernes m'apporter du linge propre et du papier pour écrire. Je n'ai que faire de la nourriture, les Vénitiens m'autorisant à partager leurs repas tant que je resterai ici. Le cardinal Isidore les a dispensés du jeûne pour la durée du siège. En revanche, l'empereur Constantin veille et jeûne avec tant de ferveur qu'il a sensiblement maigri en peu de temps.

Je n'ai pu m'empêcher de demander à Manuel si personne n'était venu chez moi. Il a secoué la tête négativement. Je l'ai conduit sur la muraille pour lui montrer le gros canon. Les Turcs venaient de le recharger. La détonation l'a fait trembler de la tête aux pieds. Mais il a pu se convaincre que le point du mur atteint par le boulet restait solide, malgré la brèche.

Mais ce qui l'a davantage encore effrayé, ce fut de constater dans quel état les Latins mettaient le palais impérial. Il a déclaré :

– Les Latins ont gardé leurs anciennes habitudes. Quand ils s'emparèrent de Constantinople, voici deux cent cinquante ans, ils utilisèrent Saint-Sophie comme écurie, allumèrent des feux sur les dalles et laissèrent leurs excréments dans les coins de l'église.

Les serviteurs des Latins sont autorisés à circuler à leur guise dans les chambres du palais. C'est pourquoi Manuel m'a prié de le conduire dans la Porphyra[1]. Il m'a jeté à la dérobée un regard rusé et m'a dit :

1. Chambre où naissaient les enfants impériaux. (N. des trad.)

– Le pied d'un roturier n'a encore jamais souillé ces dalles, mais mes pieds sont grecs et par conséquent moins profanateurs que ceux des valets latins.

Par le vieil escalier de marbre, nous sommes montés à l'étage supérieur dans la chambre dont les parois sont revêtus de plaques de porphyre lisses comme du verre. On y voyait encore le lit incrusté d'or, que protégeaient les aigles bicéphales, mais la literie et tout le mobilier avaient disparu. En regardant cette chambre pillée et sinistre, j'ai compris qu'aucun empereur de Constantinople n'y naîtrait plus.

Manuel, curieux, a ouvert une porte étroite et il est sorti sur le balcon :

– Une dizaine de fois, je me suis humblement tenu là, en bas, dans la foule, à attendre une naissance impériale. Le vieil empereur Manuel a eu dix enfants. Constantin est le huitième. Seuls trois des garçons sont encore en vie, et aucun n'a de fils. C'est probablement le jugement de Dieu.

Ses yeux bordés de rouge lorgnaient de mon côté, tandis qu'il parlait en caressant sa barbe rare avec un air de complicité.

– En regardant d'en bas ce balcon, je ne pensais pas qu'un jour je m'y tiendrais. Mais le porphyre grec ne suffit pas à faire un empereur. C'est une vulgaire superstition. Et pourtant, on dit que des femmes délaissées ont accouché en tenant dans la main, pour se consoler, un morceau de porphyre.

Il montra un angle sombre de la chambre. En me baissant pour regarder, je constatai avec émotion que des morceaux de porphyre avaient été, ici et là, détachés de la paroi. En un instant, je redevins enfant. Un petit garçon dans Avignon ceinte de murailles sous le soleil de la Provence. Je tenais à la main un fragment de porphyre que j'avais trouvé dans le coffre de mon père. Un petit garçon qui voyait les anges, un caillou rouge dans la main.

– Est-ce que tu vois un fantôme? demanda Manuel à voix basse. Il s'était agenouillé comme pour examiner le mur, mais il était en même temps à genoux devant moi et il levait vers moi son vieux visage. Ses joues tremblaient d'émotion.

– Je pensais à mon père, lui dis-je sèchement.

Je ne m'étonnais plus que les yeux de mon père eussent été crevés. Il avait probablement montré trop de confiance dans un monde de cruauté et de crainte. L'oppression séculaire de la chambre de porphyre me coupait le souffle comme si j'avais été dans un caveau.

Les gros canons concentrés derrière la porte de Kharisios tirèrent une salve, les détonations se fondirent en un long grondement. Les dalles frémirent sous nos pieds. J'étais vraiment dans un caveau funèbre, le caveau de l'empire millénaire, de la politique tortueuse, de la cruauté, de l'usurpation, des cérémonies immuables. Le merveilleux arbre de vie des Grécs avait séché et, artistement, la mort le muait en un arbre ornemental que le souffle divin était impuissant à ranimer.

Il me semblait toujours serrer dans ma main fermée le morceau de pierre rouge.

– O mon maître, murmura Manuel. Mes yeux sont vieux et je vois mal. Est-ce que l'ombre rouge de la chambre trompe ma vue? Permets-moi de toucher tes pieds.

Il tendit le bras et me toucha respectueusement la jambe :

– Les brodequins de pourpre, dit-il. Les brodequins de pourpre.

Mais la chambre natale des empereurs était si terrifiante qu'il jeta à la dérobée un regard autour de lui, comme s'il redoutait des oreilles étrangères.

– Tu as encore bu, lui dis-je brutalement.

– Le sang ne ment jamais, dit-il. Le sang retourne à son origine. Même si le voyage est long. Même si le sang passe de corps en corps. Il revient toujours.

– Manuel, dis-je. Crois-moi. Les temps sont finis. Mon royaume n'est pas de ce monde.

Il baissa la tête et m'embrassa les jambes, si bien que je dus le repousser du genou.

– Je suis un vieillard abruti par le vin, avoua-t-il. Ma tête est pleine d'anciennes légendes. J'ai des visions. Mais mes intentions sont pures.

– Laissons les visions et les contes s'ensevelir sous les murs croulants, lui dis-je. Un jour, quelque étranger, heurtant du pied une pierre tombée de ces murs, les retrouvera peut-être, en soulevant notre poussière.

Quand Manuel fut parti, je retournai sur la muraille retrouver Giustiniani.

Je fus effrayé de constater comment, en quelques jours, le mur s'était effondré des deux côtés de la porte de Saint-Romain. Les défenseurs ont élevé un remblai et amené des tonneaux remplis de terre et des cadres de bois pour remplacer les créneaux abattus. Toute la journée, des groupes ennemis courent jusqu'au fossé pour y lancer des fagots, des pierres et des planches. Le feu des petits canons et des arbalètes force les défenseurs à se cacher pendant ce temps. Les Latins de Giustiniani ont déjà subi des pertes malgré leurs cuirasses. Chacun d'eux vaut une dizaine, une cinquantaine de Grecs non entraînés. Chacun d'eux est irremplaçable.

Alors que je regagnais les Blachernes à travers la ville, la police impériale m'arrêta deux fois pour me demander la plaque de bois certifiant que j'ai le droit de quitter les murailles. Trop de Grecs les abandonnent sans permission pendant la journée pour aller voir leur famille ou chercher de la nourriture.

Le 18 avril 1453.

Personne n'aurait pensé que les Turcs lanceraient leur première attaque véritable cette nuit. Ils se proposaient manifestement d'enlever d'assaut le mur extérieur près de la porte de Saint-Romain. L'attaque a commencé sans bruit deux heures après le coucher du soleil. Les Turcs s'étaient glissés dans l'obscurité près du fossé sur lequel ils avaient jeté des passerelles. Si les défenseurs n'avaient pas été justement en train de réparer les dommages causés par l'artillerie durant la journée, cet assaut aurait peut-être réussi. Mais les gardes ont donné l'alarme; on a sonné de la trompette, allumé les torches de poix et les cloches ont carillonné dans toute la ville.

Les Turcs ayant manqué leur effet de surprise ont, eux aussi, battu du tambour dans leur camp et, poussant des cris effrayants, les assaillants ont cherché avec de longs crochets à démolir les fortifications de fortune et les palissades de protection. Ils ont tenté également de mettre le feu aux sacs de foin et de laine suspendus aux murailles, mais les défenseurs avaient préparé des seaux d'eau. La bataille a duré quatre heures. Les Turcs se sont approchés des murailles en d'autres points, mais seulement pour faire diversion.

La nuit amplifiait encore le vacarme et le tumulte, qui devinrent si terrifiants qu'en ville des gens s'enfuirent à demi nus de leurs maisons pour courir dans les rues. Je quittai en hâte les Blachernes pour rejoindre Giustiniani et, de mes propres yeux, je vis pleurer l'empereur Constantin. Saisi de panique, il s'imaginait que la ville allait tomber aux mains de l'ennemi d'un moment à l'autre.

En réalité, seuls quelques Turcs réussirent à grimper sur le mur extérieur. Ils furent immédiatement abattus par les hommes de Giustiniani qui leur barraient le chemin comme une muraille de fer vivante et mobile. A peine les échelles d'assaut s'appuyaient-elles contre la muraille qu'elles étaient renversées avec de longues perches. La poix bouillante et le plomb fondu coulaient sur les assaillants massés au pied des remparts. Aucune cuirasse ne protège contre le métal fondu. Les Turcs subirent de lourdes pertes et, le matin, devant le mur provisoire, s'amoncelaient les cadavres. Mais, parmi eux, il n'y avait guère de janissaires. Evidemment, le Sultan n'avait envoyé à l'assaut que des auxiliaires de seconde qualité.

Quand les Turcs se furent retirés, beaucoup des hommes de Giustiniani étaient tellement épuisés qu'ils s'endormirent sur place. L'empereur Constantin, venu inspecter la muraille, dut réveiller plusieurs sentinelles en les secouant de ses propres mains. Giustiniani obligea les ouvriers grecs à descendre devant le mur extérieur afin de déblayer le fossé des débris que les Turcs y avaient jetés pour le combler. Mais les Turcs, pour se venger de leur échec, ouvrirent au hasard le feu, et beaucoup de ces malheureux furent tués. Giustiniani abattit de son épée quelques-uns d'entre eux qui, pris de panique, cherchaient à regagner l'abri de la muraille.

Au matin, trente galères de guerre turques avaient quitté le port des Colonnes pour s'approcher de la chaîne. Mais il ne s'ensuivit pas de combat naval avec les grandes galères vénitiennes qui dominaient, telles des montagnes, les bateaux ennemis. Tout se borna à quelques coups de canon échangés. Puis les navires turcs regagnèrent leur mouillage.

Pendant la journée, le Sultan a fait placer sur la colline de Pera, près du mur de Galata, deux grosses bombardes qui tirent par-dessus la ville. Le premier boulet est tombé sur un bateau de commerce génois ancré à quai et l'a coulé rapidement avec toute sa cargaison d'une valeur de quinze mille ducats. Les Génois de Pera ont immédiatement envoyé au Sultan une protestation énergique contre cette violation de leur neutralité. Les bombardes sont sur le territoire de Pera et les boulets mal dirigés crèvent les toits des maisons. Une femme a même été tuée. Le Sultan a promis de dédommager toutes les victimes après le siège et assuré les Génois de son amitié.

Mais il a atteint son objectif. Les galères vénitiennes ont dû se retirer des abords de la chaîne et gagner soit le quai, soit l'angle mort formé par les tours et les murs de Pera, hors de portée des boulets. Bien des gens sont venus au port observer l'étrange bombardement. Les boulets qui tombaient dans l'eau soulevaient d'énormes gerbes.

Malgré tout, la tendance générale est à l'optimisme, car l'échec de l'assaut nocturne a rendu courage à chacun. Giustiniani a pris soin de faire répandre des nouvelles, exagérant les pertes infligées aux Turcs. Mais, à moi, il a déclaré franchement :

– Ne nous glorifions pas d'une victoire qui n'en est pas une. Cet assaut n'était qu'une tentative de reconnaissance pour éprouver les murailles. Deux mille hommes au plus y ont pris part, ainsi que je l'ai appris en interrogeant les prisonniers. Mais la bonne règle veut que, comme protostrator, je rédige un communiqué. Si je fais savoir que j'ai repoussé une importante attaque turque et que les pertes ennemies se montent à dix mille morts et à autant de blessés, tandis que les nôtres se bornent à un mort et à un homme qui s'est foulé le pied, toute personne ayant un peu l'expérience de la guerre comprendra de quoi il s'agit et n'en tiendra pas compte. Mais, en revanche, le moral des citadins sera sensiblement meilleur.

Il me regarda avec un sourire malin et ajouta :

– Tu t'es battu bravement, Jean Ange.

– Je me suis battu? Le bruit et la confusion étaient tels que je ne sais pas moi-même ce que j'ai fait.

C'était la vérité. Certes, à l'aube, mon épée était tachée

de sang, mais des événements de la nuit il ne me restait qu'un souvenir de cauchemar.

Pendant la journée, le Sultan a fait amener cinquante paires de bœufs près du gros canon. Celui-ci a été descendu de sa plate-forme et des centaines d'hommes l'ont amené en face de la porte de Saint-Romain. Ainsi, le mur de Blachernes s'est révélé trop solide et le Sultan se prépare à un siège prolongé.

J'ai été voir les blessés installés sur de la paille dans les écuries et les hangars vides près des murailles. Les mercenaires latins expérimentés avaient eu la sagesse d'engager des chirurgiens qui les soignent convenablement, mais les Grecs ne sont assistés que par quelques nonnes habiles, venues là par pure charité. Parmi elles, j'ai eu la surprise de découvrir Chariclée qui, sans voile et manches retroussées, lavait et pansait prestement les blessures les plus effrayantes. Elle m'a salué avec joie et je n'ai pu m'empêcher de lui dire que je logeais aux Blachernes, si grande est ma faiblesse. Je crois qu'elle m'a deviné car, sans que j'eusse rien demandé, elle m'a raconté qu'elle n'avait pas revu sœur Anna depuis plusieurs jours.

Les blessés affirment unanimement que les Turcs, contre toutes les règles de la guerre, utilisent des flèches empoisonnées, puisque même les blessés légers tombent malades au bout de quelques jours, atteints de crampes mortelles. Dans un coin de la pièce, j'ai vu de mes propres yeux un homme dont le corps était raidi en arc. Sur son visage s'était figé un sourire atroce. C'était un spectacle affreux. Ses muscles étaient durs comme du bois. De nombreux blessés suppliaient qu'on les emportât en plein air ou à la maison. J'ai parlé d'eux à Giustiniani, mais il n'a pas voulu détacher des hommes des murailles pour leur venir en aide. Comme je blâmais sa dureté, il m'a répondu :

– Mon expérience de soldat m'a montré que la guérison d'un blessé est entièrement entre les mains de Dieu. L'un meurt avec un médecin à son chevet, l'autre guérit sans soins. Un homme est blessé au petit doigt et meurt d'un empoisonnement du sang. Un autre a tout un bras arraché par un boulet et il guérit. Une nourriture abondante et un bon lit ne font qu'amollir les blessés et leur nuire. C'est le résultat de mon expérience. Ne te mêle pas d'affaires auxquelles tu ne comprends rien.

Le 19 avril 1453.

Jésus-Christ, fils de Dieu, pardonne-moi mes péchés.

Ayant beaucoup écrit, hier soir, je pensais trouver le sommeil. Je ne dors guère ces temps-ci. Pour apaiser l'inquiétude de mon cœur, je passe de longues nuits à griffonner de vaines lignes sur le papier.

Mais tandis que je reposais les yeux ouverts dans ma chambre lugubre des Blachernes, jouissant du luxe de cette solitude qui me tourmente si cruellement, elle vint à moi. D'elle-même. Anna Notaras. Mon amour.

A son pas léger, à son souffle, je l'ai reconnue.

— Johannès Angelos, dit-elle dans un murmure. Dors-tu ?

Elle a glissé ses mains froides dans les miennes, elle s'est allongée près de moi. Ses lèvres et son nez étaient frais, mais sa joue, contre la mienne, était chaude.

— Pardonne-moi. Pardonne-moi, mon bien-aimé. Je ne savais pas ce que je faisais. Je ne savais pas ce que je voulais. Tu es bien vivant ?

— Naturellement, je suis vivant, dis-je. Je suis dur à tuer, comme la mauvaise herbe.

— La terre tremble, reprit-elle. Les murs se fendent. La mort aux mille voix hurle dans la nuit. Non, non, personne ne peut imaginer la guerre avant de la connaître. La nuit dernière, pendant l'assaut des Turcs, j'ai prié pour toi, comme jamais encore je n'ai prié. Mon égoïsme, ma méchanceté, ma fierté, je me suis promis de les briser, si seulement je pouvais te revoir une seule fois.

— M'aimerais-tu vraiment ? lui demandai-je d'un air de doute, bien que tout son corps l'assurât. Tu m'as dit toi-même que tu me haïssais.

— Je t'ai haï, pendant des jours, une semaine peut-être, répondit-elle. C'est seulement quand le canon a commencé à tonner et les murs du couvent à se fendre que j'ai compris. J'avais décidé, je m'étais juré dans mon cœur de ne plus jamais chercher à te voir. Ou si je te voyais, de ne pas te dire un mot, sinon pour te remettre à ta place. Et voilà. Je suis ici, la nuit, dans les ténèbres, seule avec toi; je t'ai même embrassé. Malheur à moi et malheur à toi.

– J'avais pris la même résolution, lui dis-je en la secouant par les épaules.

Ses épaules étaient tendres et rondes sous l'étoffe.

Je sentis de nouveau le parfum d'hyacinthe de son visage. Sa tension et sa peur se relâchaient et elle se mit à rire, à pouffer comme une fillette, sans pouvoir se retenir, bien qu'elle eût porté les deux mains à sa bouche.

– Pourquoi ris-tu? lui demandai-je, surpris.

Mon amour tourmenté était envahi du doute terrible qu'elle continuait à se moquer de moi et jouissait de mon humiliation.

– Je suis heureuse, dit-elle en riant toujours entre ses doigts. Je suis terriblement heureuse. Et je ne puis m'empêcher de rire en me rappelant comme tu étais drôle quand tu t'es sauvé avec ta cuirasse sous le bras.

– Je ne me suis pas sauvé, protestai-je. C'était moi-même que je fuyais. Mais je ne peux me fuir, pas plus sur les remparts qu'aux Blachernes; que je veille ou que je dorme, toujours, à tout instant, tu m'as tourmenté, invisible à mon côté.

Je la serrai violemment dans mes bras, elle appuya ses mains contre ma poitrine comme pour me repousser, mais bientôt elle s'abandonna et nos bouches s'unirent. Mes lèvres baisaient sur les siennes l'amertume de mon désir, de ma faim.

Sa bouche tendre s'ouvrit. Haletante, elle me soufflait son amour au visage. Dans son plaisir – et même dans sa souffrance – elle se pressait encore davantage contre moi, me caressant le dos et les épaules, comme si elle avait voulu garder à jamais dans ses mains le souvenir de mon corps vivant.

Je me laissai retomber dans l'obscurité, épuisé, tranquille, froid. J'avais cueilli sa fleur et elle n'avait pas regimbé. Désormais, elle était une femme déshonorée. Mais je l'aimais. Je l'aimais telle qu'elle était. J'aimais jusqu'à ses caprices. Longtemps, nous restâmes sans rien dire; puis elle me murmura à l'oreille :

– Johannès Angelos, n'est-ce pas mieux ainsi?

– C'est mieux ainsi, dis-je.

J'avais terriblement sommeil.

– Tu vois comme tout est facile, simple, évident, dit-elle

avec un rire muet. Toi, tu as l'art de tout rendre difficile et compliqué. Mais maintenant je suis heureuse.

– Tu ne regrettes rien? demandai-je pour dire quelque chose.

– Regretter? dit-elle d'un air surpris. Maintenant, tu ne m'échapperas plus. Et je suis bien. Même si tu voulais m'épouser, ce ne serait pas une garantie. Tu as déjà abandonné une épouse à son sort. Mais, après ce qui vient d'arriver, ta conscience ne te permettrait pas de me laisser dans l'embarras. Je te connais assez pour savoir cela, si dur que tu prétendes être. Mon amour.

Une paix profonde m'avait envahi et je ne prêtais guère d'attention à ses paroles. Sa tête mortelle reposait sur mon bras. Sa bouche mortelle frôlait mon oreille, ses cheveux me caressaient le cou, je sentais le parfum d'hyacinthe de ses joues. Je posai la main sur sa poitrine nue et je m'endormis. Pour la première fois depuis bien longtemps, je dormis sans rêves.

Je dormis longtemps et je ne me réveillai pas lorsqu'elle me quitta. Je ne fus pas même tiré du sommeil par la détonation du gros canon à l'aube, appelant les Turcs à la prière. Le soleil était déjà haut dans le ciel quand j'ouvris les yeux. J'étais reposé, renouvelé, heureux.

Elle était partie pendant mon sommeil. Mais c'était mieux ainsi. Car il ne fallait pas qu'elle soit surprise. Je savais que je la reverrais. Plus heureux, plus libre que je n'avais jamais été, je mangeai de bon appétit. Je ne revêtis pas ma cuirasse, je ne ceignis même pas mon épée. Dans mes simples vêtements latins, je me rendis au couvent de Pantocrator, humblement, comme un pèlerin.

Là, je dus attendre deux heures, car le moine Gennadios était occupé à ses dévotions. Je priai à genoux dans l'église devant l'iconostase, implorant le pardon de mes péchés. Je m'enfonçais dans la réalité mystique du cœur. Je savais que Dieu pèse les péchés autrement que les hommes.

En me voyant, le moine Gennadios a crié avec horreur :

– Latin, Latin! Et des deux mains, il faisait un geste de répulsion.

– Georges Scholarios, secrétaire d'Etat de l'Empereur et mort au monde, me connaissait, dis-je. J'ai erré sur bien des chemins, je me suis égaré, je suis un pécheur.

Mais je me présente à toi, moine Gennadios, pour rentrer dans la maison de mon Père. Pardonne-moi comme Dieu pardonne au pécheur.

Il fronça les sourcils et fixa sur moi ses yeux flamboyants dans son visage barbu. Il était tellement émacié par les jeûnes et par les veilles qu'on aurait dit un cadavre. Sans croire ses oreilles, il me demanda :

– Que veux-tu de moi ?

– Dans ma jeunesse, lui dis-je, j'ai rencontré au Mont Athos des hommes qui avaient abjuré la foi catholique romaine et embrassé la religion orthodoxe des Grecs pour consacrer leur vie à servir Dieu et à participer aux saints mystères à la manière originelle de l'Eglise du Christ. Mon père est mort alors que j'étais encore un enfant, mais j'ai découvert dans ses papiers que mon grand-père était un Grec de Constantinople qui avait abjuré sa foi, épousé une Vénitienne et suivi le pape à Avignon. Mon père vécut à Avignon jusqu'à sa mort, avec une pension du trésor pontifical. C'est là aussi que je suis né et que j'ai été élevé. Mais ce fut le résultat d'une erreur et d'une faute, bien que mon grand-père et mon père eussent certainement voulu mon bien. Venu ici pour mourir sur les remparts de Constantinople en luttant pour le Christ contre les Turcs, je veux retourner à la foi de mes pères.

Son fanatisme l'empêchait de suivre attentivement mes paroles et je lui en fus reconnaissant, car j'aurais répugné à répondre aux questions soupçonneuses qui auraient pu venir à l'esprit d'un homme plus réfléchi. Il se borna à crier d'un ton accusateur :

– Pourquoi alors luttes-tu contre les Turcs aux côtés des Latins ? Le Sultan même vaut mieux qu'un Empereur soumis au Pape.

– A quoi bon se disputer sur ce point, dis-je. Remplis plutôt ton devoir. Sois le berger qui ramène au troupeau la brebis égarée. Rappelle-toi que tu as signé naguère, toi aussi, et tu savais ce que tu faisais. Mon péché n'est pas plus grand que le tien.

De sa main gauche, il souleva sa main droite paralysée et dit d'un ton triomphant :

– J'ai supplié Dieu de me manifester son pardon en desséchant la main maudite qui a signé l'acte d'Union à Florence. A la première détonation du canon turc, Dieu a entendu ma prière. Maintenant, l'Esprit-Saint est en moi.

Il appela un frère servant, me mena dans la cour près d'un bassin et m'ordonna de me déshabiller. Quand ce fut fait, il me poussa dans l'eau, y plongea ma tête et me baptisa de nouveau en me donnant le nom de Zacharie. Sorti de l'eau, je confessai mes péchés devant lui et devant le frère, avec les formules habituelles, et il ne m'imposa que de légères pénitences, parce que j'étais plein de bonne volonté. La joie illuminait son visage, il s'adoucit, pria pour moi et me donna sa bénédiction.

– Maintenant, tu es un vrai Grec, dit-il. Rappelle-toi que les prédictions vont s'accomplir et que les derniers jours approchent. Constantinople doit périr. Plus la résistance dure, plus la colère des Turcs s'accumule et plus les souffrances s'abattront sur les innocents. Si c'est la volonté de Dieu que Constantinople tombe aux mains des Turcs, qui peut l'empêcher? Quiconque lutte contre le Sultan lutte dans son aveuglement contre la volonté de Dieu. Mais celui qui chassera les Latins de Constantinople sera agréable à Dieu.

– Qui t'a autorisé à parler ainsi? lui demandai-je avec tristesse.

– Ma repentance, mes souffrances, mon tourment pour la ville, répondit-il avec fougue. Ce n'est pas moi, le moine Gennadios, qui parle, c'est l'Esprit qui parle en moi.

Il jeta un regard autour de lui et vit les poissons gris qui nageaient dans l'eau troublée par mes pieds.

– Le jour de douleur viendra, cria-t-il en montrant les poissons de sa main gauche. Et ce jour-là, que ces poissons deviennent rouges, afin que même les incrédules croient. Que ce soit le signe. Si tu vis, tu le verras. L'Esprit de Dieu, le Maître du monde, parle en moi.

Il fit cette prédiction avec tant d'assurance et de ferveur que je fus forcé de le croire. Quand le moine fut parti et que je me fus rhabillé, je lui dis :

– Père, je suis un pécheur et j'ai violé la loi, comme je te l'ai confessé. J'ai eu des relations avec une femme grecque et je lui ai ravi son innocence. Existe-t-il une possibilité pour moi, afin d'expier mon péché, de l'épouser, bien que j'aie déjà contracté mariage et que j'aie, à Florence, une femme à laquelle m'unit le sacrement de l'Eglise du Pape?

Il réfléchit, et, de nouveau, je vis luire dans ses yeux l'ancienne sagacité de l'homme politique :

– Le Pape et ses cardinaux ont tellement offensé notre foi et persécuté notre Eglise et nos patriarches, que ce ne peut être un péché si j'inflige, à mon tour, à l'Eglise du Pape, les vexations que je peux lui infliger. Maintenant que tu as reçu le baptême, ton ancien mariage est nul. Je le déclare nul, puisqu'en ces temps de persécution nous n'avons pas même de patriarche, rien que ce maudit apostat de Gregorios Mammas. Amène-moi cette femme et je vous unirai sous le dais.

– L'affaire est délicate, dis-je en hésitant, et elle doit rester secrète. Peut-être connais-tu cette femme de vue ? Tu t'attireras la colère d'un homme de haut lignage, si tu nous unis.

– C'est l'affaire de Dieu, dit-il. Le péché doit être expié. Quel père dénaturé pourrait empêcher sa fille de réparer sa faute ? Pourquoi craindrais-je les nobles et les archontes, quand je ne redoute pas même l'Empereur ?

Il s'imaginait probablement que j'avais séduit la fille de quelque courtisan latinophile, et il se réjouissait de ma proposition. Il promit de garder le secret si, à la tombée de la nuit, je revenais avec la femme. Ne connaissant guère les coutumes de l'Eglise grecque, je ne savais pas dans quelle mesure un mariage de ce genre serait légalement valable. Mais il suffisait à mon cœur.

Tout joyeux, je regagnai ma maison près du port et, comme je l'avais pressenti, j'y trouvai Anna. Elle y avait fait transporter son coffre et ses effets, elle avait tout si bien rangé qu'aucun objet n'était plus à son ancienne place, et elle avait enjoint à Manuel de récurer le plancher.

– Maître, dit Manuel en tordant humblement un torchon humide dont l'eau sale coulait dans un seau, j'allais justement partir à ta recherche. Est-ce vraiment ton intention que cette femme autoritaire s'installe ici et y mette tout sens dessus dessous ? Mes genoux sont malades et mon dos n'en peut plus. Nous étions si bien dans cette maison, quand il n'y avait point de femme.

– Elle restera ici, dis-je. Mais n'en parle à personne. Si les voisins te questionnent, réponds-leur que c'est une Latine, une amie de ton maître, et qu'elle logera ici pendant la durée du siège.

– As-tu bien réfléchi, maître ? demanda-t-il prudemment. Une femme est plus vite arrivée que partie.

Et il ajouta avec un sourire malicieux :

– Elle a déjà bouleversé tes papiers et tes livres.

Mais je ne pris pas le temps de discuter avec lui. Fiévreusement, je montai l'escalier quatre à quatre comme un jeune homme. Anna portait les vêtements ordinaires d'une femme grecque du peuple, mais son visage, sa peau, son port de tête, tout en elle révélait son origine. Dans ce costume destiné à la faire passer inaperçue, elle surprenait comme une pierre précieuse sertie dans du fer.

– Pourquoi as-tu couru, pourquoi es-tu si essoufflé ? dit-elle en feignant l'inquiétude. Aurais-tu par hasard l'intention de me chasser de chez toi, comme Manuel m'en a menacée ? C'est un vieillard méchant et entêté qui ne comprend pas son bonheur.

Elle jeta un regard sur le désordre de la chambre et ajouta rapidement, avec un air coupable :

– J'ai seulement mis un peu d'ordre pour rendre le logis plus intime. C'était très sale ici. Je vais acheter de nouveaux rideaux, si tu me donnes un peu d'argent. Et un homme de ton rang ne peut plus coucher dans un lit aussi dépenaillé.

– De l'argent ? répétai-je, soudain troublé à l'idée qu'il ne m'en restait plus guère.

– Oui, naturellement, dit-elle. J'ai entendu dire que les hommes couvrent d'argent les femmes qu'ils ont séduites. Ou serais-tu devenu avare, maintenant que tu as atteint ton but ?

– Tu devrais avoir honte de parler d'argent en cet instant, lui dis-je, éclatant de rire malgré moi. Je suis venu pour faire de toi une honnête femme. C'est pourquoi j'ai couru.

Oubliant ses taquineries, elle me regarda, sérieuse et surprise. Je revis ses yeux bruns, aussi nus que naguère sous le porche de l'église. Elle m'était familière à travers les siècles comme si nous avions déjà vécu plusieurs vies ensemble, que le sommeil de la mort et de la réincarnation nous auraient fait oublier, de sorte que nous nous reconnaissions comme à travers un voile.

– Anna, dis-je, ne voudrais-tu pas te marier quand même avec moi ? C'est ce que je suis venu te demander.

Permets qu'un saint mystère unisse nos âmes comme notre chair est déjà unie.

Elle baissa la tête. Les larmes jaillissaient entre ses paupières fermées et roulaient sur ses joues.

– Tu m'aimes donc, malgré tout, tu m'aimes vraiment ? demanda-t-elle avec hésitation.

– En doutais-tu ? lui demandai-je à mon tour.

– Je ne sais pas, dit-elle en levant les yeux. Je me disais que rien n'avait d'importance, si tu ne m'aimais pas vraiment. Je me suis donnée à toi pour savoir si c'était seulement cela que tu voulais. Et je n'aurais rien perdu, si tu n'avais voulu que cela. Mais je t'aurais probablement quitté pour ne plus jamais te revoir. Je jouais seulement ici. Je jouais à avoir un foyer avec toi.

Elle passa son bras autour de mon cou et appuya son front sur mon épaule :

– Je n'ai jamais eu de foyer à moi, dit-elle. Notre maison, c'est le foyer de mon père et de ma mère. Je n'avais rien à y dire. J'ai envié une de nos domestiques qui s'était mariée, et qui installait son misérable intérieur. J'enviais le bonheur des femmes du peuple, parce que je croyais qu'il ne m'était pas destiné. Maintenant, je l'aurai, ce simple bonheur d'une femme ordinaire, si tu veux vraiment m'épouser.

– Non, protestai-je, nous n'aurons rien. Ne te fais pas d'illusions. Rien, que très peu de temps. Mais sois ma demeure terrestre autant que je vivrai. Et ne me retiens pas, quand notre temps sera fini. Promets-le-moi. N'est-ce pas ?

Elle ne répondit rien, leva un peu le visage et me regarda entre ses paupières.

– Dire que je devais devenir la femme de l'Empereur ! dit-elle. Parfois, j'en ai voulu à Constantin de n'avoir pas tenu sa parole. Maintenant je suis heureuse de n'être pas sa femme. Maintenant je suis heureuse de pouvoir épouser un Franc qui s'est enfui de chez sa femme.

Elle me regarda de nouveau avec un sourire espiègle.

– C'est vraiment une chance que je n'aie pas épousé l'Empereur. Je l'aurais probablement trompé avec toi, si je t'avais rencontré. Tu aurais eu les yeux crevés et moi j'aurais terminé ma vie au couvent. Ç'aurait été dommage pour nous.

D'heure en heure, les canons tonnaient hors des

murailles. La légère maison de bois tremblait et craquait aux joints. Mais nous oubliions le temps, occupés à vivre notre bref bonheur. Le soir, j'envoyai Manuel louer une litière et nous nous rendîmes au couvent de Pantocrator. Gennadios sursauta en reconnaissant Anna Notaras, mais il tint sa promesse. Manuel et les moines élevèrent le dais sacré au-dessus de nos têtes, pendant qu'il nous unissait comme mari et femme. Après la cérémonie, il bénit notre mariage et nous délivra un certificat muni du grand sceau du couvent.

En me le remettant, il me dit avec un regard éloquent :

– Je ne sais pas qui tu es vraiment. Mais l'Esprit me dit que tout cela n'est pas dépourvu de sens. S'il en est ainsi, que ce soit pour le bien de notre religion et de notre ville.

Quant il eut prononcé ces paroles, je sentis avec une certitude glaciale que rien n'était arrivé par ma propre volonté. Depuis ma fuite du camp du Sultan, pas à pas, avec la sûreté d'un somnambule, je n'ai fait que suivre le chemin tracé d'avance par mon destin. Sinon, pourquoi, parmi toutes les femmes du monde, aurais-je rencontré précisément Anna Notaras, et l'aurais-je reconnue à ses yeux ?

Le 20 avril 1453.

Je me réveillai chez moi. Elle dormait, nue à côté de moi, indiciblement belle. Son corps périssable était d'or et d'ivoire. Elle était si pure, si virginale malgré tout, que j'en eus la gorge serrée.

Soudain, les cloches se mirent à sonner l'alarme. Les gens se précipitèrent dans la rue, devant ma maison ; leurs pas faisaient trembler la vaisselle sur la table. Je sautai du lit, me rappelant mon devoir. Elle se réveilla et s'assit, tout effrayée, cherchant à ramener le drap sur elle pour cacher sa nudité.

Je m'habillai rapidement. Je n'avais même pas mon épée. Vite, je l'embrassai et dégringolai l'escalier. Près du lion de pierre, Manuel, le bras tendu, cherchait à arrêter les gens pour leur demander ce qui se passait. Une expression de joie et d'incrédulité illuminait son visage.

– O mon maître, cria-t-il. Le miracle s'est produit. C'est un jour de bénédiction. La flotte du Pape arrive. On voit déjà les premiers navires au large.

Avec la foule, je courus jusqu'à la colline de l'Acropole. De là, par-dessus la muraille maritime, au milieu des gens essoufflés, agités et braillants, je vis quatre grands navires occidentaux qui, les voiles gonflées dans la forte houle, avançaient résolument vers le cap de l'Acropole, dans la confusion des innombrables galères turques. Le drapeau de Gênes flottait sur trois des mâts. Le quatrième navire, un gros cargo, arborait l'étendard pourpre de l'Empereur.

Ils étaient déjà si proches que le vent nous apportait le vacarme de la bataille, les cris, les jurons et les détonations. Le bateau-amiral turc avait planté son éperon dans le flanc du plus gros navire et l'y maintenait. Sur les autres, les galères turques avaient jeté des crochets d'abordage, si bien que ces puissants bateaux traînaient derrière eux de nombreuses galères légères.

Les gens racontaient avec animation que le combat avait déjà commencé au large. Le Sultan en personne s'était rendu à cheval près de la tour de Marbre pour crier des ordres à ses capitaines, et les conjurer de couler les navires chrétiens.

Toute la muraille maritime était noire de monde. Les bruits et les récits couraient de bouche en bouche. On disait que le Sultan, dans sa colère, avait montré les dents comme un chien et que ses lèvres s'étaient couvertes d'écume. C'était fort possible. Je savais, pour l'avoir vu de mes propres yeux, à quels excès la fureur pouvait entraîner Mohammed, bien qu'il eût appris à se dominer.

Lentement, irrésistiblement, le vent amenait les gros navires vers le port et vers la sécurité. Ils entraînaient dans leur sillage les galères turques, comme un ours emporte les chiens de chasse agrippés à sa toison. Les galères étaient si nombreuses qu'elles entraient en collision les unes avec les autres. La crête des hautes vagues se teignait d'écume rouge. De temps en temps, un bateau renonçait au combat, détachait ses crochets et s'éloignait pour faire place à un autre. Au large, une galère turque coulée s'en allait à la dérive. L'air était plein du fracas des tambours et des trompettes, des cris affreux et des hurlements de mort. Des cadavres et des débris flottaient sur la mer. Les marins chrétiens bardés de fer repoussaient avec des haches, des épées, des piques, les assaillants qui avaient pu atteindre le haut pont des navires. A la poupe de sa galère, l'amiral turc hurlait des ordres dans son porte-voix.

A l'unisson, la foule se mit à scander un nom : « Phlaktanellas! Phlaktanellas » et ce cri se propagea avec allégresse à travers toute la ville. On avait reconnu le capitaine du cargo impérial. Ce bateau était parti avant le siège pour la Sicile chercher une cargaison de blé. Le gros homme qu'on appelait Phlaktanellas souriait, brandissait sa hache ensanglantée et montrait du doigt à ses arbalétriers les tireurs turcs installés dans les mâts.

Les Génois avaient mouillé leurs voiles, pour éviter d'être incendiés par les flèches enflammées. Mais soudain un fleuve de feu coula sur le pont d'une galère turque et les hurlements épouvantables des hommes brûlés couvrirent tous les autres bruits. La galère en flammes abandonna le combat, laissant dans l'eau, derrière elle, un sillage de feu.

C'était un spectacle incroyable que ces quatre navires chrétiens se frayant un passage vers le port malgré l'opposition d'au moins quarante galères turques. L'enthousiasme de la foule était indescriptible. Partout on répétait que la flotte du Pape arrivait, et que ce n'en était que l'avant-garde. Constantinople était sauvée.

Le groupe fumant et confus des navires doubla le cap de l'Acropole. Puis il leur fallut tourner brusquement à l'ouest pour arriver près de la chaîne, dans le golfe du port. Ils perdirent ainsi le vent arrière et leur vitesse se ralentit. Quand ils parvinrent à l'abri de la colline, les voiles se dégonflèrent et les bateaux n'obéirent plus au gouvernail. Un cri de joie monta des galères turques. La foule se tut. Mais sur l'autre rive, derrière les murailles de Pera, s'élevèrent des clameurs de victoire. Les troupes turques rendaient grâce à Allah.

Sans cesser un instant de combattre, les navires chrétiens restaient groupés. Ils ne s'abandonnaient pas les uns les autres, bien que l'éperon de la galère-amiral turque restât planté dans le flanc du plus gros navire dont il retardait l'avance. Accrochés les uns aux autres, bord à bord, ils se balançaient dans la houle telle une forteresse, crachant des pierres, des balles, des flèches, du feu et du plomb fondu sur la flottille turque. En un arc sifflant, le feu grégeois s'abattait sur les galères les plus éloignées, dont l'équipage avait fort à faire pour éteindre les incendies.

« Phlaktanellas! Phlaktanellas! » cria de nouveau la foule sur les murailles. Les navires étaient si rapprochés qu'on distinguait les visages des combattants. Mais personne ne pouvait les secourir. Les galères vénitiennes étaient prêtes au combat, mais la chaîne les empêchait d'intervenir, et jusqu'à celle-ci le trajet était encore long.

Les cloches sonnaient dans toute la ville. Les canons turcs avaient cessé de tirer. Dans une tension extrême, on attendait, de part et d'autre, l'issue de la bataille. La nouvelle se répandit rapidement que le Sultan avait regagné son camp et qu'il s'était enfermé dans sa tente.

En suivant la lutte incroyable des navires génois, je pardonnai à Pera son âpreté au gain, pour la discipline, l'habileté et l'art de la navigation dont témoignait ce combat. Je comprenais pourquoi Gênes avait, pendant des siècles, été la reine des mers et rivalisé avec Venise. Avec une lenteur extrême, pouce par pouce, la forteresse flottante avançait dans les vagues, à force de rames, vers la chaîne.

Sur les murailles de la ville et sur les collines, la foule tomba à genoux pour prier, ne pouvant plus supporter cette terrible tension. La supériorité numérique des Turcs était effrayante. Avec un courage furieux, les galères se relayaient sans arrêt et revenaient à l'attaque avec des forces fraîches. La voix de l'amiral était rauque à force de hurler dans le porte-voix et le sang ruisselait sur ses joues. Des soldats enturbannés tombaient à l'eau, les poignets coupés, mais leurs mains restaient accrochées au bastingage des navires chrétiens.

« Panaghia, Panaghia, Sainte Vierge, protège ta ville », suppliait le peuple agenouillé. Les Grecs priaient pour les Latins, émus par l'endurance et l'héroïsme des marins. Peut-être n'y a-t-il pas d'héroïsme à se battre pour sa vie. Mais héroïque était sûrement la lutte de ces quatre navires qui, malgré l'immense supériorité numérique de l'ennemi, sans abandonner aucun des leurs, se frayaient lentement un passage pour venir au secours de Constantinople.

Et soudain, on eût dit qu'une lueur bleue traversait le ciel. Un pan de la robe de la Vierge flottait dans l'air. Le miracle se produisit. Le vent tourna. Brusquement, les voiles molles se gonflèrent et la mêlée confuse glissa rapidement vers la chaîne. Au dernier moment, l'amiral turc fit couper son éperon à coups de hache, si bien que seul le grappin resta planté dans le flanc de chêne du navire chrétien. Il battit en retraite, le sang ruisselait par tous les trous de sa galère. Comme boiteuse, les avirons brisés, enrubannée de la fumée du feu grégeois inextinguible, la flotte turque suivit son chef. Les habitants de Constantinople poussèrent de tels rugissements d'allégresse que le ciel en trembla.

Je ne suis pas compétent en fait de miracles. Mais cette saute de vent au moment décisif y ressemblait beaucoup. L'événement avait quelque chose de sacré, d'inaccessible aux sens humains. Il rayonnait d'une étrange clarté que n'assombrissaient ni les cris affreux des blessés ni les jurons des marins demandant qu'on leur ouvrît la chaîne. Mais cette opération est dangereuse et compliquée, et c'est seulement quand les navires turcs eurent disparu dans le Bosphore qu'Aloisio Diedo donna la permission de détacher la chaîne et que les quatre bateaux purent entrer dans le port, tirant des coups de canon en l'honneur de l'Empereur.

Le soir même, les équipages des navires, conduits par leurs capitaines, ont défilé dans toute la ville, fanions au vent, aux acclamations de la foule, pour aller rendre grâces, dans le couvent de Khora, à la Panaghia de Constantinople. Tous les blessés qui pouvaient marcher suivaient le cortège, et l'on portait sur des civières ceux qui espéraient de la Vierge une guérison miraculeuse. C'est ainsi que les Latins ont remercié la Sainte Vierge des Grecs, les yeux éblouis par la splendeur des mosaïques à fond d'or de l'église conventuelle de Khora.

Je décrivis à Giustiniani le combat naval tel qu'il s'était déroulé et j'ajoutai :

– Les Vénitiens des Blachernes sont furieux de la victoire des Génois. C'est que leurs navires n'ont guère moissonné de lauriers, près de la chaîne, à l'abri des boulets du Sultan.

– Une victoire? dit Giustiniani en cessant de rire, notre seule victoire est de résister depuis deux semaines au siège. L'arrivée de ces navires est notre pire défaite. Jusqu'ici nous avions l'espoir qu'une flotte rassemblée par le Pape arriverait à temps pour nous secourir. Maintenant, nous savons que la mer de Grèce est vide et qu'aucune flotte ne se rassemble dans les ports italiens. La chrétienté nous a abandonnés.

– Les entreprises de ce genre, objectai-je, restent secrètes jusqu'au dernier moment.

– Fariboles, dit-il. Il est impossible d'armer si secrètement une grande flotte que les capitaines génois n'en entendent même pas parler. Mais où avais-tu disparu? On ne t'a pas vu aux Blachernes de tout hier, me demanda-t-il d'un air menaçant.

– Comme la journée était calme, je me suis occupé de mes affaires privées. N'as-tu pas confiance en moi?

– Tu es inscrit sur mes listes. Je dois savoir ce que tu fais. On t'a vu dans le camp des Turcs, dit-il brusquement, en approchant son visage tout près du mien, les joues gonflées et les yeux méchants.

– Es-tu devenu fou? criai-je. C'est un abominable mensonge qu'on t'a raconté pour me perdre. Comment y serais-je allé et surtout comment en serais-je revenu?

– Chaque nuit, des bateaux à rames vont et viennent entre la ville et Pera. Tu le sais fort bien. Le podestat de Pera n'est pas insensible aux cadeaux, et les gardes sont de pauvres bougres tout heureux d'augmenter leur solde. Ne crois-tu pas que j'ignore ce qui se passe dans le camp du Sultan. J'y ai des yeux comme le Sultan en a ici.

– Giustiniani, insistai-je. Au nom de notre amitié, crois-moi. Hier, la journée était calme et j'ai épousé une femme grecque. Mais je te supplie de me garder le secret. Sinon, je la perdrai.

– Elle est bien bonne, s'exclama Giustiniani en éclatant de son gros rire et en me tapant sur l'épaule. Tu as vraiment bien choisi ton moment pour contracter mariage.

Il me crut. Peut-être n'avait-il feint de m'accuser que pour me déconcerter et m'arracher l'aveu de ce que j'avais réellement fait la veille. Mais je restai sombre, envahi par de sinistres pressentiments. Toute la nuit, des feux ont brûlé chez les Turcs et les gros canons tirent un coup par heure, alors que, jusqu'à présent, on ne les entendait qu'une seule fois par nuit.

Les citadins avertis ne tardèrent pas à déchanter, lorsqu'ils surent que ces trois navires n'étaient point l'avant-garde de la flotte chrétienne unie, et qu'ils apportaient simplement des armes achetées l'automne dernier par l'Empereur pour défendre la ville. L'attaque de la flotte turque était une évidente violation de la neutralité, puisque ces navires se rendaient à Pera. Les capitaines avaient accepté le combat pour la seule raison que leur cargaison était de la contrebande de guerre et qu'ils risquaient la confiscation de leurs navires. A présent qu'ils sont en sûreté dans le port, ils sont, ainsi que leurs armateurs, des hommes riches. Réussiront-ils à conserver leurs richesses et leurs navires en invoquant la neutralité de Pera ? C'est une autre question.

Mon enthousiasme avait disparu. Je devais retourner aux Blachernes et me présenter à Giustiniani. J'embrassai ma jeune femme, en lui interdisant de sortir en ville de peur qu'on ne la reconnût. J'ordonnai à Manuel de lui obéir et promis de revenir dès que mon service le permettrait.

Près de la porte de Saint-Romain, la grande muraille elle-même avait subi des dégâts. On apportait sans arrêt des poutres, de la terre, des fagots et des peaux dans le péribole pour consolider les défenses extérieures. Tout le monde peut aller librement jusque-là, mais le retour est plus difficile, car Giustiniani a posté des gardes qui saisissent par le bras ou par la nuque toute personne qui tente de rentrer en ville et l'obligent à travailler toute la nuit. Les soldats de Giustiniani sont éreintés par la canonnade continuelle et par les incessantes incursions des Turcs qui s'efforcent de gêner les réparations. La plupart des défenseurs n'ont pas enlevé leur cuirasse depuis plusieurs jours.

Le 21 avril 1453.

Journée infernale. Pendant la nuit, les Turcs ont amené d'autres canons et renforcé leurs batteries. Leur nouvelle tactique a déjà porté ses fruits. Dans la soirée, près de la porte de Saint-Romain, une grosse tour s'est effondrée avec un grand morceau de la muraille. La brèche est béante. Si les Turcs avaient eu sur place une troupe de choc, ils auraient peut-être pénétré dans la ville. En ce point, il ne reste de la muraille extérieure qu'une palissade provisoire qu'on répare pendant la nuit. Mais les Turcs se sont heureusement bornés à de petites attaques contre les remparts. Ils n'arrivent plus à emporter tous leurs morts. Des cadavres gisent dans les brèches et dans le fossé, empestant l'atmosphère.

Ces escarmouches incessantes ont duré toute la journée jusqu'au crépuscule. Le Sultan fait reconnaître tous les secteurs de la muraille. De nouveaux canons, sur la colline de Pera, tirent par-dessus la ville sur les bateaux. Plus de cent cinquante boulets sont tombés dans le port et plusieurs maisons ont été endommagées à Pera. Les navires vénitiens s'étant éloignés de la chaîne pour se mettre à l'abri, les galères turques ont cherché à forcer le passage, mais l'alarme a été donnée à temps; les Vénitiens ont riposté avec des blocs de pierre, des jets de flammes et des balles, si bien que l'ennemi a dû se retirer. Pendant ce combat, l'artillerie de Pera n'a pu intervenir, car elle aurait risqué de tirer sur les navires turcs. A trois reprises, la flotte ennemie a cherché vainement à rompre la chaîne.

On dirait que le Sultan fait donner toutes ses forces pour venger la honteuse défaite de sa flotte hier. On raconte que, dans la soirée, il s'est rendu au port des Colonnes et que, de sa propre main, il a rossé avec sa massue d'émir son amiral malchanceux. L'amiral Baltoglou était pourtant blessé et avait perdu l'œil droit dans la bataille. Deux cents hommes ont été tués sur son bateau, si bien qu'il a eu des difficultés, même à se replier. C'est incontestablement un capitaine valeureux, mais il n'est pas capable de commander à une flotte, ainsi que le prouve la confusion de la veille.

Le Sultan voulait le faire empaler, mais les marins et les capitaines ont intercédé pour lui à cause de sa bravoure personnelle. C'est pourquoi le Sultan s'est contenté de le faire fustiger. On l'a étendu sur le ventre devant toute la flotte et on l'a frappé jusqu'à ce qu'il perdît connaissance. Ses biens ont été confisqués et il a été expulsé du camp. Etant donné qu'il avait perdu un œil, son poste et son honneur au service du Sultan, il n'a pas été facile de lui trouver un successeur. Quoi qu'il en soit, la flotte turque a renoncé à l'inaction, sans pour cela causer de grands dégâts.

Les Vénitiens se demandent si l'activité de la flotte et les reconnaissances continuelles n'indiquent pas l'imminence d'un assaut général. L'état d'alarme a duré toute la journée. Personne ne doit quitter les murailles. Personne ne doit enlever son armure pendant la nuit. L'allégresse de la veille a fait place à l'abattement. On n'a plus le courage de compter les détonations des canons turcs. La fumée de la poudre assombrit l'air et, chassée par le vent, noircit les murs des maisons en ville.

Chaque jour des renforts arrivent au camp du Sultan, de toutes les régions de l'Empire, dans l'espoir d'un immense pillage. Parmi eux se trouvent des marchands juifs ou chrétiens qui gagnent gros en vendant des vivres aux troupes et qui comptent bien placer leurs fonds en achetant le butin de guerre, lorsque les Turcs auront pris la ville. On dit que les chariots, les traîneaux, les bêtes de trait, les ânes et les chameaux sont montés à des prix astronomiques, en prévision du transport du butin. Les plus pauvres gens espèrent qu'il y aura assez d'esclaves dans la ville pour leur faire porter les prises sur leurs épaules au fin fond de l'Asie.

Tout cela laisse prévoir une attaque générale. Chaque batterie du Sultan a appris à lancer des boulets sur trois points du mur à la fois, pour y creuser une brèche plus large. En ville et sur les remparts, on note des signes de panique.

Des patrouilles de cavalerie parcourent la ville et traînent sans pitié aux murailles toute personne valide, jusqu'aux boulangers. Seuls les femmes, les vieillards et les enfants peuvent rester chez eux. On arrache même les gens à leur lit, car certains feignent d'être malades, par peur, ou parce qu'ils estiment que cette guerre est l'affaire des Latins et de l'Empereur et qu'ils refusent de se battre pour les Latins. Beaucoup préparent déjà des cachettes dans les caves, les couloirs souterrains et les puits asséchés, pour le moment où les Turcs pénétreront en ville.

Au milieu de cette confusion, de ces gémissements, de ces critiques et de ces pleurs, des archontes et des nobles circulent dans les rues, l'air important et pressé, un rouleau de papier sous le bras. Ils sont chargés de missions spéciales et ils ont obtenu un ordre de la chancellerie impériale. Il leur suffit de montrer la croix de cinabre sur leur papier pour que les patrouilles les laissent en paix. Ils dorment chez eux, se nourrissent bien et passent le temps à palabrer, écoutant et répandant les bruits les plus divers. On s'attache surtout à une vieille prédiction selon laquelle les Turcs pénétreront dans la ville jusqu'à la colonne de Constantin, mais alors un ange descendra du ciel, un glaive de feu à la main, et les repoussera jusqu'en Asie.

Misérable ville, misérable faiblesse humaine!

Au milieu de la nuit, les tambours retentissent encore dans le camp turc et sur la colline de Pera, on entend les sonneries des trompettes.

Le 22 avril 1453.

Affreux dimanche! Ce matin, les sonneries des cloches se sont tues et une foule, silencieuse et effarée, s'est rassemblée sur le mur maritime. On raconte des histoires de sorcellerie, de derviches qui peuvent marcher sur l'eau avec leur manteau en guise de voile. En face de l'église Saint-Nicolas et de la porte de Saint-Théodore, la rive du port intérieur près de Pera est bordée de galères turques. Personne ne comprend comment elles ont pu traverser la chaîne et venir se placer derrière les navires vénitiens. Les gens se frottent les yeux, comme pour chasser une hallucination. Mais tout le rivage de Pera grouille de marins turcs qui creusent des retranchements, élèvent des palissades et installent des canons pour protéger les bateaux.

Soudain, un cri a retenti. Au sommet de la colline est apparue une galère turque qui redescendait vers le port, toutes voiles gonflées, au son des tambours et des trompettes, comme si elle flottait sur la terre. Tirée et conduite par des centaines d'hommes, elle a glissé rapidement sur une piste en planches, jusqu'à l'eau qu'elle a fait rejaillir autour d'elle, puis elle s'est débarrassée de son support de bois pour rejoindre les autres navires à force de rames. Ils étaient déjà plus d'une cinquantaine en ligne dans le port. Ce n'étaient pas de grandes galères, c'étaient des bateaux à dix-huit ou vingt-deux paires de rames, longs de cinquante à soixante-dix pieds.

En vingt-quatre heures, le Sultan et son nouvel amiral avaient réalisé cette prouesse. Pendant la journée, on apprit de Pera que les commerçants génois avaient fourni au Sultan d'énormes quantités de planches, des cordes, des troncs arrondis et de la graisse de bœuf pour savonner la piste. A l'aide de remorques, de bœufs et d'hommes, les bateaux avaient été hissés sur les planches entre le Bosphore et la colline de Pera, pour redescendre dans le port intérieur derrière notre flotte.

Les Génois de Pera allèguent, pour leur défense, que tout s'est passé si vite et si secrètement qu'ils n'ont compris qu'à l'aube ce dont il s'agissait. Ils justifient la vente de grosses quantités de graisse de bœuf en disant que leur neutralité les contraint à commercer avec les deux camps. D'ailleurs, même s'ils avaient su ce qui se préparait, ils n'auraient pu s'y opposer, puisque la colline de Pera est couverte de dizaines de milliers de Turcs chargés de protéger le transport des navires par terre.

Aloisio Diedo a convoqué immédiatement le conseil vénitien dans l'église de la Sainte-Vierge pour discuter de la situation avec l'Empereur et Giustiniani. Cependant, toutes voiles dehors, les navires turcs continuaient à descendre dans le port, les officiers battant la mesure et les marins agitant les rames avec allégresse, s'amusant comme des enfants à ramer sur la terre ferme. La flotte impériale est prête au combat, mais impuissante.

La réunion fut secrète et Diedo n'y avait pas invité les capitaines des navires génois qui, vexés, sont encore plus irrités contre les Vénitiens. Pour montrer combien il est difficile de garder, dans cette ville, le secret des délibérations, je dirai que dès le soir bien des gens aux Blachernes étaient au courant de toute la discussion.

Quelques Vénitiens proposèrent que la flotte passât à l'attaque pour détruire les bateaux amenés par terre. Mais les membres les plus prudents du conseil, entre autres le baile Minotto, éprouvaient un respect salutaire pour les canons turcs chargés de protéger les embarcations; ils déconseillèrent une entreprise risquée dans laquelle les précieux gros navires pourraient couler ou subir des dommages.

On proposa également de procéder à une attaque

210

nocturne par terre, sous la protection de quelques galères légères. Mais Giustiniani s'y opposa, car les Turcs avaient une supériorité numérique écrasante sur la colline de Pera, et la défense de la ville ne permettait pas qu'on risquât inutilement la vie d'un seul homme.

A ces deux propositions, le basileus Constantin, à son tour, opposa son veto pour des raisons politiques. Le rivage où les bateaux turcs ont jeté l'ancre appartient à Pera, bien qu'il soit hors des murailles de la ville. On ne saurait donc y entreprendre aucune attaque sans en référer d'abord aux autorités génoises. Si le Sultan a violé la neutralité de Pera, l'Empereur n'en est pas pour autant autorisé à suivre son exemple. Phrantzès appuya l'Empereur et déclara que Constantinople n'avait pas, comme le Sultan, les moyens de risquer un incident diplomatique avec les Génois de Pera.

Les Vénitiens crièrent et pestèrent, disant qu'on pourrait tout aussi bien communiquer le plan d'attaque directement au Sultan, plutôt qu'aux Génois qui sont des traîtres et des renégats. Si le Sultan avait réussi à transporter ses navires dans le port, ce ne pouvait être qu'avec leur complicité. Giustiniani dégaina alors sa large épée à deux mains et se déclara prêt à défendre l'honneur de Gênes contre un, deux ou même les douze conseillers ensemble. Il était scandaleux et injuste, disait-il, d'élaborer des plans sans entendre au moins l'avis des capitaines génois. Leurs bateaux étaient logés à la même enseigne que ceux des Vénitiens et participaient aussi à la défense. Les Vénitiens ne devaient pas se réserver cette entreprise pour essayer de redorer leur prestige.

L'Empereur dut se placer devant lui, les bras étendus, pour le calmer et pour apaiser, les larmes aux yeux, les Vénitiens ulcérés.

Le dernier à parler fut le capitaine vénitien Jacomo Coco qui, arrivé de Trébizonde cet automne, avait habilement réussi à franchir le Bosphore sans perdre un seul homme. D'aspect bourru, il préfère l'action aux paroles, mais parfois un éclair malicieux luit dans son regard; ses hommes l'adorent et racontent maintes histoires sur sa ruse et ses talents de navigateur.

– Trop de cuisiniers gâtent la sauce, dit-il. Si l'on veut agir, il faut le faire sans tarder, par surprise, et sans mettre trop de gens dans la confidence. Il suffit d'une galère renforcée avec des sacs de coton et de laine pour qu'elle puisse résister aux boulets. Sous la protection de celle-ci, des barques iront mettre le feu aux navires turcs. Et tout sera fait avant que personne n'ait eu le temps de se demander ce qui se passe. J'assumerai le commandement de la galère, si vous le voulez, mais à la seule condition qu'on ne souffle mot de l'histoire et que nous agissions dès cette nuit.

Il avait certainement raison, mais l'Empereur se refusa à violer la neutralité de Pera. La proposition de Coco fut en principe approuvée, mais son exécution remise à plus tard, après entente avec les Génois. Coco fut nommé chef de l'expédition. Il haussa les épaules et dit :

– La chance m'a souri plus souvent qu'à mon tour, mais il n'y a pas de chance qui tienne devant l'impossible. J'ai le temps de me confesser et de communier. Cette expédition sera ma mort, si on ne l'effectue pas comme je l'ai dit, par surprise et la nuit prochaine.

Ce n'est pas Giustiniani qui m'a rapporté ces choses, il s'est borné à me dire :

– C'est à la flotte à prendre les mesures nécessaires. Les bateaux turcs dans le golfe du port ne menacent pas les navires vénitiens. Tout au plus pourront-ils, par une nuit sombre, envoyer des barques pour mettre le feu à quelques bateaux chrétiens. Ce qui est plus grave, c'est qu'il faudra faire occuper toute la muraille maritime. Jusqu'ici on n'y avait que des observateurs. Désormais, il faut prévoir un débarquement turc par surprise à travers le golfe.

– La nuit derrière, reprit-il, le sultan Mohammed a bien mérité le nom de nouvel Alexandre, et il a même surpassé le Xerxès des Perses dans ces eaux. Certes, on avait déjà transporté des navires par terre sur de longues distances, mais jamais dans des conditions aussi difficiles et en si grand nombre. J'admire le génie militaire du Sultan. Ainsi, sans tirer un coup de feu, par une simple menace, il m'oblige à remanier mon dispositif et à disperser mes forces.

Il me regarda en dessous et ajouta :

– T'ai-je déjà dit que, d'entente avec l'Empereur, nous avons décidé que le mégaduc Lucas Notaras mériterait un nouvel avancement pour s'être distingué dans la défense de la ville ? Demain matin, il recevra le commandement des réserves dans le centre, près de l'église des Apôtres. Je confierai la défense de la muraille maritime à quelqu'un d'autre, en y transférant de nouvelles troupes.

– Giustiniani, lui dis-je. Il ne te le pardonnera jamais. En lui tu offenses toute la population grecque de la ville, les églises et les couvents, les prêtres et les moines, tout l'esprit de la Grèce.

– Il faudra que je supporte aussi sa colère, dit-il en roulant les yeux, pour mériter ma couronne ducale. Si, par une belle nuit, l'esprit de la Grèce ouvrait les portes du port et laissait entrer les Turcs, je ne me le pardonnerais jamais. L'esprit grec, reprit-il en bougonnant, tu l'as bien dit. Cet esprit grec, c'est ce dont nous devons nous méfier, l'Empereur le tout premier.

Je bouillais de rage, et pourtant je devais le comprendre.

De nombreux défenseurs souffrent de la fièvre et de la dysenterie. Les frères Guacchardi ont fait pendre un ouvrier grec qui s'était volontairement coupé un doigt avec sa hache pour ne plus participer aux réparations de la muraille.

Est-ce donc vraiment la guerre des Latins et non pas celle des Grecs? La splendide beauté des Blachernes est souillée par les Vénitiens. Les lions de Venise flottent au-dessus de l'étendard impérial. Nos dromons désarmés sont échoués sur le rivage. Le plus noble des Grecs est ravalé au rang de chef de police militaire. L'Empereur est entouré du baile vénitien et d'un cardinal renégat...

J'ai peur de moi-même. J'ai peur de mes pensées. Dans les remous de la guerre la plus froide raison ne peut rester impassible.

Le 25 avril 1453.

La nuit dernière, Jacomo Coco était prêt, avec deux galères et beaucoup de petits bateaux, à aller mettre le feu à la flotte turque dans le port intérieur, au pied de la colline de Pera. Mais les Génois ont fait renvoyer l'entreprise à plus tard, en promettant d'y participer dès que le plan d'attaque aurait été précisé.

Je me demande seulement comment ils peuvent espérer que le projet restera secret, maintenant que presque toute la flotte est au courant, et qu'à Pera il est partout question d'une éventuelle attaque par surprise.

La canonnade continue. Nos pertes augmentent. Ce que l'on peut réparer pendant la nuit est démoli le jour par les boulets. Dans le secteur des Guacchardi, deux tours et tout un pan de la grande muraille se sont effondrés.

Le 28 avril 1453.

Ce matin, avant le lever du jour, Giustiniani est venu me secouer, comme pour s'assurer que j'étais bien à mon poste aux Blachernes. Il m'a ordonné de le suivre. La nuit était sinistre et silencieuse, troublée seulement par les aboiements des chiens dans le camp turc.

Nous montâmes sur la muraille en face de l'ancrage des navires turcs. Environ deux heures avant le lever du soleil, un signal s'alluma soudain au sommet de la haute tour de Pera.

– Juste Ciel, s'exclama Giustiniani. Pourquoi suis-je né Génois? Leur main droite ignore ce que fait la gauche.

La nuit était terriblement silencieuse. Seule l'eau du port clapotait luisante et noire à nos pieds. Aucun bruit, aucun signal d'alarme ne provenaient des navires turcs. Mais une haute flamme brûlait toujours au sommet de la tour de Pera. A force de scruter les ténèbres, je crus discerner de gros navires glissant sur l'eau. Puis ce fut l'explosion. Sur le rivage opposé, les flammes des bouches à feu m'aveuglèrent. De gros boulets s'abattirent sur les navires, brisant les coques de chêne. Un vacarme effroyable emplit la nuit. Des torches flambaient, le feu grégeois se répandait sur l'eau en taches brûlantes. Je vis que les Vénitiens avaient envoyé toute une escadre pour anéantir les galères turques. Deux gros navires, déformés par les sacs de laine et de coton qui protégeaient leurs bords, ramaient le long de la rive. Mais l'un d'eux était déjà en train de sombrer. Sans cesse, des boulets tombaient avec fracas sur les bateaux rapides, fustes et brigantines, qui avançaient sous la protection de deux galères.

Toute la flotte turque était en état d'alarme. Elle se jeta sur les bateaux chrétiens qui, en pleine confusion, se heurtaient les uns contre les autres, tandis que les commandements désespérés des capitaines retentissaient sur l'eau. Par instants, la vue était obstruée par d'épais nuages de fumée et, seule, une lueur rouge nous révélait qu'un bateau avait pris feu. Les chrétiens allumaient leurs brûlots, les laissaient aller à la dérive et sautaient à l'eau pour gagner à la nage les autres embarcations.

Le combat dura jusqu'à l'aube. Alors, les deux galères se retirèrent du combat. Celle de Trevisano aurait certainement coulé, si les marins ne s'étaient déshabillés pour obstruer les voies d'eau avec leurs vêtements. Le navire de Coco avait été coulé dès le début de l'action, mais une partie des hommes regagnèrent le rivage à la nage.

Au lever du soleil, nous pûmes constater que la surprise avait totalement échoué. Une seule galère turque avait pris feu et avait coulé. Les autres incendies avaient été rapidement éteints.

Un des bateaux était commandé par le fils du baile de Venise. En longeant les murailles de Pera, durant la retraite, il déchargea contre elles une bordée. Le signal allumé au moment du départ des navires vénitiens établissait la félonie des Génois avec tant d'évidence que même Giustiniani ne chercha pas à la nier.

– Qu'elle ait tort ou raison, Gênes est ma patrie, dit-il. La flotte vénitienne est trop forte par rapport à celle de Gênes. Une saignée lui fera du bien et rétablira l'équilibre dans le port.

Au moment où nous allions redescendre de la muraille, aux premiers rayons du soleil, je jetai un dernier regard sur la rive de Pera, et ce que j'y vis me fit sursauter et saisir Giustiniani par le bras. Sur son cheval blanc, le Sultan était apparu et l'on voyait scintiller au soleil les pierres de son turban. Mohammed s'avança sur un tertre près du rivage et on amena devant lui des prisonniers nus, les mains liées derrière le dos. C'étaient les marins des navires coulés par les boulets. Les gens se mirent à crier qu'ils reconnaissaient, parmi eux, Jacomo Coco.

Sur le rivage de Pera, les Turcs faisaient agenouiller les prisonniers devant le bourreau. Les têtes tombaient, le sang giclait. Mais ce n'était pas assez. Des pieux furent plantés dans le sol et on y embrocha les corps décapités. Pour couronner leur œuvre, les Turcs empalaient ensuite les têtes grimaçantes au bout des pieux. C'était un spectacle effroyable. Les Vénitiens versaient des larmes de rage. Une femme se mit à vomir et descendit la muraille en chancelant.

Le Sultan ne fit grâce à aucun prisonnier. Bientôt quarante corps mutilés et sanglants furent alignés sur le rivage, leurs têtes criant vengeance, bien que la mort eût déjà imposé silence à leurs bouches.

— Je ne crois pas, dit Giustiniani, que, dans toute la flotte vénitienne, il se trouvera encore un seul homme disposé à aller de nuit mettre le feu aux galères turques.

A ce moment, nous entendîmes un bruit de sabots. Le baile de Venise, malgré son âge et son obésité, arrivait au galop, suivi de son fils tout couvert de sang.

— Rassemblement, Vénitiens, hurlaient-ils en passant. Allons chercher les prisonniers turcs!

Les Vénitiens enragés, soldats et marins confondus, eurent vite fait de tirer les prisonniers turcs des tours et des souterrains. Certains avaient été pris pendant le siège, d'autres lors des raids de reconnaissance qui l'avaient précédé. Beaucoup étaient blessés et marchaient avec peine. En une heure, les Vénitiens en amenèrent près de trois cents qu'ils poussèrent brutalement contre le mur. Plusieurs d'entre eux étaient dans un tel état d'épuisement qu'ils ne pouvaient rester debout. De temps à autre, un marin ou un soldat vénitien qui voulait venger un ami s'approchait d'un prisonnier pour le gifler, le renverser d'un coup de pied au ventre, ou le frapper au hasard d'un coup de sabre, tandis que l'homme affolé invoquait le nom d'Allah.

— Je protesterai chez l'Empereur, cria Giustiniani. Ces gens sont mes prisonniers.

— Ferme ta gueule, sale Génois, répondirent les Vénitiens, sinon on te pendra aussi.

Les Vénitiens étaient plusieurs centaines, et armés comme pour le combat. Giustiniani constata son impuissance et vit que sa propre vie était en danger. Il s'approcha du baile et essaya de négocier avec lui :

— Quoi que les Génois de Pera aient fait, j'en décline la responsabilité. Nous luttons ensemble pour l'honneur de Dieu et pour le bien de la chrétienté. Notre gloire n'en sera pas plus grande si nous pendons ces pauvres diables dont beaucoup se sont battus héroïquement et ne sont tombés entre nos mains que blessés. D'autre part, ce

216

serait accomplir un acte stupide, car désormais aucun Turc ne voudra plus se rendre, ils lutteront tous jusqu'à leur dernier souffle.

– Le sang de nos amis et de nos frères fume encore sur l'autre rivage, cria le baile, la bouche écumante. Mais toi, vil Génois, tu as le front de défendre les Turcs. Ta cupidité voudrait-elle en tirer une rançon ? Un Génois vendrait sa propre mère, s'il en obtenait un bon prix. Bon, nous te paierons le prix courant pour les prisonniers. Tiens, ramasse !

Il arracha sa bourse et la jeta d'un geste méprisant aux pieds de Giustiniani. Celui-ci pâlit brusquement, mais il se maîtrisa et s'éloigna en me faisant signe de le suivre.

Les Vénitiens commencèrent alors à pendre les Turcs aux poutres des tours et aux créneaux, en face du gibet du Sultan. Ils pendirent aussi les blessés. Ils pendirent en tout deux cent quarante prisonniers, six pour chaque Vénitien décapité. Les marins n'eurent pas honte d'accomplir ce travail de bourreau. Ils avaient apporté des cordes de leurs navires. Le fils du baile lui-même pendit de ses mains un blessé turc.

Dès que nous fûmes hors de vue des Vénitiens, Giustiniani pressa le pas. Une patrouille grecque de la réserve passait dans la rue. Il ordonna aux deux hommes de descendre de cheval ; comme ils refusaient d'obéir, il les menaça et ils cédèrent. Grâce à leurs montures, nous pûmes arriver rapidement au palais impérial. L'Empereur s'était retiré dans sa tour et priait à genoux devant une icône. Il expliqua qu'il avait dû se plier aux exigences des Vénitiens et autoriser l'exécution, parce que les Vénitiens auraient quand même enlevé de force les prisonniers, ce qui aurait nui à son prestige.

– Je m'en lave les mains, dit Giustiniani. Je suis impuissant. Je ne peux retirer mes hommes des murailles, bien que les Vénitiens aient abandonné leurs postes sans permission. Garde les réserves en état d'alarme. Sinon je ne réponds de rien.

Et il regagna son secteur. Mais, ayant observé le camp turc et constaté que rien d'extraordinaire ne s'y préparait, il redescendit dans la soirée au port avec une vingtaine d'hommes.

Après avoir pendu les Turcs inoffensifs, les Vénitiens avaient pris goût au sang. Beaucoup, il est vrai, regagnèrent les murailles et le baile s'enferma aux Blachernes pour pleurer la mort infamante de Jacomo Coco. Mais les autres, par groupes épars, revinrent au port, criant à la trahison et menaçant de mort les Génois. Dès qu'ils rencontraient un Génois, ils le harcelaient, le renversaient dans la rue, le roulaient dans la poussière et lui bourraient les côtes de coups de pied.

Lorsqu'ils entreprirent de briser les portes et les fenêtres de la maison d'un commerçant génois, Giustiniani donna l'ordre à ses hommes d'avancer au coude à coude et de nettoyer la rue. Ce fut le début de la bagarre. Bientôt on se battit partout dans le port et le sang coula. Les trompettes sonnèrent l'alarme et Lucas Notaras descendit la colline à la tête de la réserve. Elle était formée des Grecs qui, de bon cœur, se mirent à frapper et à renverser équitablement Vénitiens et Génois. Les Grecs, prudemment à l'abri dans leurs maisons, se risquèrent à lancer des pierres sur les Latins par les fenêtres et à les faire trébucher avec de longues perches.

La bagarre durait depuis deux heures quand, au coucher du soleil, l'empereur Constantin descendit vers le port, revêtu de son manteau de brocart vert, de son justaucorps et de ses chaussures de pourpre, portant sur la tête sa couronne empanachée. Le baile de Venise chevauchait à son côté en grand uniforme; il appela Giustiniani et, les joues tremblantes, lui demanda pardon pour ses paroles injurieuses. L'Empereur versa des larmes et conjura, pour l'amour du Christ, les Latins de renoncer à leur haine fratricide au moment du danger. Si quelque Génois de Pera était l'auteur de la trahison, tous les Génois n'en étaient pas pour autant coupables.

Ces paroles conciliantes ramenèrent la paix et Lucas Notaras s'y associa en embrassant fraternellement le baile Minotto et Giustiniani. Il fallait, dit-il, enterrer les anciennes haines et jalousies, puisque chacun de son côté exposait loyalement sa vie pour sauver la ville du joug turc. Je crois qu'en cet instant Notaras était vraiment sincère, parce que le caractère grec, dans l'enthousiasme du moment, s'élève facilement à la noblesse et au renoncement. Mais, formés à la politique traditionnelle de leurs villes, Minotto et Giustiniani ne virent dans son attitude qu'une excellente comédie et supposèrent qu'il jugeait

218

l'occasion propice pour rétablir de bonnes relations avec les Latins.

Quoi qu'il en soit, tous descendirent de cheval. Les cavaliers de Notaras ayant cerné le quartier du port, l'Empereur parcourut les rues en compagnie de Giustiniani, de Minotto et de Notaras, chacun invitant ses hommes à oublier leurs griefs. Peu à peu, le calme revint et chacun retourna à son poste. Seuls gisaient dans les rues quelques marins vénitiens qui pour se consoler du trépas de Coco, s'étaient enivrés au point de ne plus pouvoir tenir debout. Trois Génois et deux Vénitiens avaient trouvé la mort dans la bagarre, mais, à la demande de l'Empereur, on décida de garder le secret et de les enterrer pendant la nuit.

Ces événements s'étaient déroulés près de ma maison. Quand tout fut fini, je demandai à Giustiniani la permission de passer chez moi. Il me dit aimablement qu'en une telle journée de chagrin et de honte, il n'avait aucune objection contre un bon verre de vin. Mais je crois qu'il était attiré par la curiosité de voir ma femme.

Manuel nous accueillit en ouvrant la porte et raconta, tremblant de fierté et d'enthousiasme, qu'il avait lancé une pierre sur la tête d'un charpentier vénitien qui était tombé sur les genoux. Giustiniani voulut bien le féliciter. Accablé sous le poids de sa cuirasse, il s'affala dans un fauteuil, étendit les jambes et demanda du vin.

Je laissai Manuel le servir et j'allai chercher Anna qui s'était retirée dans la chambre du fond. Je lui demandai si elle désirait voir le fameux Giustiniani ou si elle préférait, à la manière grecque, ne pas apparaître.

Après s'être assurée que je n'avais pas été blessé dans la bagarre, elle me jeta un regard de réprobation et dit :

– Si vraiment tu as honte de moi et de mon apparence au point de refuser de me montrer même à tes amis, je resterai naturellement dans ma chambre.

Je lui dis qu'au contraire j'étais fier d'elle et que je la montrerais volontiers. Giustiniani ne la reconnaîtrait certainement pas et du reste il avait promis de garder le secret sur mon mariage. C'est pourquoi je pensais qu'elle pouvait sans danger se joindre à nous. Je la pris par la main pour l'amener devant Giustiniani. Mais elle se dégagea vivement et me dit avec colère :

219

— A l'avenir, si tu désires éblouir tes amis avec moi, j'espère que tu m'en informeras à temps, pour que je puisse me coiffer et me vêtir selon mon rang. Telle que je suis, je ne peux me montrer à personne, bien que je brûle d'envie de rencontrer le célèbre Giustiniani.

— Tu es belle comme tu es, lui dis-je en toute innocence. Tu es à mes yeux la plus belle et la plus séduisante de toutes les femmes. Comment peux-tu parler de coiffure et de robe en ce jour d'horreur et de honte ? Personne n'y fera attention.

— Comment ? Vraiment ? Tu ne connais pas encore bien le monde. Je le connais mieux que toi, parce que je suis une femme. Laisse-moi être une femme. C'est bien pour cela que tu m'as épousée, n'est-ce pas ?

— Fais comme tu veux, dis-je en haussant les épaules. Reste dans ta chambre, si cela vaut mieux. J'expliquerai la chose à Giustiniani.

— Ne sois pas stupide, dit-elle en me prenant par le bras. Je serai prête en un clin d'œil. Va le distraire pour qu'il ne parte pas avant que je vienne.

J'étais encore dans la chambre que déjà elle avait pris son peigne d'ivoire et défait ses cheveux dorés. Contre mon habitude, je vidai d'un trait un gobelet de vin, et Giustiniani suivit volontiers cet exemple. Anna avait certainement raison, la femme est différente de l'homme et, pour elle, les choses n'ont pas la même importance. Je commençais à comprendre que je connaissais encore fort mal Anna, si proche que je la sentisse de moi. Alors même qu'elle reposait dans mes bras, ses pensées suivaient d'autres voies que les miennes et je ne pouvais jamais la rejoindre complètement.

Heureusement, Giustiniani ne trouva rien d'anormal au retard d'Anna. Chez moi, on se sentait à l'aise et à l'abri. Cette halte semblait bonne après le long séjour sur les remparts. Enfin, la porte s'ouvrit. Giustiniani jeta d'abord un regard distrait dans sa direction, mais son visage s'anima aussitôt, il se dressa d'un bond, faisant cliqueter sa cuirasse, et inclina respectueusement la tête.

Anna était sur le seuil. Elle avait revêtu une robe de soie blanche très simple, qu'une agrafe d'or retenait sur l'épaule. Une ceinture d'or émaillée de pierreries faisait ressortir la finesse de sa taille ; ses bras et ses jambes étaient nus. Elle portait des sandales jaunes et elle s'était teint les ongles en rouge. Sa coiffure, petite et ronde, était aussi couverte de pierreries. Elle avait laissé glisser son voile transparent sur le cou et le tenait avec un sourire chaste à la hauteur du menton. Son visage était plus blanc, sa bouche plus rouge et ses yeux plus grands et plus brillants que jamais. Elle éleva l'arc bleu de ses sourcils d'un air de surprise :

— Ah! dit-elle, je ne savais pas que tu avais un ami.

D'un air confus, elle tendit ses doigts minces et Giustiniani courba sa nuque de taureau pour lui baiser la main qu'il garda dans la sienne, tandis qu'il l'examinait, l'air ravi :

— Jean Ange, dit-il lorsqu'il fut remis de sa surprise, je ne m'étonne plus que tu te sois tellement pressé. Si elle n'était pas ta femme légitime, je me mettrais avec toi sur les rangs pour gagner ses faveurs. Maintenant, je ne puis que prier le Ciel qu'elle ait une sœur pareille à elle, et qu'Il m'en fasse faire la connaissance.

— Je suis fière, dit Anna, de rencontrer le grand Giustiniani dont la réputation est la gloire de toute la chrétienté. Excuse la simplicité de ma mise. Si j'avais prévu ta visite, je me serais vêtue avec plus de soin.

Elle pencha la tête de côté et regarda Giustiniani entre ses cils, puis elle ajouta :

— Je me suis peut-être trop hâtée de céder aux instances de Johannès Angelos. Je ne t'avais pas encore vu.

— Ne le crois pas, Anna, il a déjà une femme à Gênes et une autre à Caffa et des amies dans tous les ports de la mer de Grèce.

— Quelle magnifique barbe, murmura Anna en caressant la barbe teinte en rouge, comme si elle n'avait pu résister à la tentation. Elle versa du vin dans un gobelet, y but et le tendit à Giustiniani en le regardant avec un sourire aguichant. Je me sentis malade de colère et de jalousie.

— Si je suis de trop ici, dis-je sèchement, je puis aller dans la cour. Je crois entendre du tumulte sur les murailles.

Anna me jeta un regard malin en clignant de l'œil, et je compris qu'elle ne cherchait qu'à flatter Giustiniani pour gagner son amitié. Je me calmai immédiatement et souris. Tandis qu'ils continuaient à badiner, je buvais Anna des yeux, admirant avec quelle facilité elle avait fait la conquête de Giustiniani.

Nous prîmes notre repas ensemble et, au moment de partir, Giustiniani me regarda et, d'un geste magnifique, enleva de son cou la chaîne de protostrator à plaque émaillée :

— Que ce soit mon cadeau de mariage, dit-il, et il passa le collier au cou d'Anna, tout en profitant de l'occasion pour lui caresser les épaules nues de ses grosses pattes. Mes hommes me déclarent invincible. Mais je reconnais volontiers que tu m'as vaincu. Cette chaîne et cette plaque t'ouvriront toutes les portes que les épées et les canons ne peuvent forcer.

Je savais qu'il pouvait se permettre ce geste, parce qu'il possède beaucoup de colliers et que la vanité le pousse à en changer souvent. Mais l'allusion voilée au fait qu'Anna serait la bienvenue dans son secteur chaque fois qu'elle aurait envie de le visiter ne me plut guère. Anna, au contraire, le remercia avec effusion, lui passa les bras autour du cou, l'embrassa sur les deux joues et lui effleura même les lèvres.

Giustiniani se troubla, versa une larme sur sa générosité, et dit :

— Je céderais volontiers à ton mari le bâton de protostrator pour passer la nuit avec toi. Mais, puisque ce n'est pas possible, je donne congé à ton mari pour cette nuit et, désormais, je fermerai les yeux s'il n'est pas à son poste, sauf pendant le combat. Il y a des tentations qu'un homme digne de ce nom peut vaincre. Mais ton mari ne serait pas un homme s'il pouvait résister à celle d'une femme comme toi.

Il partit et je le raccompagnai jusqu'à la rue. Mais, remarquant mon impatience, pour me taquiner, il se lança dans de longues histoires dont je ne compris pas un traître mot. Lorsque enfin il fut remonté à cheval, je grimpai les escaliers en courant et serrai Anna dans mes bras, l'embrassant et la caressant avec tant d'ardeur que mon amour ressemblait à de la fureur. Elle s'épanouissait, elle fleurissait, elle souriait et riait dans mes bras, plus belle que jamais. Au lit, elle voulut garder à son cou la chaîne de Giustiniani en signe de victoire, malgré mes efforts pour la lui ôter.

Puis elle resta étendue; ses yeux grands ouverts fixaient

le plafond avec une expression étrange que je ne connaissais ni ne comprenais.

– A quoi penses-tu, mon amour ? lui demandai-je.

– Je vis, j'existe, dit-elle simplement avec un petit
mouvement de la tête. Je ne pense à rien d'autre.

Epuisé, vidé, apaisé, je contemplais sa beauté grisante
et je pensais aux hommes empalés sur la rive de Pera et
aux Turcs dont les cadavres garnissaient la muraille
maritime, le visage noir et le cou étiré. Les canons
grondaient dans la nuit au loin. Les étoiles impassibles
déversaient leur lumière sur la terre. La beauté de la
poussière respirait à mes côtés, une étrange expression
dans les yeux. Chaque respiration enfonçait plus cruellement dans ma chair les chaînes du temps et de l'espace.

Le 1er mai 1453.

Notre situation commence à devenir désespérée. Les
troupes turques construisent un pont flottant, sur des
tonneaux, pour relier la rive de Pera au camp du Sultan.
Jusqu'ici les hommes stationnés sur les collines de Pera
étaient séparés du gros de l'armée avec lequel ils ne
pouvaient communiquer qu'en contournant le golfe.

Pour protéger le pont, d'immenses radeaux portant des
canons ont été ancrés, si bien que notre flotte ne peut
gêner les travaux. Quand ceux-ci seront terminés, les
galères du Sultan pourront, sous la protection des batteries flottantes, passer à l'attaque du mur maritime.

Le feu de l'artillerie et les attaques quotidiennes des
Turcs contre les retranchements de fortune élevés dans
les brèches nous causent des pertes. La défense s'affaiblit, alors que chaque jour l'armée du Sultan se renforce.
La nouvelle du siège s'est répandue dans les terres d'Asie.
Conduits par des derviches fanatiques, les paysans abandonnent leur charrue et les pâtres leurs troupeaux, afin
de réaliser la prédiction du Coran, beaucoup n'ayant
qu'un couteau ou un bâton ferré pour toute arme.

Le vin s'épuise en ville et les prix des vivres dans le
commerce libre deviennent inaccessibles aux pauvres.
C'est pourquoi l'Empereur a réglementé aujourd'hui la
distribution du pain. Dans chaque quartier, les anciens

devront veiller à ce que les familles des combattants reçoivent leur juste ration de vivres et à ce que la nourriture soit portée aux hommes sur les murailles, afin que personne n'ait de prétexte pour quitter son poste.

Le commandant de la réserve a ordre de faire chaque jour des rondes dans la ville et de procéder à des appels nominaux par surprise. Cela concerne les Grecs, non pas les Latins.

Près de la porte de Kharisios, les remparts sont largement effondrés en plusieurs points. Le mur extérieur est réparé et délabré, mais nulle part encore les Turcs n'ont pu y prendre pied. Pendant la nuit, on nettoie le fossé, et les fagots et les poutres qu'y jettent les Turcs sont fort utiles pour réparer les remparts et les palissades.

Une odeur de cadavre remplit l'air le long de la muraille, et bien des gens sont devenus sourds à cause du vacarme des canons.

Le 4 mai 1453.

Vers minuit, dans la pleine obscurité et avec un fort vent favorable, un brigantin monté par douze volontaires a quitté le port. Les hommes avaient revêtu des costumes turcs et hissé le pavillon du Sultan, afin de franchir par ruse le détroit de Gallipoli. On a bon espoir que le navire réussira à trouver la flotte vénitienne de l'Archipel, commandée par Loredan qui, selon le baile, est partie à notre secours.

Mais celle-ci serait déjà arrivée depuis longtemps à Constantinople, si elle l'avait voulu. La haute Signoria redoute peut-être que ses précieux navires ne soient pris dans une souricière, si elle les envoie ici, et, privés de la protection de cette flotte, les comptoirs vénitiens dans les îles grecques risqueraient de tomber entre les mains des Turcs. Nous n'aurions sûrement pas un seul bateau vénitien avec nous si l'Empereur n'avait obligé, en vertu des traités, les navires arrivant de la mer Noire à participer à la défense de la ville.

Néanmoins, le bruit s'est répandu dans la ville qu'une flotte de secours approche et on dit aussi que l'armée hongroise va tomber dans le dos du Sultan. Si seulement c'était vrai! Mais l'Occident nous a abandonnés.

Il est facile de penser, il est facile d'écrire, quand on est seul. Il est probablement facile de mourir aussi, lorsqu'on est seul sur les murailles et que la mort tonne autour de vous. Le sol au-delà des remparts est noir, brûlé à perte de vue. Les murs des Blachernes tremblent et des plaques de marbre lisses s'en détachent et s'écrasent par terre. Il est facile d'errer seul dans le palais des empereurs et d'attendre la mort, cependant que le passé irréversible sonne creux autour de vous.

Mais aujourd'hui je suis retourné chez moi. Il me suffit de revoir ses yeux nus, de la toucher du bout des doigts et de sentir la chaleur de sa peau, sa beauté périssable, pour que le désir et la force du sang chassent au loin les pensées, et que tout soit changé.

Lorsque nous sommes couchés l'un à côté de l'autre et que sa bouche jette dans la mienne, comme un sanglot, son souffle haletant, nous sommes bien. Mais, dès que cette bouche s'ouvre pour parler, nous ne sommes plus accordés. Nous ne nous comprenons que dans le rapprochement des corps et nous avons appris ce que j'ignorais; le beau et terrible savoir du corps. Mais nos pensées courent sur des voies divergentes. Un mot, et nous nous blessons l'un l'autre. Un mot, et nous voilà dressés l'un devant l'autre comme des ennemis.

Elle ne comprend pas pourquoi je dois mourir, alors que je pourrais vivre si je le voulais.

— L'honneur! dit-elle. Le mot le plus détestable du vocabulaire masculin, un mot stupide. Le sultan Mohammed n'est-il pas honorable dans toute sa gloire? Et n'honore-t-il pas particulièrement les chrétiens qui ont abjuré leur foi, adopté le turban et rallié son camp? Qu'est l'honneur pour le vaincu? Il n'y a d'honneur que pour le vainqueur.

— Nous parlons de choses différentes, lui dis-je, et nous ne pouvons nous comprendre.

Mais elle est obstinée, elle plante ses ongles dans mon bras comme pour me contraindre à penser comme elle et elle reprend :

— J'admets que tu te battes, tu es Grec. Mais à quoi bon

mourir ou tomber en esclavage lorsque les murailles s'effondreront et que les Turcs pénétreront dans la ville ? Tu n'es qu'à moitié Grec, si tu ne sais pas que chacun doit avant tout penser à soi.

— Tu ne me comprends pas, lui dis-je, parce que tu ne me connais pas. Mais tu as raison. Chacun doit penser à soi. Je ne dois obéir qu'à moi-même.

— Et moi ? demande-t-elle pour la centième fois. Tu ne m'aimes donc pas ?

— Je peux résister à ta tentation, dis-je. Mais ne me jette pas dans le désespoir. Mon amour, mon seul amour, ne me jette pas dans le désespoir.

Elle a posé ses mains sur mes tempes et, me soufflant sa colère au visage, elle m'a regardé, les yeux ardents, et elle a murmuré :

— Si je pouvais ouvrir ce front rongé par les pensées. Si je pouvais découvrir les idées cachées sous ce crâne. Tu n'es pas celui que je croyais. Qui es-tu donc ? Je n'ai embrassé que ton corps. Je ne t'ai jamais embrassé toi-même. Je te déteste, je te déteste.

— Accorde-moi seulement ces brèves journées, ces derniers instants, suppliai-je. Il s'écoulera peut-être des siècles avant que je ne revoie tes yeux et que je ne te retrouve. Quel mal t'ai-je fait pour que tu me tourmentes ainsi ?

— Il n'y a ni passé ni avenir, dit-elle. Tout cela est imagination et rêverie. Je ne veux pas de mensonge, je ne me contente pas de la philosophie d'un fou. Je veux cette vie et toi dans cette vie. Johannès Angelos, ne comprends-tu donc pas ? C'est seulement pour ta vie que je lutte contre toi. C'est pourquoi il faut que je te tourmente, que je te tourmente jusqu'au bout. Et je ne te le pardonne pas. Ni à toi ni à moi.

— Ma couronne est lourde à porter, lui dis-je, accablé. Mais elle ne devina pas le sens de mes paroles.

Le 6 mai 1453.

La journée a été très agitée. Le roulement de l'artillerie est incessant. Le ciel et la terre tremblent. Toutes les deux heures, la détonation du gros canon couvre les autres bruits. On dirait alors que les murailles frémissent, de la mer de Marmara au rivage du port.

Les Turcs déploient une grande activité. Leur camp retentit sans cesse de cris et de sonneries. Les hurlements rauques des derviches en transes portent jusque dans la ville. Dansant et tournant, ils s'approchent du fossé. Même percés par les flèches, ils continuent à pivoter sur les talons, insensibles à la douleur. Les Grecs ont peur d'eux et demandent aux prêtres et aux moines de venir les exorciser sur les murailles.

Je ne puis songer à m'éloigner des remparts. Sur les quatre points où les gros canons concentrent leurs boulets, le mur extérieur est rasé et des brèches s'élargissent dans la grande muraille. Le feu incessant empêche de réparer les dégâts pendant la journée, mais, dès le soir, se reconstruisent retranchements et palissades de fortune. A l'aube, un nouveau mur extérieur se dresse devant les Turcs pour protéger la ville.

L'Allemand Grant dit que les canons turcs donnent des signes de fatigue, car les boulets volent un peu à l'aventure et tombent parfois en ville, sans abîmer le mur. Un canon usé est, dit-il, difficile à pointer et, en outre, dangereux pour ses servants, surtout pour celui qui approche la mèche. Mais, derrière la colline, une lueur rougeâtre plane sans cesse au-dessus de la fonderie d'Orban et chaque jour on entend le métal en fusion couler avec fracas dans les moules.

La ville manque d'huile comestible. Les pauvres, naturellement, sont les plus privés. Mais, de Pera, chaque jour, des chariots chargés de tonneaux d'huile se dirigent vers le camp turc et le précieux liquide est englouti, à pleins seaux, par la bouche béante des canons brûlants. Aucun siège n'a encore coûté si cher à aucun Sultan. Mais Mohammed puise sans hésiter dans les ressources des vizirs et des chefs. Son camp abrite des financiers de tous pays, des Juifs comme des Grecs, et son crédit est encore illimité. On dit que les Génois de Pera achètent ses traites, les considérant comme un placement plus sûr que leurs coffres ou leurs cachettes exposés au pillage.

Peu après minuit, l'enfer s'est déchaîné. Trente mille hommes au moins ont pris part à un assaut général contre les murailles. Le point le plus menacé a été le secteur de Giustiniani où le gros canon a causé les plus graves dommages au mur extérieur et à la grande muraille.

Sans bruit, en bon ordre, les assaillants se sont approchés de leur objectif dans les ténèbres. Ils ont réussi par surprise à combler le fossé avant que l'alarme n'ait été donnée. Puis ils ont dressé contre le mur des dizaines d'échelles. Les ouvriers, occupés aux réparations, se sont enfuis, pris d'une peur panique. Seul, le sang-froid de Giustiniani a rétabli la situation. Mugissant comme un taureau, il s'est jeté dans la mêlée et, de sa lourde épée à deux mains, il a fauché les Turcs parvenus sur la crête du mur. En même temps, les torches et les marmites de poix s'allumaient.

Giustiniani hurlait si fort que sa voix dominait le vacarme des tambours et les cris des ennemis. Ayant constaté le grand nombre de ceux-ci, il a fait appeler les réserves. Au bout de deux heures de lutte, il fallut aussi recourir à des hommes prélevés sur les points les plus solides de la muraille, des deux côtés de la porte. Après la confusion du début, l'attaque s'organisa par vagues de mille hommes à la fois. Les Turcs avaient amené des canons légers près du fossé. Les arbalétriers et les artilleurs cherchaient à forcer les défenseurs à se cacher derrière les créneaux. Mais, protégés par leurs cuirasses, les hommes de Giustiniani formaient sur la muraille un rempart vivant. Les échelles furent culbutées et les Turcs qui avançaient en « tortue » sous leurs boucliers furent arrosés de plomb fondu et de poix enflammée. Leurs formations se rompirent et les archers trouvèrent en eux des cibles faciles.

Il est difficile de dire combien de Turcs tombèrent. Giustiniani fit savoir en ville que les amas de cadavres ennemis s'élevaient à la hauteur du mur extérieur, mais c'était seulement pour relever le moral des habitants. Quel que fût le nombre des morts turcs, il ne saurait compenser la perte des Latins tués par les boulets de plomb des petits canons ou tirés à bas des murailles avec les crochets des Turcs.

Par comparaison avec cette attaque, tout ce que nous avions vu jusqu'alors n'était qu'un jeu. La nuit dernière, le Sultan ne plaisantait plus et une bonne partie de son armée a pris part à l'assaut. Aux Blachernes, le danger n'a pas été grand. Les échelles des Turcs étaient trop courtes. C'est pourquoi le baile a détaché un groupe de ses hommes au secours de Giustiniani, afin que les Vénitiens pussent avoir leur part de gloire dans cette affaire.

A notre arrivée, un gigantesque janissaire avait réussi à atteindre le faîte de la muraille. Avec un cri de triomphe, il appela ses camarades et se précipita sur Giustiniani, dont les hommes terrorisés se retiraient sur son passage. Giustiniani combattait dans une brèche, en contrebas, et sa situation était critique, lorsqu'un ouvrier grec, sans la moindre cuirasse, sauta légèrement derrière le colosse et lui trancha le jarret d'un coup de sa hache. Giustiniani n'eut aucune peine à achever le blessé, et il récompensa généreusement le brave Grec, mais en déclarant qu'il aurait préféré se tirer d'affaire par ses propres moyens.

J'assistai à ce duel à la lueur des torches et des flèches enflammées, dans la confusion et le vacarme. Bientôt la pression turque se fit si violente qu'il nous fallut bander toutes nos énergies pour résister. Mon épée s'émoussa. Quand les Turcs donnèrent des signes de fatigue et commencèrent à se replier aux premières lueurs de l'aube, j'étais tellement épuisé que j'avais à peine la force de lever le bras. Mais je n'avais aucune blessure. Giustiniani avait une plaie ouverte à l'aisselle, mais sa cotte avait empêché le fer de pénétrer profondément.

Giustiniani était de bonne humeur et tout ce qu'il regrettait était de devoir couper son vin avec de l'eau pour donner le bon exemple à ses hommes.

– Eh bien! Jean Ange, dit-il. On commence enfin à se battre. Le Sultan se réchauffe. Bientôt nous aurons de véritables assauts à repousser.

Je le regardai, ébahi :

– Qu'est-ce donc qu'un véritable assaut? lui demandai-je. Je n'ai jamais vu rien de pire. Les janissaires se sont battus comme des fauves et il me semblait que j'étais devenu moi-même un sauvage.

– Tu as encore bien des choses à apprendre, Jean Ange,

dit Giustiniani d'une voix tendre. Va rejoindre ta charmante épouse. Les femmes aiment l'odeur du sang. Je ne trouve jamais autant de plaisir dans les bras d'une femme que lorsque j'ai expédié plusieurs hommes dans l'autre monde et que je me sens fourbu et brisé. Je t'envie cette expérience, Jean Ange, je t'envie.

Ecœuré, épuisé, je ne prêtai pas attention à ses propos. Je ne voulais que dormir. Mais il me semblait qu'à peine aurais-je fermé les yeux, l'obsession du carnage m'éveillerait et me ferait hurler d'horreur.

Et pourtant, Giustiniani avait raison. Profitant de sa permission, je rentrai chez moi pour me remettre des fatigues du combat. Jamais mon corps meurtri et douloureux n'avait été ardent comme il le fut ce matin-là. Jamais mon sommeil plus profond. Je dormis d'un sommeil profond comme la mort, la tête contre l'épaule blanche d'Anna Notaras.

Le 8 mai 1453.

Hier, tard dans la soirée, le conseil des Douze a tenu une réunion secrète. L'assaut nocturne des Turcs a clairement révélé la faiblesse des forces défensives. Le pont flottant construit par les Turcs menace surtout les Blachernes. C'est pourquoi les Vénitiens ont décidé, après de longues querelles, de désarmer les trois grands navires de Trevisano et de récupérer ainsi deux mille hommes pour la défense. Les cargaisons seraient déposées dans l'arsenal impérial, les marins et les soldats renforçant les Blachernes.

Trevisano a protesté au nom des armateurs et des capitaines. Il a déclaré que, si l'on déchargeait des cargaisons valant des dizaines de milliers de ducats, il n'y aurait aucune chance de les récupérer en cas de victoire des Turcs. Les navires abandonnés tomberaient aussi entre les mains des Turcs et leurs équipages ne pourraient sauver leur vie.

Le conseil a pourtant décidé de désarmer les navires. A cette nouvelle, les équipages avec leurs capitaines se sont mutinés, ont pris des armes et ont refusé de débarquer.

Le conseil des Douze n'a pas réussi à résoudre le

conflit, bien que, les larmes aux yeux, l'Empereur en personne ait fait appel à la conscience des marins.

Le 12 mai 1453.

Les marins restent intraitables. Toutes les discussions se révèlent inutiles.

Mais le conseil des Douze a réussi à gagner Trevisano et Aloisio Diedo à ses vues. On a offert des cadeaux aux capitaines pour les calmer. A tout prix, les Vénitiens entendent garder les Blachernes dont la position, sans aucun doute, a empiré. Mais, indépendamment de la défense, les Vénitiens tiennent à y maintenir une garnison aussi nombreuse que possible afin de dominer la ville, au cas où le Sultan serait forcé de lever le siège. C'est pourquoi ils veulent absolument transférer sur le mur les équipages des navires. En plus des marins, il y a d'ailleurs à bord quelque quatre cents soldats cuirassés.

Et, pendant tout ce temps, les Grecs versent leur sang et meurent sur les murailles. Notaras a raison. Aussi bien à la Porte d'Or qu'à celle de Sélymbria, les Grecs ont repoussé seuls tous les assauts des Turcs. Certes, dans ce secteur, les murs sont moins endommagés que près des portes de Saint-Romain et de Kharisios. Mais la majorité des défenseurs sont des artisans et des moines sans entraînement militaire, hâtivement instruits au maniement des armes, avant le siège. Parmi eux, il y a des faibles qui perdent le contrôle de leurs nerfs et s'enfuient, tête baissée, au moment d'une attaque. Mais la plupart sont de la race des Grecs qui se battirent aux Thermopyles et à Marathon.

La guerre met à jour le meilleur et le pire. Plus le siège se prolonge plus le pire apparaît. Le temps ne lutte pas pour nous.

Pendant que les Latins, gras, rubiconds et hilares, se disputent entre eux, les Grecs maigrissent sur les remparts. Ils manquent d'huile et de pain. Une goutte de vin coupé d'eau est tout ce que leur fournissent les dépôts de l'Empereur. Leurs femmes et leurs enfants pleurent au logis ou se rendent en procession dans les églises. Du matin au soir et du soir au matin, les ardentes prières des humbles et des malheureux montent vers le Ciel. Si les prières pouvaient sauver la ville, Constantinople tiendrait jusqu'à la fin du monde.

Pendant que les Latins discutent dans l'église de la Vierge des Blachernes, l'Empereur a convoqué les Grecs à un service divin et à un conseil de guerre à Sainte-Sophie. Giustiniani m'a demandé de l'y représenter. Il estime ne plus pouvoir s'absenter de son secteur.

Le 13 juillet 1453.

Après l'office, le conseil de guerre, qui avait commencé dans une atmosphère tendue, fut rapidement interrompu par le signal d'alarme, dont le bruit nous parvint, assourdi par les murs épais de l'église. L'Empereur leva la séance et sortit, suivi des membres de sa suite, dans l'ordre protocolaire. Près de l'église, nous rencontrâmes un messager qui nous annonça que les Turcs attaquaient les Blachernes par la côte et près de la porte de Kaligaria. Mais l'assaut le plus furieux se livrait près de la porte de Kharisios.

Les cloches sonnaient dans toute la ville. Le cortège impérial se dissocia. L'Empereur prit le galop à la lumière des torches.

Parvenus près de la muraille à la porte de Kharisios, nous aperçûmes une foule de fuyards dont quelques-uns portaient des armes. L'Empereur arrêta son cheval et, au nom du Christ, les conjura de regagner leurs postes. Mais ces hommes affolés n'y prêtèrent aucune attention. La police militaire dut intervenir, elle abattit quelques fuyards et les autres s'arrêtèrent, tout hébétés encore, avant de retourner lentement vers les remparts.

La grande muraille est à moitié effondrée près de la porte de Kharisios. La défense a cédé et des Turcs ont réussi à pénétrer dans la ville, hurlant à plein gosier et taillant les fuyards en pièces. Notre troupe de cavaliers les balaya sur son passage et, quand la confusion cessa, il apparut qu'ils n'étaient que les derniers débris d'une vague d'assaut. Les défenseurs les avaient laissés passer et avaient réoccupé le mur derrière eux, avant l'arrivée de la vague suivante. Giustiniani était accouru à la rescousse et criait des ordres du haut de la muraille.

Cet incident était prémonitoire et montrait combien le

sort de la ville était suspendu à un fil. Aux autres points, toutefois, l'ennemi, en dépit d'attaques violentes, n'avait pas obtenu le même succès.

A l'aube, l'assaut cessa. Ce n'avait pas été une attaque générale, la flotte turque n'ayant pas quitté son ancrage. Giustiniani estimait le nombre des assaillants à environ quarante mille hommes.

– C'est une tactique d'usure, dit-il, le Sultan veut grignoter nos forces. Ne t'imagine pas que nous ayons remporté une victoire. Nos pertes sont lourdes et irréparables. Je n'ose même pas te dire combien de mes hommes sont tombés. Mais je reconnais volontiers que, cette nuit, les Vénitiens se sont un peu rachetés.

Ce matin, les cadavres turcs s'amoncellent au pied des remparts. Les corps des hommes tombés sur les brèches et dans les rues de la ville ont été lancés hors des murailles. Il y en avait plus de quatre cents.

Maintenant qu'ils ont vu de leurs yeux les dangers courus par leurs compatriotes, les marins de Trevisano ont enfin cédé. Pendant la journée, ils ont déchargé leurs navires et déposé les cargaisons dans l'arsenal. Ce soir, quatre cents soldats commandés par Trevisano se sont rendus aux Blachernes pour se présenter au baile. On leur a confié le poste le plus dangereux, le poste d'honneur également : la pointe nord de la ville près de Kynégion, à l'intersection du mur terrestre et du mur maritime. Les marins les rejoindront demain, promettant de risquer leur vie pour les blessures du Christ, dès que les précieuses cargaisons seront à l'abri.

Ces renforts sont indispensables. La ville ne pourrait résister à un second assaut nocturne. Toute la journée, les Turcs ont lancé de petites attaques sur les points les plus menacés, afin d'empêcher les défenseurs de se reposer. C'est pourquoi Giustiniani a donné l'ordre de ne dormir que par roulement. Mais au cours d'une tournée d'inspection, l'Empereur a pu constater qu'en bien des endroits tout le monde dormait d'un profond sommeil. De ses propres mains, il a secoué les hommes, leur adressant des paroles de réconfort, tandis que certains pleuraient de fatigue. Il a défendu aux officiers de punir qui que ce fût cette fois pour avoir dormi à son poste. Et comment pourrait-on châtier ces malheureux? On ne saurait diminuer les rations déjà modestes sans nuire à leur force défensive. Il n'y a plus de vin. Et les remparts sont un châtiment suffisant pour n'importe quel homme ordinaire.

Alors que le soleil matinal rosissait les collines de Pera, j'ai rencontré les frères Guacchardi. Ils étaient en train de décapiter les corps des Turcs tombés dans leur secteur et leurs cuirasses étaient couvertes de sang du casque aux genouillères. Avec des rires et des cris, ils se lançaient les têtes les uns aux autres, comme s'ils jouaient à la balle. Ils avaient parié à qui trouverait la plus longue barbe, et ils en avaient déjà une collection à leur ceinture. C'était leur manière de ne pas avouer, ni à leurs hommes ni à eux-mêmes, leur fatigue après la bataille.

Dans la terre imbibée de sang, noircie par la poudre et couverte de débris, quelques fleurs jaunes ont éclos.

Je n'avais pas assisté à la pire mêlée, occupé que j'étais à porter les ordres de Giustiniani d'un endroit à l'autre. Et pourtant, je chancelais de fatigue et l'épuisement rendait tout irréel autour de moi, comme dans un rêve. Les canons turcs avaient recommencé à tirer, les murailles tremblaient sous le choc des boulets, mais tous ces bruits parvenaient affaiblis à mes oreilles engourdies par le vacarme et par la lassitude.

Le 15 mai 1453.

Ce soir, mon serviteur Manuel est venu me trouver aux Blachernes. Il avait les yeux pleins de larmes et on avait dû lui tirer la barbe, car ses joues meurtries étaient criblées de petites taches de sang.

— Maître, cria-t-il tout essoufflé, la main sur le cœur. Un malheur est arrivé.

Il avait dû traverser la ville en courant et ses genoux malades ployaient sous lui. Il était tellement agité qu'il ne prenait pas garde qu'on pouvait l'entendre. Il me raconta que la police militaire était venue ce matin effectuer une perquisition chez moi. Elle n'avait rien trouvé, mais un des hommes avait regardé attentivement Anna et l'avait probablement reconnue, car, dans l'après-midi, ils étaient revenus, sous le commandement d'un des jeunes Notaras. Ce dernier avait immédiatement donné l'ordre d'emmener sa sœur, qui avait obéi sans offrir de résistance, car que pouvait-elle faire d'autre? Manuel avait essayé de la défendre en invoquant mon absence, mais on lui avait arraché la barbe, puis on l'avait renversé par terre et roué de coups. Oubliant sa dignité, le frère d'Anna lui avait même donné une gifle.

Manuel avait pourtant réussi à les suivre de loin et avait vu qu'on ramenait Anna chez le mégaduc Notaras.

– Car notre patronne est bien la fille du mégaduc. Je l'ai deviné dès le début, bien que j'aie fait semblant de l'ignorer, parce que tu ne voulais pas qu'on le sache. Mais c'est une autre affaire. Prépare-toi à fuir, maître, car sans aucun doute le mégaduc Notaras est déjà parti à ta recherche pour te tuer. Son cheval est plus rapide que mes jambes.

– Où fuir dans cette ville? dis-je. Il n'y a pas de cachette où il ne puisse me trouver.

– La nuit va tomber, dit-il avec impatience en me secouant le bras. Tout est calme ici. Tu peux quitter la muraille et gagner le camp turc. Tu y seras comme chez toi. Bien d'autres l'ont fait. Si tu veux, je tiendrai la corde et la retirerai, pour que ta fuite ne laisse aucune trace. Mais ne m'oublie pas quand tu reviendras avec les vainqueurs.

– Tu divagues, vieillard. Le Sultan me fera empaler si je tombe entre ses mains.

– Oui, oui, c'est vrai, bégaya Manuel en me regardant de ses yeux bordés de rouge. C'est ce que tu racontes toujours, et ce n'est pas à moi à avoir une opinion. Mais, crois-moi, le camp du Sultan est plus sûr pour toi en ce moment que Constantinople, et peut-être pourras-tu fléchir Mohammed en faveur de nous autres, pauvres Grecs.

– Manuel, lui dis-je.

Mais je m'interrompis. Il me toucha du doigt en disant :

– Mais naturellement tu es un émissaire du Sultan. Crois-tu vraiment que tu peux tromper un vrai Grec? Roule les Latins si tu veux, mais non pas nous. Pourquoi les gens s'écartent-ils si respectueusement et te bénissent-ils lorsque tu passes? Pas un cheveu n'est tombé de ta tête. N'est-ce pas là meilleure preuve? Personne n'ose te toucher, parce que le Sultan est ton bouclier. Et il n'y a pas de honte à cela. Chacun sert son maître. Même les empereurs se sont parfois alliés aux Turcs, en cas de besoin.

– Tais-toi, vieux radoteur, dis-je en jetant un regard autour de moi.

Une sentinelle vénitienne s'était approchée de nous et observait avec amusement l'excitation du bonhomme. On entendit une détonation et un boulet frappa le mur près de nous. Manuel me saisit le bras et jeta un regard alentour. Il s'avisa que le sol, à nos pieds, était bouleversé et roussi.

– J'espère que l'endroit n'est pas dangereux, dit-il craintivement.

– Tes paroles inconsidérées sont plus dangereuses pour moi que les canons turcs, lui dis-je. Au nom de Dieu, Manuel, crois-moi. Qui que je sois, je vivrai et mourrai pour cette ville. Je n'ai pas d'autre avenir. Je ne désire ni le pouvoir ni la pourpre. Le pouvoir est mortel. Comprends-moi enfin, je suis seul, tout seul. Ce qui est caché dans mon cœur périra avec mon cœur, lorsque les Turcs viendront.

Mes paroles étaient si sérieuses et si graves que Manuel me regarda tout ébahi. Il ne pouvait plus ne pas me croire. Mais sa déception était telle qu'il fondit en larmes.

– Dans ce cas, dit-il, c'est toi qui es fou et non pas moi. Mais mon devoir est de te suivre jusque dans ta folie, puisque je t'ai reconnu.

Il soupira profondément en regardant autour de lui, et il ajouta :

– Je n'aime guère cet endroit, mais je ne peux rentrer chez toi. J'ai trop peur du mégaduc Notaras. Je préfère affronter virilement, le couperet à la main, un Turc furieux que rencontrer Notaras après t'avoir aidé à enlever sa fille. C'est qu'Anna Notaras était, depuis longtemps, réservée pour le harem du Sultan, si je ne m'abuse.

Une fois de plus, j'admirai ce qu'un simple Grec comme Manuel peut savoir ou deviner de la politique secrète de cette ville. En effet, ne cadrerait-il pas admirablement avec les plans de Notaras de donner sa fille au Sultan en gage d'une amitié réciproque, puisque les sultans ont l'habitude d'accepter dans leur harem les filles de leurs alliés ? Peut-être n'avait-il voulu envoyer sa fille en Crète avant le siège que pour être plus sûr de la négocier aux meilleures conditions. Mohammed est ambitieux dans ce domaine aussi et sur ce point encore il ressemble à son modèle Alexandre le Grand. La fille de la plus noble famille de Constantinople satisferait son immense besoin de gloriole.

– Où as-tu été chercher toutes tes informations? ne pus-je m'empêcher de demander à Manuel.

– C'est dans l'air, dit-il. Je suis Grec. J'ai la politique dans le sang. Mais je ne tiens nullement à être mêlé à ton histoire avec ton beau-père. Je préfère rester spectateur, avec ta permission.

Je comprenais fort bien qu'il ne pouvait plus habiter chez moi. Je le fis donc enrôler, parmi les ouvriers grecs, au service des Vénitiens, en lui disant de se débrouiller comme il le pourrait.

Quant à moi, ma première réaction fut de sauter à cheval et de galoper chez Lucas Notaras pour lui réclamer sa fille, mon épouse. Mais à quoi bon? Notaras n'aurait qu'à me faire tuer dans sa maison. Il a dû recevoir un coup terrible en apprenant que sa propre fille, qu'il avait destinée à l'Empereur, a trompé sa confiance et s'est jetée dans les bras de l'étranger le plus louche de Constantinople. Derrière les verrous et les grilles du palais paternel, Anna m'est inaccessible. Elle est ma femme. C'est pourquoi je dois me méfier de son père. Le moyen le plus simple d'annuler ce mariage est de me tuer. Et je ne veux pas mourir de la main d'un Grec.

J'ai veillé en écrivant. De temps à autre, je fermais les yeux et prenais mon front brûlant entre mes mains. Mais le sommeil n'a pas pitié de moi. Je revois Anna. Sa bouche. Ses yeux.

Les gardes se promènent dans les salles du palais, les oreilles à l'écoute. Ils disent qu'on entend des bruits mystérieux dans les caves. Ils sont inquiets.

Le 16 mai 1453.

Ne pouvant dormir, je suis sorti sous la clarté argentée des étoiles. La nuit était silencieuse et froide, l'aube approchait.

Près de la porte de Kaligaria, je me suis arrêté pour prêter l'oreille. Etait-ce seulement mon cœur qui frappait à coups sourds? Non. Le bruit venait d'ailleurs, d'en bas. On cognait sous mes pieds, sous la terre. Puis, j'ai vu arriver l'Allemand Grant, une torche à la main. Il examinait les baquets d'eau préparés pour éteindre les incendies, allant de l'un à l'autre et se penchant sur chacun. Tout d'abord, je crus qu'il avait perdu l'esprit ou qu'il se livrait à quelque magie, car nous étions loin de la muraille et aucun incendie ne menaçait ici.

Il me salua, éclaira la surface de l'eau et me dit de regarder. A de brefs intervalles, des rides légères apparaissaient dans les baquets, bien que tout fût tranquille et qu'aucun canon ne tirât.

— La terre tremble, dis-je.

Il rit :

— Tu n'en crois pas tes yeux, Jean Ange? Si tu comprenais, tu aurais une sueur froide dans le dos, comme moi. Aide-moi à déplacer ce baquet, mes aides sont fatigués et ils sont allés se coucher.

Nous déplaçâmes le baquet de quelques pas et Grant marqua d'un piquet le point qu'il avait occupé. Nous recommençâmes l'opération plusieurs fois jusqu'à ce que de nouveaux cercles apparussent à la surface de l'eau. Une crainte superstitieuse m'envahit, comme si j'avais assisté à une scène de magie noire. Mais Grant, lui, était sûrement initié. On le lisait sur son visage.

— Le sol est rocheux, dit-il en me montrant les repères plantés de distance en distance. Ainsi que te le montrent ces bâtons, ils doivent zigzaguer comme des taupes. C'est passionnant de voir jusqu'où ils se proposent de creuser avant de remonter au jour.

— Qui? lui demandai-je tout surpris.

— Les Turcs. Ils travaillent sous nos pieds. Tu ne comprends pas?

— Comment serait-ce possible? m'écriai-je.

Mais soudain je me rappelai que le sultan Mohammed avait fait venir des mineurs de Serbie. Déjà, dans le passé, les Turcs avaient tenté de creuser des couloirs sous les remparts, mais le sol s'était révélé trop rocheux et toutes les tentatives avaient échoué. C'est pourquoi on n'avait plus pensé à ce danger.

Pour un instant, j'oubliai mes propres soucis et l'événement me passionna comme Grant.

— Ils sont rusés, dis-je. Ils ont commencé leur tunnel à

cinq cents mètres de la muraille, derrière la colline, pour qu'on ne voie pas s'accumuler la terre provenant des fouilles. Du reste, cette région est la plus propice, puisque les Blachernes n'ont pas de mur extérieur, mais seulement un rempart renforcé. Ils ont déjà dépassé le mur. Qu'allons-nous faire?

– Attendre, dit Grant tranquillement. Il n'y a plus rien à craindre, maintenant que j'ai déterminé le tracé de la galerie. Ils sont encore à une trop grande profondeur. Nous agirons quand ils commenceront à monter.

Laissant les baquets, il m'emmena dans les caves où il avait disposé des tambours sur la peau desquels il avait répandu des pois. C'est ainsi qu'il avait muni tout le secteur menacé de baquets d'eau frissonnante et de pois sautillants.

– Une galerie souterraine n'est dangereuse que si elle n'est pas découverte à temps, me dit-il. Heureusement pour nous, les Turcs tentent de pousser jusque dans la ville. S'ils s'étaient contentés de creuser une caverne sous la muraille, de l'étayer avec des poutres et d'y mettre le feu, ils auraient pu provoquer l'effondrement d'un grand pan des remparts. Mais peut-être le sol ne s'y prête-t-il pas? Ils doivent probablement se faufiler entre les fondements des murs et le rocher, à en juger par leurs détours.

Grant se mit alors à m'expliquer comment on préparait une contre-mine, où l'on plaçait un tonneau de soufre enflammé dont on dirigeait les vapeurs dans la galerie ennemie.

– Il y a encore d'autres moyens, reprit-il. Nous pouvons amener l'eau des réservoirs dans leur galerie et les noyer comme des rats. Une galerie pleine d'eau est inutilisable. Mais il vaut encore mieux les rôtir avec le feu grégeois, car les poutres soutenant la galerie s'enflamment aussi et tout s'effondre. Mais le plus intéressant est de les épier dans leur galerie à travers une mince couche de terre et, au moment propice, de cueillir les mineurs. Par la torture, on leur fait avouer si l'on creuse d'autres galeries et où.

» Je ne suis point cruel, ajouta-t-il comme en réponse à mon muet étonnement. Pour moi, tout cela n'est que mathématiques. Une tâche intéressante qui me donne l'occasion de procéder à de nombreux calculs. »

Mais, debout à côté du baquet d'eau, il évoquait surtout un chat aux aguets près d'un trou de rat.

Le ciel pâlissait. Les collines de Pera se teintaient de rose. Le grand canon rugit, appelant les Turcs à la prière matinale. Mal réveillés, quelques hommes arrivaient déjà, pour prendre la garde sur les remparts.

Puis, marchant d'un pas rapide, revêtu d'un manteau vert, apparut le mégaduc Notaras. Il s'avançait vers moi. Ses deux fils le suivaient, la main sur la garde de leur épée. Je reculai d'un pas et me plaçai à côté de Grant, derrière un baquet. Notaras s'arrêta. Sa dignité lui interdisait de courir après moi autour d'un baquet d'eau. Il ne pouvait ordonner non plus aux gardes de se saisir de ma personne, parce que les Blachernes dépendent des Vénitiens et qu'il n'avait aucun de ses hommes avec lui.

– Je désire te parler, Johannès Angelos, dit-il. En tête à tête.

– Je n'ai pas de secrets, répondis-je.

Je n'avais aucune envie de le suivre dans un endroit écarté pour me faire égorger comme un agneau.

Il avait déjà la réplique à la bouche, quand son regard tomba sur le baquet d'eau. Il fronça le sourcil, ses yeux allèrent rapidement de la surface ridée de l'eau à Johann Grant. Il avait immédiatement et sans explication compris ce dont il s'agissait. En même temps, son sens politique s'était éveillé. Sans mot dire, il tourna les talons et s'éloigna aussi vite qu'il était venu. Ses fils me jetèrent un regard étonné, mais suivirent docilement leur père.

L'affaire était déjà éventée. Il ne nuirait donc pas aux Turcs s'il allait immédiatement en rendre compte à l'Empereur. L'honneur de la découverte lui reviendrait et il regagnerait du même coup la confiance de Constantin. Bientôt ce dernier arrivait à cheval, accompagné seulement de ses familiers.

– Le mégaduc t'a volé ta gloire, dis-je à Grant.

– Je ne suis pas venu ici pour la gloire, dit-il sèchement. Tout ce qui m'intéresse, c'est d'augmenter mon savoir.

Mais Notaras s'approcha de lui, lui mit la main sur l'épaule et vanta à l'Empereur les dons d'observation et d'ingéniosité de celui qu'il appelait avec un certain mépris un brave Allemand. L'Empereur aussi lui manifesta sa satisfaction, lui promettant une riche récompense et le chargeant, avec Notaras, de rechercher et de détruire toutes les galeries des Turcs.

Je n'avais pas oublié d'informer Giustiniani aussi, qui arriva à temps pour participer à l'allégresse générale. Le baile Minotto apparut également, rubicond et de fort mauvaise humeur. Grant choisit immédiatement quelques-uns des spécialistes de l'Empereur et envoya chercher des hommes familiarisés avec le travail des mines. Il préposa également quelques hommes à l'observation des tambours et des baquets. Mais ceux-ci mirent un certain temps à comprendre leur tâche. Chaque fois que les canons tiraient et que l'ébranlement ridait l'eau ou faisait danser les pois, ils se précipitaient, les cheveux dressés sur la tête, pour rendre compte que les Turcs arrivaient à la surface du sol. Une fois qu'il eut soigneusement organisé les travaux, Grant se tourna vers l'Empereur et dit :

— Je ne suis pas entré à ton service par amour de l'argent ou de la gloire, c'est la science grecque qui m'attirait. Je n'ai guère de loisirs, mais permets-moi de parcourir au moins les catalogues de ta bibliothèque, d'étudier les manuscrits enfouis dans les caves et d'emprunter les textes de Pythagore pour les lire à la lumière de la lampe. Je sais que tu possèdes les œuvres de Pythagore et d'Archimède, mais ton bibliothécaire les garde comme un chien enragé et interdit d'allumer une bougie ou une lampe dans tout le bâtiment.

Cette demande importunait l'Empereur, dont le visage amaigri prit un air tourmenté, et, évitant de regarder Grant en face, il lui répondit :

— Mon bibliothécaire ne fait que son devoir. Ses fonctions sont héréditaires et minutieusement déterminées, si bien que je suis moi-même impuissant à modifier le règlement de la bibliothèque. En voulant exhumer les œuvres des philosophes païens à cette heure grave pour notre ville tu offenses Dieu. Nous n'avons besoin que d'une seule aide, tu le sais. Ni Pythagore ni Archimède ne te seront d'aucun secours. Seul Jésus-Christ est efficace, qui a donné sa vie pour nos péchés et qui est ressuscité d'entre les morts pour notre salut à tous.

— Si nous n'avons besoin que de son aide, marmonna Grant, à quoi bon galvauder mon ingéniosité et m'épuiser en calculs mathématiques pour repousser les Turcs loin de ta ville?

– La philosophie grecque, dit l'Empereur avec un geste irrité de la main, est notre héritage éternel et nous ne voulons pas en livrer les traditions écrites aux barbares qui les falsifieront.

Giustiniani toussa et le baile roula ses yeux rougis d'un air offensé. Après le départ de Grant, l'Empereur déclara d'un ton conciliant que ce terme de « barbares » ne s'appliquait nullement aux Latins. Mais Grant est Allemand et, partant, barbare de naissance.

La canonnade a duré toute la journée avec une force accrue. De grandes brèches sont apparues dans les murailles. Des femmes, des enfants et des vieillards sont accourus volontairement pour réparer les remparts. La peur et l'angoisse décuplent leurs forces. Ils disent :

– Nous préférons mourir avec nos maris, nos pères et nos fils que devenir les esclaves des Turcs.

Une fatigue terrible a émoussé la crainte des défenseurs, si bien que beaucoup s'exposent aux flèches des Turcs simplement pour s'éviter quelques pas. Et pourtant toutes ces petites gens ne demandent qu'à vivre. Pauvreté, esclavage même, ils accepteraient n'importe quoi pour rester vivants.

Le 17 mai 1453.

A l'aube, la flotte turque s'est dirigée vers la chaîne, mais elle s'est arrêtée à bonne distance. Les Vénitiens ont ouvert le feu et tiré une centaine de boulets, sans infliger de pertes notables aux Turcs. Les marins vénitiens crient à la victoire. Mais il est évident que le Sultan se propose simplement d'empêcher le débarquement de renforts pour défendre la ville, car, à présent qu'elle se croit menacée, la flotte vénitienne jugerait insensée toute idée de ce genre.

J'avais songé à charger Manuel de surveiller les baquets de Grant, tâche qui n'est point difficile ni pénible. Mais il avait déjà trouvé un moyen de quitter les remparts, en gagnant les bonnes grâces des Vénitiens. Il connaît la ville et les meilleures maisons de plaisir, et il sait où trouver des femmes disposées à troquer leur honneur contre des confitures et un peu de pain frais. Il y a même des adolescents aux portes des Blachernes qui attendent de s'offrir aux soldats vénitiens. J'ai rencontré Manuel ployant sous un faix de victuailles qu'il emportait en ville, protégé par un passeport vénitien, et il m'a déclaré qu'il serait riche, si seulement le siège durait encore quelque temps. Comme je blâmais sa conduite, il s'est fâché et m'a dit :

— Chacun doit penser d'abord à soi. Partout on trafique dans la ville, grâce aux laissez-passer donnés par l'Empereur ou par les Génois et les Vénitiens. Beaucoup se sont enrichis, sans exposer la peau de leur dos. Où il y a de la demande, il y a de l'offre. C'est la loi du monde. Si je ne me dépêche pas, un autre plus leste raflera le bénéfice. Ne vaut-il pas mieux que les friandises des Vénitiens tombent dans la bouche des Grecs que dans ces grosses bedaines ? Ce n'est pas ma faute si les hommes gras et forts sont pleins de mauvaises passions et s'ils recherchent femmes et jeunes garçons pour les apaiser entre les combats.

Il s'échauffait tout en parlant.

— Les Vénitiens sont nos amis, cria-t-il. Ils exposent leur vie pour notre ville. Est-ce un crime qu'une pauvre fille leur vende sa virginité pour les divertir et gagner le pain de ses parents ? Ou qu'une femme respectable s'étende un instant sur le dos pour obtenir en échange de bien peu de chose un pot de confitures dont sa bouche n'a pas connu la douceur depuis longtemps ? Tout cela se fait pour l'honneur de Dieu et pour le bien de la chrétienté, comme disent les Vénitiens. O mon maître, n'interviens pas dans le cours des événements, car tu n'y pourrais rien. Nous sommes tous des pécheurs.

Mais devant mon silence réprobateur, il chercha à se justifier :

— Si on a vraiment besoin de moi, je prendrai un couteau de boucher et monterai sur les remparts; mais tant que ce n'est pas absolument nécessaire, permets-moi de faire mon bonheur à ma guise. Si j'arrive à cacher assez d'argent, je pourrai me racheter de l'esclavage turc. Et si nous tenons bon, mieux vaut que cette richesse soit mon lot que celui de quelque spéculateur encore plus dépourvu de scrupules que moi. Regarde autour de toi sans fermer les yeux à la réalité. Les archontes, et même les familiers de l'Empereur nous montrent l'exemple. Jette un coup d'œil dans les chambres des chefs vénitiens ou dans leurs navires, tu y verras avec quelle abnégation et quel dévouement les dames de la bonne société s'empressent à divertir nos alliés pendant que leurs maris défendent les murailles.

– Ah! pauvres Grecs, dis-je.

– Non, dis plutôt : pauvres hommes, si tu le veux. Nous sommes tous pareils au fond du cœur, Grecs et Turcs, Latins et Francs.

Pourquoi n'aurait-il pas raison? Qui suis-je pour le critiquer? Chacun accomplit sa destinée, à sa façon.

J'ai rencontré plusieurs fois Lucas Notaras, mais il s'est borné à me regarder avec un sourire de mauvais augure. Je n'ai pas reçu le moindre signe de vie de sa fille.

Il m'est venu à l'idée d'accomplir une bonne action en faveur de Grant, qui me plaît malgré nos différences. Je suis allé parler au vieux bibliothécaire édenté et à moitié sourd qui, en dépit du siège et du fracas de la guerre, revêt chaque jour son costume de cérémonie et tous les insignes de sa charge.

Je lui ai raconté que la galerie creusée par les Turcs se dirigeait manifestement vers la bibliothèque d'où ils espéraient pouvoir ensuite envahir la ville, à la faveur de l'obscurité. Il est si plein de son importance qu'il m'a cru aussitôt.

– Ah non! cria-t-il, cela n'arrivera pas! Ils pourraient fouler aux pieds les livres, les abîmer et mettre le feu au bâtiment en maniant imprudemment leurs torches. Ce serait une perte irréparable pour le monde entier.

Je lui ai alors conseillé de s'adresser à Grant pour assurer la protection de sa bibliothèque. Devant l'imminence du danger, il a accepté de s'humilier devant l'Allemand et, le prenant par le bras, il lui a fait visiter les sous-sols jusqu'aux derniers recoins.

Grant y a fait porter des seaux d'eau et il a promis de les surveiller de près. Il a même été autorisé à allumer une lampe à cet effet. Le bibliothécaire, soudain belliqueux, a exhumé une épée rouillée et juré qu'on lui passerait sur le corps avant de toucher aux livres. S'il savait que depuis longtemps les Vénitiens arrachent les pages des manuscrits du palais pour allumer leur feu!

Mais Grant n'eut guère le loisir de s'adonner à ses

chères études. Peu après la tombée de la nuit, il fut appelé d'urgence près de la porte de Kaligaria où, cette fois, les Turcs semblaient travailler à faible distance du grand mur. Grant ordonna de creuser une contre-mine et ses hommes parvinrent à incendier incontinent tous les étais de bois des Turcs, ainsi que les traverses qui soutenaient la voûte. Celle-ci s'écroula sur les mineurs ennemis qui furent presque tous étouffés ou brûlés. Mais le grand mur ne subit aucun dommage.

La fin approche. Rien ne peut l'empêcher, après les événements d'aujourd'hui.

A l'aube, ce matin, nous avons vu, près de la porte de Saint-Romain, surgir des ténèbres une machine extraordinaire. Avec une rapidité incroyable, durant les quelques heures nocturnes, les Turcs avaient érigé sur d'énormes rondins une forteresse mobile en bois, à une trentaine de pas seulement des restes du mur.

Ce bastion mobile a trois étages et sa hauteur dépasse celle de la muraille. Les parties inflammables sont recouvertes de nombreuses peaux de chameau et de bœuf. Contre ses parois doubles remplies de terre, nos petits canons sont impuissants. Par les meurtrières volent des flèches et, du dernier étage, une catapulte déverse des blocs de pierre qui écrasent nos retranchements provisoires. Un couloir couvert de cinq cents pieds va du camp turc à cette tour, permettant aux hommes de circuler à l'abri.

Tandis que des étages supérieurs jaillissent les flèches, les pierres et les pots de feu pour incendier les palissades, les portes du rez-de-chaussée sont utilisées pour jeter de la terre, des pierres, des poutres et des fagots dans le fossé. Comme nous regardions, horrifiés, soudain une fenêtre s'ouvrit au premier étage et un pont volant en sortit, dirigé contre la muraille, sans qu'on eût vu aucun homme le manœuvrer. Mais il était heureusement trop court pour atteindre les remparts.

Grant accourut pour examiner ce prodige. Il en évalua les dimensions, prit des notes et déclara :

– Même si cette tour a été fabriquée avant d'être montée sur place, son assemblage en une seule nuit est un véritable tour de force et une preuve du merveilleux talent d'organisation des Turcs. En elle-même, elle n'a rien de nouveau. Ces sortes de machines sont aussi vieilles que les murailles et elles ont été fréquemment utilisées durant les sièges. Mais les dimensions de celle-ci sont extraordinaires et dépassent toutes les mesures relevées par les Grecs et les Romains. Si le fossé n'existait pas, les Turcs pourraient utiliser cette tour comme un bélier contre les remparts.

Après l'avoir encore bien examinée, il se détourna et partit, car il n'y voyait rien de neuf. Mais Giustiniani serrait les dents et secouait la tête. L'apparition de cette tour dans son secteur, sans que personne n'eût rien remarqué, constituait pour lui une offense grave. Il dit :

— Attendons la nuit. Ce qu'un homme peut construire, un autre peut le détruire.

Mais cette forteresse vivante qui crachait du feu, des balles, des flèches et des pierres était si terrifiante que personne ne le crut. L'Empereur, désemparé, versa des larmes en voyant les ouvriers grecs massacrés dans le péribole. On ne pourra envisager de réparer les murs tant que la tour les dominera.

Dans la soirée, les boulets des gros canons réussirent à abattre, juste en face de la tour, un grand pan de mur qui s'écroula dans le fossé, ensevelissant quelques Grecs et Latins qui s'y étaient réfugiés dans un angle mort.

Tandis que les chefs discutaient ce qu'il convenait de faire, Giustiniani s'en prit à Notaras, exigeant que lui soient remis les deux gros canons qui tiraient en vain à travers le golfe sur les galères turques.

— J'ai besoin de poudre et de canons pour défendre la ville, dit-il. On a déjà assez gaspillé de poudre dans le port. Et nous n'en avons plus à perdre.

— Les canons sont à moi, répondit froidement Notaras, et je paye la poudre de mon propre argent. J'ai déjà coulé une galère et j'en ai endommagé plusieurs autres. Si tu le désires, je suis disposé à économiser la poudre, mais les canons me sont indispensables dans le port pour menacer les navires turcs. Tu sais fort bien que le mur maritime est le point le plus faible de la défense.

— A quoi diable servent les navires vénitiens, cria Giustiniani, s'ils ne sont pas même capables de tenir les galères turques à distance ? Tes motifs ne sont que des prétextes et des feintes pour affaiblir la défense au point le plus exposé. Je te connais. Ton cœur est noir comme la barbe d'un Turc.

– Au nom du Christ, dit l'Empereur, chers frères, n'aggravez pas encore notre situation par vos vaines querelles. Vous avez tous deux raison. Le mégaduc Notaras, par sa vigilance, a empêché l'invasion souterraine des Turcs. S'il estime indispensable de conserver ses canons pour protéger la muraille du port, il faut l'écouter. Embrassez-vous donc comme des frères, puisque nous luttons tous pour la même cause.

– Je suis prêt, dit grossièrement Giustiniani, à baiser fraternellement les fesses du diable s'il me fournit des canons et de la poudre. Mais le mégaduc ne me donne ni l'un ni l'autre.

Lucas Notaras ne témoignait pas la moindre envie d'embrasser Giustiniani, il s'éloigna, l'air offensé. Mais devant l'imminence de la fin, ma fierté fondit. Je courus après lui et lui dis :

– Tu voulais me parler en tête à tête. L'as-tu déjà oublié ?

A ma grande surprise, son visage s'éclaira d'un sourire amical :

– Tu as offensé l'honneur de ma famille et dressé une fille contre son père, Johannès Angelos. Mais nous vivons des temps difficiles et je n'ai plus envie de me quereller avec toi. Ma fille m'est chère. Elle a réussi à m'attendrir. Il dépend de toi que je puisse te pardonner tes procédés latins dans cette affaire.

– Me permets-tu vraiment de revoir ta fille Anna, mon épouse ? demandai-je sans en croire mes oreilles.

– Ne parle pas encore de ma fille comme de ta femme, dit-il en s'assombrissant. Mais je t'autorise volontiers à la voir et à converser avec elle. Elle est la fille de son père et j'ai confiance dans son intelligence, bien qu'à cause de toi, ces derniers temps, elle l'ait moins écoutée que son cœur.

– Que Dieu te bénisse, Lucas Notaras, lui dis-je du fond de l'âme. Je me suis trompé sur ton compte. Tu es un vrai Grec.

– Oui, dit-il avec un sourire gêné, et j'espère que tu en es un, toi aussi.

– Où et quand pourrai-je la revoir ?

– Prends mon cheval et va tout de suite chez moi, dit-il en riant. J'imagine que ma fille t'attend avec impatience depuis deux jours déjà. Mais je me suis dit que la séparation vous calmerait un peu.

J'aurais dû me méfier de tant de bienveillance. Mais oubliant les Blachernes et le siège, je sautai en selle et me lançai au grand galop à travers la ville. Les patrouilles, reconnaissant le cheval, ne m'arrêtèrent pas. Parvenu devant le palais, j'attachai rapidement ma monture à un anneau du mur et frappai à la porte principale. Un domestique en livrée bleue et blanche vint m'ouvrir, mais je le regardai à peine : Anna Notaras, svelte et belle, s'avançait vers moi dans le vestibule, les yeux brillants de joie.

Elle était si belle et si jeune dans son cadre natal que je n'osai point la prendre dans mes bras, étonné et muet d'admiration. Son cou était nu. Elle avait la bouche fardée et les sourcils teints. Un merveilleux parfum d'hyacinthe l'entourait, comme lors de notre première rencontre.

— Enfin, dit-elle avidement.

Elle me prit la tête entre les mains et me baisa sur la bouche. Ses joues étaient brûlantes. Personne ne la surveillait. Je ne comprenais pas pourquoi elle n'était pas enfermée dans l'appartement des femmes.

Elle me prit la main. C'était assez. La main dans la main, nous allâmes dans la grande salle du premier. La mer de Marmara scintillait derrière les étroites fenêtres ogivales.

— La fin est proche, Anna, lui dis-je. Tu ignores ce qui se passe sur les remparts. Je remercie Dieu de m'avoir fait la grâce de te revoir.

— Seulement de me revoir ? murmura-t-elle avec un léger sourire. Tu ne désires rien d'autre ? Bien que je sois ta femme ?

Non, elle ne pouvait comprendre. Je croyais rêver. Peut-être étais-je déjà mort ?

— Bois, murmura ma femme Anna Notaras, et elle me tendit un gobelet de vin brun.

En le goûtant, je vis qu'elle y avait ajouté de l'ambre, à la mode turque. Pourquoi voulait-elle m'exciter ? Ne la désirais-je pas assez ?

La coupe de ses lèvres m'était plus enivrante. Son corps est pour moi la coupe la plus exquise et la plus délicate.

Mais lorsque je voulus la caresser elle retint ma main. Ses pupilles, soudain plus sombres, s'élargirent.

– Non, pas encore, dit-elle. Assieds-toi, mon chéri. Nous devons d'abord parler.

– Ne parle pas, dis-je avec dépit, ne parle pas, mon amour. Nous finissons toujours par nous disputer et nous blesser l'un l'autre. Ce n'est pas en parlant que nous nous comprenons, tu le sais bien.

– Ainsi, tu ne désires que coucher avec moi, dit-elle en baissant la tête. Rien d'autre. Suis-je seulement un corps pour toi?

– C'est toi-même qui le voulais, dis-je, la gorge serrée.

– Sois raisonnable, me dit-elle, les larmes aux yeux. Tu as rencontré mon père. Il est prêt à nous pardonner, si tu le veux. Pour la première fois, il m'a exposé ses idées, ses espoirs, son but. Pour la première fois, je l'ai vraiment compris. Tu dois aussi le comprendre. Il a son plan.

Mon cœur se glaça, mais Anna reprit, en caressant mes mains sales de ses doigts fins :

– Il est mon père. Mon père ne peut pas mal agir. Il est le Grec le plus noble de la ville, après l'Empereur. Puisque Constantin a renié son peuple et sa religion et vendu la ville aux Latins, c'est à mon père de prendre en main le destin de Constantinople. C'est son devoir et il ne peut s'y soustraire, si lourd et humiliant soit-il. Tu dois le comprendre.

– Poursuis, lui dis-je. Va. Je crois avoir entendu cette chanson.

– Mon père n'est point un traître, cria Anna. Il ne s'abaisserait jamais à la trahison. C'est un homme politique qui doit sauver de la ruine ce qui peut être encore sauvé.

Elle m'observait avec curiosité entre ses paupières. Elle n'avait pas les larmes aux yeux. Au contraire, elle semblait éprouver une vanité féminine à m'entretenir ainsi de grande politique.

– Après la prise de la ville, j'aurais pu devenir l'épouse de Mohammed. Ce mariage aurait noué des liens entre le Sultan et le peuple grec. Mon père a été très fâché en constatant que par caprice j'avais anéanti ce projet. Mais comment aurais-je pu savoir? Il ne m'en avait rien dit.

– Tu n'as vraiment pas de chance, dis-je ironiquement.

Tu devais d'abord devenir impératrice, puis l'une des nombreuses épouses du futur maître du monde. Tu as beaucoup perdu au change. Je peux comprendre tes regrets; mais ne te fais pas de souci. Je ne vivrai plus longtemps. Et tu seras de nouveau libre.

— Comment oses-tu me dire cela? dit-elle. Tu sais que je t'aime. Et tu te trompes en parlant de mort. Toi et moi, nous avons encore de nombreuses années à vivre ensemble. Tu verras. Mais tu dois suivre les conseils de mon père.

— Eh bien! expose-les-moi, puisqu'il n'a pas osé le faire lui-même. Mais hâte-toi. Je dois retourner sur les remparts.

— Tu n'y retourneras plus, dit-elle vivement. Cette nuit même, tu iras dans le camp du Sultan. Tu n'auras pas à lui fournir des renseignements sur la défense de la ville, si tu l'estimes contraire à ton honneur. Tu lui remettras un message secret de mon père. Mohammed te connaît et il a confiance en toi. Il se méfierait des autres Grecs.

— Quel est donc ce message? demandai-je.

— Il ne veut pas l'écrire, dit Anna avec entrain. Bien qu'il ait confiance en toi et dans le Sultan, un message écrit serait trop dangereux. Il y a jusque dans l'entourage immédiat du Sultan des hommes qui incitent les Grecs à la résistance. Tu le sais. Mais tu diras au Sultan qu'il existe dans la ville un fort parti de la paix qui renie l'Empereur et est prêt à collaborer avec les Turcs aux conditions mêmes du Sultan. Dis-lui : Nous sommes une trentaine de nobles influents — mon père te donnera leurs noms — qui comprenons que l'avenir du peuple de Constantinople dépend d'une entente et d'une amitié avec le Sultan. Notre honneur de Grecs ne nous permet pas d'intervenir dans les opérations militaires en faveur du Sultan tant que notre ville pourra se défendre. Mais, en secret, nous travaillons pour lui et, quand Constantinople succombera, il trouvera un appareil administratif prêt à fonctionner avec la confiance du peuple. Ces trente se placent sous la protection du Sultan et lui demandent humblement d'épargner leurs personnes, leurs familles et leurs biens lorsqu'il entrera dans la ville.

Anna se tut et me regarda, puis elle reprit :

— Y a-t-il là quelque chose de répréhensible? N'est-ce pas une proposition honnête et licite? Nous sommes entre les Turcs et les Latins comme entre l'enclume et le marteau. Il n'y a qu'un moyen de sauvegarder l'avenir de la ville : déposer l'Empereur et nous soumettre au Sultan aussi unanimement que possible, ce qui ne signifie pas nous mettre à sa merci, au contraire, il a assez de sens politique pour comprendre que cette solution lui est la plus favorable. Tu n'es pas un Latin. Pourquoi lutterais-tu pour des Latins ?

Comme je me taisais, le cœur lourd, elle crut que je fléchissais et poursuivit avec enthousiasme :

– La prise de la ville n'est plus qu'une question de jours, à ce que dit mon père. C'est pourquoi il faut se dépêcher. Quand le Sultan aura brisé la résistance des Latins, tu rentreras en vainqueur pour retrouver ta femme. Tu appartiendras à la famille Notaras. Tu sais ce que cela veut dire.

– Anna, lui dis-je. Tu es la fille de ton père, et je n'y peux rien. Mais je refuse de gagner le camp du Sultan pour accomplir la mission dont ton père veut me charger. Qu'il choisisse un émissaire doué de plus de sens politique que moi.

– As-tu peur ? dit-elle en changeant de visage.

De colère, je jetai mon casque par terre.

– Si je savais servir une bonne cause, dis-je, j'irais dans le camp du Sultan, même s'il devait me faire empaler. Il ne s'agit pas de peur. Crois-moi, Anna, l'ambition a aveuglé ton père. Il creuse sa propre tombe. Il ne connaît pas Mohammed. Je le connais. Si nous vivions au bon vieux temps, le plan de ton père serait assez raisonnable. Mais le gigantesque canon du Sultan a inauguré une ère nouvelle. L'ère de la bête. L'ère où personne ne peut plus se fier à autrui et où l'homme n'est plus qu'un instrument impuissant du pouvoir. Quand bien même le Sultan jurerait par le prophète et par tous les anges, la main sur le Coran, il ne rirait pas moins en son for intérieur, car il ne croit ni au prophète ni aux anges. Il supprimera ton père dès qu'il n'aura plus besoin de lui. Mais à quoi servirait que je le mette en garde, il n'a pas confiance en moi.

» Et même si l'on pouvait se fier au Sultan, repris-je, je ne retournerais pas vers lui, malgré tes supplications. Constantinople est ma ville. Je m'écroulerai avec ses murailles. C'est mon dernier mot, Anna. Cesse de me tourmenter.

– Ainsi, tu ne m'aimes plus, dit-elle, le visage pâle de colère et de dépit.

– Non, je ne t'aime pas. Ce n'était qu'un mirage, une imagination. Je te croyais une autre. Mais pardonne-moi. Tu seras bientôt débarrassée de moi. Peut-être que le Sultan t'acceptera quand même dans son harem. Suis les conseils de ton père. Il arrangera certainement tout au mieux.

Je me levai et ramassai mon casque. La mer de Marmara ondoyait toujours derrière les étroites fenêtres en vagues argentées. Mon image se reflétait sur les plaques de marbre des murs. J'avais perdu Anna. Et, avec le sentiment de l'irrémédiable, un grand calme m'envahit.

– Anna, dis-je doucement, si tu veux me revoir, tu me trouveras sur les remparts.

Elle ne répondit pas. Je m'éloignai sur la pointe des pieds. Mais elle me rattrapa sur le seuil et cria, le visage rougi par l'affront :

– Adieu donc, maudit Latin. Nous ne nous reverrons plus. Je prierai chaque jour pour que ta mort me débarrasse de toi. Et si je rencontre ton cadavre, je lui donnerai un coup de pied au visage.

Avec cette malédiction dans les oreilles, je sortis du palais et remis mon casque d'une main tremblante. Le cheval noir de Notaras était encore attaché et je montai en selle.

Il est minuit. Cette nuit j'aspire à la mort plus ardemment que jamais. Giustiniani m'a donné ma chance. Je pars en mission tout à l'heure et n'en reviendrai sans doute pas. Jésus-Christ, Fils de Dieu, aie pitié de mes péchés, aie pitié de moi.

Parce que j'aime. J'aime avec frénésie, sans espoir. Adieu, Anna Notaras, mon amour.

Le 19 mai 1453.

Ainsi, je dois vider jusqu'à la lie la coupe amère.

Je ne suis pas mort la nuit dernière.

Pour impressionner Giustiniani, je lui ai dit naguère que j'étais dur. J'entendais simplement par là que l'esprit peut dominer le corps et ses maux. Mais je ne suis pas dur. Et mon esprit ne domine pas mon corps.

Les soldats de métier disent avec envie que Jean Ange a de la chance.

Ce n'est pas de la chance. Je le sais maintenant plus clairement que jamais. Personne ne meurt avant que son heure ait sonné.

La nuit dernière, nous avons détruit la grande tour turque. Pour bien des gens, cet événement est plus miraculeux encore que la construction de cette même tour en une nuit.

Pendant les heures les plus sombres de la nuit, je suis resté au pied de la tour, déguisé en Turc. J'ai entendu leur mot de passe. Un homme a marché sur moi, mais, comme je ne bougeais pas, il m'a pris pour un cadavre.

Deux heures avant l'aube, nous avons pénétré dans la tour, enfoncé les volets pour y jeter des tonneaux de poudre, afin d'y mettre le feu. Mes cheveux et ma barbe sont roussis, mes mains pleines d'ampoules. Giustiniani ne m'a pas reconnu quand il m'a vu revenir, rampant comme un ver. J'ai été le seul à ressortir vivant de la tour.

Quelques Turcs avaient pu s'en échapper. Le Sultan les a fait décapiter ce matin et leurs têtes ont été fichées sur des pieux.

Le rugissement des canons bourdonne dans mes oreilles, le plancher frémit sous mes pieds. Mais plus que tout me fait souffrir la brûlure qui est dans mon cœur.

Après le tremblement de terre en Hongrie, pour la première fois, puis dans le marais de Varna, il m'a dit : « Nous nous reverrons près de la porte de Saint-Romain. » La nuit dernière, je l'attendais. Mais il n'était pas au rendez-vous.

Le 20 mai 1453.

Pendant la nuit, les Turcs ont amené de nouvelles tours mobiles en différents points des murailles. Aucune n'est aussi imposante que celle que nous avons détruite.

Chaque jour, la flotte ennemie s'approche de la chaîne pour occuper les bateaux vénitiens et nous empêcher de prélever des renforts sur les équipages.

Mais ce sont les gens qui me le racontent, car je suis encore hors d'état de revêtir ma cuirasse et de monter sur les remparts.

Le 21 mai 1453.

Grant est venu me voir pour me montrer que lui aussi a la barbe et les cheveux roussis. Les Turcs ont appris à se battre sous terre et à défendre leurs galeries. Aujourd'hui, vers midi, près de la porte de Kaligaria, les hommes occupés à creuser une contre-mine ont reçu un jet de feu au visage. Grant dut ramper lui-même pour encourager ses gens. Ils ont réussi à détruire la galerie turque, mais leurs pertes sont sensibles.

Les yeux de Grant sont gonflés par les veilles et irrités par les vapeurs de soufre. Il me dit qu'il a trouvé les manuscrits de Pythagore, mais les lettres dansent devant ses yeux fatigués et il n'arrive pas à lire.

– L'esprit de Dieu a soufflé sur la terre, lui dis-je. Il est descendu en langues de feu sur les hommes.

– Un feu inextinguible ronge la chair humaine, dit-il en éclatant de rire. Mais la raison jaillit comme un éclair de la bouche des canons. Je crois à la raison, à la liberté du savoir et de l'homme. A rien d'autre.

– Tu t'es trompé de camp, lui dis-je. Tu t'accomplirais mieux au service du Sultan qu'à celui de la dernière Rome.

– Non, dit-il avec obstination. Je sers l'Europe et la liberté de l'esprit humain. Je ne sers pas la force.

Le 22 mai 1453.

Peu avant minuit, on a perçu dans le ciel un disque lumineux que personne n'a su expliquer. L'Empereur a déclaré :

– Les prédictions commencent à s'accomplir. Bientôt prendra fin l'Empire millénaire. Il fut fondé par un Constantin et s'achève sous un Constantin. Je suis né sous une mauvaise étoile.

Notre ultime espoir s'est dissipé. L'Empereur a raison. Rendu plus subtil par les jeûnes, les veilles et les prières, mieux que nous autres il perçoit les signes annonciateurs de la fin. Il sait que le grand cœur de son Empire bat ses derniers coups.

Le brigantin envoyé à la recherche de la flotte vénitienne est rentré à l'aube. Grâce à une chance stupéfiante, à son habileté manœuvrière et au courage de l'équipage, il a réussi à rentrer à la barbe des navires turcs de Gallipoli.

Douze hommes sont partis, douze sont revenus, six Vénitiens et six Grecs. Ils ont croisé vingt jours dans la mer de Grèce, sans apercevoir la moindre trace d'une flotte chrétienne.

Ayant constaté la vanité de leurs recherches, ils discutèrent entre eux. Certains dirent : « Nous avons rempli notre devoir. On ne peut faire davantage. Pourquoi retourner dans l'enfer? La chute de Constantinople est certaine, peut-être même accomplie déjà. »

Mais d'autres répondirent : « C'est l'Empereur qui nous a envoyés ici. Nous devons l'informer du résultat de notre mission. Mais votons. »

Ils se regardèrent alors, éclatèrent de rire et, à l'unanimité, décidèrent de regagner Constantinople.

Aux Blachernes, j'ai rencontré deux de ces hommes. Ils riaient encore en pensant à leur vaine expédition, tandis que les Vénitiens leur versaient à boire et leur tapaient dans le dos. Mais leurs yeux brûlés par la mer et les épreuves endurées ne riaient pas.

– Où avez-vous puisé le courage de revenir? leur demandai-je.

–. Nous sommes des marins vénitiens, dirent-ils en me regardant d'un air surpris.

Et peut-être en effet cette réponse est-elle suffisante. Venise, avide reine des mers, a appris aussi à ses fils comment on vit et comment on meurt pour l'honneur. Mais six des douze marins étaient Grecs. Eux aussi savent être fidèles à une cause perdue.

Dans la soirée, un imposant cortège de Turcs à cheval, agitant des étendards et soufflant dans des trompettes, s'est approché de la porte de Saint-Romain. Ils ont demandé qu'un émissaire du Sultan soit autorisé à pénétrer dans la ville pour y rencontrer l'empereur Constantin. Au même instant, les canons turcs ont cessé le feu et les groupes qui escarmouchaient près des murailles se sont retirés.

Giustiniani redoutait un piège et refusait de montrer à l'émissaire l'état de faiblesse de la muraille dans son secteur. Mais l'Empereur monta sur les remparts et reconnut dans l'envoyé son ami, l'émir de Sinope Ismaïl Hamza, dont la famille a toujours entretenu, d'une génération à l'autre, de bonnes relations avec les empereurs de Constantinople, quoique Mourad eût réussi à s'assurer l'alliance de l'émir en faisant épouser sa fille à Mohammed. Constantin salua amicalement Ismaïl Hamza et ordonna de l'aider à franchir les barricades. Puis on l'introduisit dans la ville.

Le baile se hâta de rassembler deux cents hommes et se dirigea, à leur tête, vers le quartier général de l'Empereur. Quant à Giustiniani, il fit rapidement distribuer à ses soldats les dernières gouttes de vin et un peu de nourriture, puis il leur dit, en serrant le poing :

— Riez, riez, sinon je vous tords le cou.

Quand Ismaïl Hamza, en se caressant la barbe, regarda autour de lui, il ne vit que des soldats hilares qui rongeaient des morceaux de viande dont ils jetaient négligemment les reliefs sur le sol. L'Empereur lui donna sa main à baiser, en déplorant de le rencontrer dans des circonstances si malheureuses.

— Que cette journée soit bénie, cria l'émir afin d'être entendu également des soldats, puisque le sultan Mohammed m'envoie pour t'offrir la paix à des conditions honorables.

Les Génois de Giustiniani rirent encore plus fort, bien qu'ils ne fussent pas loin de pleurer de fatigue. Mais leur chef se promenait derrière eux, un poignard à la main, et il piquait les fesses de ceux qui ne s'esclaffaient pas assez haut.

Ismaïl demanda une audience particulière à l'Empereur. Sans hésiter, Constantin le conduisit à son quartier général où il s'enferma avec lui, malgré les avertissements de ses conseillers. Entre-temps, le baile fit cerner l'endroit par ses hommes, entra avec le conseil des Douze et fit savoir à l'Empereur que les Vénitiens ne sauraient tolérer des pourparlers secrets avec les Turcs.

L'Empereur répondit qu'il ne voulait nullement prendre des décisions derrière le dos de ses fidèles alliés. Il manda alors ses propres conseillers et exposa à tous l'offre du Sultan. Ismaïl Hamza déclara de son côté :

– Pour toi-même et pour ton peuple, je te supplie d'accepter ces conditions de paix qui sont les meilleures possibles. La situation de ta ville est désespérée. Les murailles sont abattues et rasées en bien des points. Tes défenseurs sont épuisés et leur nombre décroît chaque jour. La population de la ville est au bord du désespoir. C'est ta dernière chance. Si tu ne te soumets pas maintenant, le Sultan fera décapiter tous les hommes, vendra les femmes et les enfants comme esclaves et abandonnera la ville au pillage des soldats.

– Au nom de Dieu, crièrent les Vénitiens, ne crois pas le perfide Sultan. Quelles garanties de paix nous donne-t-il ? Les Turcs ont bien des fois manqué de parole. Est-ce en vain que nous avons versé notre sang et que les meilleurs de nos hommes ont sacrifié leur vie pour protéger ton trône ? Non, non, le Sultan chancelle, il n'est pas sûr de la victoire. Sinon il ne chercherait pas à obtenir la reddition de la ville par des offres fallacieuses.

– Si vous aviez un brin de bon sens, répliqua Ismaïl d'un ton irrité, vous comprendriez vous-même que la partie est perdue. Par simple humanité, pour éviter les horreurs de l'assaut final, le Sultan permet à l'Empereur de quitter la ville et d'emporter ses trésors, lui garantissant, à lui et à ses courtisans, leur sécurité personnelle. Les habitants, désireux de suivre leur Empereur, pourront emporter leurs biens. Quant à ceux qui veulent rester, le Sultan leur garantit la vie sauve et leurs biens. L'Empereur pourra, comme vassal du Sultan, conserver la Morée où Mohammed le protégera contre tout agresseur.

– Tes conditions sont humiliantes et injustes. Il serait contraire à ma dignité d'y souscrire, même si je le voulais. Nous sommes prêts à mourir et nous quitterons la vie sans murmurer.

Avec un mépris mélancolique, il regarda les bruyants Vénitiens si prêts à se battre jusqu'au dernier Grec.

N'ont-ils pas dans le port leurs gros navires et toutes chances de s'enfuir quand les remparts s'écrouleront?

A mon sens, le Sultan savait fort bien que Constantin n'accepterait pas ces conditions. Mais il devait donner cette satisfaction au parti de la paix et à l'armée lassée par les longueurs du siège, afin de démontrer à ses sujets l'intransigeance des Grecs. Mohammed n'a qu'une alternative : vaincre ou être renversé. C'est pourquoi en ce moment il est seul. Encore plus seul que l'Empereur qui, lui, a déjà fait son choix.

– Riez, riez, ordonnait Giustiniani à ses soldats.

Et quand l'émir de Sinope se retira, ils riaient tous à perdre haleine. Ils riaient de tout leur cœur, ces hommes émaciés, épuisés, en sang, haïssant leur commandant qui exigeait d'eux des effort surhumains. Mais ils l'aimaient aussi, et dans leurs esprits flottait toujours, comme un mirage séduisant, l'image d'une maison blanche entourée de vignes, dans l'île de Lemnos.

Par centaines, les canons recommencèrent à tonner, tandis que Giustiniani se baissait pour ramasser un os encore garni d'un peu de chair, en faisait tomber les grains de sable et le rongeait tout en disant :

– Ma couronne ducale commence à être coûteuse. Je l'ai déjà payée de quelques livres de ma chair et de bien des pintes de sang... Mais la victoire est encore incertaine, ajouta-t-il en jetant un regard sur la brèche dont la largeur dépassait à présent mille pieds.

C'est jeudi. Demain, journée sainte de l'Islam. Je ne verrai peut-être pas le prochain jeudi. Mohammed a obéi aux préceptes du Coran et a offert la paix. Cette armée sera la plus belle, ce prince sera le plus grand entre ses pairs qui s'emparera de Constantinople.

Nous sommes la porte de l'Occident. Le dernier retranchement contre l'Orient. Bientôt les murailles s'écrouleront, bientôt il n'y aura plus entre l'envahisseur et la ville qu'un seul rempart : celui de nos corps vivants.

Le 25 mai 1453.

De bonne heure ce matin, Constantin a convoqué le Sénat, ses conseillers et les représentants de l'Eglise. Il leur a communiqué la démission du patriarche Gregorios

Mammas. Le cardinal Isidore n'est pas venu à la réunion, il est resté dans la tour dont il a assumé la défense.

C'est la dernière tentative de conciliation entre les partisans et les adversaires de l'Union. Mais elle a échoué. On est débarrassé du patriarche détesté par les Grecs et méprisé par les Latins, mais aucun successeur ne lui a été désigné. Invisible dans sa cellule du couvent, l'implacable moine Gennadios règne sur les églises et les monastères, proclamant la ruine inévitable.

Le baile Minotto est devenu pieux et il a communié. Il est résolu à rivaliser de courage avec Giustiniani et à prouver que les Vénitiens valent mieux que les Génois.

Au crépuscule, les Turcs ont allumé des feux de joie dans leur camp. Tambours et trompettes retentissaient, le bruit s'entendait jusque dans la ville. C'est leur façon de célébrer le jeûne. Quand la nuit sera tombée, ils pourront recommencer à manger et boire tout leur soûl, pour reprendre le jeûne à l'aube, dès qu'on pourra distinguer un fil noir d'un fil blanc. Les flammes de leurs énormes brasiers illuminent si bien le rivage qu'on le distingue comme en plein jour.

A mesure qu'approche le moment décisif, les Vénitiens me traitent avec plus de froideur. Ils me considèrent comme un espion de Giustiniani, dont je suis l'homme de liaison aux Blachernes. Mais c'est probablement qu'ils ont quelque chose à me cacher. Ils s'apprêtent évidemment à tourner la victoire au profit de Venise, au cas où l'assaut donné par le Sultan échouerait. Les perspectives de gain sont si séduisantes qu'ils sont prêts à lutter même jusqu'au désespoir et à réaliser l'impossible. Le mur des Blachernes est du reste encore si solide que les Turcs ne réussiront certainement pas à pénétrer dans la ville par là.

A l'endroit où la muraille extérieure et le grand mur rejoignent celui des Blachernes, formant un angle droit, se trouve une petite porte « militaire » qui donne sur le péribole. On l'appelle Kerkoporta. Depuis des années, elle est murée, mais on vient de la dégager, comme les autres portes semblables. A cet endroit la muraille n'est pas du tout endommagée et les Turcs ont renoncé à l'attaquer, parce que l'assaillant serait exposé à des feux croisés. C'est par là qu'on pourrait, en cas de besoin, envoyer au plus vite des renforts à la porte de Kharisios où la muraille est presque aussi mal en point qu'à Saint-Romain. Ce secteur paisible est confié à une poignée de Grecs. Il faut reconnaître à l'honneur des Latins qu'ils se réservent généreusement les points les plus exposés.

Un peu avant minuit, Manuel est venu me trouver. Il était très effrayé et me dit que la cathédrale Sainte-Sophie était en flammes. Nous montâmes ensemble sur le toit des Blachernes et je vis en effet l'immense coupole tout embrasée. Mais elle ne brûlait pas. Elle était seulement étrangement éclairée par le reflet des feux turcs. Les Vénitiens qui observaient avec nous le phénomène y voyaient un présage funeste.

L'inquiétude me chassa dans la ville. Je partis dans les ténèbres vers Sainte-Sophie. Je n'étais pas le seul. Une foule angoissée bruissait autour de moi. J'entendais les sanglots des femmes et les psalmodies des moines. Bientôt la lueur bleuâtre de la coupole devint si forte que je discernai la masse des gens en proie à une terreur superstitieuse. Personne n'osait s'approcher de l'église. Tout le monde priait à genoux. Dieu nous donnait un signe. Le surnaturel prenait une forme sensible. Après avoir vu ce miracle de mes yeux, je ne pouvais plus douter que l'ère du Christ était terminée et que le temps de la bête allait commencer.

Pendant près de deux heures, la coupole resta incandescente. Puis la lueur s'affaiblit, vacilla et s'éteignit. Le ciel était si nuageux que l'obscurité autour de nous devint complète. Les feux du camp turc s'éteignirent aussi. La nuit était oppressante, humide. On se serait cru dans un cimetière aux tombes fraîchement ouvertes.

Dans l'obscurité, une petite main chaude se glissa dans la mienne. Il me sembla la reconnaître. Mais je n'osai ni parler ni faire un geste. Peut-être était-ce seulement une fillette égarée? Ou encore une femme effrayée qui avait besoin du contact d'un homme. Pourtant, je l'aurais reconnue entre mille, c'était sa main, message muet de réconciliation avant la mort.

Elle ne dit pas un mot non plus. Nous respirions côte à côte dans l'obscurité et nos mains se touchaient. Et c'était bien ainsi. Les paroles auraient rompu le charme. Puis la main frémissante pressa la mienne et se dégagea. J'étendis les bras, mais je les refermai sur le néant. Elle était partie.

Même si elle n'avait été qu'une illusion, un rêve creux de mon imagination, cette rencontre me rendit la paix du cœur. Tandis que, comme un somnambule, je regagnai les Blachernes, l'amertume ne me rongeait plus. J'étais libre, j'étais clair.

Le 26 mai 1453.

Le miracle nocturne de Sainte-Sophie a tellement exalté la ville que dès l'aube la foule, conduite par les moines et les nonnes, s'est rendue aux Blachernes pour enlever l'icône de la Vierge miraculeuse et la placer sur les remparts. De son mince visage indiciblement triste, la Vierge regardait son peuple, dans son cadre d'or et de pierreries. Bien des gens la virent verser des larmes. Chacun voulait toucher l'image merveilleuse et, dans la confusion qui s'ensuivit, celle-ci tomba par terre. A ce même moment, les nuages bas déversèrent sur la ville d'énormes gouttes d'eau. En un instant, les rues furent inondées. L'icône au sol devint plus pesante que du plomb et il fallut plusieurs moines vigoureux pour la ramasser et la mettre à l'abri au couvent de Khora.

Malheureusement, cette averse ne mouilla pas la poudre des Turcs, comme on l'avait espéré. La canonnade qui s'était un moment ralentie reprit de plus belle.

Les Turcs continuent à jeûner. Nous avons vu les chefs se diriger vers la tente du Sultan, où s'est tenue une conférence qui a duré toute la soirée. Ensuite les « tchaouch » en uniforme vert ont transmis les ordres du maître à tout le camp. D'après les cris de joie, les roulements des tambours et tout le vacarme avec lesquels ceux-ci ont été accueillis, il est à supposer que le Sultan a fixé le jour et l'heure de l'assaut final.

Dès que j'eus constaté que le Sultan avait convoqué le grand divan, je suis allé trouver Giustiniani dont les hommes portaient des corbeilles de terre dans les brèches.

– Les Blachernes tiennent, lui ai-je dit. L'attaque générale approche. Permets-moi de combattre à tes côtés près de la porte de Saint-Romain. J'ai pris rendez-vous là, à Varna, voici neuf ans.

Il a passé familièrement sa grosse main sous mon bras,

relevé la visière de son casque, et ses yeux de taureau m'ont regardé en souriant. On eût dit qu'il était fort amusé par une chose que j'ignorais.

– Bien des gens se présentent ici, maintenant, dit-il. J'en suis flatté, parce que cela prouve que j'occupe la place d'honneur de la défense. Même le sultan Mohammed a tenu à m'honorer tout spécialement. Il m'a fait savoir qu'il éprouvait une vive admiration pour mon courage et mon habileté. Il ne me demande pas de trahir, ce serait contraire à l'honneur. Mais si je renonce à la défense et me retire avec ma troupe sur mes navires, il promet de faire de moi un homme riche et de me confier le commandement de ses janissaires. Il m'autorisera aussi à garder ma religion, puisque de nombreux chrétiens servent dans son armée. En signe d'accord, je devais amener mon drapeau. Mais j'ai au contraire hissé son émissaire, me dit-il en désignant du coin de l'œil le corps d'un colporteur qui se balançait à une poutre, la barbe hirsute, un tablier de cuir autour de la taille.

« Ce message nous laisse quelque espoir, ajouta-t-il en essuyant son visage couvert de sueur et de poussière. Le sort de la ville tient à un cheveu. L'Empereur me donne ses hommes d'élite et la fleur de sa noblesse pour défendre ce secteur. Plus de trois cents de mes hommes sont encore aptes au combat. Nous montrerons au Sultan qu'une muraille vivante est encore plus solide que des remparts de pierre.

» Mais je me méfie de tous et de tout, reprit-il en me jetant un regard dur. Ce qui m'intrigue spécialement c'est que justement toi, et précisément aujourd'hui, tu cherches à revenir ici. Ce colporteur a dit avant de rendre l'âme que le Sultan avait d'autres moyens de se débarrasser de moi. C'est pourquoi je ne tiens pas à avoir derrière mon dos un homme qui s'est enfui du camp du Sultan, si bons amis que nous soyons, Jean Ange.

– Si Mohammed a pris une décision, il la réalisera par tous les moyens, lui dis-je, tandis que le vacarme du camp ennemi déferlait à nos oreilles. Si tu persistes à défendre la ville, il n'hésitera pas à payer un sicaire.

– Tu comprendras donc que je ne veuille pas être entouré d'inconnus ou de suspects au moment décisif, dit Giustiniani en souriant. Mais il est des demandes qu'on ne peut rejeter, et j'ai bon cœur. En outre, mon devoir de protostrator est de veiller à ce que tu ne te livres pas à quelque action inconsidérée. Reste donc sous mes yeux, quand l'assaut commencera. Sinon, mon dernier ordre sera de te pendre.

Au même instant survint le mégaduc Notaras, au pas de son cheval noir, suivi de quelques hommes. Il mit pied à terre près de la porte, se proposant de pénétrer dans le secteur de Giustiniani. Celui-ci, la main en porte-voix, hurla à ses hommes d'interdire à Notaras l'accès des fortifications. Le visage du mégaduc noircit de rage. Il cria :

– Je dois pouvoir pénétrer partout où m'appelle la mission que m'a confiée l'Empereur. Parmi les ouvriers grecs se sont faufilés des trafiquants et des criminels.

Giustiniani sauta de la muraille, aux pieds de Notaras :

– Tu n'espionneras pas mon secteur, lui cria-t-il. Ici, c'est moi qui suis le maître. Amène-moi plutôt tes deux bombardes. Aujourd'hui plus que jamais j'en ai besoin pour défendre la ville.

Notaras ricana :

– Tu veux que les Grecs défendent le port avec leurs mains nues. Aujourd'hui plus que jamais, ces canons sont indispensables pour garder les navires turcs à distance des murailles.

– Je ne sais ce qui me retient de te crever la panse d'un coup d'épée, maudit traître, lança Giustiniani en serrant les dents.

Notaras pâlit sous l'affront. Il jeta un regard autour de lui et porta la main à son épée, mais il fut assez sage pour ne pas se mesurer avec un géant comme Giustiniani. Il recula de deux pas vers ses hommes, se força au calme et dit :

– Dieu jugera qui est traître, de l'Empereur ou de moi. Ne gardes-tu pas sur ta poitrine la promesse, écrite et scellée d'un triple sceau, que l'île de Lemnos sera ton duché, si tu défends la ville ?

– Et ensuite ? dit Giustiniani en abaissant sur le visage de Notaras un regard scrutateur.

– Maudit fou Latin, reprit Notaras d'un ton railleur. Ignores-tu qu'avant le siège l'Empereur avait déjà promis l'île de Lemnos au roi de Catalogne en échange des navires et des renforts qu'il devait lui fournir ? Les navires ne sont pas venus, mais les Catalans ont déjà occupé Lemnos. Cela te réserve une seconde et belle campagne, si tu te tires de celle-ci.

— Les Grecs sont toujours des Grecs, dit Giustiniani en éclatant de rire. Ce que tu viens de dire, es-tu prêt à le jurer sur la croix?

Notaras dégaina son épée et baisa la croix de la poignée.

— Aussi vrai que Dieu nous jugera chacun selon nos actes, l'empereur Constantin a confirmé par écrit la cession de Lemnos aux Catalans. Tu mériterais plutôt un bonnet de fou qu'une couronne ducale, Giovanni Giustiniani.

A-t-on jamais décoché un trait plus empoisonné dans le cœur d'un homme à un instant décisif? Notaras, l'air satisfait, remonta à cheval et s'éloigna. Je descendis vers Giustiniani. Quand je fus près de lui, il posa sa lourde patte sur mon épaule, comme pour chercher un appui, et dit :

— La trahison et la perfidie sont toujours à l'affût dans le monde des hommes. Mon cœur n'en a peut-être pas été absolument exempt. J'ai lutté pour défendre les intérêts de Gênes et non pas ceux de l'Empereur. Mais en cet instant je jure de combattre jusqu'au bout, tant qu'il restera un peu d'espoir, pour ma seule gloire impérissable, afin qu'on nous nomme, moi et ma ville, tant qu'il restera pierre sur pierre aux murailles de Constantinople.

Des larmes de colère ruisselaient sur ses joues. Il se signa plusieurs fois de suite et pria :

— Dieu, pardonne-moi mes péchés et si telle est ta volonté, cède cette ville aux Turcs plutôt qu'aux Vénitiens. Que les vers rongent la coque de leurs navires, que leurs voiles crèvent dans le vent. Quant aux Grecs, je n'ai pas même envie de les maudire. Que les Turcs s'occupent d'eux.

Après cette prière, il ordonna à ses hommes d'amener le drapeau impérial pour que seul son propre étendard flottât sur les murailles éboulées.

La nuit est tombée et les feux de camp des Turcs illuminent le ciel. L'homme est un être étrange. Ainsi, Giustiniani aurait de bonnes raisons de mettre sa vie en sûreté, puisque l'Empereur l'a trompé. Mais il reste à son poste. Et je me demande si même chez Notaras, on ne découvrirait pas autre chose que de l'ambition. Quant à Manuel, il compte son argent et souffre de grands tourments, ne sachant où le cacher.

Le 28 mai 1453.

Les Turcs préparent l'assaut final. On les entend apporter et mettre en place leurs machines de siège, échelles, poutres, ponts mobiles et fascines. Les feux n'ont brûlé que peu de temps, le Sultan ayant prescrit un repos avant l'action. Une foule de volontaires se sont offerts pour transporter des pierres et de la terre dans les récentes brèches et Giustiniani a donc pu accorder un répit à ses propres soldats. Cette nuit et demain, chacun aura besoin de toutes ses forces. Mais comment pourrais-je dormir?

Il est étrange de se dire que cette nuit est ma dernière nuit, celle que j'ai attendue, celle dont toute ma vie antérieure n'a été que la lente préparation. Je ne me connais pas assez. Mais j'espère rester brave. Je sais d'ailleurs que la mort n'est point tellement douloureuse.

Je suis humble cette nuit. Calmé. Tranquille. Et plus heureux que jamais.

C'est mal d'être heureux par une telle nuit. Mais je n'accuse et ne juge plus personne. Je laisse volontiers les Vénitiens charger leurs navires et emporter des cargaisons de meubles précieux, de tapis et de vaisselle.

Chacun agit à sa guise. Lucas Notaras aussi. Et Gennadios. Et l'Empereur Constantin. Et Giustiniani.

Les frères Guacchardi jouent aux dés, chantent des refrains italiens et boivent du vin dans leur seule tour intacte, près de la porte de Kharisios.

Pourquoi suis-je si heureux, cette nuit? Pourquoi ce sourire à la mort?

Tôt ce matin, je suis allé chez Giustiniani. Il dormait encore, tout armé, à côté d'un jeune Grec à la cuirasse brillante. Je crus qu'il s'agissait d'un des hommes envoyés en renfort par l'Empereur et qui ont juré de mourir près de la porte de Saint-Romain.

Le jeune homme se réveilla, se frotta les yeux en bâillant. Il me toisa de haut et je crus reconnaître un des fils de Lucas Notaras. Quand Giustiniani ouvrit les yeux, je lui demandai ironiquement :

— Serais-tu tombé dans le vieux vice des Italiens ? Pourtant, il ne manque pas en ville de femmes disposées à te réconforter.

Il éclata de rire et donna une bourrade au jeune Grec en disant :

— Debout, paresseux, et au travail !

Le jeune homme se leva et, me regardant du coin de l'œil, alla remplir un gobelet de vin qu'il offrit à Giustiniani comme à un prince, en fléchissant le genou.

— Cet éphèbe, lui dis-je, sera bien incapable de te protéger par derrière dans le combat. Renvoie-le et prends-moi à sa place. Le baile n'a plus besoin de moi aux Blachernes.

— Es-tu donc aveugle ? me dit Giustiniani. Tu ne reconnais pas ce noble jeune homme ?

— C'est un Notaras, dis-je. Il a l'air de famille.

Et soudain je vis la chaîne d'or à son cou.

— Juste ciel ! C'est donc toi, Anna ? Comment es-tu ici ?

— Elle est venue hier se confier à ma protection, dit Giustiniani. Les gardes l'ont laissé passer parce qu'elle portait ma chaîne. Mais qu'allons-nous faire d'elle maintenant ? C'est à toi d'en décider.

Anna jeta les bras à mon cou, me baisa la joue, appuya sa tête sur ma poitrine. Je regardai Giustiniani : il se signa trois fois et jura par les blessures du Christ qu'il avait passé la nuit chastement, l'honneur lui interdisant de toucher à la femme d'un de ses amis, « bien que, ajouta-t-il, la tentation ait été grande ».

Anna dit avec un sanglot :

— Suis-je vraiment devenue si laide que tu ne me reconnaisses pas ? J'ai dû me couper les cheveux, sinon je n'aurais pu mettre mon casque.

Je la tenais dans mes bras. Elle était contre moi. Elle ne me haïssait plus.

— Pourquoi t'es-tu enfuie de chez ton père ? lui demandai-je. Est-ce toi qui as mis ta main dans la mienne l'autre nuit, lorsque la coupole de l'église brillait d'une lueur surnaturelle ?

Giustiniani se retira discrètement, en nous disant de boire et de manger ce que nous trouverions et même de pousser le verrou pour être tranquilles. Il tira la lourde porte derrière lui. Je vis bien qu'Anna lui plaisait et qu'il me jalousait. Comme je n'allais pas tirer le verrou, Anna le fit d'un air distrait.

– Mon amour, dit-elle. Pourras-tu jamais me pardonner mon entêtement et mes caprices?

– Non, Anna, c'est à moi de te demander pardon de n'être pas tel que tu le désires... Mais tu ne peux rester ici, tu dois retourner chez ton père. Tu y seras à l'abri durant l'assaut. Je crois que le Sultan prendra ton père sous sa protection dès la chute de la ville.

– Certainement, dit-elle. Je sais que le Sultan enverra tout de suite des gardes chez nous. Mais je sais aussi pourquoi. Et c'est pour cela que je ne veux pas retourner chez mon père.

– Que s'est-il passé? lui dis-je, plein de sinistres pressentiments.

Elle posa ses mains sur mes hanches et me regarda avec une expression étrangement sérieuse.

– Ne me pose pas de questions, dit-elle. Je suis la fille de mon père. Je ne peux pas le trahir. Ne suffit-il pas que je sois venue vers toi? Que je me sois coupé les cheveux et que j'aie revêtu la cuirasse de mon frère pour mourir avec toi sur les remparts, puisque c'est la volonté de Dieu?

– Tu ne mourras pas, lui dis-je. Il n'est pas question que tu meures. Mais ta tenue et ton projet sont insensés.

– Ce n'est pas la première fois en mille ans que des femmes ont pris les armes pour défendre cette ville, dit-elle. Tu le sais. On a même vu une impératrice revêtir la cuirasse, à la mort de son mari.

Comme je protestais en soulignant l'inutilité de sa conduite, elle reprit, plus sérieuse que jamais :

– Le Sultan sera vainqueur, je le sais, le mur est détruit. Ils sont trop nombreux. Des milliers de gens mourront pour rien avant l'aube. Si tu pensais seulement à ce qui est utile, tu ne serais pas là, toi non plus. Je pense enfin comme toi. Je suis ta femme. Nous n'avons pas d'avenir. C'est pourquoi j'ai le droit de mourir avec toi. Je t'aime.

Un boulet du gros canon frappa la muraille au-dessus de nous, et des pierres dégringolèrent. Nous reçûmes sur la tête du plâtre et des gravats.

Anna commençait à délacer les courroies de sa cuirasse

et me demanda de l'aider. Elle se dégageait lentement de sa coquille.

– Tu es un joli garçon, lui dis-je. Malgré tes cheveux coupés, tu es plus belle que jamais.

– Je ne suis pas un garçon, dit-elle avec une mine délicieuse. Ne le vois-tu pas?

Un boulet ébranla de nouveau la muraille. Elle passa ses bras nus autour de mon cou et murmura :

– N'aie pas peur des canons, chéri, je ne les crains point. Ma bouche est ta source, désaltère-toi. Mon corps est ton pain, dévore-le. Jouis de moi comme je jouis de toi. La vie se recroqueville déjà autour de nous. La mort est longue et l'amour sans le corps est un maigre amour.

Mais notre amour était amer comme le sel qui blesse les lèvres et augmente la soif. Dans l'odeur étouffante du cuir, de l'huile rance, du vin, de la poudre et des vêtements humides, nous nous enlaçâmes, tandis que la mort grondait au-dessus de nous. Mais ce n'était pas nos corps seulement qui s'étreignaient, car, à travers ses beaux yeux bruns, je croyais regarder au-delà du périssable.

– Je reviendrai, ma chérie, murmurai-je. Je reviendrai dans les entraves du temps et de l'espace, pour te retrouver. Les hommes, les noms, les peuples changent, mais sur les ruines des remparts tes yeux seront des fleurs brunes veloutées qui me regarderont. Et toi, à quelque peuple ou temps que tu appartiennes, touche de ta main la poussière, quand tu reviendras, touche, à travers le temps, mes joues dans la poussière jusqu'au jour de notre réunion.

– Mon chéri, dit-elle, tandis que des larmes de passion roulaient sur ses joues, il n'y a peut-être rien d'autre. Il n'y a peut-être que ce seul instant. Mais c'est assez. Je suis rassasiée. Je suis pleine de toi. Je suis entièrement à toi. C'est facile, c'est même beau de mourir après cela.

Elle regarda autour d'elle le bastion lugubre :

– C'est beau, tout est beau, reprit-elle. Jamais rien n'a été aussi beau.

Epuisé, la bouche contre son épaule vivante, je me demandais si je devais lui révéler mon secret. En cet instant, malgré la vanité de tout, j'étais incapable de rien lui cacher. C'est pourquoi je lui dis :

– Mon amour, quand je suis venu au monde, ma mère

tenait dans sa main fermée un morceau de porphyre. Je suis né avec des brodequins de pourpre aux pieds. Je puis te le dire, puisque cela ne change plus rien entre nous.

Elle se dressa sur les coudes et plongea dans mes yeux un regard étonné.

– Je suis né avec des brodequins de pourpre aux pieds, repris-je. Mon père était le demi-frère du vieil empereur Manuel. L'empereur Jean était mon grand-père. Tu sais, celui qui se rendit à Avignon et à Rome, qui abjura sa foi et reconnut le Pape, sans toutefois lier son peuple et son Eglise. Il le fit pour permettre au Pape de l'unir par les liens du mariage à une Vénitienne qu'il aimait. Il avait quarante ans alors. La Signoria lui remboursa sa dette et lui rendit les joyaux de la couronne de Byzance qu'il avait dû mettre en gage. Le Pape et Venise lui promirent l'appui de l'Occident et une croisade. Mais son fils Andronikos le trompa et se révolta. Et aussi le fils d'Andronikos. L'Occident l'ayant abandonné, il dut finalement faire sa soumission au Sultan et reconnaître son fils Manuel comme héritier. En réalité, mon père était le seul héritier légitime. C'est pourquoi Manuel le fit rechercher pour lui crever les yeux. Plus tard, mon père ne put supporter la vie et se jeta du haut des rochers à Avignon, derrière le palais des papes. Le bijoutier auquel il avait confié ses biens et ses papiers me trompa après sa mort. Quand j'eus pris la croix, je revins à Avignon et me vengeai en lui coupant la gorge. Il détenait encore les papiers prouvant mes droits légitimes. Je crois que la curie papale et la Signoria de Venise connaissent mon existence, bien que j'aie disparu de leur horizon. Je suis le Basileus, mais je ne réclame pas le pouvoir. Le pouvoir n'est point pour moi. Mais j'ai le droit de mourir sur les murailles de ma ville. Comprends-tu pourquoi je dois accomplir ma destinée jusqu'au bout?

Elle me caressait le visage du bout des doigts, les yeux agrandis par l'étonnement. Je n'avais pas pris soin de me raser depuis longtemps et je portais la barbe, comme les Grecs.

– Tu vois que rien n arrive par hasard, lui dis-je encore. Je devais vous rencontrer toi et ton père pour subir la dernière tentation. Constantin ayant proclamé l'Union, j'aurais pu me faire reconnaître et, avec l'aide de ton père, soulever la ville, la remettre au Sultan et la gouverner comme empereur vassal. Mais cela aurait été indigne de ma naissance.

– Si tout ce que tu me racontes est vrai, interrompit-elle avec impatience, alors je t'ai reconnu d'après les portraits de l'empereur Manuel. Tu ressembles aussi à Constantin. Il est vraiment étonnant que personne ne l'ait remarqué.

– Mon serviteur Manuel l'a vu tout de suite, lui dis-je. Le sang est mystérieux. Il retourne à sa source.

– Le Basileus Johannès Angelos, de la famille des Paléologue. Et Anna Notaras, fille du mégaduc. Vraiment, pour que nos destinées s'accomplissent, il a fallu bien des cheminements. Mais pourquoi m'as-tu raconté tout cela ? Tu m'as arraché une illusion qui m'aurait consolée à l'heure de la mort.

– Je croyais au contraire que cette révélation flatterait ta vanité féminine. Nos familles sont de rang égal. Tu ne t'es pas déclassée en me choisissant.

– Crois-tu vraiment que je me soucie de la famille et du rang ? Je ne pense qu'à toi. Mais merci pour ton cadeau de noces. Merci pour l'invisible couronne empanachée que tu m'as offerte. Je serai donc basilissa, si cela te fait plaisir. Je serai ce que tu voudras...

Elle se leva toute nue et redressa sa belle tête.

– Sois un ange ou un empereur, cria-t-elle. Drape-toi dans ta gloire invisible et inexistante. Je suis une femme, seulement une femme. Et tu n'as rien à me donner. Ni foyer, ni enfants, ni la nuit où, vieille et fanée, je me réveillerais, en éprouvant la sécurité de t'entendre respirer à côté de moi dans le lit. Je pourrais te toucher, baiser tes lèvres de ma bouche ridée. Ce serait le bonheur. Mais tu m'en prives par ta folle ambition. A quoi bon mourir pour une cause perdue ? Qui t'en saura gré ? Qui se souviendra de toi quand tu reposeras sanglant dans la poussière ? Ton sacrifice est tellement inutile qu'il me fait pleurer, moi, ta femme.

Elle parlait d'une voix entrecoupée par les sanglots, mais, soudain, elle se jeta sur moi, m'entoura de ses bras nus et me dit à voix basse, son visage contre le mien :

– Pardonne-moi. J'avais décidé de ne plus te tourmenter, mais je suis faible. C'est que je t'aime. Même si tu étais un mendiant ou un traître ou un rebut de l'humanité, je t'aimerais et je voudrais vivre avec toi. Je serais peut-être insatisfaite et je te blesserais sans cesse, mais je t'aimerais quand même. Pardonne-moi.

Je pleurai avec elle, envahi par le sentiment de la vanité de tout. Je doutais de moi-même, en proie à la dernière tentation, la plus forte que j'eusse jamais éprouvée. Un instant s'imposa à moi l'image des vaisseaux de Giustiniani, dans le port, prêts à fuir en cas de besoin...

Avant le coucher du soleil, Giustiniani vint frapper à la porte et nous appela. Je tirai le verrou et il entra rapidement.

– Tout est calme dans le camp turc, dit-il. Leur silence est plus effrayant que leur vacarme. Le Sultan les a répartis par groupes de mille hommes et a indiqué à chacun son horaire, son programme et son objectif. Ce n'est plus de guerre sainte qu'il leur parle, mais du plus magnifique pillage de tous les temps : des trésors du palais, des vases sacrés des églises, des robes bordées de perles et des coffrets à bijoux. Il vante le charme des jeunes Grecs et la beauté des filles qu'aucun homme n'a déflorées. Il se réserve seulement les murailles et les bâtiments publics.

Il avait fait tailler et teindre sa barbe dans laquelle il avait entrelacé des fils d'or. Sa cuirasse remise à neuf, débosselée, resplendissait.

– Ne viendrez-vous pas avec moi à l'église, chers enfants ? dit-il. Les Turcs se reposent avant l'assaut. Dépêchez-vous et habillez-vous décemment, pour recevoir le sacrement, afin d'être cette nuit en état de grâce. Je vois à vos visages, ajouta-t-il, que le vœu de chasteté vous sera moins pénible qu'à d'autres.

Nous partîmes à cheval vers l'église aux coupoles vertes illuminées par les derniers rayons du jour. L'Empereur arriva avec sa suite, dans l'ordre prescrit par le rite millénaire. Byzance se réunissait pour la dernière fois, afin de se préparer à la mort.

Le Baile de Venise, le conseil des Douze et les nobles Vénitiens étaient aussi en tenue de cérémonie. Les cuirasses brillantes remplaçaient la soie et le velours. Les officiers de Giustiniani se groupèrent autour de lui. Puis le peuple de Constantinople prit place dans l'église de Justinien jusqu'à ce qu'elle fût pleine à craquer. Bravant la malédiction, des centaines de prêtres et de moines s'étaient joints aux fidèles. Devant la mort, toute querelle cessait.

L'empereur Constantin confessa publiquement ses péchés dans les termes consacrés. Les Latins aussi murmurèrent leur confession. Le métropolite grec lut le *Credo* en omettant l'adjonction : « et du Fils. » L'évêque Léonard le reprit pour les Latins, avec l'adjonction. Dans les prières des Grecs, le Pape ne fut pas nommé. Il le fut dans celles des Latins. Mais personne ne s'occupait cette nuit du vieux conflit. Tout semblait se dérouler comme par une entente muette.

Pendant le long service, un enivrement limpide s'empara de nous. Anna et moi, la main dans la main, nous partageâmes le pain bénit et obtînmes le pardon de nos péchés. La main dans la main, nous fîmes vœu de pureté. Ses yeux bruns étaient tout près de moi. Mais, perdus dans une extase sainte, ils n'appartenaient déjà plus à ce corps dont je sentais contre moi la chaleur. Ils brillaient pour l'éternité, candides et familiers, tels qu'un jour je les reverrais.

A la fin du service, l'empereur Constantin s'adressa à son peuple et déclara d'une voix tremblante d'émotion :

– Les Turcs ont leurs canons et leur mer humaine, mais nous avons notre Dieu et notre Sauveur. Ne perdons pas l'espoir.

Il embrassa ses amis et ses proches, en demandant pardon à chacun. Il embrassa les gens du peuple qui se trouvaient le plus près de lui et implora également leur pardon. Son exemple incita les Latins à se réconcilier aussi et l'on vit le baile s'approcher de Giustiniani, les larmes aux yeux, pour lui demander pardon de ses mauvaises pensées. Vénitiens et Génois promirent de combattre héroïquement et de rivaliser pour la gloire.

Il faisait très sombre quand nous sortîmes de l'église. Dans toutes les maisons brûlaient des lumières et les rues étaient éclairées par des torches. Les cloches sonnaient, et l'on aurait pu penser que la ville célébrait une grande fête.

Près de l'église des Apôtres, nous quittâmes le cortège de l'Empereur. Constantin embrassa encore une fois Giustiniani.

J'aperçus alors l'Allemand Grant et je mis pied à terre pour l'embrasser et le remercier de son amitié. Il marchait avec peine et ses yeux fatigués clignotaient dans son visage émacié. Il me montra deux vieillards chancelants, chauves et édentés, accompagnés d'un jeune homme qui portait la tenue des ingénieurs de l'Empereur, avec d'étranges insignes rouges.

– Sais-tu qui ils sont? me demanda-t-il. Ils sortent de la cellule souterraine la plus secrète de l'arsenal où l'on prépare le feu grégeois. Tu vois comme le visage du jeune est déjà parcheminé et comment il perd ses cheveux. Je leur adresserais volontiers la parole, mais les gardes ont l'ordre d'abattre impitoyablement quiconque cherche à entrer en conversation avec eux.

» Leurs matières premières sont épuisées, reprit-il. Les derniers vases ont été portés sur les remparts et sur les navires. Je connais une partie des composants, mais non pas tous, ni le secret du mélange. Le plus mystérieux est la façon dont le feu s'allume dès que le liquide jaillit. Cela n'arrive pas sous l'action de l'air, puisque dans les vases lancés par des machines il faut mettre un appareil d'allumage spécial. Il y a donc dans la bouche du mortier par où s'échappe le jet quelque chose qui enflamme le liquide. Celui-ci contient beaucoup de pétrole, puisqu'il flotte sur l'eau et qu'elle ne l'éteint pas. Il y faut du sable ou du vinaigre. Les marins vénitiens disent que l'urine est efficace aussi. Ces vieillards sont les dépositaires d'un secret millénaire que personne n'a jamais été autorisé à consigner par écrit, et jadis on coupait la langue à tous les ouvriers dans les salles souterraines. Ces deux vieillards emporteront leur secret dans la tombe. Quand les Turcs entreront dans la ville, les gardes ont l'ordre de mettre à mort ces savants. C'est pourquoi on les a laissés venir à l'église pour la première fois depuis des dizaines d'années. »

Grant haussa les épaules et soupira :

– Bien des secrets disparaîtront dans la tombe avec cette ville. Toute une science irremplaçable. Et pour rien. Johannès Angelos, rien n'est plus détestable que la guerre.

– Tout espoir n'est pas encore perdu, dis-je en sachant que je mentais.

– Mon seul espoir est de trouver une place sur un navire génois, répondit-il en crachant par terre, si je réussis à gagner le port en temps utile. Je n'ai pas d'autre espoir. Si j'allais au bout de mes idées, je me précipiterais, dès la chute de la ville, l'épée à la main, dans la bibliothèque pour y voler les manuscrits que je convoite et les emporter. Mais j'en suis incapable, parce que je suis Allemand et dressé à la discipline. Si j'étais Italien, je pourrais le faire. Les Italiens sont plus libres et plus sensés que les Nordiques. Je n'ose pas, et pour cela je me méprise.

— J'ai pitié de toi, Johann Grant, à cause de ton effrayante passion. Le mystère sacré n'a donc pas réussi ce soir à te libérer de toi-même?

— Non. Rien, sauf la science, ne peut me libérer de moi. La science est la seule liberté de l'homme.

Au moment de la séparation, il m'embrassa et dit :

— Tu n'es pas intolérant et tu n'obliges personne à adopter tes croyances. C'est pourquoi j'ai appris à t'aimer, Jean Ange.

Comme nous approchions de la porte de Saint-Romain, une affreuse odeur de cadavres nous saisit à la gorge. Giustiniani dit :

— Reposez-vous, mes enfants, tant que c'est possible. Nous avons encore deux ou trois heures. Quand j'aurai inspecté mes hommes, je compte dormir un moment sur l'oreille de ma bonne conscience. On m'a dupé, mais, grâce à Dieu, et non point par mes mérites, je n'ai eu à tromper personne.

— Quand tout le monde aura pris place sur les murailles, on fermera les petites portes et les clefs seront remises à l'Empereur. Ainsi, les défenseurs n'auront point la tentation de fuir. Ils devront tenir ou mourir.

— Où est ma place? demanda Anna.

— Ta présence en première ligne nous obligerait un peu trop à veiller sur toi, répondit Giustiniani avec un bon sourire. En toute franchise, tu nous gênerais.

— Va à la Kerkoporta, dis-je rapidement. Tu y seras parmi tes compatriotes et, en cas de danger, tu pourras te retirer aux Blachernes. Si tu succombes, c'est que Dieu l'aura voulu, mais ce ne serait pas un péché de te sauver sur un navire latin.

A ces paroles, elle devint d'une pâleur mortelle, et elle m'agrippa le bras.

— Qu'as-tu donc? lui dis-je. Tu te sens mal?

Elle chuchota, bouleversée :

– Pourquoi as-tu parlé précisément de la Kerkoporta?
Qu'as-tu voulu dire?

– Rien de spécial, c'est un endroit qui me semble
indiqué pour toi. Mais qu'as-tu?

– C'est peut-être cette odeur de cadavres qui m'incom-
mode. Je suis un piètre soldat et je ne veux pas vous
gêner. J'irai à la Kerkoporta et nous n'aurons plus à nous
inquiéter l'un pour l'autre. Mais restons ensemble jusqu'à
minuit. C'est tout ce que je te demande.

Bientôt, il sera minuit et Manuel viendra chercher mes
papiers. Anna s'est endormie. J'ai écrit rapidement, tandis
que Giustiniani vidait son coffre et brûlait les documents
qui ne doivent pas tomber aux mains des Turcs. Le vent
du nord se lève. Cela signifie peut-être le salut pour des
centaines de Latins.

Mus par le sentiment de l'honneur, une cinquantaine
de jeunes Génois de Pera ont décidé de participer à
l'ultime bataille et sont venus renforcer volontairement la
troupe de Giustiniani, malgré les menaces du podestat
qui craint des représailles turques.

C'est la nuit des Grecs. J'ai contemplé la mélancolie
millénaire de leurs yeux noirs et la tristesse indicible de
leurs visages penchés. Les cloches sonnent le glas de la
dernière Rome.

Le 29 mai 1453.

« *Aleô ê polis.* ».

La ville est perdue.

Ce cri retentira à travers les âges aussi longtemps que
durera le monde. Si je renais à la vie, dans des siècles,
mes pupilles, à ces mots, s'élargiront d'effroi et mes
cheveux se hérisseront. Je me les rappellerai. Je les
reconnaîtrai.

« *Aleô ê polis.* »

Mais moi, je vis encore. Il me faut donc vider le calice
jusqu'à la lie et voir la ruine de ma ville et de mon peuple.
Je continue à écrire. Mais je devrais tremper ma plume
dans le sang et le sang ne manque pas. Il s'est figé dans
les ruelles en flaques pâteuses. Il jaillit encore des blessures des mourants. La grand-rue est si pleine de cadavres qu'il est difficile d'y marcher.

C'est la nuit. Je suis dans ma maison, que protège un fanion fixé à une lance. J'ai bouché mes oreilles avec de la cire pour ne pas entendre les hurlements des femmes et des enfants, les cris bestiaux des pillards qui se disputent leurs proies.

J'écris d'une main tremblante, à cause des souffrances et des douleurs qui jaillissent autour de moi dans l'horreur incommensurable de cette nuit.

Peu après minuit, les défenseurs ont pris leurs postes sur les murailles. Puis on a fermé les portes dont les clefs ont été remises aux commandants des secteurs.

Cependant, les unités légères de la flotte turque se rapprochaient de la muraille maritime. Les navires ancrés dans le port des Colonnes quittaient le Bosphore et se déployaient jusqu'à la chaîne. Ainsi, Constantinople se trouvait menacée de toutes parts et il n'était pas possible de détacher des renforts pour les envoyer aux points les plus exposés. Les Turcs avaient ordre d'attaquer partout, les mâts étaient chargés d'archers.

Le Sultan avait promis une queue de cheval et le gouvernement d'une province au premier soldat qui prendrait pied sur les murailles, et la mort à quiconque reculerait ou fuirait.

Trois heures avant l'aube, les tambours retentirent, les trompettes sonnèrent et une immense clameur s'éleva des rangs des assaillants. La brèche que nous défendions près de la porte de Saint-Romain était large de plus de mille pas. Le Sultan lança d'abord ses réserves, bergers et rôdeurs accourus de toute l'Asie à l'appel de la guerre sainte, armés d'une lance, d'une épée et d'un bouclier de bois.

Comme cette première vague approchait, les canons turcs ouvrirent le feu, et un nuage de flèches vola au-dessus de nos têtes. Puis des centaines d'échelles furent dressées simultanément contre les débris du mur extérieur et la barricade de fortune. Invoquant Allah, les premiers groupes de mille hommes abordèrent les défenses. Mais ils furent repoussés, le feu grégeois gicla sur eux et, en même temps, les assaillants, massés au pied des remparts, étaient arrosés de poix brûlante et de plomb fondu. Bientôt, les cadavres s'entassèrent jusqu'à mi-hauteur du mur.

Le Sultan envoya ensuite au feu les troupes chrétiennes

de ses alliés et les renégats que la perspective du sac de la ville avait attirés de tous les pays. Ils se battirent courageusement et plusieurs réussirent à escalader la muraille. C'était affreux de les entendre invoquer le Christ et la Vierge dans toutes les langues de l'Europe au secours des Turcs qui imploraient Allah et le prophète.

De nombreux Génois étaient déjà blessés ou avaient été tués malgré leurs cuirasses par les balles de plomb, car les Turcs continuaient à tirer, sans s'inquiéter de savoir s'ils atteignaient les leurs ou l'ennemi.

Au bout d'une heure, le Sultan autorisa les survivants à se retirer et fit décharger les gros canons. Les énormes boulets fracassèrent les poutres et les barils remplis de terre. La poussière n'était pas encore dissipée que les troupes turques d'Anatolie passaient à l'assaut.

C'étaient des hommes lestes et sauvages, qui s'aidaient mutuellement à grimper sur le mur avec de grands rires. Ils avaient la guerre dans le sang. Ils ne demandaient pas grâce et mouraient en invoquant Allah. Ils savaient que les dix mille anges de l'Islam planaient au-dessus d'eux, prêts à les emporter par les cheveux tout droit au paradis.

Ils attaquèrent par vagues de mille hommes, en hurlant des injures aux chrétiens. Mais la défense tint bon. Les vides creusés dans nos rangs se comblaient, Giustiniani était partout à la fois. Dès qu'un point était plus menacé, il accourait pour encourager ses hommes et pour fendre les Turcs jusqu'à la ceinture avec sa lourde épée.

La première lueur de l'aube vit la reculade des Anatoliens. Tout le corps me faisait mal, mon bras était si fatigué de frapper qu'il me fallait toute ma volonté, après chaque coup donné, pour le soulever encore. De nombreux Génois haletaient d'épuisement et réclamaient de l'eau. Mais quand les Turcs esquissèrent un mouvement de retraite, beaucoup se reprirent à espérer et on entendit même crier victoire.

Mais bientôt nous vîmes les hauts bonnets blancs des janissaires s'aligner en face de nous de l'autre côté du fossé. Par groupes successifs de mille hommes, ils attendaient en silence le signal de l'assaut. Le sultan Mohammed se plaça devant eux, son bâton de commandement à la main. On pointa rapidement les petits canons qui tirèrent une salve. Des janissaires tombèrent autour du

Sultan, mais lui-même ne fut pas atteint. Les rangs ne bronchèrent pas. Des hommes s'avancèrent pour combler les vides, tout fiers de l'honneur d'occuper le premier rang sous les yeux du maître.

Les femmes et les vieillards sur la grande muraille profitèrent de cette accalmie pour nous descendre des seaux d'eau teintée de vin.

Je ne raconte ici que ce que j'ai vu de mes propres yeux dans notre secteur. Un autre le rapporterait différemment, parce que la capacité d'observation de l'homme est sujette à l'erreur et que nos sens sont imparfaits. Comme je me trouvais assez près de Giustiniani, je crois avoir bien vu tout ce qui s'est passé.

J'eus le temps de me jeter à terre lorsque les Turcs déchargèrent de nouveau tous leurs canons à la fois. Le vent s'était élevé, dispersant rapidement les nuages de poudre. Quand le calme fut revenu, je vis Giustiniani s'affaisser. Un trou gros comme le poing crevait sa cuirasse; une balle de plomb l'avait frappé de biais par derrière. Son visage devint gris et toute joie de vivre s'en effaça brusquement. On aurait dit un vieillard. Le sang lui sortait de la bouche et coulait aussi par les jointures de sa cuirasse, sur ses genoux.

– Je suis touché, dit-il.

Ses lieutenants s'approchèrent pour le soustraire aux yeux des soldats. Ils jetaient des regards menaçants autour d'eux.

– La balle est venue de derrière, cria quelqu'un.

Mais Giustiniani apaisa les hommes qui maltraitaient déjà des suspects et dit d'une voix affaiblie :

– Par le Christ, frères, ne nous querellons pas. Peu importe d'où est venue la balle. J'ai peut-être tourné le dos aux Turcs pour regarder le mur et les seaux d'eau. Du reste, cela m'est égal. Appelez plutôt un chirurgien.

Mais il fut impossible d'en trouver un, car les portes étaient fermées. Au même moment, les janissaires s'ébranlèrent au son des tambours d'airain. Ils n'invoquaient pas Allah. Ils avançaient sans rien dire, rivalisant de vitesse à qui arriverait le premier à la muraille. En certains points, ils n'eurent pas besoin d'échelles, tant les cadavres s'accumulaient au pied des remparts. Leur attaque fut rapide, violente et silencieuse.

Ce n'était plus un jeu de massacre, mais une vraie

bataille, car les janissaires portaient des cuirasses à écailles ou des cottes de mailles. Ils attaquaient en rangs serrés, enfonçant les défenseurs.

Les hommes de Giustiniani et les Grecs envoyés en renfort, épaule contre épaule, unissaient leurs forces pour soutenir le poids de l'assaut. C'est à ce moment que l'Empereur apparut à cheval sur la grande muraille pour suivre les phases du combat. Son visage brillait et il cria plein d'allégresse :

– Tenez bon, tenez encore une fois et la victoire sera à nous.

S'il avait été en bas avec nous, s'il avait su de quel poids de plomb pesaient nos membres, il n'aurait pas parlé ainsi.

Giustiniani se prit la tête entre les mains, serra les dents de douleur, cracha du sang, pesta et réclama à l'Empereur la clef de la porte qui permettait de rentrer dans la ville. Constantin lui répondit que sa blessure n'était sûrement pas très grave et qu'il ne devait pas abandonner ses hommes pour une douleur passagère.

– Maudit parjure grec, cria Giustiniani. C'est moi qui suis le meilleur juge de mon état. Lance-moi la clef, sinon je monte te tuer de mes propres mains.

Ses hommes éclatèrent d'un gros rire. Après un instant d'hésitation, l'Empereur laissa tomber la clef au pied de la grande muraille. Giustiniani la ramassa en clignant de l'œil à ses hommes qui combattaient à quelques pas de lui. Ils étaient aux prises avec un gigantesque janissaire qui brandissait une lourde épée à deux mains. Ils réussirent à le cerner et à l'abattre, mais ils durent le tailler en pièces pour l'achever.

Quand la première vague se retira en bon ordre pour reprendre haleine, une deuxième arriva. Giustiniani m'appela et mé dit :

– Prends-moi sous le bras et aide-moi. Un vrai chef se bat jusqu'à la dernière extrémité, mais pas plus loin.

Aidé d'un soldat, je le mis sur ses pieds et nous lui fîmes franchir la porte. L'Empereur s'approcha de lui et le conjura de reprendre sa place au combat, mais Giustiniani ne lui répondit rien, ne le regarda même pas. Il souffrait atrocement à chaque pas. On réussit à lui enlever sa cuirasse.

– Giustiniani, lui dis-je, je te remercie de l'amitié que tu m'as témoignée. Maintenant, je dois retourner au combat.

– Ne dis pas de bêtises, répondit-il avec un geste qui le fit grimacer de douleur. La partie est perdue. Tu le sais aussi bien que moi. Comment un millier d'hommes épuisés pourraient-ils résister poitrine contre poitrine à douze mille janissaires munis de cuirasses et animés par la perspective du pillage. Je t'ai réservé une place sur mon navire. Tu l'as bien gagnée.

Il souffla un moment, la tête entre les mains. Puis il reprit :

– Par le Christ, retourne sur la muraille et reviens me dire ce qui s'y passe.

Je compris qu'il voulait m'éloigner, car, un par un, ses soldats couverts de sang sortaient par la porte ouverte. De la muraille, je vis le sultan Mohammed debout dans l'aube radieuse au bord du fossé comblé, brandissant son bâton de fer pour encourager les janissaires qui se ruaient à l'assaut.

Sur toute la longueur de notre secteur bouleversé, la lutte se déroulait déjà au faîte du mur extérieur. Les Génois se rapprochaient les uns des autres, formant de petits groupes, d'où peu à peu un homme se détachait pour gagner la porte. Ils quittaient le terrain à l'insu des Grecs. Je compris alors que tout était perdu. Les tambours des janissaires battaient la marche funèbre de la ville.

Soudain quelqu'un à côté de moi me montra de la main la crête du mur près des Blachernes. Les femmes et les enfants qu'on entendait hurler leur détresse se turent aussitôt et restèrent bouche bée, n'en pouvant croire leurs yeux. Mais c'était vrai. Au sommet des deux tours intactes de la Kerkoporta flottaient les étendards rouges du Sultan avec le croissant d'argent.

C'était un spectacle stupéfiant. On eût dit que toute la ville l'avait vu au même instant, car aussitôt retentit le cri : *Aleô ê polis*. Il fut noyé dans les hurlements rauques des deux cent mille assaillants.

Comment se faisait-il que la partie encore intacte de la muraille eût été la première à tomber entre les mains des Turcs ?

C'est alors que la vague des janissaires balaya les Grecs

et les derniers Génois et se rua dans le péribole. Les hommes entreprirent d'escalader la grande muraille en partie éboulée, s'accrochant à chaque anfractuosité. Les femmes et les enfants cherchaient à faire rouler des pierres sur eux. Un jet de feu jaillit d'un tuyau de fer, car on ne craignait plus d'incendier les parties en bois du mur extérieur. Mais bientôt la flamme baissa et s'éteignit : le feu grégeois était épuisé.

Tous ces événements s'étaient déroulés très rapidement. Je fis signe à l'Empereur et à sa suite qu'il était grand temps de passer à une contre-attaque, mais rien ne se produisit. Je me laissai alors glisser de la muraille pour aller avertir Giustiniani. Ses hommes l'avaient déjà hissé sur son gros cheval et l'entouraient d'un air menaçant. Ils avaient été quatre cents soldats cuirassés de cottes de mailles et trois cents archers. Il en restait une centaine autour de Giustiniani. Je ne pouvais le blâmer de vouloir les sauver.

– Bonne chance, lui criai-je. Que ta blessure guérisse et reprends Lemnos aux Catalans. Tu l'as mille fois mérité.

Mais, à son regard éteint, je compris que c'était un moribond que ses hommes conduisaient au port.

Bientôt les premiers janissaires apparurent à la porte, le yatagan à la main, tout essoufflés par la course. Mais nous eûmes le temps de leur refermer la porte au nez et de la verrouiller. Les derniers Génois se mirent en route vers le port, au pas, car l'honneur leur interdisait de courir.

J'étais seul devant la porte, attendant le signal de la contre-attaque, mais soudain je vis à mes côtés celui que j'avais rencontré lors du tremblement de terre en Hongrie et ensuite dans le marais de Varna, près du corps du cardinal Cesarini.

– Nous nous rencontrons près de la porte de Saint-Romain, comme tu l'as promis, lui dis-je. Je ne me suis pas enfui comme le marchand de Samara.

– Tu es exact à tes rendez-vous, Johannès Angelos, répondit-il d'une voix glaciale.

Près de nous, l'empereur Constantin criait et gesticulait, exhortant les fuyards à repartir au combat. Mais, dès qu'il avait le dos tourné, ses hommes s'esquivaient, et bientôt ils ne furent plus qu'une poignée autour de lui. Au désespoir, il se mit alors à crier :

– N'y aura-t-il pas un chrétien pour avoir pitié de moi et me couper la tête?

L'ange de la mort sourit et me dit :

– Tu vois qu'il a plus besoin de moi que toi.

Il s'approcha de l'Empereur et lui adressa la parole. Constantin mit pied à terre, arracha les chaînes de son cou, laissa tomber son manteau doré, s'empara d'un casque et d'un bouclier, puis il s'élança au-devant des janissaires qui dévalaient de la muraille. Certains dignitaires et quelques familiers le suivirent à pied, l'épée à la main, incitant par leur exemple un petit nombre de fuyards à se joindre à eux.

Nous fûmes une centaine d'hommes à marcher, puis à courir contre les janissaires qui avaient déjà planté leur drapeau sur les remparts et qui déferlaient sur la ville. Une mêlée furieuse s'engagea, puis je trébuchai et m'allongeai de tout mon long, n'ayant plus la force de brandir mon épée. Un coup m'atteignit à l'épaule, un autre à la tête, et je perdis connaissance dans un brouillard rouge. L'armée turque victorieuse me foula aux pieds.

Le soleil était haut sur l'horizon quand je repris mes esprits. Je ne compris pas tout d'abord où j'étais. Puis je réussis à écarter les corps encore chauds tombés sur moi. Je me mis sur mon séant et je constatai que je n'avais aucune blessure grave. Je souffrais seulement d'une violente douleur à la tête.

Bientôt deux « tchaouch » en uniforme vert s'approchèrent de moi, je les suppliai en turc de me couper la tête, comme ils le faisaient aux blessés. Mais le plus âgé me reconnut et s'inclina devant moi en se touchant le front. Il m'avait sûrement vu dans la suite du Sultan durant les sept années que j'avais passées chez Mourad et chez Mohammed.

Il alla chercher de l'eau, me lava le visage et choisit, sur le dos d'un des janissaires morts étendus autour de moi, un manteau qui ne fût pas trop taché de sang. Puis il m'en revêtit, me dit son nom et me pria de ne pas l'oublier. Il me communiqua ensuite les mots de passe des janissaires et des « tchaouch », ramassa une lance au bout de laquelle flottait un ruban et me la tendit en disant :

– Allah te récompense. Personne n'a plus besoin de

cette lance. Elle te servira de bannière. Dresse-la devant la maison que tu choisiras.

Arrivé près de la porte de Kharisios, je vis que la lutte n'y avait pas encore cessé. Les frères Guacchardi se repliaient lentement. Leur tour était restée, telle une île, dans la marée turque, alors que les croissants du Sultan flottaient déjà sur celles des Blachernes. Ils montaient à cheval pour s'en aller, mais ils avaient inspiré une telle terreur par leur bravoure que les Anatoliens ne leur barraient pas le passage. Ils ordonnèrent à leurs derniers hommes de se cramponner aux étriers, aux courroies et aux queues de leurs montures et se lancèrent au galop en direction du port. Les janissaires eux-mêmes s'écartèrent devant eux, témoignant ainsi du respect que leur inspirait leur courage. Mais peut-être se disaient-ils aussi que le pillage valait mieux qu'un mauvais coup d'épée à l'heure de la victoire.

Les Guacchardi réussirent à gagner le port et à monter à bord d'un navire latin. Ils s'appellent Paul, Antoine et Troïle, et l'aîné n'a pas trente ans. Ils n'ont pas détesté les Grecs comme les autres Latins. Puisse leur nom rester dans la mémoire des hommes!

Les Vénitiens avaient renoncé à la défense des Blachernes et se dirigeaient vers leurs navires. Le lion de Saint-Marc ne flottait plus sur le palais impérial.

J'arrivai à la Kerkoporta. Les Vénitiens des Blachernes avaient probablement tenté une contre-attaque, car quelques cadavres de janissaires et de jeunes Vénitiens, foulés aux pieds, gisaient sur le sol, sanglants et terreux. L'endroit était désert. Les janissaires avaient abandonné les tours conquises sur lesquelles flottait le croissant. La porte était fermée. Et devant la porte...

Devant la porte, gisait le corps d'Anna Notaras. Ses courts cheveux étaient teints de sang; des mouches rampaient dans ses yeux entr'ouverts et dans sa bouche. Son casque avait été arraché. Le cou, les aisselles, l'aine, tout endroit non protégé par la cuirasse était criblé de blessures, par où tout son sang avait fui. La mort avait figé le corps dans une posture affreuse.

– Etranger, mon sosie, criai-je. Viens maintenant, homme noir. C'est ton heure.

Mais il ne vint pas. J'étais seul. Je me pris la tête à deux mains et me mis à hurler comme un fou :

– Manuel, Manuel, c'est ta faute. Je te retrouverai jusque dans le gouffre de l'enfer. Pourquoi ne m'as-tu pas obéi?

J'essayai de la soulever, mais j'étais trop épuisé pour la porter. Je m'assis près d'elle et contemplai son visage défiguré pour me durcir le cœur. En cet instant je ne croyais plus en Dieu, ni à une autre vie.

– La pierre reste pierre. Le corps est un corps. Quand l'esprit s'est envolé, l'homme n'existe plus. Le corps astral n'est qu'une imagination comme les autres.

Je me levai, poussai du pied le cadavre, d'où s'envolèrent les mouches dérangées, et je m'éloignai. Je n'avais rien de commun avec ce corps.

A l'angle du monastère de Khora, je vis dans la rue des icônes fracassées et de nombreux corps de femmes allongés. Elles étaient des dizaines qui tenaient encore dans leurs mains crispées un bout de cierge.

Jusqu'aux arches de l'aqueduc de Valentin, la grand-rue était pleine de cadavres de Grecs, mais, plus loin, la rage du massacre semblait s'être calmée. Je croisais de longues files de Grecs enchaînés conduits par un berger nu-pieds, une lance à la main. Aux femmes, on avait arraché leurs bijoux et déchiré leurs vêtements pour chercher l'argent, et elles avaient les mains liées derrière le dos avec les restes de leur robe. Nobles et roturiers, vieillards et enfants, artisans et archontes étaient attachés ensemble, avant le triage dans les enclos du camp où l'on séparerait les pauvres destinés à l'esclavage, des riches réservés à une importante rançon.

En face de Pera, la partie du mur protégée par la flotte était encore occupée par les Latins. Une foule confuse se pressait devant les portes, implorant la pitié et une place sur les navires. Mais les portes étaient fermées à clef et les gardes repoussaient impitoyablement les gens affolés. On ne laissait passer par la seule porte ouverte que les Latins dont quelques-uns, tout couverts de sang, se repliaient encore vers le port.

Le plus gros des navires génois mit les voiles et se jeta contre la chaîne pour la briser. Mais elle résista, et le navire s'immobilisa brutalement. Heureusement les mâts tinrent bon, car les Génois sont d'habiles marins et savent ce qu'ils font. Deux solides lurons descendirent alors du bateau et, attaquant la chaîne à grands coups de hache, avec l'énergie du désespoir, réussirent à la rompre. L'imposant navire s'éloigna à pleines voiles, suivi de trois autres, tandis que les Vénitiens restaient encore tranquillement dans le port.

La flotte turque ne poursuivit pas les fuyards, car les équipages qui voulaient leur part du butin avaient abandonné leurs navires. Ils avaient commencé le pillage par le quartier juif de la Giudeca et déménageaient consciencieusement les fabuleux trésors des Juifs, emmenant les hommes en captivité.

Je décidai alors de rentrer chez moi. La maison semblait abandonnée. On ne voyait aucun Turc dans les parages. Mais les portes du cabaret voisin étaient enfoncées et il y avait une mare de vin au pied des escaliers.

Je plantai la lance enrubannée devant ma porte et pris ainsi possession de ma propre maison. J'entrai et appelai Manuel. Au bout d'un moment, une voix chevrotante et terrifiée me parvint de la cave :

– Est-ce bien toi, maître ?

Il arriva en rampant et je lui donnai un coup de pied dans la poitrine, en dépit de sa barbe grise et de sa faiblesse :

– Pourquoi ne m'as-tu pas obéi ? dis-je en tirant mon épée.

– Grâce au Ciel, tu es donc bien un homme du Sultan, dit Manuel en considérant mon cimeterre et mon accoutrement. Tu as su garder le secret jusqu'au bout. Mais tu étendras ta protection sur moi. J'ai déjà repéré plusieurs maisons que je pourrai t'aider à piller.

Mais, devant l'expression de mon visage, il se hâta d'ajouter :

– Je me suis seulement amusé à imaginer, pour passer le temps, ce que je ferais si j'étais un Turc vainqueur. Mais dis-moi si l'Empereur est mort.

J'inclinai la tête et il se signa pieusement en ajoutant :

– Heureusement. Dans ce cas, il n'y a plus de contestation possible, nous sommes légalement les sujets du Sultan qui s'est emparé de la ville par l'épée. Prends-moi tout de suite comme esclave, afin que je puisse recourir à toi si un autre veut m'emmener.

Mais, excédé, je le saisis par la barbe et lui relevai le menton pour le forcer à me regarder en face :

– Où est ma femme, Anna Notaras, que je t'avais confiée et que tu avais juré de sauver ?

– Elle est morte, répondit-il tranquillement, puis il se moucha et se mit à sangloter. Tu m'avais ordonné de la conduire au bateau de Giustiniani, lorsque les choses se gâteraient et, si elle regimbait, de lui donner un coup sur la tête pour l'étourdir. J'avais même déjà acheté un âne pour la transporter, mais, comme on me l'aurait volé tout de suite, je l'ai revendu avec un petit bénéfice à un Vénitien qui voulait emporter des Blachernes un coffre orné de belles mosaïques.

– Anna, ma femme, criai-je en lui tirant la barbe.

– Cesse de tirailler ma barbe, maître, cela me fait mal, dit-il en se protégeant le visage des deux mains. J'ai fait tout mon possible pour cette folle, j'ai risqué ma vie pour elle, par pure fidélité envers toi, sans demander de récompense. Mais elle a refusé de m'obéir. Et quand j'ai connu ses raisons, je n'ai pu que rester avec elle jusqu'à l'aube.

Manuel me lança un regard de reproche, se frotta les genoux et reprit :

– Voilà comment tu me remercies de tout ce que j'ai fait pour toi, tu me tires la barbe et tu me donnes des coups de pied. Ta femme n'a pas pu t'avouer la honte de son père, parce que tu prends tout au tragique. Mais, dans la maison de son père, elle avait entendu parler d'un plan prévoyant que, la nuit de l'assaut, on laisserait ouverte la Kerkoporta, la porte souterraine par où les empereurs se rendaient jadis au cirque. C'était uniquement pour montrer le bon vouloir des Grecs. De l'avis du mégaduc, ce petit geste ne pouvait être d'aucune utilité aux Turcs. Mais il estimait qu'il pouvait avoir une portée politique considérable du point de vue des Grecs.

– Incontestablement, dis-je. La frontière entre l'opposition politique et la trahison est très indistincte. Mais laisser intentionnellement une porte ouverte et sans gardiens est une trahison. Personne ne saurait le nier. On a pendu des hommes pour bien moins que cela.

– Une trahison, peut-être, dit Manuel. Madame était aussi de cet avis, et c'est pourquoi elle a quitté son père pour te rejoindre. Naturellement, aussi par amour pour toi, bien qu'elle n'eût pas une très haute idée de ton intelligence. Mais elle voulait empêcher la trahison de son père en fermant la porte. C'est pourquoi je l'ai suivie à la Kerkoporta, croyant que c'était un endroit sûr. Et, quand le vacarme a commencé, cinq hommes sont arrivés. Ils ont tout simplement tiré les verrous, puis ouvert la porte avec une clé, vraie ou fausse, je ne sais. Madame leur demanda la clé, mais ils la rudoyèrent et, comme elle insistait, ils la saisirent et la poignardèrent sans même lui laisser le temps d'appeler au secours. C'étaient probablement des gens du mégaduc.

– Et toi, qu'as-tu fait alors?

– J'ai couru, répondit-il innocemment, j'ai couru aussi vite que je pouvais, et dans l'obscurité ils n'ont pu me rattraper. C'est alors que j'ai vendu mon âne au Vénitien, comme je te l'ai raconté.

– Juste Ciel, pourquoi n'as-tu pas averti les Vénitiens?

– J'ai essayé, mais on ne m'a pas cru. Ils étaient assez occupés à défendre les Blachernes. Leur chef m'a montré une carte pour prouver que la Kerkoporta était dans le secteur des Grecs.

» Et alors, poursuivit Manuel, après m'avoir humblement regardé... mais tu ne me croiras pas... je me suis rappelé que j'étais Grec et que mon père avait été porteur de bois chez l'empereur Manuel. J'ai pensé aussi avec mélancolie à l'argent que j'avais caché et à ma vie que j'allais risquer, mais, malgré tout, j'ai ramassé une épée et je suis retourné à la Kerkoporta. Mais oui, maître, dit-il encore en écartant les bras, comme surpris lui-même de son courage, j'ai couru vers la porte en pensant que j'arriverais peut-être à la refermer. Mais, heureusement, mon héroïsme venait trop tard. Des janissaires avaient déjà franchi la porte et j'ai jeté mon épée pour lever les bras en implorant la Vierge des Blachernes. Et le miracle est arrivé. Deux Turcs m'ont empoigné et m'ont ordonné, en mauvais grec, de les conduire tout droit au couvent de Khora.

» C'étaient vraiment des hommes courageux, car ils étaient en tout une vingtaine, avec leurs bonnets blancs. Les autres avaient grimpé dans les tours pour en déloger les défenseurs et déployer l'étendard du Sultan. »

– C'est à ce moment que la résistance s'est effondrée à

la porte de Saint-Romain, lui dis-je. Non, vraiment, la trahison de la Kerkoporta n'a eu aucune importance, puisque les Turcs y étaient si peu nombreux.

– Dès qu'ils ont vu flotter le drapeau du Sultan, les Vénitiens ont déclenché une contre-attaque et ils ont abattu les Turcs restés près de la porte qu'ils ont refermée. Mais ils n'ont pu reprendre les tours de la grande muraille et sont retournés aux Blachernes.

– Et ensuite?

– J'ai conduit les janissaires au couvent de Khora, espérant que l'icône miraculeuse réussirait à les calmer. Je me disais aussi que la vue des superbes mosaïques, le parfum de l'encens les convertiraient peut-être et qu'ils abjureraient leur faux prophète. Mais l'homme est si faible que la cupidité fait taire en lui toutes les autres voix. L'église, décorée de roses, était pleine à craquer de femmes en prières, un cierge à la main. Sans respect pour la sainteté du lieu, les janissaires ont massacré ces pauvres femmes pour se frayer un passage vers l'autel. Ils ont fracassé la porte et brisé l'icône miraculeuse en quatre morceaux. J'ai été saisi d'une telle horreur devant cet acte impie que je n'ai pas voulu rester un instant de plus en compagnie de ces profanateurs, et je me suis enfui avec les femmes épouvantées.

– Tu seras en sûreté ici tant que la banderole flottera sur la lance, devant ma porte, lui dis-je. Aucun Turc n'osera pénétrer dans cette maison ainsi marquée de mon fanion. Elle est d'ailleurs modeste et il ne s'y trouve pas de femmes. Ils en ont d'autres bien plus intéressantes à piller. Si quelqu'un cherche à entrer, dis seulement que la maison est déjà occupée par moi – donne-lui mon nom en turc – et que tu es mon esclave. Tu n'as rien à craindre pour le moment. Dieu te garde.

– Où vas-tu, maître? s'écria-t-il tout angoissé en me saisissant le bras.

– Je vais saluer le conquérant. Car désormais tel sera son nom : Mohammed le Conquérant, le plus grand des sultans qui régnera sur l'Orient et sur l'Occident.

En arrivant sur le rivage où les équipages de la flotte pillaient les maisons, je constatai que le Sultan avait effectivement envoyé des « tchaouch » pour protéger le palais Notaras. Ils me dirent que le mégaduc, ses deux fils et sa femme malade étaient sous bonne garde dans le palais.

Vers midi, je retournai à Sainte-Sophie d'où je vis les derniers navires chrétiens sortir lentement du port, avec leurs lourdes cargaisons. Aucun bateau turc ne cherchait à les en empêcher. Les voiles étaient gonflées par une fraîche bise et aux mâts flottaient, dernier adieu à Constantinople agonisante, les pavillons invaincus des nations de la chrétienté.

— Portez un message de mort à la chrétienté, criai-je. Tremblez, pays de l'Occident. Après nous, votre tour viendra. Ne voyez-vous pas que vous emmenez dans votre sillage les ténèbres qui vont envahir l'Europe ?

Bientôt les soldats turcs commencèrent à se rassembler par groupes, et le magnifique cortège du Sultan apparut dans la grand-rue, escorté de « tchaouch », de gardes du corps portant des arbalètes dorées bandées et précédé de coureurs qui balançaient des vases de parfum, tandis que des éphèbes bouclés du harem répandaient de l'eau de rose sur le chemin du Sultan.

Devant les portes de bronze, Mohammed descendit de son cheval blanc. Son jeune visage ardent était crispé par la fatigue et l'insomnie, mais dans ses yeux de fauve brillait une expression d'allégresse triomphante et glaciale que je n'avais encore jamais vue chez un homme. Comme autrefois, il me fit horreur et me fascina.

Il prit son bâton dans la main gauche et se baissa pour ramasser une poignée de terre qu'il répandit sur lui. Les janissaires crurent qu'il s'humiliait ainsi devant le seul Dieu et le respect les rendit muets. Mais je crois qu'il voulait seulement rendre hommage à la mort.

Puis il entra dans l'église et je l'y suivis avec la foule. Sur le sol, taché de sang, quelques cadavres étaient allongés dans le sanctuaire. De nombreux janissaires s'y livraient au pillage, cassant les icônes pour en arracher les cadres d'or ou d'argent, entassant les livres à reliure d'ivoire et les vases sacrés dans les nappes d'autel et dans les vêtements sacerdotaux brodés de perles. Un homme cherchait à desceller une dalle, dans l'espoir de découvrir un trésor caché.

Mohammed s'avança vers lui d'un pas rapide, l'abattit d'un coup de sa massue et cria, le visage noir de colère :

— Ne touchez pas à ce qui m'appartient. Tout ce qui

peut s'emporter est à vous, mais les bâtiments sont à moi.

Les janissaires éloignèrent vite leur camarade blessé. Mohammed regarda autour de lui, manifestement impressionné par l'immensité et la splendeur de l'église. Les jeunes officiers de sa suite ne purent contenir leur enthousiasme. L'un d'eux trempa ses doigts dans le sang qui avait coulé par terre, prit son élan et sauta, appliquant sa main ensanglantée contre le mur de marbre, aussi haut qu'il put en criant : « Voilà ma marque. » Il avait fait un tel bond que, pour atteindre l'empreinte sanglante, il aurait fallu deux hommes montés l'un sur l'autre.

Le sultan Mohammed prit un arc des mains du garde le plus proche, visa et décocha une flèche dorée au point le plus élevé de la coupole :

— Et voilà ma marque, dit-il en jetant autour de lui un regard impérieux.

Puis il ordonna aux janissaires de démolir l'iconostase du chœur, si bien que l'autel apparut.

— Criez tous d'une seule bouche : Mohammed, fils de Mourad, émir des Turcs, est venu pour consacrer la plus imposante église des chrétiens au seul vrai Dieu, ordonna-t-il.

L'écho répercuta ce cri sous les voûtes merveilleuses de l'église millénaire. Alors se déroula un spectacle étonnant. Derrière l'autel, sortant d'une trappe, apparurent un à un une vingtaine de prêtres et de moines grecs, revêtus de leurs plus beaux costumes sacerdotaux, avec les insignes de leur dignité. Ils s'approchèrent du Sultan, s'agenouillèrent devant lui, inclinèrent la tête et se rendirent à la merci du conquérant. Parmi eux se trouvait Gennadios.

Tout semblait se dérouler selon un accord secret. Le Sultan dit à ses janissaires :

— Ces hommes sont mes prisonniers, puisqu'ils se sont rendus à moi. Personne ne portera la main sur eux, mais je vous verserai cent aspres pour chacun de ces hauts prélats. Conduisez-les dans un couvent de leur choix, et que les « tchaouch » assurent leur protection en attendant mes ordres ultérieurs.

— Nous choisissons le couvent de Pantocrator, dirent d'une seule bouche évêques et prêtres.

A ce moment, les derviches et les imans annoncèrent l'heure de la prière de midi. Le Sultan fit apporter de l'eau, et exécuta ses ablutions rituelles, pendant qu'on emmenait les prêtres grecs. Puis il monta pieds nus sur l'autel, marcha sur la croix et, tourné vers l'est, récita la prière. Sa suite et les soldats présents se prosternèrent et frappèrent plusieurs fois le sol de leur front pour consacrer à Allah, par la prière des mahométans, la plus merveilleuse église des chrétiens.

Le Sultan ordonna aux derviches et aux prêtres de purifier l'église avec de l'eau de rose pour en extirper toute la souillure.

Tandis qu'il se dirigeait vers la sortie, je m'approchai de lui, sans que personne ne cherchât à m'en empêcher. Je m'arrêtai sans mot dire devant lui et il me reconnut. Son visage devint couleur de terre, il regarda autour de lui et murmura :

– Ange, viens-tu déjà me chercher?

Mais il se ressaisit vite, leva le bras et dit à ses courtisans :

– Ne le touchez pas.

Il vint tout près de moi, me tâta les mains et le visage, puis éclata d'un rire sauvage en disant :

– Ainsi tu vis encore, incorruptible. Crois-tu maintenant qu'un jour je transformerai les églises de ton Pape à Rome en écuries pour mes chevaux?

– Tu étais plus sage que moi. Il n'était pas écrit que je mourrais sur les remparts de ma ville. Fais-moi couper la tête, pour que ta victoire soit complète.

– Ange, prends patience. Chaque chose en son temps, dit-il avec un sourire de ses yeux de fauve.

Puis il sortit de l'église sans plus s'occuper de moi. Je me mêlai à sa suite pour rester près de lui, car plus que jamais je désirais mourir. Beaucoup de gens me reconnaissaient, mais personne ne m'adressa la parole.

Entre-temps, on avait amené devant l'église le mégaduc Lucas Notaras et un groupe de nobles Grecs. Ils tombèrent à genoux devant le sultan Mohammed qui, d'un ton sévère, leur demanda pourquoi ils avaient offert une résistance si acharnée, causant à la ville des destructions inutiles et au Sultan de lourdes pertes.

Notaras regarda en silence le grand vizir Khalil, debout à la droite du Sultan, la barbe longue, l'air accablé, car

Mohammed le forçait à l'accompagner partout pour lui montrer toute l'ampleur de sa victoire.

– Parle, parle franchement, dit le Sultan.

– Qu'aurions-nous pu faire quand, dans ton propre camp, certains nous encourageaient à résister ? dit alors Notaras d'une voix amère, regardant toujours Khalil d'un air accusateur.

Mohammed se tourna vers Khalil, le saisit furieusement par la barbe et secoua sa vieille tête grise de haut en bas. Puis il parla d'une voix forte, afin d'être entendu des janissaires :

– Je te connais, ami des chrétiens. Mais tu as fidèlement servi mon père, comme l'avaient fait ton père et ton grand-père, en qualité de grands vizirs, à la droite du Sultan. C'est pourquoi je te fais grâce de la vie, au lieu de te faire décapiter, comme tu l'aurais mérité. Mais n'apparais plus jamais devant mes yeux. Cache-toi comme un mendiant dans le coin le plus reculé de mon Empire et redeviens ce qu'était ton grand-père quand il parut pour la première fois devant le Sultan.

On ne s'attendait guère à cette brutale sentence et Mohammed, en la prononçant, faisait preuve de hardiesse. Mais c'était un instant qu'il avait attendu depuis son enfance, tout aussi avidement que celui où il entrerait en vainqueur dans Constantinople. Les jeunes officiers de sa suite se mirent à crier des injures à Khalil et, après un instant d'hésitation, les janissaires suivirent leur exemple. Le Sultan observa attentivement sa suite et, désignant du doigt certains vieillards qui s'abstenaient de montrer leur approbation :

– Suivez Khalil, ordonna-t-il.

Les « tchaouch » arrachèrent les insignes des victimes. A moitié nus, sous les quolibets, les vieillards s'engagèrent derrière Khalil sur la voie de l'humiliation et de l'oubli. Les janissaires les appelaient amis des chrétiens et leur lançaient des poignées de terre ensanglantée.

Après leur départ, le Sultan s'adressa de nouveau aux Grecs et demanda :

– Où est votre Empereur ? Que savez-vous de lui ?

Les Grecs se regardèrent en secouant la tête. Le Sultan leva le bras et, feignant l'étonnement, demanda d'un ton ironique :

– Comment est-ce possible? N'avez-vous pas combattu aux côtés de votre Empereur?

Quelques sénateurs baissèrent la tête avec confusion, mais Notaras se cambra et dit fièrement :

– L'empereur Constantin a trahi notre religion et nous a vendus au Pape et aux Latins. Nous ne le reconnaissons pas comme empereur. Nous préférons te servir.

Le Sultan fit proclamer à l'armée qu'il fallait retrouver le corps de l'Empereur, s'il était tombé en combattant. Il promit une récompense à celui qui le découvrirait, ainsi qu'à celui qui pourrait prouver qu'il avait tué Constantin. Aussitôt apparurent deux hommes qui n'attendaient que ce moment. Chacun jurait par Allah et sur sa barbe qu'il avait tué l'Empereur de ses propres mains et ils se mirent à se quereller devant le Sultan, qui les envoya chercher le cadavre.

Mohammed s'entretint alors cordialement avec les Grecs, leur faisant mille promesses et flatteries, et il se déclara prêt à confier le gouvernement de la ville à des Grecs compétents et à qui il pourrait se fier. Dans ce but, il demanda à ses prisonniers de lui indiquer des noms et de lui faire des suggestions afin qu'il pût immédiatement racheter à ses soldats les nobles dont il aurait besoin pour gouverner la ville.

Lucas Notaras indiqua de mémoire une trentaine de noms. Ses compagnons y ajoutèrent ceux de leurs amis. Alors je ne pus me contenir plus longtemps et je criai à Notaras :

– Traître insensé, tu te précipites à ta perte.

Notaras me vit avec déplaisir dans la suite du Sultan et dit avec violence :

– Une politique de souplesse n'est pas de la trahison. C'est le seul salut d'un peuple acculé au désespoir. Si je me suis sali les mains, je l'ai fait pour mon peuple. Il le fallait. Et cela exige plus de courage viril qu'une mort inutile. Tu ne me connais pas assez pour me juger.

– Ta fille te connaissait et elle t'a jugé, lui dis-je. Tes gens l'ont assassinée près de la Kerkoporta, alors qu'elle essayait d'effacer la tache infamante de ta trahison.

Notaras blêmit et ses yeux prirent une expression angoissée. Mais il se ressaisit et dit :

– Je n'ai pas de fille. Je n'ai jamais eu de fille. Je n'ai

que mes deux fils. Ton histoire de la Kerkoporta est insensée.

Il jetait des regards implorants tantôt vers le Sultan tantôt sur ses compatriotes qui s'écartaient lentement, faisant le vide autour de lui. Avec un gros effort de volonté, il retrouva son calme et s'adressa au Sultan :

– Cet homme, ton agent, t'a trompé. Il peut attester lui-même que j'ai cherché à plusieurs reprises à collaborer avec lui en ta faveur. Mais, par cupidité et par ambition, il a refusé mon concours pour agir seul et pour gagner ta faveur à mon détriment. Je ne sais pas ce qu'il a fait pour toi, mais ce ne doit pas être considérable. Il était l'ami des Latins et de Giustiniani. Que Dieu me soit témoin que j'ai mieux que lui servi tes intérêts dans la ville.

Mohammed sourit froidement, me fit signe de la main, et dit de nouveau :

– Incorruptible, prends patience.

Puis il se tourna vers son trésorier et lui dit d'accompagner les Grecs pour rechercher et racheter les hommes dont on venait de lui donner les noms. Pour bien montrer à quel point il tenait à ce qu'on les retrouvât, il autorisa le trésorier à verser jusqu'à mille aspres pour chacun. Les Grecs furent ravis de cette générosité et s'éloignèrent rapidement, se répartissant déjà les charges et les sinécures. Mohammed me regarda avec un sourire moqueur, sachant que je lisais au fond de son cœur. Il renvoya Notaras dans son palais, avec des vœux de prompte guérison pour sa femme malade.

Il regagna alors le camp pour y fêter sa victoire. Je l'accompagnai jusqu'aux Blachernes. En voyant les salles souillées et pillées par les Vénitiens, il récita à sa suite les vers du poète :

Le hibou gémit dans les colonnades du palais,

L'araignée est devenue la gardienne du palais des empereurs.

Pendant que le Sultan se dirigeait vers le camp, je retournai à la Kerkoporta et enterrai le corps d'Anna Notaras dans un large trou creusé par un boulet. Cette sépulture me parut la meilleure et la plus digne d'elle, et je me disais qu'un jour ses yeux bruns s'ouvriraient en fleurs foncées dans les ruines des murailles pour regarder la ville.

Celle-ci était livrée à l'ivresse du sang et au pillage. La vie humaine n'y avait plus aucun prix. Les Turcs se battaient entre eux pour le butin, les derviches fanatiques dépeçaient tout vivants les Grecs qui refusaient d'abjurer leur foi.

Près de la bibliothèque, je vis quelques marchands latins, avec des chars tirés par des haridelles, occupés à acheter aux janissaires des livres et des rouleaux de parchemin. La tête chenue du bibliothécaire gisait à côté de son corps dont les bras serraient encore un paquet de livres. Les janissaires arrachaient les riches reliures des Evangiles et des livres sacrés, et ils lançaient les pages dans le feu pour récupérer l'or pur des miniatures et des initiales. Les marchands ne pouvaient acheter que les livres dont les reliures et les pages étaient sans ornements. Les janissaires ne se prêtaient pas à de longs marchandages et préféraient lancer une brassée de livres sous leurs marmites plutôt que de se battre pour une piécette d'argent.

Une vive agitation régnait près de la porte de Saint-Romain, car les janissaires fouillaient les amas de cadavres à la recherche du corps de Constantin et lavaient avec des chiffons humides les visages des morts méconnaissables. Pour finir, ils retrouvèrent l'Empereur, l'ayant reconnu à ses brodequins de pourpre ornés de l'aigle bicéphale.

Les blessés chrétiens avaient été éjectés des locaux où on les avait transportés. Leurs corps décapités s'entassaient dans la rue, à côté des portes. Les blessés de l'armée turque avaient pris leurs places, et on entendait leurs cris et leurs gémissements, tout pareils à ceux qu'avaient poussés les chrétiens.

Quelques barbiers turcs, de vieux derviches, soignaient les blessés avec l'assistance de nonnes grecques prisonnières qu'on contraignait à ce travail répugnant et nauséabond, parce qu'elles étaient trop vieilles ou trop laides pour mériter les hommages des vainqueurs. Les « tchaouch » maintenaient l'ordre et empêchaient les Turcs de dévaliser leurs blessés.

Parmi les sœurs, je reconnus Chariclée. Ses vêtements étaient déchirés et son visage ingrat, tout boursouflé et tuméfié, portait des traces de coups. A genoux sur la paille, elle tenait la main d'un bel Anatolien dont les lèvres et le menton étaient à peine ombrés d'un fin duvet noir. Le sang coulait du bandage qui entourait la poitrine du blessé.

– Chariclée, lui dis-je. Tu es encore en vie. Que fais-tu ici?

– Ce méchant Turc m'a pris la main et ne la lâche plus. Je ne comprends pas ce qu'il dit, répondit-elle sans marquer le moindre étonnement de me revoir.

Puis elle ajouta en pouffant de rire :

– Du reste, il est si jeune et si joli que je ne tiens pas à retirer ma main. Il va bientôt mourir.

Le jeune homme ouvrit les yeux sans nous voir et parla en turc.

– Que dit-il? demanda Chariclée toujours poussée par son incurable curiosité.

– Il affirme que Dieu est le seul Dieu, et il se demande s'il a mérité le paradis.

– Mais naturellement qu'il l'a mérité. Dis-le-lui tout de suite, dit Chariclée. Les Turcs ont leur paradis comme les chrétiens ont leur Ciel. Il y ira sûrement, le pauvret.

Un derviche qui passait se pencha sur l'agonisant et lui récita les passages du Coran qui décrivent le paradis et parlent d'eaux courantes, d'arbres fruitiers et de houris éternellement vierges. Le jeune homme se mit à sourire. Quand le derviche fut parti, il appela par deux fois : « Maman, maman! »

– Que dit-il?

– Il te prend pour sa mère.

Chariclée fondit en larmes et dit :

– Je n'ai jamais eu d'enfants, car aucun homme n'a voulu de moi. Mais je ne peux pas le détromper et sûrement ce n'est pas un péché.

Elle porta la main du mourant à ses lèvres, appuya sa joue contre la sienne et se mit à lui parler d'une voix pleine de douceur, comme si elle avait voulu, en cet instant voué à la mort et à la destruction, décharger toute la tendresse amassée dans son cœur.

Brusquement, je pensai qu'il me fallait aller au couvent de Pantocrator. Je voulais savoir. Je voulais voir de mes propres yeux.

Les soldats avaient allumé un brasier au centre de la cour avec les débris de l'autel et des icônes. Je passai sans encombre et me dirigeai vers la vasque. Après quelques vaines tentatives, je réussis à attraper un des lents poissons couleur de la fange. Quand je le sortis de l'eau, je vis qu'il était devenu rouge comme la rouille, ainsi que l'avait prédit le moine Gennadios.

Le passé s'effondrait autour de moi, les icônes sacrées flambaient sous les marmites des janissaires, le temps se précipitait sur une voie nouvelle, et les lois de la nature vacillaient. Les pierres avaient versé des larmes, les poissons gris s'étaient teintés du rouge de la souffrance dans l'étang de Pantocrator. La nuit de la bête commençait.

Tête basse, je rentrai chez moi et m'y enfermai. Mais je n'ai pu dormir longtemps, malgré mon épuisement. Je me suis alors mis à écrire, pour ne plus penser, allant jusqu'à noter les détails les plus insignifiants. Mais comment distinguer l'important du futile? Devant Dieu, un moucheron est l'égal d'un éléphant.

Une nouvelle journée commence. Le soleil de Dieu n'a pas cessé de briller. Le ciel est d'un bleu profond. Caressants, ses rayons réchauffent les mauvais comme les bons. Je dois garder ouverts les yeux et les oreilles, je dois sortir pour voir la fin de tout.

Le 30 mai 1453.

Pendant la matinée, un « tchaouch » est venu surveiller ma maison. Preuve que le Sultan ne m'oublie pas. Manuel lui a donné à manger. Ils ne me dérangent ni l'un ni l'autre.

Le « tchaouch » ne m'empêche pas de sortir, mais il me suit à une vingtaine de pas.

Pendant la nuit, l'armée turque a étrangement changé d'aspect. Seuls les « tchaouch » se reconnaissent à leurs manteaux verts et les janissaires à leurs bonnets blancs. On dirait que les soldats se sont déguisés pour une horrible fête. Les pâtres déguenillés de la veille portent des chaussures souples et des blouses de soie ou de velours. Un nègre vérolé est revêtu d'un lourd manteau brodé d'or. Tous les hommes se sont lavés et nettoyés selon les préceptes de l'Islam. Mais une odeur de cadavres plane sur la ville.

Le pillage devient systématique. L'une après l'autre, les

maisons sont vidées de leurs meubles et même des plus humbles ustensiles. Partout, des marchands achètent le butin qu'ils chargent sur des ânes ou des chameaux.

La tête de l'empereur Constantin regarde la ville de ses yeux vitreux, entre les jambes du cheval de la grande statue équestre impériale. Mohammed l'a fait exposer bien au centre de la cité, pour montrer aux Grecs que l'Empereur est mort et que le pouvoir est entre ses mains.

Il circule sans cesse dans la ville, inspectant palais et églises. A la pointe de l'Acropole, il a dit : « C'est là que je construirai mon sérail. » Le gibet est installé au pied de la colonne d'Arcadius, le corps sans tête du baile Minotto y gît parmi d'autres cadavres boursouflés.

C'est là que je suis assis pour attendre l'arrivée du Sultan qui allait constituer le nouveau gouvernement grec.

Peu à peu, les « tchaouch » ont amené une cinquantaine de notables rachetés pour le compte du Sultan. On leur a donné à boire et à manger, ainsi que des habits convenables. Mais ils restaient inquiets, osant à peine échanger quelques paroles. De temps à autre, des « tchaouch » apportaient des têtes de nobles Grecs qu'ils alignaient le long de la barrière de marbre bordant la place.

Enfin, arriva le Sultan accompagné de ses jeunes vizirs. Il mit pied à terre en chancelant, le visage gonflé par les veilles et par le vin. De la main, il se protégeait les yeux contre le soleil, mais, entre ses paupières, luisait un regard méchant et résolu.

Les prisonniers se prosternèrent devant lui, touchant la pierre de leur front. Il leur parla avec une bienveillance affectée et les pria de se relever. Son trésorier fit l'appel. Le Sultan observait chaque visage et demandait à chacun de confirmer son identité. La plupart appartenaient à des familles séculaires et leurs noms étaient célèbres dans les fastes de la ville, en bien ou en mal. Seuls, quelques dignitaires manquaient.

Mohammed s'assit sur une dalle de marbre, les jambes croisées, frotta de ses mains son front douloureux et parla :

– Je suis fatigué et rongé par les soucis, mais ma conscience ne me permet pas de laisser dans l'incertitude d'illustres seigneurs tels que vous. Je suis venu pour établir, selon ma promesse, un gouvernement grec sur une base nouvelle, afin que le peuple grec et mes autres peuples vivent désormais dans la concorde et l'amitié. On m'a assuré que vous étiez tous des hommes bien pensants, que vous vous étiez battus contre moi à votre corps défendant et que vous étiez disposés, maintenant que la ville est prise, à me reconnaître comme empereur et à mettre votre talent politique et votre expérience à la disposition du novice que je suis. Est-ce vrai?

Les prisonniers affirmèrent qu'ils étaient prêts à le servir selon leurs forces. Mohammed fronça les sourcils, regarda autour de lui et demanda, feignant l'étonnement :

– Mais où est le peuple grec?

Les soldats assemblés autour de la place et les dignitaires du Sultan répétèrent cette question en riant et en criant. Bientôt on poussa sur la place un petit groupe de vieillards et de femmes à demi nus, épouvantés, et les soldats dirent :

– Emir, notre père, voici le peuple grec.

– Bien, dit Mohammed avec dignité. Que votre peuple soit votre témoin. Promettez-vous et jurez-vous au nom de votre Dieu et tous vos saints, et en baisant la croix pour confirmer votre soumission et votre serment, de me servir jusqu'à la mort, quel que soit le service que je vous demande, et quelle que soit la situation où je veux vous élever?

Les prisonniers jurèrent, se signèrent et se déclarèrent prêts à baiser la croix. Seuls quelques-uns gardèrent le silence, observant le Sultan et fronçant les sourcils.

– Soit, dit Mohammed. Vous l'avez voulu. Agenouillez-vous à tour de rôle et baissez la tête, afin que mes bourreaux puissent mieux vous décapiter. C'est ainsi que vous me servirez le mieux, et je ferai placer vos têtes sur le mur. Rien ne vous empêchera de fonder un gouvernement grec dans le Ciel des chrétiens, car vous y trouverez bien plus de Grecs qu'ici.

Les bourreaux accomplirent alors leur tâche. Mais le Sultan adressa la parole aux vieillards et aux femmes :

– Vous avez vu de vos yeux que je ne suis pas venu en conquérant, mais en libérateur, puisque je délivre le peuple grec de l'oppression millénaire des empereurs et des nobles. Votre ville a souffert par votre faute, puisque vous n'avez pas secoué votre joug à temps ni ne m'avez appelé à votre secours. Mais vos peines seront bientôt terminées. Désormais je garantis à chaque survivant sa maison et ses biens, et la liberté du travail, et je donnerai les mêmes droits à ceux qui se sont enfuis et qui voudront revenir. Allah est bon et miséricordieux, vous le verrez. Vous avez été écorchés, trompés et volés si longtemps que vous ne reconnaissez pas la véritable liberté quand elle se présente à vous. Mais, grâce à moi, votre ville sera plus florissante que jamais. J'en ferai le joyau le plus précieux de mon turban, la reine de l'Orient et de l'Occident.

Il fit distribuer aux pauvres Grecs tout épouvantés dix aspres par tête pour se racheter.

Tandis que le sang ruisselait sur les dalles de marbre, je m'approchai du Sultan et lui demandai :

– Et le mégaduc Notaras ? Je ne le vois pas ici. Quelle sera sa place dans ton équitable projet ?

– Un peu de patience, Ange, dit-il en me jetant un regard bienveillant. Je l'ai fait chercher avec ses fils. Mais il se fait désirer. Du reste, il a caché sa fille, il prétend qu'il n'en a pas. C'est pourquoi j'ai envoyé mon eunuque blanc dans son palais pour ramener le fils cadet. C'est un joli garçon et je désire que son père me l'offre lui-même pour mes plaisirs.

– Tu es ivre, lui dis-je. Tu violes la loi de ton Coran.

Il redressa fièrement la tête, et, avec un sourire qui faisait briller ses dents de fauve :

– C'est moi qui suis la seule loi, dit-il. Je n'ai plus besoin d'ange pour me murmurer à l'oreille que je suis mortel, parce que je sais que je suis plus qu'un mortel. Dieu même ne peut me disputer le pouvoir sur cette terre. Quand je lève le bras, les têtes tombent. Quand mes canons tirent, les murailles les plus solides s'écroulent. Nieras-tu encore que je sois plus qu'un mortel ? Mon souvenir se conservera tant qu'il y aura des hommes sur la terre. Je n'ai plus besoin d'un ange.

– Fais-moi donc enfin périr, lui dis-je. Je t'ai abandonné dès que j'ai su qui tu es, ce que tu veux et ce qui va arriver. Fais-moi la grâce de me donner la mort, afin que mon sang se mêle à celui de mes frères grecs.

Mais il se borna à me lancer un ironique sourire en disant :

— Patiente encore, Ange. Voyons d'abord ensemble jusqu'où peut s'abaisser le plus noble des Grecs.

En cet instant, les « tchaouch » amenèrent le mégaduc et ses deux fils. Notaras avait probablement compris ce qui l'attendait. Il avançait noblement, majestueusement, et il ne se prosterna pas devant le Sultan. Un eunuque dit au Sultan :

— Maître, il refuse de t'obéir et de remettre son fils au harem pour ton plaisir. C'est pourquoi je les amène tous devant toi.

— Pourquoi ne m'obéis-tu pas, bien que j'aie constitué le gouvernement grec en suivant exactement tes indications ? dit Mohammed en montrant du geste les têtes alignées sur le mur.

Notaras, impassible, promena son regard sur les têtes de ses amis, fit un signe de croix, leva les yeux au ciel et cria :

— Dieu, je reconnais ta justice. Tu es vraiment le Dieu de justice.

Puis il passa lentement devant les restes de ses compagnons, s'arrêtant devant chacun et disant : « Frère, pardonne-moi, je ne savais pas ce que je faisais. »

Après cette ronde, il posa la main sur les épaules de ses fils et dit :

— Montrons que nous savons mourir dignement et remercions Dieu de mourir en Grecs et dans notre religion.

Le Sultan leva les bras et dit d'un air étonné :

— Mais qui te parle de mourir ? Je t'ai promis de t'élever au-dessus de tous les Grecs. Obéis-moi donc et ordonne à ton fils de se conformer à mes désirs, quoi que je lui demande.

— Tu n'as pas besoin de t'abaisser à trouver un prétexte pour me faire exécuter, dit le mégaduc Notaras. Je me suis déjà humilié devant Dieu. Pourquoi m'humilierais-je encore devant toi ? Cela ne me sauverait pas, ni mes enfants. Mais apaise ma curiosité humaine. Pourquoi dois-je périr contre toutes les règles de la sagesse politique ?

Le sultan Mohammed pencha vers lui son visage ardent et murmura :

– Tu as trahi ton Empereur, tu me trahirais aussi.

Le mégaduc Notaras baissa la tête et, de nouveau, il dit :

– Dieu, tu es vraiment le Dieu de justice.

Puis il demanda la faveur de voir ses fils mourir avant lui, afin de s'assurer qu'ils ne reniaient pas leur foi grecque pour sauver leur vie. Le Sultan accéda à sa demande. Il fit agenouiller ses fils, d'abord l'aîné, puis le cadet, et leur adressa des paroles de consolation pendant que le bourreau se préparait. Aucune larme ne perla à ses yeux noirs, que le sultan Mohammed épiait sans arrêt.

– Ma conscience est pure, dit alors Notaras. Quoi que j'aie fait, je l'ai fait pour mon peuple. Mais je ne te connaissais pas, Turc, je ne devinais pas ton ambition démesurée. J'ai eu tort. Permets-moi de dire mes prières avant de mourir.

Le Sultan ne put s'empêcher d'éprouver du respect pour ce courage et Notaras se rendit avec des « tchaouch » dans l'église voisine. Après avoir prié et imploré le pardon de ses péchés, il revint sur la place et s'agenouilla dans le sang de ses fils. Sa tête fut exposée au sommet de la colonne, au-dessus de celle des autres Grecs. Puis Mohammed, écœuré par l'odeur du sang, regagna sa tente de soie.

Il ne s'occupa pas autrement de moi, et je revins à ma demeure, toujours suivi par un « tchaouch » en vert. Mohammed ne m'oublie donc pas.

Ceci est écrit par Manuel, fils de Démétrios. De ce Démétrios qui servit le vieil empereur Manuel comme porteur de bois. Mais celui qui a écrit ceci a servi Johannès Angelos, que les Latins appelaient Jean Ange et que les Turcs nommaient Ange, en le redoutant.

Quand mon maître eut cessé d'écrire, je lui montrai l'argent que j'avais caché dans la cave et une coupe de communion en or que j'avais réussi à sauver du couvent de Khora, et je lui dis :

– Bien des Latins ont racheté leur vie aux vizirs du Sultan. Rachète-toi aussi, et fuyons cette cité de mort.

– Non, non, me répondit-il, la mort est la plus grande grâce que j'espère. Mais sauve ta vie et fais confiance aux Turcs, car tu es de ceux qui survivent toujours, parce qu'ils sont comme ils sont et qu'ils n'y peuvent rien.

Mon maître avait veillé plusieurs nuits et les derniers jours il ne mangeait ni ne buvait. C'est pourquoi il était un peu détraqué et ne comprenait plus son véritable intérêt.

Le troisième jour après la conquête, le sultan Mohammed fit appeler mon maître. Je le suivis à distance. De nombreux Grecs étaient rassemblés près de la statue de Constantin.

Le sultan Mohammed montra du doigt la tête de l'Empereur, dont les yeux coulaient déjà et qui commençait à sentir mauvais, et il cria :

– J'ai conquis Constantinople à la pointe de l'épée et le droit à la succession de l'Empereur. Y a-t-il quelqu'un qui veuille me contester cet héritage ?

Mon maître s'avança alors et dit :

– Je revendique cet héritage, Mohammed, émir des Turcs. Je suis né avec des brodequins de pourpre aux pieds et je les porterai jusqu'à ma mort. Je suis de sang impérial et le seul Basileus légal de Constantinople, bien que tu n'en aies rien su.

Le sultan Mohammed ne sembla nullement surpris par ces paroles, il hocha la tête et dit :

– Je sais tout ce que je dois savoir. Mon père déjà connaissait ta naissance que tu croyais avoir cachée à tous. Tu ne me surprends pas, car j'ai des yeux et des oreilles dans tous les pays chrétiens et jusque dans Avignon. Pourquoi penses-tu que je t'aie laissé partir en te donnant une poignée de pierres précieuses quand tu m'abandonnais ?

– Je sais que tu fais collection d'hommes à ta Cour, comme Aristote avait constitué un musée de monstres. Tu m'as dit une fois que rien dans un homme ne te surprenait, car tu lis dans les cœurs. Ne t'ai-je pas surpris ?

– Oui, tu m'as vraiment surpris, dit le Sultan. Je t'ai laissé partir pour Constantinople, l'automne dernier, dans l'espoir que tu y susciterais une révolte et que tu disputerais le pouvoir à l'Empereur, ce qui était conforme à la raison. C'est pourquoi je t'avais donné les moyens matériels de semer la discorde parmi les défenseurs. Mais tu m'as déçu. Dois-je vraiment croire qu'en toi j'ai trouvé le seul homme qui soit dépourvu d'ambition ?

– Maintenant seulement mon heure est venue, répondit mon maître. Devant ton armée et devant le peuple grec, je revendique mon héritage et j'exige de toi mon Empire.

– Ne sois pas insensé, dit le Sultan en secouant la tête en signe de commisération. Prosterne-toi devant moi et reconnais ma victoire, tu auras la vie sauve. Sinon, je me lasserai de toi et je te jetterai sur le bord du chemin, comme Aristote se lassa de porter l'os de baleine jusqu'à son musée.

– Ce n'est pas toi le vainqueur, c'est moi, dit mon maître.

Son entêtement finit par irriter le Sultan qui frappa des mains et cria :

– Que ta volonté s'accomplisse. Donnez-lui ses brodequins de pourpre pour qu'il les porte en mourant, comme lors de sa naissance. Je ne lui conteste pas son origine.

Les bourreaux saisirent aussitôt mon maître et lui arrachèrent ses vêtements, ne lui laissant qu'une camisole. Le soutenant par les aisselles, ils lui ouvrirent les veines des cuisses, si bien que son sang teignit en rouge ses genoux, ses jambes et ses pieds.

Tandis que son sang s'écoulait, mon maître s'appuya sur les épaules des bourreaux pour rester debout, leva les yeux au ciel et se mit à prier :

– Dieu inexplicable, j'ai aspiré toute ma vie à ta réalité. De prison en prison, je me suis enfui pour te trouver. Mais, à l'instant de ma mort, je t'adresse cette prière : Accorde-moi de revenir encore une fois. Emprisonne-moi encore dans les entraves du temps et de l'espace, tes chaînes terribles et délicieuses. Accorde-moi cette grâce, puisque tu sais pourquoi je l'implore.

Le Sultan vint lui soutenir le menton et lui releva la tête en disant :

– Regarde ta ville, basileus Johannès Angelos !

Rassemblant ses dernières forces, mon maître dit encore :

– Je regarde la splendeur de ma ville. Ici, à l'endroit où reposent mes pieds, mon corps astral reviendra. Il reviendra sur les remparts en ruine et je cueillerai sur la terre des murailles une fleur sombre en souvenir de mon amour. Mais toi, Mohammed, tu ne reviendras jamais.

Ainsi mourut mon maître Johannès Angelos, les brodequins de pourpre aux pieds. Quand il eut rendu l'âme, les

Turcs le décapitèrent et le lancèrent dans le port sur les amas de cadavres qui empoisonnaient la mer.

Mais après s'être proclamé empereur, le Sultan licencia son armée et sa flotte et permit aux Grecs survivants d'élire un patriarche. Le choix tomba sur le moine Gennadios qui est le plus saint de tous les moines et que les Turcs ont épargné à cause de sa réputation. Le Sultan le reçut dans son camp et le confirma comme patriarche de Constantinople, comme les Empereurs l'avaient fait jusqu'ici. Il lui donna une crosse précieuse et une coupe de baptême en or en signe de sa faveur. Ainsi, le Sultan tint sa promesse et laissa aux Grecs le libre exercice de leur foi dans la ville et leurs propres tribunaux. Il rendit aussi aux Grecs quelques églises pour le culte, mais les autres furent purifiées et transformées en mosquées pour le Dieu de l'Islam.

La ville de Pera se vit confirmer ses anciens privilèges commerciaux, en récompense de sa neutralité durant la guerre et des services rendus au Sultan pendant le siège. Mais ses murs furent rasés, les maisons de ceux qui s'étaient enfuis furent scellées et leurs biens confisqués pour le Sultan, sauf si les propriétaires revenaient les réclamer dans un délai de trois mois.

A Constantinople aussi, beaucoup de fugitifs rentrèrent, et le Sultan promit une faveur spéciale à tous ceux qui pourraient prouver leur haute naissance. Mais dès que ceux-ci eurent établi leur généalogie, ils furent décapités. Le Sultan ne pardonna qu'aux pauvres qu'il exhorta à travailler pour le bien de l'Empire, chacun dans son métier. Il fit également grâce aux géographes, aux historiens et aux ingénieurs, qu'il prit à son service. Mais il ne pardonna pas aux philosophes.

DOSSIER COMPLÉMENTAIRE

MIKA WALTARI :
NOTICE BIOGRAPHIQUE

Mika Waltari est né à Helsinki le 19 septembre 1908. Tout jeune, il fait partie d'un groupe d'écrivains tournés vers la modernité qui se nomment « les porteurs de flambeau » du nom d'un album littéraire où ils écrivent. Ces écrivains, tous finnois, qui se réunissent entre 1924 et 1929, souhaitent « des fenêtres grandes ouvertes sur l'Europe ». Mais ce mouvement n'aura qu'une courte durée et après sa dissolution seule la revue continuera.

En 1925, Waltari publie quelques poèmes religieux, mais le grand succès de son roman *la Grande Illusion* (1928), description de la jeunesse contemporaine, le détourne des études de théologie qu'il avait entreprises. En 1933, sa trilogie romanesque, *Ame et Flamme*, *l'Homme et le Rêve* et *Jeunesse ardente*, confirme un talent et une audience qui se retrouveront devant l'auteur dramatique dont le chef-d'œuvre reste la *Génération indisciplinée* (1937) qui reprend le thème de *la Grande illusion*, *Un étranger vint à la ferme* (1937), les romans des années 40 (*Fine van Brooklyn*, 1942, qui se passe en France, *les Quatre Couchers du soleil*) et son théâtre comique (*le Visiteur nocturne*, *La pomme tombe*) sont de la même veine réaliste.

Mais c'est en 1945, avec *Sinouhé l'Egyptien*, que Waltari connaît un succès mondial. Il se lance alors dans le genre romanesque historique avec *Mikael Karvajalka* (1948), *les Amants de Byzance* (1952), *le Secret du royaume* (1964) et *l'Etrusque*.

Aussi à l'aise dans le genre réaliste que dans le roman policier, Waltari est aussi l'auteur de nombreux scénarios pour le cinéma et la télévision. Il est mort en 1979.

VIE ET MORT DE BYZANCE
Chronologie sommaire (330-1453)

330 : Constantin fonde Constantinople.

395 : l'empire romain se scinde en deux empires, celui d'Occident et celui d'Orient. Celui-ci échoit à Arcadius.

527 : avènement de Justinien 1er le Grand.

533 : publication du code Justinien.

534 : Bélisaire reconquiert l'Afrique occupée par les Vandales.

536 : il s'empare de Rome.

565 : mort de Justinien.

602 : assassinat de l'empereur Maurice.

610 : avènement d'Héraclius.

629 : les Byzantins sont vainqueurs des Perses.

668 : avènement de Constantin IV Pogonat (qui règne jusqu'en 685).

673-677 : les musulmans assiègent Constantinople.

679 : les Bulgares s'installent au sud du Danube.

718 : Constantinople assiégée par les musulmans est sauvée par Léon III, l'Isaurien.

797-802 : règne de l'impératrice Irène.

813 : les Bulgares sont chassés de Thrace par Léon V.

828 : les Arabes s'emparent de la Crète.

843 : fin de la querelle des images : leur culte est rétabli.

861 : évangélisation des Slaves.

867 : fondation de la dynastie macédonienne par Basile 1er.

886-912 : règne de Léon VI le Philosophe.

913 : Constantinople est attaquée par les Bulgares.

944-959 : règne de Constantin VII Porphyrogénète.

961 : reconquête de la Crète par Nicéphore Phocas.

969 : prise d'Antioche par les Byzantins.

975 : prise de Damas par Jean 1er Tzimiskés.

976 : avènement de Basile II, « le tueur de Bulgares » (qui règne jusqu'en 1025). En 996 les Bulgares sont chassés de Crète.

1071 : installation des Turcs en Asie Mineure après la bataille de Mantzikert.

1081 : avènement d'Alexis 1er Comnène.

1148 : liens privilégiés avec les Vénitiens.

1203 : les Croisés prennent Constantinople. Ils fondent (1204) l'empire latin de Constantinople. Les Byzantins exilés fondent l'empire grec de Nicée.

1235-1236 : Constantinople est assiégée par les Bulgares et les Grecs.

1261 : Constantinople est prise par Michel VIII Paléologue. Rétablissement de l'empire byzantin.

1331-1355 : les Balkans sont occupés par le Serbe Etienne Dusan.

1362 : prise d'Andrinople par les Turcs.

1387 : prise de Salonique par les Ottomans.

1391-1425 : règne de Manuel II.

1453 : Mahomet II s'empare de Constantinople.

LA CHUTE DE CONSTANTINOPLE

I. *Les étapes de la conquête de l'empire byzantin par les Turcs*

C'est en 1071 que l'empire connaît sa première grande défaite militaire à Mantzikert (en Asie Mineure) devant les Turcs Seldjoukides. Défaite causée par l'établissement de grands domaines féodaux sur tout le territoire de l'empire et la perte du sentiment national. Par ailleurs, depuis 1082, Byzance avait accordé de grands privilèges commerciaux aux Vénitiens qui pouvaient partout commercer sans payer de droits de douane. Enfin, la création, après 1204, d'un royaume latin qui dura un demi-siècle, avait considérablement affaibli un empire chancelant. Certes avec la dynastie des Paléologues (depuis 1261), Byzance allait connaître un répit mais l'empire ne comprenait plus que la province de Nicée (en Anatolie), la Thrace et la Macédoine.

Mais c'est l'avènement des Turcs Ottomans, venus des steppes de l'Asie centrale, qui allait porter le coup de grâce à l'empire byzantin. D'abord au service des Turcs Seldjoukides, les Ottomans s'emparent bientôt de Brousse, en 1326, puis de Nicée et de Nicomédie, en 1336. Ils franchissent le Bosphore et s'installent en Europe en occupant la Thrace et en faisant d'Andrinople (prise en 1362) leur capitale occidentale. Le règne du sultan Bajazet (1389-1402) voit le basileus (l'empereur) Jean V Paléologue contraint de devenir le vassal du sultan et de lui payer tribut. Seule, de l'immense empire Byzantin, subsiste Constantinople, encore inexpugnable grâce à ses murailles.

L'arrivée d'un nouveau conquérant, Tamerlan, va donner un sursis à Byzance. A la tête des Mongols, Tamerlan fait chanceler le pouvoir des Turcs Ottomans. Mais, sous le règne de Mourad II (1421-1451), les Mongols sont repoussés vers la Chine et la puissance turque se rétablit. Le sultan va de nouveau et vainement, s'attaquer à Constantinople. C'est l'avènement, en février 1451, de son fils, Mahomet II, qui va sonner le glas de ce qui subsiste de l'empire byzantin.

II. *Les préparatifs du siège par Mahomet II*

Au début du mois d'avril 1453, le sultan réunit une armée de 150 000 hommes sous les murs de Constantinople. Il a à sa disposition les meilleures troupes du monde occidental, dont le fameux corps des janissaires. Fantassins disciplinés et très bien entraînés, les janissaires se reconnaissent à leur bonnet de feutre blanc orné d'une cuiller en bois, à leur pantalon bouffant et à leur tunique échancrée. Leurs armes sont la lance et le redoutable yatagan, sabre recourbé et effilé. Cette troupe d'élite est recrutée parmi les enfants chrétiens des nations vaincues. Fanatiques, dévoués au sultan, incorruptibles, les janissaires assurent la garde de leur maître. Leur nombre varie de douze à quinze mille.

Quant aux troupes irrégulières, faites de mercenaires étrangers, les bachibouzouks, elles sont composées surtout d'Allemands, de Serbes et de Bulgares.

Le sultan dispose, en outre, d'un énorme matériel de guerre : arcs, sarbacanes, mousquets, escopettes, couleuvrines et surtout canons. Ceux-ci vont jouer un rôle essentiel dans le siège. Jour et nuit les assiégés se trouvent sous le feu de l'ennemi : catapultes qui lancent, sept fois par jour et une fois par nuit, d'énormes blocs de pierre, couleuvrines dont les décharges harcèlent les défenseurs et surtout tirs des canons. Au nombre de trois, coulés en bronze, avec une gueule de trois pieds de diamètre, les canons sont capables de lancer des boulets de mille deux cents livres qui vont faire d'énormes brèches dans les murailles.

A côté de l'armée se trouve la flotte turque placée sous le commandement d'un renégat bulgare, Baltoglou. Elle mouille dans le Bosphore où, au point le plus resserré, sur la rive européenne, le sultan a fait édifier, en 1452, la forteresse de Rouméi-Hissar, face à celle d'Anatoli-Hissar, sur la rive asiatique. Ces forteresses sont là pour empêcher qu'une flotte chrétienne ne vienne au secours de Constantinople (cf. roman).

III. *La défense byzantine*

La situation de Constantinople est celle d'un triangle fortifié avec une double rangée de trente kilomètres de murailles. Bordé au nord par l'eau de la Corne d'Or, à l'est et au sud par la mer de Marmara, ce triangle semble inexpugnable. Cependant il a des points faibles. D'abord la rive nord de la Corne d'Or appartient aux Génois. C'est le faubourg fortifié de Galata, territoire neutre et donc indéfendable.

Ensuite, du côté de la terre, depuis la mer de Marmara jusqu'au rivage d'Eyoub, la grande muraille, longue de 6 800 mètres, présente des signes de délabrement, délabrement accentué par les bombardements. C'est face à cette muraille que Mahomet II a massé le gros de ses troupes, dans le secteur du Mesoteichion.

La Corne d'Or, elle, est protégée par une énorme chaîne, de plusieurs centaines de mètres, tendue entre les deux rives, à la hauteur de Galata. Derrière elle, une flottille de dix grands vaisseaux avec quelques galères.

A l'intérieur, Constantin Paléologue, dit Dragasès, organise la défense. Energique, il a cinquante ans et règne depuis quatre ans; il a tout fait pour redonner à l'empire sa splendeur passée. Il a à sa disposition moins de 8 000 hommes : soldats, nobles, marchands, marins vénitiens et génois, mercenaires étrangers. Peu d'artillerie mais une arme secrète : le feu grégeois, une sorte de cocktail Molotov qui projette du feu par des tuyaux et qui sert surtout à incendier les navires. Employé depuis le VIIe siècle, le feu grégeois n'est plus alors qu'une arme surannée, d'un maniement difficile et inefficace pour un siège.

Les troupes d'élite de Constantin sont constituées par 700 mercenaires génois, commandés par Jean Giustiniani et qui sont arrivés en janvier 1453. Les mercenaires ont participé activement aux réparations des murailles; ils sont chargés de défendre le point le plus faible de la cité : la porte Saint-Romain.

Certes, les assiégés attendent toujours une aide des pays européens. Mais l'union des deux Eglises, la grecque et la latine, séparées depuis le grand schisme de 1054, qui vient d'être réalisée le 12 décembre 1452, cette union, donc, est rejetée par la population byzantine. Le grand duc Lukas Notaras a même dit publiquement qu'il préférait « le turban des Turcs à la mitre latine » ! (cf. roman).

IV. *Les péripéties du siège*

La première attaque a eu lieu le 18 avril, dès deux heures du matin. Devant l'importance de leurs pertes les bachibouzouks se retirent.

Second assaut le 7 mai, troisième le 12. Pendant ce temps, la flotte turque a tenté, sans succès, de pénétrer dans la Corne d'Or pour assiéger la ville des deux côtés. Echec là aussi et victoire byzantine, le 20 avril. Fou de rage, le sultan décide de faire passer la flotte par voie de terre, par-dessus les collines de Péra et de contourner la chaîne. Opération gigantesque pour laquelle il faut aménager une piste en rouleaux de bois où glissent les navires. Ainsi 70 navires turcs prennent à revers la flotte byzantine et bombardent, eux aussi, la ville.

Epuisés, les assiégés ont lutté sans cesse contre les actions de commandos imaginées par le sultan qui a envoyé des troupes dans des galeries pour passer sous les remparts.

Le 29 mai, tout est prêt pour l'assaut final. Les Byzantins assistent à une dernière messe à Sainte-Sophie et Mahomet s'est adressé à ses troupes pour leur faire miroiter l'énorme butin.

L'assaut est donné, peu après minuit, de tous les côtés. Mahomet a envoyé des vagues successives de troupes fraîches aux endroits stratégiques. Aux bachibouzouks succèdent les contingents d'Anatolie et, enfin, le corps des janissaires. Vers 5 heures du matin, ils pénètrent par la porte du Cirque et vont prendre à revers les défenseurs byzantins. A ce moment se produit un événement décisif : Giustiniani est atteint d'une balle au poumon. Il quitte son poste, la débandade commence.

Comprenant que tout est perdu l'empereur se jette dans la mêlée, après avoir ôté ses insignes impériaux, à l'exception des bottines rouges, marque de son pouvoir. Il meurt au milieu de ses soldats.

L'ultime assaut a lieu à la porte Saint-Romain. Pendant trois jours et trois nuits la ville est abandonnée au pillage des vainqueurs. Peu de défenseurs, malgré une fuite éperdue, échappent au massacre ou à la captivité. Sainte-Sophie, profanée par les janissaires, est mise à sac. Des trésors d'une valeur inestimable disparaissent ainsi. Le 2 juin 1453, le massacre s'arrête. On a apporté au sultan la tête de Constantin. Embaumée et mise sous châsse, elle sera promenée publiquement en Perse, en Arabie et en Asie Mineure.

Constantinople se nomme désormais Istanbul.

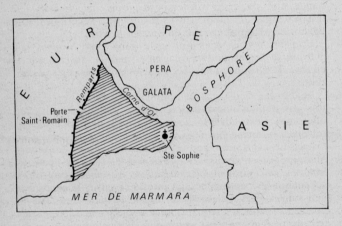

Le site de Constantinople.

INDEX DES PERSONNAGES

pour sauver Byzance. Elle se termina en déroute à Varna (1444) où est censé avoir combattu notre héros qui est donc le neveu de Manuel II, demi-frère de son père.

Mourad II (ou **Murad II**) : sous son règne (1421-1451), l'expansion européenne des Turcs Ottomans, un temps arrêtée par les Mongols de Tamerlan, reprend.

INDEX DES INSTITUTIONS BYZANTINES

Presque tous les termes dont nous donnons l'explication sont formés sur des mots grecs. On peut donc les transcrire tels quels, ce que fait le roman, ou en donner une traduction. Ex : on peut dire un *Mégaduc* (du grec : « megas » qui signifie « grand ») ou un *Grand Duc*.

Archonte : magistrat byzantin, sur le modèle de son homologue grec (Il y avait 9 archontes à Athènes).

Baile : chef de la colonie vénitienne à Byzance, à rapprocher de notre français « bailli ».

Basileus : titre donné à l'empereur, du mot grec qui signifie « roi ».

Dromon : navire byzantin rapide et léger, du mot grec qui signifie « course ».

Logothète : à l'origine, fonctionnaire chargé de la vérification des comptes et des problèmes fiscaux. Ce titre apparaît sous Justinien, mais il existait déjà en Egypte et à Rome (les procurateurs).

Mégaduc : titre de noblesse, donné en général au chef suprême de la flotte.

Métropolite : titre donné aux archevêques de l'Eglise orthodoxe. Il s'emploie encore de nos jours.

Pantocrator : épithète du Christ, « maître de toutes choses ».

Péribole : primitivement c'est un espace, souvent planté d'arbres et orné de statues, qui se trouve autour des temples grecs. Ici, il s'agit de l'espace qui sépare la première muraille de la grande muraille.

Podestat : titre médiéval de certains magistrats urbains, en Italie ou dans le Midi de la France. Vient du mot latin qui signifie « puissance ».

Protostrator : commandant en chef de l'armée byzantine.

BIBLIOGRAPHIE PRATIQUE

I. **Histoire et institutions de Byzance**

L. BREHIER, *Vie et mort de Byzance*, Albin Michel, « L'évolution de l'humanité », 1948.

L. BREHIER, *Les institutions de l'empire byzantin*, ibid., 1949.

L. BREHIER, *La civilisation byzantine*, ibid., 1950. Cette trilogie constitue le point de départ indispensable à toute étude sérieuse sur Byzance.

C. DIEHL, *Byzance : grandeur et décadence*, Flammarion, 1960.

A. DUCELIER, *Les Byzantins*, Le Seuil, « Le temps qui court », n° 30.

A. GUILLOU, *La civilisation byzantine*, Arthaud, « Les grandes civilisations », 1974.

P. LEMERLE, *Histoire de Byzance*, PUF, Que sais-je ?, n° 107 n. éd. 1975.

S. RUNCIMAN, *La chute de Constantinople*, Hachette, 1968.

S. VRYONIS, *Le rôle de Byzance*, Flammarion, 1969.

II. **Sur Théodora** (la plus célèbre des Byzantines !) **et ses contemporains**

● Biographies (un choix) :

P. REBOUX, *Théodora*, éd. Martek, 1950

J. STEINER, *Théodora*, éd. Rencontre, 1966

L.M. CHASSIN, *Bélisaire*, Payot, 1957.

● Romans récents :

J.L. DÉJEAN, *Les dames de Byzance*, J.C. Lattès, 1983 ; *L'impératrice de Byzance*, ibid., 1983.

G. RACHET, *Théodora*, Orban, 1984.

On se souviendra que V. Sardou a écrit un drame :

Théodora (1884) et que, parmi les nombreuses adaptations cinématographiques, domine celle de Riccardo Freda, *Théodora, impératrice de Byzance*, 1953.

Le prochain numéro (novembre 1984) de la revue *Kolossal* (anciennement *Peplum*) sera consacré à Théodora et à Byzance (Michel Eloy, 45, rue Lesbroussart, 1050, Bruxelles.)

III. **Sur le règne des Comnènes**

G. WALTER, *La vie quotidienne à Byzance au siècle des Comnènes*, Hachette, « la vie quotidienne », 1974.

Ajoutons qu'un beau roman de science-fiction, *Les temps parallèles* (R. Silverberg, 1969, traduction française, Marabout SF, n°592, 1976) promène le héros à travers toute l'histoire de Byzance, depuis Théodora jusqu'à la chute de Constantinople.

IMPRIMÉ EN FRANCE PAR BRODARD ET TAUPIN
58, rue Jean Bleuzen - Vanves.
Usine de La Flèche, le 20-12-1984.
1492-5 - N° d'Éditeur 2110, août 1984.

PRESSES POCKET - 8, rue Garancière - 75006 Paris
Tél. 634.12.80